Contemporánea

Laura Restrepo nació en Bogotá en 1950. En 1986 publicó su primer libro, *Historia de un entusiasmo* (Aguilar, 2005), al que le siguieron *La Isla de la Pasión* (1989; Alfaguara, 2005), *Leopardo al sol* (1993; Alfaguara, 2005), *Dulce compañía* (1995; Alfaguara, 2005), *La novia oscura* (1999; Alfaguara, 2005), *La multitud errante* (2001), *Olor a rosas invisibles* (2002; Alfaguara, 2008), *Delirio* (Premio Alfaguara 2004), *Demasiados héroes* (Alfaguara, 2009), *Hot Sur* (Alfaguara, 2012) y *Pecado* (Alfaguara, 2016). Sus novelas han sido traducidas a más de veinte idiomas y han merecido varias distinciones, entre las que se cuentan el Premio Sor Juana Inés de la Cruz de novela escrita por mujeres; el Premio Alfaguara de Novela 2004; el Prix France Culture, premio de la crítica francesa a la mejor novela extranjera publicada en Francia en 1998; el Premio Arzobispo Juan de Sanclemente 2003, y el Premio Grinzane Cavour 2006 a la mejor novela extranjera publicada en Italia.

Laura Restrepo

La novia oscura

DEBOLS!LLO

Primera edición en Debolsillo: septiembre de 2016

Cra. 5a. A N°. 34A-09, Bogotá, D. C., Colombia
PBX (57-1) 7430700
www.megustaleer.com.co

Printed in Colombia - Impreso en Colombia

ISBN: 978-958-9016-38-1

Compuesto en caracteres Garamond

Impreso en Nomos Impresores, S. A.

Penguin
Random House
Grupo Editorial

A Santiago,
por justicia y por amor.

Pero ¿quién sabría por
dónde entrar a su corazón?
SAINT-JOHN PERSE

Entonces se abría la noche de par en par y sucedía el milagro: a lo lejos y al fondo, contra la oscuridad grande y sedosa, aparecían las ristras de bombillas de colores de La Catunga, el barrio de las mujeres. Los hombres recién bañados y perfumados que los días de paga bajaban apiñados en camiones por la serranía desde los campos petroleros hasta la ciudad de Tora, se dejaban atraer como polilla a la llama por ese titileo de luces eléctricas que eran promesa mayor de bienaventuranza terrenal.

—¿Ver desde lejos las luces de La Catunga? Era la dicha, hermano —recuerda Sacramento, quien tanto ha penado por cuenta de los recuerdos—. Para eso, sólo para eso nos quebrábamos el lomo trabajando en las crueldades de la selva los cuatrocientos obreros del Campo 26. Pensando en esas dulzuras aguantábamos los rigores de la Tropical Oil.

Día tras día entre fangales y humedades palúdicas para ver llegar el momento en que aparecían por fin, al fondo de la esperanza, las luces de La Catunga, bautizado por las mujeres en honor a Santa Catalina —la Santacataca, la Catica cariñosa, la Catunga compasiva— según la devoción que todas ellas le profesaban por casta, por mártir, por hermosa y por ser hija de un rey.

—Castillos muy enormes y heredades tenía —cuenta la anciana Todos los Santos sobre su santa princesa y patrona—, y también rebaños de elefantes y tres aposentos repletos de joyas que fueron obsequio de su padre el rey, quien se ufanaba de tener una hija más bella y más pura que la luz del día.

A pie y sin sombrero, casi con reverencia pero también bufando como becerros y haciendo sonar las monedas en el bolsillo, así se internaban los hombres cada día de paga por esos callejones iluminados que tanto soñaban desde sus barracas, los lunes con vahíos de resaca, los martes con añoranza de huérfanos, los miércoles con fiebre de machos solos y los jueves con ardor de enamorados.

—¡Llegaron los peludoooos! —Sacramento falsea la voz para imitar un grito de mujer—. Ellas nos decían los peludos porque el orgullo del petrolero era aparecer por La Catunga rudo de aspecto, tostado por el sol, peludo y barbado. Pero limpio y oliendo fino, de bota de cuero y camisa blanca, y también con buen reloj, cadena y anillo de oro; que se notara la paga. Y siempre, como si fuera condecoración, el carné bien visible en la solapa. El carné que te identificaba como obrero petrolero. Nada que hacer, hermano, no se ha conocido mayor honor.

—¡Llegaron los peludoooos! —se ríe Todos los Santos mostrando los dientes que ya no tiene—. Es verdad, ése era el grito de guerra. Rudos y peludos, así nos gustaban, y cuando los veíamos venir gritábamos también: ¡Ya llegó el billete!

Por ese entonces a la ciudad de Tora la distinguían en las vastedades del mundo de afuera como la ciudad de las tres pes, Putas, Plata y Petróleo. Petróleo, plata y putas. Cuatro pes, en realidad, si acordamos que también era Paraíso en medio de tierras asoladas por el hambre. ¿Los amos y las señoras de este imperio? Los petroleros y las prostitutas.

—No las llamábamos putas ni rameras, ni otros nombres con ofensa —rememora Sacramento—. Sólo les decíamos así, las mujeres, porque para nosotros no existían otras. En el mundo petrolero, el amor de café era la única forma reconocida del amor.

—Entienda que a Tora la fundamos nosotras las prostitutas según nuestra propia ley, mucho antes de que llegaran las esposas y las prometidas a imponer su derecho exclusivo —me dice Todos los Santos, soberana y bien plantada pese a la demasiada edad, mientras apura una copita de mistela con modales de condesa y se fuma un tabaco gordo y oloroso, de la tradicional marca Cigalia, con chasquidos propios de un palafrenero de esa misma condesa.

—Fúmese un tabaquito, reina —me ofrece estirando la mano con el habano un poco hacia donde no estoy, y me doy cuenta de que no anda bien de la vista.

—Cómo se le ocurre, doña, no ve que me atoro —digo yo y ella ríe; le parece que he dicho una cosa muy cómica.

—Las que se hacen las atoradas son las más viciosas —se tapa la risa con la mano, como una niña—. Si no fuma tómese entonces una mistela, que refresca y alegra. No me la desprecie.

En tiempos de fundación se esparció a los cuatro vientos la voz de que La Catunga era óptima plaza para el mercado del amor por la abundancia de dinero y disponibilidad de machos saludables, así que bellezas del mundo entero empacaron adornos y abalorios y se vinieron a estos lares a probar fortuna.

—Extraordinarias bellezas se vieron por aquí, mejorando lo presente —dice Todos los Santos, chocha rechocha, y pide perdón con coquetería por la falta de modestia—. Las hubo muy señoras, bien elegantes, todas muy piadosas. Las veladoras al Sagrado Corazón no faltaban en ninguna pieza. No se andaba uno con brusquedades ni se ensuciaba la boca con groserías, ni se daban desmanes como se dieron después, dos muchachas mechoneándose por un hombre y cosas así. Nada de eso. La vulgaridad no hacía época entre nosotras.

Como llegaban mujeres de tantos lados se establecieron tarifas según lo exótico y lejano de la nacionalidad de cada una, lo sonoro de su idioma y lo insólito de sus costumbres. Las que más cobraban eran las francesas, Yvonne, grande y hermosa; la lánguida Claire, pálida como la luna; Mistinguett, que antes de venir a lidiar petroleros fue favorita de pintores en Montmartre.

—Siempre soñaba con volver a su tierra, esa Mistinguett; decía que allá le pagaban sólo por dejarse pintar desnuda. Por aquí también vino un artista que la usó como modelo en un cuadro, pero era un pintor moderno, amante del colorinche y de las muchas rayas. Ella no aprobó el retrato y le reclamó: Ésa no soy yo, parece una gallina, debería cobrarte más porque me has hecho perder el tiempo. ¿Dónde me viste plumas, insensato? Vete a pintar gallinas, a ver si te quedan como mujeres. Todo eso le dijo y además le echó en cara que pintaba mamarrachos y que le había alborotado la ansiedad de partir, porque en Francia los pintores sí conocían su oficio.

En la estricta clasificación por naciones, después de las francesas venían las italianas, malgeniadas pero profesionales del oficio, y según se descendía en la escala, las de países limítrofes como Brasil, Venezuela o Perú, luego colombianas de las distintas regiones en general y en el último escalón las nativas pipatonas, que jugaban en desventaja por los prejuicios raciales y por ser las que más abundaban.

Hombres de variado talento y diverso plumaje hacían el viaje hasta estos parajes utópicos para probar un bocado de carne aceituna, rubia o mulata, en abundancias siempre amables y dispuestas, sin reproches ni compromisos, en plena armonía de guaracha, de tango y de milonga. Nada como el vicio del dulce amor para matar nostalgias y desabrigos con besos a la orilla del río, entre tragos de champaña o ron, con palabritas al oído que tal vez fueran en italiano, tal vez en portugués, casi siempre en lengua de trapo.

—Eran palabras sinceras, no crea que soltábamos un te quiero si no era para hacerlo valer. Para todo hombre había una frase bonita, papacito guapo, trocito de caramelo, luz de mis ojos y otras lisonjas así. Pero el te quiero era únicamente para el enamorado que cada una tenía, al que le guardaba plena fidelidad de corazón.

Para no generar malentendidos con el asunto de las tarifas internacionales y para que el personal masculino supiera a ciencia cierta a qué atenerse, se impuso la costumbre de colgar un foco de color diferencial en cada casa, verde para las rubias francesas; rojo para las italianas, tan temperamentales; azul para todas las de frontera; amarillo para las colombianas, y blanco común y silvestre —bombilla Philips de la vulgar— para las indias del Pipatón, que sólo aspiraban al mendrugo de pan para sus muchos hijos. Al menos así fue hasta que hizo su aparición la asombrosa Sayonara. ¿Asombrosa? Hecha de asombro y de sombra, con su nombre cargado de adioses.

Sayonara, la diosa esquiva de ojos oblicuos, más venerada aun que las legendarias Yvonne y Mistinguett, y única en toda la historia del barrio en cuya ventana brilló un foco color violeta.

—En la luz violeta, ahí estuvo el acierto —afirma Todos los Santos—. Era luz de un color incierto, antinatural, que nadie había imaginado. Porque luces verdes se ven muchas en los semáforos, en los fuegos fatuos, y también azules y rojas en los circos, en los cafés, en las estrellas errantes, en los árboles de Navidad. ¿Pero el violeta? El violeta es color místico. Una luz violeta en medio de la noche produce inquietud y motiva al desconcierto. Y pensar que se la debemos a la Machuca, mi Dios la proteja pese a las barbaridades que dice de Él; fue Machuca, la blasfema, quien consiguió esa bombilla violeta, tan única en su especie. La robó de un carrusel ambulante que por esos días paraba en la ciudad.

Sacramento, el zorrero, fue el primero que vio a Sayonara llegar a Tora.

—A Sayonara no; a la niña que se convertiría en Sayonara y que después dejaría de ser Sayonara para ser otra mujer —puntualiza Sacramento, y yo empiezo a entender que he entrado a un mundo de representaciones donde cada persona se acerca o se aleja de su propio personaje.

El río flotaba en un sopor de cocodrilos mensos y el champán que traía viajeros y buscavidas, tagüeros y caucheros, avivatos y muertos de hambre de todos los puertos del Magdalena, se demoraba más que otros días en llegar. Sacramento esperaba cliente que solicitara su servicio de transporte de carga o pasajeros a tracción humana, y mientras esperaba se dejaba adormecer por los remolinos de agua marrón y enjabonada en aceite que se enroscaban y se desenroscaban en el perezoso camino de su deslizar. Dice que no supo cuando ella, liviana como un recuerdo, se encaramó a la zorra con sus dos cajas de cartón y su maleta maltrecha, porque lo sacudió de la duermevela su voz de niña que ya le daba, imperativa, la orden:

—Llévame al mejor café del pueblo.

La miró con ojos todavía brumosos y no pudo verle la cara, que llevaba tapada por una maraña de pelo sucio y bravío. Vio, eso sí, el equipaje deslucido y el vestidito de popelina que dejaba por fuera unas extremidades flacas y muy morenas. Ésta no tiene ni trece años, ni un peso con que pagarme la carrera, pensó mientras echaba un bostezo y sacaba del bolsillo un pañuelo para limpiarse el sueño que aún le colgaba de las pestañas.

—Despiértate, hombre, que voy de afán.

—Mocosa tan altanera.

Sacramento se puso de pie, caminó hasta el río haciendo alarde de ninguna prisa, recogió un poco de agua turbia en una lata, se empapó la cabeza y la camiseta, hizo un buche y lo escupió.

—Ya se jodió el mundo —comentó—. Hasta el agua sabe a gasolina.

—¿Cuál es el mejor café de este pueblo? —insistía ella.

—El de fama más excelente es el Dancing Miramar. ¿A quién vas a buscar allá?

—Voy a buscar trabajo.

Intrigado, por fin despierto, Sacramento quiso inspeccionar a ese ser huesudo y enmarañado que se había encaramado a su zorra sin aviso ni permiso.

—¿Sabes quiénes trabajan allá? —le preguntó—. Las mujeres de la vida. De la vida mala.

—Ya lo sé.

—Quiero decir de la vida muy, muy mala. De la peor. ¿Estás segura de que quieres ir?

—Segura —dijo ella con una certeza sin atenuantes—. Voy a ser puta.

Sacramento no supo qué decir y se limitó a acompañar con los ojos un trecho del lento viaje de un tronco con rugosidades de saurio que se dejaba arrastrar por la corriente del río.

—Eres demasiado flaca —dijo por fin—. No vas a tener suerte en el oficio. Además se necesitan modales, algo de elegancia, y tú pareces un carajín del monte.

—Llévame de una vez, no puedo perder tiempo discutiendo contigo.

Sacramento no sabe por qué acabó obedeciendo; me dice que tal vez lo estremeció una frescura de labios de fruta y dientes sanos que creyó ver oculta detrás de tanta greña.

—Pensar que fui yo mismo quien la llevó a La Catunga —me dice—. No se pueden contar las noches de sueño que me robó ese arrepentimiento.

—La llevaste por decisión de ella —le digo.

—Durante años pensé que hubiera podido disuadirla ese primer día en que todavía estaba tan niña y tan recién llegada. Hoy sé discernir que no era así.

—Todo estaba escrito —expele el humo de su Cigalia Todos los Santos—. Las criaturas voluntariosas como ella chalanean el porvenir y lo amañan a su antojo.

Esquivando raza, sorteando mesas y silletería, Sacramento el zorrero jaló su carro de vieja madera por entre el olor a aceite cien veces quemado que despedían los comederos de sancocho de bagre y pescado frito, pringosos, sabrosos, atestados, en fila uno tras otro a lo largo del malecón. La niña pesaba tan poco que en un momento estaban cruzando la portería central de las instalaciones de la Tropical Oil Company, donde unos guachimanes armados de fusiles se ocupaban de alimentar a la iguana que tenían por mascota.

—¿Qué come el bicho? —preguntó Sacramento al paso.

—Moscas —contestó uno de los hombres, sin voltear a mirar.

Flotando entre dulzones vahos orgánicos, Sacramento acortó camino por en medio del matadero municipal.

—Sácame rápido de aquí; no me gusta este olor a tripas —protestó la niña.

—¿Crees que soy tu caballo, para andarme arreando?

—¡Arre, caballo! —dijo ella, y se rió.

Luego atravesaron al sesgo la Plaza del Descabezado, así llamada porque entronizaba en el centro la estatua decapitada de un prócer que ya el pueblo no recordaba quién había sido y que los perros callejeros tenían verde a punta de orinarla cada vez que le pasaban por el lado.

—¿Por qué no tiene cabeza? —quiso saber ella.

—Se la volaron hace años, durante una huelga obrera.

—¿Al señor, o a su estatua?

—Quién sabe.

Se persignaron al cruzar la iglesia del Santo Ecce Homo y desembocaron a la Calle de la Campana, mejor conocida como Calle Caliente, y entonces Sacramento anunció, con orgullo chauvinista, la llegada a La Catunga.

—La zona de tolerancia más prestigiosa del planeta —dijo.

La niña se bajó de la zorra, se estiró la popelina del vestido, que se había arrugado como papel de envolver, y alzó la nariz al cielo queriendo olfatear los vientos que el futuro tenía reservados para ella.

—¿Ésta es? —preguntó, aunque ya sabía.

Bajo el calor vertical del mediodía, se enroscaba entre el polvo un caserío surcado por callejones de tierra que se dejaban apretar, a lado y lado, por cayenos florecidos y desiguales habitaciones de bahareque embutido y techo de zinc, cada una con puerta abierta a la calle y expuesto a la vista un reducido interior sin misterio ni secreto, con algún armario, un lento ventilador, jarra con palangana y catre pulcramente tendido. Afuera convivían animales realengos, niños que de adultos querían ser petroleros, niñas que soñaban con ser maestras, mujeres en chanclas que conversaban a gritos mientras barrían la entrada o reposaban en una mecedora a la sombra, abanicándose con la tapa de una olla.

Un barrio pobre, como cualquier otro. Salvo las bombillas de colores, ahora apagadas e invisibles, que pendían sobre las fachadas como único signo de la diferencia. De la grande, insondable diferencia. Apenas la niña quiso dar un paso adelante, el corrientazo brutal que le azotó las piernas le hizo comprender, de una vez para siempre, que La Catunga estaba encerrada dentro de un cordón imaginario que quemaba como golpe de látigo.

—Una vez adentro no vuelves a salir —oyó que la voz de Sacramento le advertía, y por un instante su corazón resuelto conoció la duda.

—¿Dónde está el Dancing Miramar? —preguntó con sílabas vidriosas que querían ocultar los pinchazos del pánico.

—Al fondo de aquel pasaje, contra la malla de la Troco.

—Llévame al Dancing Miramar.

—No puedo, por ahí no pasa la zorra. Además está temprano; no abren ningún café antes de las cinco de la tarde.

—Entonces espero en la puerta —dijo ella, de nuevo conforme con el diseño de su destino. Se echó encima la maleta y las dos cajas de cartón con una energía excesiva para la ramita quebradiza que era su cuerpo y se fue internando, sin pagarle al zorrero ni agradecerle, en ese territorio marcado con hierro al rojo donde tenía cabida lo que afuera era execrable, donde la vida se mostraba por el envés y el amor reñía con los mandatos de Dios.

—¡Es bueno decir gracias! —le gritó Sacramento.

—De nada —contestó ella echando bruscamente la cabeza hacia atrás para despejarse por primera vez la cara, y Sacramento sintió que le caía encima una mirada antigua y oscura de ojos asiáticos. La osadía con que las cejas habían sido depiladas hasta desaparecer y reemplazadas por una línea de lápiz, más uno que otro rasguño dejado por el acné en las mejillas, lo hicieron pensar que no debía ser tan niña como le había parecido a primera vista. A ella se le cayó al suelo una de las cajas y empezó a empujarla calle arriba a patadas mientras el muchacho la observaba sentado en su zorra, preguntándose qué tendría esa flaca grosera que hacía que un hombre ya con cédula de ciudadanía como él le trabajara gratis y además se quedara ahí plantado, admirando la decisión y el desparpajo con que ella pateaba la caja, como si el mundo fuera chico ante la fuerza de su voluntad.

—¡Espera, niña! —le gritó—. Si te quedas aquí vas a necesitar una madrina. Una veterana del oficio que te enseñe y te proteja.

—No conozco ninguna.

—Pero yo sí. Ven —dijo él, parándose de un brinco—. Te voy a llevar donde una amistad que tengo. Si no sirves para puta, tal vez te reciba para que ayudes con los cerdos y los demás quehaceres.

La amistad de Sacramento era ni más ni menos que esta matrona, Todos los Santos, que ahora toma su mistela a sorbos de pajarito, chupa su tabaco como un judío de Miami Beach y escarba en el pasado para revelarme los pormenores de una historia de amor, a la vez amarga y luminosa como todas las historias de amor. La anciana trata de observarme pero se refunden sus ojos en el humo del Cigalia, que llena su mirada y la condensa en una opacidad de leche, es decir, ahora me doy plena cuenta de que el problema de Todos los Santos son las cataratas y que no me ve. Conoce de memoria la esquina del mundo que la resguarda y se mueve en ella como si la viera, lo cual hace de mí la única cosa en los alrededores que ella no sabe cómo es. Así que me acerco, le hablo casi al oído, ella levanta su mano anudada por la artritis y tantea mi cara a golpes blandos de paloma vieja que ya no sabe volar.

—Ah, sí. Muy bien, muy bien —aprueba, satisfecha al cerciorarse de que no me falta la nariz y que mis ojos son solamente dos.

—Mira, madre —le dice Sacramento—, ya se está poniendo el sol.

—¡Sí, ya veo, ya veo! —se entusiasma ella y hunde los ojos blancos en el aire sonrosado—. ¡Ya se está poniendo el sol!

—El cielo se volvió rojo con motitas de dorado —le cuenta él.

—¿Con motitas de dorado, dices? ¡Qué lindo, qué lindo! Y qué imponente y rojo que está hoy... Apuesto a que lleva una gran orla violeta...

—Pues sí, más o menos. Poniéndole empeño, algo de violeta se le puede ver.

—¡Ya lo sabía yo! ¿Y acaso lo surcan aves?

—... cuatro, cinco, seis, siete... siete patos chancletos volando de norte a sur.

—¡Ay! —suspira ella—. Cómo me agrada el atardecer.

Me han dicho que Todos los Santos fue gestada en una cocinera por un hacendado antioqueño, un Domingo de Ramos mientras la esposa y los hijos andaban ondeando hojas de palma seca en misa solemne. Pese a su belleza y a la blancura europea de una piel heredada del padre, se hizo prostituta siguiendo el camino trazado desde el instante de su concepción.

—No teníamos cabida ni en la casa paterna ni en la sociedad de Medellín. A los hijos bastardos los metían de peones de la hacienda y se acabó el dilema —me cuenta—. Pero con las mujeres era más enredoso. Había hijas ilegítimas del patrón, como yo, y también otras que llamaban hijas del desliz, que eran producto del pecado de una muchacha de alcurnia. Las hijas del desliz lo pasaban peor, escondidas en la alacena de la casa grande o detrás de los cortinajes, mientras nosotras las ilegítimas crecíamos sueltas por el campo, como animalitos. Al llegar al uso de razón, a unas y otras nos sepultaban vivas donde las monjas de clausura hasta la adolescencia, cuando pocas tomaban los hábitos y las más hacían como yo, volarse del convento y aterrizar en el burdel.

Los cauces clandestinos, ora dulces y ora ásperos, la fueron llevando de amor en amor y de callejón en callejón hasta la muy prostibularia ciudad de Tora, donde fue tan admirada y apetecida durante su juventud y su madurez que llegó a conocer, por momentos, el bienestar material y aun los destellos de la riqueza y de la fama. Sin asomo de avaricia quemó su belleza en hogueras sublimes o bellacas, y guiada por un puntilloso sentido del orgullo y del decoro, tan pronto vio asomarse las fealdades de la vejez pasó a hacer uso discrecional de un buen retiro que no dudaba en romper de tanto en tanto, cada vez que el alma volvía a exigirle contento y las entrañas calor. Fue temida y reconocida como pionera y fundadora del barrio de La Catunga, defensora de los derechos de las muchachas contra la Troco y su lugarteniente el Estado colombiano, celestina eficiente, instructora de jóvenes principiantas y ya cercana a la ceguera, al centenario y a la más impecable pobreza, fue elevada a la categoría de sabia y madre santa.

Hoy, la mañana ondula cándida y tibia y no hay sombra de maldad en este cielo despejado que Todos los Santos no puede ver pero que adivina, como adivina también las trinitarias, los caracuchos y las cayenas que revientan en rojos, violetas y lenguas de amarillo fuego. Dice de la bulla que arma en su jaula el jacamar, y del gotear de agualluvia en la alberca: Más que escucharlos, los añoro. ¿Y del verdor de las hojas del croto? Dice que sí, que sí lo ve, que lo mantiene muy vivo a flor de pupila, igual que todos y cada uno de sus recuerdos.

Me cuenta que aquella tarde, cuando Sacramento se presentó en su casa con la aspirante a prostituta, le bastó con echarle un vistazo a esa criatura desmechada y cerrera que se le plantó delante, medio retando medio implorando, para reconocer en ella esa singular mezcla de desamparo y soberbia que enardecía el deseo masculino más que cualquier afrodisíaco, y como sabía por años de experiencia que era virtud difícil de encontrar, le dijo que estaba bien, que se quedara, que la iba a poner a prueba a ver si servía.

Al entrar rengueando al patio, Olguita, la del polio, se sorprendió al ver el angarrio de principianta que había adoptado Todos los Santos y pensó que a la madrina se le estaban yendo las luces, seguramente a causa de la menopausia.

—Todavía tengo sangres para un buen rato —se plantó Todos los Santos, y preguntó por qué parecía tan insuficiente la alumna.

—Es una muchareja desnutrida y desdichada —respondió la Olguita—, y se te va a ir el dinero que te queda en salvarla de la anemia.

—No tienes ojo. Cuando esta niña sea mujer la van a amar todos los hombres. No va a haber uno que se resista. Ya vas a ver; sólo es cuestión de ponerle voluntad y de saber esperar.

A Todos los Santos y a Sayonara las acercó el azar pero las unió la urgencia. Se necesitaban la una a la otra, como el pez a la nube que después será agua, por razones obvias y complementarias; para desenvolverse en el oficio de sobrevivir Todos los Santos tenía todo menos juventud, y juventud era lo único que a la niña no le faltaba.

—A mí el trabajo ya no se me daba tanto y mucho andaba temiendo que la vejez me arrojara a las orillas del hambre, porque es bien sabido que de la putería, si se ejerce con honestidad, nadie sale jubilado. Cuando la vi entrar a ella por la puerta de mi casa tuve el aliento de una intuición y supe que era yo misma, treinta años atrás, la que en ese momento atravesaba el umbral. Paciencia y presencia de ánimo, me dije, porque aquí volvemos a empezar, otra vez desde el mero principio, como si la rueda echara a girar de nuevo. Aquí regresa el amor con todos sus dolores, que al fin y al cabo son más tolerables que esta nadería que me está empantanando los días. Eso pensé. Y, valga la franqueza, pensé también: Aquí me manda Dios lo que tanto le he pedido, la fuente de mi subsistencia en este trecho postrero.

Todos los Santos le sirvió a Sacramento un algo de almuerzo y lo despidió con unas cuantas monedas.

—Unas cuantas no; siete monedas contadas —precisa Sacramento—. Eran monedas de diez centavos, que en ese entonces traían un indio narizón y emplumado por una de las caras. Me ardieron en la mano como pringamoza porque eran el pago que recibía a cambio de vender una inocente para el vicio. Me sentí caer muy hondo y creí que era mi propio perfil, con penacho de plumas y nariz de Judas, el que estaba grabado en las monedas. No, señora, le dije, no tiene que darme nada, pero ella insistió con la justificación de que me estaba pagando el viaje de zorra. Era el único dinero que me había entrado esa mañana y en las tardes era poco el que llegaba, así que especulé que si me lo estaban dando por mi trabajo honrado era ganancia de buena ley, y que mi conciencia no tenía motivo para el sobresalto.

Sacramento salió a la calle sin atreverse a mirar a la niña, y el calor de una tarde que nacía ahogada en su propia luz se le vino encima con todo el peso de una culpa. No vio un alma alrededor. El barrio se había refugiado en el interior oscuro y más fresco de las casas en siesta y él, que no tenía casa, se consoló pensando que llevaba en la mano el triple de lo necesario para pedir en la tienda de enfrente una cerveza helada. Perdió el impulso ante la sola idea de abandonar la sombra para atravesar esa franja incolora donde el sol descerrajaba sus filos y se sentó allí mismo, en la tierra, recostado contra la puerta que acababa de cerrarse tras él, con los ojos fijos en las gotas frescas que se condensaban sobre la botella de cerveza que la dueña de la tienda iba a sacar de la nevera cuando él le entregara la plata. Pero mantenía los oídos reconcentrados en lo que pudiera estar sucediendo dentro de la casa de Todos los Santos, donde vibraba un silencio agorero que interpretó como señal de que a la niña que quería ser puta ya se la había tragado la calamidad.

Arremetió de nuevo el escozor del remordimiento y Sacramento creyó escuchar la voz de su conciencia que le ordenaba renunciar a ese dinero infame. Con pánico de ser descubierto en su acto secreto, como perro que esconde un hueso, escarbó la tierra con ambas manos hasta abrir un hueco y en él enterró las siete monedas, una tras otra. Apenas tapó el agujero respiró aliviado, desembarazado ya del cuerpo del delito; se acuclilló muy quieto para apaciguar el golpeteo del corazón y tarareó una canción de moda que lo fue arrullando hasta que lo dejó dormido. Soñó, según dice, con aquella cerveza helada que otro, menos indigno que él, se estaría tomando en la tienda de enfrente.

Mientras tanto en la casa, ya a solas con la niña, Todos los Santos procedió a arremangarse, ponerse guantes de caucho y atarse con un cordón la melena: el atavío necesario para enfrentar una escaramuza de marca mayor.

—Damos, pues, comienzo a tu educación— anunció con solemnidad iniciática.

Para desbravar a la niña y darle lustre había que empezar por sacarle de adentro el hambre, poco a poco, en un plan ascendente y calculado de nutrición que tomaría meses, empezando por el caldo de papa con perejil, siguiendo con el potaje de avena o cebada perlada y evolucionando sin apremios hacia las habichuelas, las lentejas y las habas, porque a una criatura que ha aprendido a alimentarse de aire, como la mata de sábila, no puedes aterrizarla sin solución de continuidad en el chorizo y en el mondongo porque la revientas.

Todos los Santos le había servido el caldo en un tazón de peltre y se lo había puesto en la mesa con un trozo de pan. Sin esperar a que enfriara ni valerse de la cuchara, la niña lo engulló a sorbo de huérfano y apenas la señora le volteó la espalda, escondió el pan entre el bolsillo de su vestido.

—Ya acabé —anunció—. Quiero más.

—Por favor, madrina, ¿puedo repetir? —silabeó Todos los Santos en tono didáctico, invitando a la fórmula cortés.

—Si usted quiere repetir repita, pero a mí deme más.

Como un baño integral era el paso que se imponía a continuación, Todos los Santos llevó a la niña al patio y la desnudó: era una rana, un grillo, una gata jovencísima, oscura y montaraz, con las narices tapadas de mocos y un olor reconcentrado a humo y a soledad. Jabón Cruz en mano, la señora la emprendió contra los piojos que le paseaban por la cabeza y luego, con espuma y estropajo, le fue aflojando del cuerpo la cáscara obstinada de mugre antiguo que la acorazaba hasta que por fin la vio aparecer, atónita y azul, en la indefensión de su más tierna piel. Tiritaba de frío como si acabara de nacer, alerta y reluciente en su estremecimiento de agua fresca como esas hilachas de estrella que de noche se asomaban al espejo de la alberca. No era mucho el inventario que se podía hacer; un tumulto de pelo que le brotaba de la cabeza, dos brazos flacos, dos piernas alargadas y morenas, dos senitos de juguete y una mínima dulzura de musgo, plegada y secreta, en las axilas y en la entrepierna.

—Era un atado de huesos de pollo asustado, ansioso por encontrar asidero en el mundo —dice Todos los Santos—. La sequé con una toalla, le puse un camisón amplio de algodón y le pedí que no tuviera miedo. Te voy a tratar bien, le prometí.

—Este vestido me queda grande y feo —protestó la niña—. Deme uno brillante y apretado, que así no parezco puta.

—Qué te vas a apretar tú, renacuajo —reviró Todos los Santos—. Espera a que te nazcan carnes y después te las aprietas.

La franja de sol había avanzado golpeando de lleno el frente de la casa y se ensañaba contra el ovillo dormido que era Sacramento, quien despertó sofocado por un malestar de cuerpo sudoroso y boca reseca. Si quiere ser puta, allá ella, pensó, mandando al cuerno los reproches de la conciencia. Volvió a hurgar en la tierra y recuperó sus monedas, pero sólo seis; la séptima había desaparecido, tragada por el polvo. Con ellas en el bolsillo cruzó resuelto la calle y entró a la tienda.

—Una cerveza bien fría —pedía con voz de hombre cuando escuchó que el primer berrido salía de la casa de al frente.

En el interior, la madrina quería entrarle al pelo de la niña mechón por mechón con una peinilla ortopédica de dientes muy apretados, buscando erradicar cualquier rastro de nudo o de bicho, y a cada tirón recibido la niña ululaba, tiraba mordiscos y se escabullía para refugiarse debajo de algún mueble. La madrina la sacaba de allá a palazos de escoba, la apercollaba y la sometía de nuevo al tormento hasta que la niña la volvía a morder y la trifulca recomenzaba. Cuando Sacramento y la dueña de la tienda se decidieron a entrar, las encontraron a ambas mirando al techo, derrotadas y exhaustas, y reinando sobre ellas, invicta como bandera corsaria, la cabellera negra con todo y su cosecha de piojos.

—Sacramento tuvo una infancia cruel y la Olguita opina que por ese motivo hay que entenderlo —me dice Todos los Santos—, pero yo le advierto a ella que no me venga con discursos de psicóloga, que ya varias me han perseguido en estos últimos tiempos por ver si quedé traumatizada con eso del puterío, y a todas las he sacado talladas. Bendito Sacramento, le digo a la Olga, que tuvo una infancia dura, cuando los demás ni tuvimos infancia ni supimos qué era eso.

Una tarde en que él no está presente, la madrina me cuenta que Sacramento nació cualquier día de una chica del vecindario que lo dejó al cuidado de amigas mientras viajaba a la Costa para arreglar cuentas con un hombre que la plantó. Como no volvió nunca, el niño se crió de casa en casa y de unos brazos a otros, como tantos hijos de todas y de ninguna, hasta que llegaron a Tora los frailes franciscanos a evangelizar, abrieron la única escuela del barrio y lo recibieron como mandadero, pinche de cocina y alumno becado.

—Ésta era una tierra donde lo normal era ser puta, y ser hijo de puta era la consecuencia lógica e indolora —me dice Todos los Santos—. Sacramento hubiera crecido tan triste o tan alegre como cualquiera si los frailes no se hubieran empeñado en convencerlo de su propia desgracia.

—Para recordarle su origen lo puyaban diciéndole hijo de La Catunga o hijo de los callejones, y cuando cumplió siete años lo crismaron con el nombre de Sacramento —cuenta la Olga.

Sacramento era el nombre que le daban a todos los bastardos, marcándolos con el agua bautismal y condenándolos a ese distintivo, que no se podía borrar por estar infligido en solemnidad de bendición. La ilegitimidad quedaba estampada en el registro de nacimiento, en la cédula de ciudadanía y en la tarjeta militar, pero las gentes se las arreglaban para ignorar ese y tantos otros escarmientos. Según la tradición cristiana, los curas bautizaban a cualquier niño con una ristra de tres o más nombres e igual hacían con los bastardos, Juan Domingo Sacramento, Sacramento Luis del Carmen o Evelio del Santo Sacramento, y eso facilitaba que los demás, por compasión, les quitarán el mote punitivo y los llamaran sólo Domingo, Luis del Carmen, Evelio o lo que a cada cual le correspondiera. Pero a este Sacramento, el zorrero, le cupo la dura suerte de que le adjudicaran ese único nombre, o si estuvo acompañado de otros no perduraron en el recuerdo, y por eso fue el único hijo de La Catunga a quien todo el barrio llamó así, Sacramento, que era igual a llamarlo hijo de La Catunga, o hijo de los callejones.

Como si el castigo no fuera suficiente, los franciscanos le llenaron el alma de horror al pecado de la carne y de desconfianza visceral hacia las mujeres, sobre todo hacia la puta de su madre, que lo había abandonado para salir corriendo detrás del instinto, como vil animal. Tiempo después los frailes se fueron de Tora y Sacramento, que se vio en la calle, debió aceptar la rudeza tierna y sin premeditación con que las mujeres de La Catunga le brindaron un plato de sopa, le curaron una herida con violeta de genciana o un dolor de garganta con azul de metileno, lo dejaron dormir a los pies de su cama, le enseñaron canciones de amor triste y lo aterrorizaron con historias de aparecidos. Lo mismo hacían, por instinto maternal, generoso e indiscriminado, con cualquiera de los muchos niños y niñas que rondaban el barrio necesitados de afecto e inciertos de parentesco. Y así creció el muchacho, anudado de pensamiento, caviloso de obra, torturado, queriendo lo que odiaba y odiando lo que amaba, siempre encontrando acicate para el revoltijo que le bullía en la cabeza, donde se mezclaban la adoración y la gratitud hacia las mujeres con un adolorido rencor por sus muchos pecados y, muy en el fondo, una incapacidad crónica para perdonarlas.

Le pregunté a Sacramento si por casualidad recordaba qué había sucedido con las famosas monedas. Por supuesto que recordaba; los mínimos detalles decisivos son lo último que la memoria pierde.

—A la primera se la tragó la tierra —me dijo.

—Eso ya lo sé.

—Con la segunda y la tercera pagué en la tienda esa cerveza que nunca me tomé, porque los gritos me hicieron regresar a la casa de Todos los Santos. En el bolsillo llevaba las cuatro restantes, pero vi a la niña tan doblegada, tan mansa entre ese camisón de loca, que pensé que era de justicia reconocerle por lo menos la mitad de lo que quedaba de la ganancia, así que le entregué dos monedas que recibió sin preguntar. Me guardé las dos últimas, que se refundieron con otras que me pagó un señor esa misma tarde por hacerle un trasteo; un trabajito extra que me había caído.

Le pregunté entonces a Sacramento si alguna vez había vuelto a buscar la moneda enterrada. Se sorprendió, se rió y dijo que no, que nunca se le había ocurrido siquiera, pero quedó picado con la idea y veinte minutos después estábamos frente a un depósito de materiales que había sido construido en el solar que fuera de Todos los Santos. Había pasado la vida entera desde el día del entierro del minúsculo tesoro de Sacramento y aunque las casas y las gentes habían cambiado, la calle seguía siendo la misma: un pasadizo estrecho sin alcantarillas ni pavimento. Con una palita jardinera empezamos a escarbar frente al lugar donde él calculaba que habría estado la puerta. Removimos la tierra sin prisa, a ratos él y a ratos yo, conversando mientras tanto, muy conscientes de que perdíamos el tiempo. Salieron varias tapas de botella, una tuerca oxidada, un casquete que parecía de bala, trozos de vidrio y de caucho, otras porquerías. Y de repente apareció una moneda de diez centavos, de aquéllas con indio que hacía mucho no circulaban.

A partir de ese momento Sacramento me miró distinto. Apareció en sus ojos esa pizca de perplejidad y de recelo que hizo posible, creo yo, la existencia de este libro, porque de ahí en adelante no se atrevió a guardarme secretos, como si yo fuera sibila y lo supiera todo antes de que me lo contara. Yo no quería, desde luego, aprovechar semejante circunstancia para sonsacarle información, así que le dije que no le diera demasiada importancia a lo sucedido, que lo más probable era que hubiéramos encontrado una moneda cualquiera y no la suya. No me miró con decepción, como yo esperaba, sino con incredulidad y casi con enfado.

—Ésta es mi moneda —aseguró—. La hubiera reconocido hasta en la Cochinchina.

Ante lo enfático de su tono tuve que admitir mi ligereza y pedir excusas, e intenté entonces explicarle que lo había invitado a buscar la moneda porque quienes nos ganamos la vida escribiendo vivimos a la caza de mínimas coincidencias y sutiles concordancias que nos confirmen que lo que escribimos es, si no necesario, al menos útil, porque responde a cauces que corren por debajo de lo aparente, cauces que vuelven sobre sí mismos y anudan el azar en anillos. Le conté también que un poeta ciego llamado Jorge Luis Borges creía que todo encuentro casual es una cita. Entre más le hablaba más me enredaba y más mágicas le parecían mis palabras, que escuchaba hipnotizado como si fueran dichas en lenguas arcaicas. Después, con el correr de los días y a lo largo de interminables conversaciones, durante las cuales él me contó toda su vida y yo a él algo de la mía, se fue dando entre nosotros una serena confianza que desmontó la magia a favor de la amistad. Pero hubo algo que Sacramento nunca perdió a partir de ese episodio: la convicción de que la literatura es una modalidad del conjuro y que puede develar claves secretas. Él, que había sido cualquier cosa menos lector, empezó a interesarse por los libros.

Todos los Santos dispuso que la niña durmiera en un jergón tendido al lado de su propia cama y antes de acostarse apagó la luz de la alcoba y verificó que ardiera la vela perpetua en su vaso de vidrio rojo bajo el cuadro del Sagrado Corazón de Jesús. Así había hecho siempre y así seguirá haciendo, me dice, hasta el día en que se muera.

A Colombia la conocemos como el país del Sagrado Corazón, que es nuestro santo patrono y que en calidad de tal ha teñido nuestro espíritu colectivo y nuestra historia patria de su misma condición romántica, atormentada y sangrante. El único elemento común en todas las casas de los colombianos pobres —de las casas de los ricos fue removido hace un par de generaciones— es la imagen de este Cristo que te mira a los ojos con una resignación perruna mientras te enseña su corazón, que no se halla dentro de su organismo como es de esperarse, sino que ha sido extraído y que su dueño sostiene en la mano izquierda a la altura del pecho, bajo una barba castaña y cuidada con esmero. Pero no se trata de un corazón abstracto, redondeado, de un bonito color rosa y de un parecido menos que remoto al original, tal como el que figura en los mensajes del día de los enamorados. El que nuestro Cristo ostenta es un órgano contundente, palpitante, de un carmesí soberbio, con volumen y diseño de un realismo espeluznante. Una verdadera presa de carnicería, con dos aditamentos que inquietan: por la parte de arriba despide una llamarada y al centro está ceñido por un aro de espinas que lo hace sangrar.

La niña no podía pegar el ojo en esa habitación ajena, desconocida, recargada de olores inciertos. Se destapaba, se volvía a tapar, no hallaba acomodo en ninguna posición; se sentía asediada por la presencia de ese joven amable y mutilado que no dejaba de mirarla desde la pared, sobre cuyo rostro la veladora arrojaba una danza de sombras móviles y reflejos de sanguaza. Tendida en el catre, Todos los Santos soportaba mal los calores de un sueño ahogado y dificultoso, pasando sin previo aviso de un roncar acompasado a un súbito borbollar de mucosidades para suspender después la respiración por completo, sin soltar el resuello ni hacia adentro ni hacia afuera durante un minuto entero, apretada la garganta por un tapón de aire quieto, dos minutos, tres, hasta que la niña se convencía de que había muerto. Y entonces volvían, como las olas del mar, los ronquidos regulares...

—Madrina —se atrevió a llamar la niña—, madrina, ese señor mete miedo.

—¿Cuál señor? —preguntó medio dormida Todos los Santos.

—El de la barba.

—No es un señor, es un Cristo. Confía en él; pídele que vigile tu sueño.

¿Confiar en el enemigo? Preferible morir. Tal vez si no lo mirara... Se tapó la cabeza con la almohada y cerró los ojos, pero adivinó enseguida que el Cristo dejaba de sonreír y le hacía muecas horrendas. Descubriéndose súbitamente trató varias veces de sorprenderlo in fraganti, pero él era astuto y no se dejaba. Saludaba, hipócrita, y apenas ella cerraba los ojos, volvía a amenazarla con malos visajes.

—Madrina, el Cristo me hace muecas.

—Calla, niña. Déjame dormir.

La niña puso la almohada donde antes tenía los pies, dio la vuelta en el jergón y se acostó con la cara hacia la otra pared, que no tenía retratos. Pero las palpitaciones de la veladora llegaban hasta allá, ondulando en lentos velos incendiados. Pese a su esfuerzo por mantenerse alerta, oleadas de sueño empezaron a empañarle los ojos. De tanto en tanto se volteaba de un brinco para controlar al Cristo, que sólo la miraba, sonriente y melancólico, con el corazón malherido en la mano.

—Madrina, ¿no será que le duele?

—¿Le duele?

—Al Cristo, ¿no será que el corazón le duele?

Entonces Todos los Santos se levantó y apagando la veladora de un soplo, hizo desaparecer al Cristo. Con él se fueron las sombras rojas y las sonrisas tristes, y en la oscuridad de un cuarto por fin en calma, las dos mujeres durmieron profundamente.

Salió muy temprano el sol y empezó para ellas el desgranarse de los días de una nueva existencia. La niña no sólo le fue perdiendo el miedo al Cristo sino que empezó a acercársele con una familiaridad equívoca y una pretensión de diálogo que a Todos los Santos le parecían teatrales y excesivas.

—Hay que rezar, muchacha, pero no mucho —le recomendaba.

Un día en que desempolvaba con plumero la imagen del Jesús sangrante, encontró embutidos entre el lienzo y el marco unos zurullos raros, pequeños, como ovillos de los que forma con lana la polilla, pero de papel. Se le ocurrió desenroscar uno y medio se asustó, medio se maravilló al verlo cubierto de una escritura apretada y microscópica que se dispuso a leer con lupa, pero no encontró allí letras legales, alfabeto conocido, sino un garrapatear a veces alargado y otras veces chato, siempre con muchas patas.

—Ven acá —llamó a la niña—. ¿Me puedes explicar esto?

—Son mensajes que yo le escribo.

—¿A quién?

—Pues al de la chivera.

—Ya te dije que es Cristo.

—A Cristo, pues.

—¿Y qué clase de escritura es ésta?

—Una que él me sabe entender.

—¿Nunca fuiste a la escuela?

—No.

—¿No sabes escribir como la gente?

—No.

—Ya mismo empiezo a enseñarte. Agarra lápiz y papel.

Muchas horas crispadas y fatigosas le dedicaron al aprendizaje de la lectura y de la escritura, con el cuaderno cuadriculado que le servía a Todos los Santos para hacer las cuentas, con una vieja cartilla que les vendió el boticario, con un lápiz Mirado número dos y con resultados desastrosos. La niña miraba para cualquier lado, se mecía inquieta en la silla, se comía las uñas y los padrastros, por nada del mundo se concentraba. No sospechaba siquiera, según parecía, de qué le hablaba Todos los Santos, que apretaba los dientes para no perder el control y mechonearla.

—Enséñeme de una vez a trabajar, madrina, que no puedo perder tiempo.

—Dale tiempo al tiempo, aterriza y lee aquí: un e-na-no mi-ma al mo-no.

—¿Cuál enano?

—Cualquier enano, no viene al caso.

Llegaba la hora del almuerzo y la niña, que no había leído una sílaba, seguía preguntando por el enano, así que Todos los Santos desistía hasta el día siguiente a la misma hora y se encerraba en la cocina a calmar los nervios pelando papa y picando verdura.

Todo cambió aquella tarde inolvidable en que la madrina se tomaba unas mistelas con sus discípulas la Machuca y la Cuatrocientos, mientras chismoseaban sobre una famosa deuda entre dos vecinos que había terminado a tiros. La niña se encontraba cerca, sentada en el piso, entretenida con lápiz y papel, sin que nadie reparara en ella.

Hasta que alguna de las mujeres se dio cuenta de que si decían bala, la niña escribía bala con letras grandes, claras y redondas; si decían banco, ella escribía banco; si decían avaro, o Ana, o mandarina, ella lo escribía también.

—¡Cómo! —exclamó Todos los Santos, tomando el papel en sus manos—. ¡Esto es prodigioso! Ayer no sabías escribir y hoy sí sabes...

—Porque ayer no quería y hoy sí quiero.

¿Conservaría Todos los Santos algo de esos garabatos inventados y apretados en rollitos de papel? Le insinúo que tal vez el desinterés inicial de la niña por la escritura convencional tenía que ver con una duplicación innecesaria.

—No necesitaba aprender, porque a su manera ya sabía... —le digo, y para qué le habré dicho. La que sí necesitaba aprender era yo: a no pasarme de lista con Todos los Santos.

—No crea que no lo pensé —me contesta—. En vez de forzarla, yo hubiera podido adiestrarme en la escritura de ella para dedicarnos las dos a mandarnos mensajes la una a la otra, o en el mejor de los casos al Cristo, porque nadie más nos hubiera entendido.

Alentada por el milagro del súbito dominio de las letras y cuidándose de no quebrantarle a la alumna la iniciativa y el temperamento, la madrina se dio a la tarea paciente de pulir por las buenas las aristas más hirientes de su rebeldía, la adiestró en las sanas costumbres de frotarse los dientes con ceniza, dar los buenos días, las buenas noches y las muchas gracias, escuchar con paciencia las cuitas ajenas y callar las propias, tomar sorbos de té de anís en vaso fingiendo que es aguardiente, morder semillas de cardamomo para despejar el aliento, desenredarse el pelo todos los días y extenderlo al sol, para que se impregne de calidez y de brillo.

La niña, por su parte, se propuso aprender con un empecinamiento de mula que pasaba por encima de cualquier obstáculo, con excepciones irreductibles como el manejo de los cubiertos, que su torpeza manual convertía en amenazas cortopunzantes, o la manía de hablar fuerte y estridente a toda hora y en toda ocasión, incluso cuando rezaba.

—¡Sagrado Corazón de Jesús, en vos confío! —le gritaba la niña al cuadro, transida de fervor.

—No le pegues esos alaridos, que lo despelucas. Por Dios bendito, ¡cómo aúlla esta criatura! —se quejaba la madrina, que conocía por experiencia propia las ventajas de un tono discreto y aterciopelado, aunque el consumo habitual de tabaco se lo hubiera vuelto pedregoso.

Mucho le rogó que bajara la voz, después se lo ordenó y se explayó en regaños pero el asunto era superior a las fuerzas de la niña, que pese a su voluntad seguía vociferando y montando alharaca como las verduleras de la plaza de mercado.

—Que tome de su propia medicina —decidió entonces Todos los Santos y dio en llevarla a una cascada imponente y ruidosa que forma el río Colorado a la altura de Acandai, donde la hacía recitar a alarido limpio el poema La Luna, de Diego Fallon, hasta que su voz se distinguiera sobre el estruendo del agua, con la esperanza de limarle un poco las cuerdas vocales. Que se cansara de gritar, ése era el lema, pero se cansó primero de Diego Fallon así que la maestra la familiarizó con la canción desesperada de Neruda, las oscuras golondrinas de Bécquer, los lánguidos camellos de Valencia y demás páginas de un romancero popular que andaba muy en boga por las tertulias de La Catunga.

Día tras día la muchacha hacía elevar su voz sobre el sonido de la cascada, que se la fue puliendo según la escala musical y modelando en las diversas graduaciones del volumen. Alguna vez Todos los Santos abrió el romancero en cierto poema de Rubén Darío y le indicó que empezara sus ejercicios leyéndolo a voz en cuello. Se trataba de una princesa que roba del cielo una estrella.

—¿No será esta princesa la mismísima Santa Catalina, nuestra protectora? —se entusiasmó la niña.

—No desvaríes. Esto es un poemario, no un santoral. No confundas la tierra con el cielo y sigue recitando.

—No puedo, madrina, es demasiado lindo.

—Pamplinas. Dame acá —dijo la veterana, y fue leyendo sobre el gran enojo del rey ante el robo.

—Un castigo has de tener —bramó el soberano—. Vuelve al cielo y lo robado vas ahora a devolver.

—La princesa se entristece por su dulce flor de luz —seguía narrando Rubén Darío—, pero entonces aparece, sonriente, el buen Jesús.

—En mis campiñas esa rosa le ofrecí —aclaró Jesús—. Son mis flores de las niñas que al soñar piensan en mí.

—Yo creo que este buen Jesús es el mismo que vive en nuestra alcoba —opinó la niña—. También a mí me regaló una rosa el otro día.

—Calla, que estás armando un enredo y me haces perder el ritmo. La religión en exceso hace buenas monjas y putas desgraciadas —advirtió Todos los Santos.

—La princesita está bella, pues ya tiene el prendedor en que lucen con la estrella, verso, perla, pluma y flor —cantó Rubén Darío y en ese momento la niña se dejó llevar por una suspiradera ajena a su temperamento y se largó a llorar, y fue entonces cuando Todos los Santos descubrió en su discípula una inclinación por la poesía y una fascinación de estrellas tristes que la alarmaron y le parecieron síntoma peligroso en una promisoria aprendiz del oficio más inclemente que conoce la humanidad.

—No es juego, niña —le dijo—. Las prostitutas, como los boxeadores, no pueden permitirse una debilidad, porque las noquean. Una cosa es la vida y otra distinta es la poesía; no vuelvas a confundir la mierda con la pomada.

Cuando consideraron necesario apretar en exigencia el entrenamiento de la voz, fueron a pararse a orillas de la novísima carretera Libertadores, por donde el progreso entraba arrasando, para someterse a la prueba máxima del ruido infernal que el río de vehículos hacía llegar hasta el cielo.

—¡... los marineros besan y se van! —gritaba la niña al paso de camiones rugientes que en su estampida casi le arrancaban las naguas y dejaban reducido a viento el ya de por sí volátil amor del marinero.

Después de tanto fragor, al regresar a casa la niña agradecía el reencuentro con los imperceptibles sonidos del silencio, nunca antes atendidos: el mínimo canto del colibrí, el silbo de la luz al atravesar el ojo de la cerradura, el cuchicheo de vecinas al otro lado del muro, el roce de pies descalzos contra las baldosas del patio. Había logrado quebrar el imperio del ruido y en recompensa le era dado el don sosegado de la intimidad, que permite rezar en secreto, canturrear boleros, recitar sonetos y susurrar frases al oído con ronroneo de tigre de peluche.

—Ahora sí —le dijo Todos los Santos—. Ya tienes el tono y estás lista para adquirir el timbre. Tu voz debe sonar como la campana mayor del Ecce Homo. Escúchala. Mírala. El campanario fue hecho sobre la primera torre petrolera que hubo en los pozos de Tora. Óyela ahora que llama al Ángelus, y también mañana cuando llame a maitines. Óyela siempre porque así, profunda y tranquila, igual a la campana mayor de tu pueblo, así debe sonar tu voz.

—Pero, madrina —objetó la niña—, éste no es mi pueblo.

—Pero lo será, apenas tu voz suene como su campana mayor.

También peliagudo fue el desafío que les impuso la crónica flacura de gata desnutrida de la niña, porque entre más comía más se la veía delgada de talle, marcada de pómulos, escasa de busto y en exceso larga de extremidades. Todos los Santos sostenía que todo el alimento iba a parar al pelo, que a expensas de la niña se robustecía y crecía fuera de control, y que si lo cortaban ella ganaría los kilos que le eran arrebatados.

—Está vivo —decía la Olguita embelesada, mientras lo peinaba en trenzas—. Y creo que muerde.

Sabían que cortarlo era cometer un crimen alevoso así que decidieron más bien obligar a su dueña a consumir doble ración de sopa, de seco y de fruta, una para ella y otra para su cabellera, que a la hora de la verdad fue la única que sacó provecho de la empachada y que llegó a convertirse en una caída de aguas oscuras y rumorosas.

—Como Dios te limitó con tal pobreza de carnes, no tienes otro remedio que aprender a bailar —le recomendó Todos los Santos, resuelta a buscar la salida por otro lado, y le reveló los secretos de una cierta danza que no estaba hecha de zapateos, contoneos ni quiebres de cadera, sino de ondulaciones, de ausencias y de quietudes. Le contó que si Salomé logró embrujar a Juan Bautista, fue porque conocía la magia de moverse sin movimiento.

La niña se adueñaba de estas palabras sin que se las tuvieran que repetir y sorprendía a la maestra por la naturalidad ensimismada con que se dejaba mecer en un ritmo cadencioso y profundo que no era de cumbia ni de merengue, sino del vaivén de la propia sangre por los caminos clandestinos del cuerpo.

—Me gustaba verla bailar —me dice Todos los Santos—. Y al mismo tiempo me aterraba, porque comprendía que en ese momento la perdíamos. Sólo al bailar se daba ella licencia para visitar el país de sus propios recuerdos y para escaparse en la inmensidad de la bóveda que tenía por dentro. Ella bailaba y yo sabía que nadaba en aguas lejanas, como de visita por otros mundos, tal vez peores, o tal vez mejores.

Tal vez peores o tal vez mejores pero nunca compartidos. Desde el principio se vio que la chiquita no era amiga de comentarios ni chismes, menos aún si versaban sobre su propia persona, y que mantenía tal hermetismo de estatua sobre su pasado que hacía pensar en razones adoloridas o culposas para ocultarlo. Cuando le preguntaban dónde naciste, cómo te llamas, cuántos años tienes, se escabullía por atajos hacia un silencio despoblado de recuerdos, o bien por el contrario se desbocaba en palabras llenando la casa de una parlería sin ton ni son que resultaba más encubridora aún que su mutismo.

—Pareces nacida hace un rato —se lamentaba Todos los Santos—. Escupe tu pasado, niña, o se te pudre adentro.

Esa negación de la memoria hacía de la niña pura vibración de un presente que se quemaba ante los ojos en el instante en que era contemplado, como escena iluminada por un flash de cámara. Aunque a veces se le escapaban cosas; de tanto en tanto soltaba fragmentos, como al desgaire.

—¿Les gusta mi falda nueva? —preguntaba la Tana.

—Cecilia tenía una igual —comentaba ella—. Pero amarilla y no verde.

Se apresuraban entonces a preguntarle quién era Cecilia, ¿acaso tu madre?, ¿una tía?, ¿tal vez una amiga de tu madre? ¿Puedes contestarnos, por amor a Dios, quién era Cecilia?

—¿Cuál Cecilia? —devolvía el interrogante, sorprendida ante la insistencia, como si jamás hubiera mentado semejante nombre.

Un día un antiguo cliente y enamorado de Todos los Santos le pidió cita para despedirse; cansado de acudir a diario a las oficinas de la Troco a cobrar una siempre aplazada indemnización por accidente, había tomado la decisión de partir hacia Antioquia a ayudar a un hijo suyo que quería montar un beneficiadero de café. Era una ocasión evocadora y nostálgica y Todos los Santos se ocupaba de atender primorosamente a su amigo mientras la niña, metida en su camisón de marras, se dedicaba a fastidiar a Aspirina, la perra de la Tana, atándole lazos rojos a las orejas, sin prestarle cuidado a la visita, o al menos tal parecía, y sin interrumpir. Hasta que al final, cuando el señor ya se iba, se le atravesó en la puerta y lo detuvo.

—Si se cruza en alguna parte con una señora de Guayaquil que llaman La Calzones —le recomendó—, dígale que la sobrina le manda decir que le está yendo bien.

Así, de carambola, supo Todos los Santos que su alumna se encontraba a gusto en La Catunga y que en alguna parte del país tenía una tía de apodo arrabalero, de donde dedujo que el oficio de la vida le llegaba por tradición familiar.

—Eso explica algo —le digo—, pero no mucho. En realidad no explica casi nada.

—Así es.

Ni siquiera durante las etapas más duras del entrenamiento daba la educanda muestras de derrota o desfallecimiento; no se quejaba, no expresaba dicha o tristeza, frío o calor, ni aflojaba un milímetro la disciplina militar que se había impuesto, como si respondiera a un sentido del deber más grande que ella misma. Sólo una vez se negó a obedecer, cuando Todos los Santos pretendía que aseara la porqueriza que reverberaba en hedores en la enramada trasera del rancho.

—Me metí de puta para no tener que limpiar caca nunca más —renegó la niña.

—Pues te equivocaste. Has de saber que aquí ganas más lavándole la ropa a un gringo que acostándote con un cristiano. Para salir adelante, una mujer pública debe desempeñarse además como costurera, vivandera, adivina y enfermera y no hacerle el asco a ningún oficio que le imponga la vida, por humilde o difícil que resulte. Así que vuelve al balde y al cepillo y déjame ese patio inmaculado como una patena.

Una noche de claridades sobrenaturales, Todos los Santos se despertó en medio de un acceso de tos y pidió entre ahogos que la socorrieran con un vaso de agua. La niña no respondió porque no estaba en su jergón, sino sentada en la puerta de la calle en camiseta y descalza, juagada en luz de luna y absorta en el lento asombro que descendía de los abismos más altos. Era tan honda su perplejidad, tan sonora, que la madrina, conmovida, despercudió los sótanos de su memoria buscando aquella explicación que la había acompañado tiempo atrás, antes de que años y años de lucha a dentelladas por el pan de cada día le enseñaran a vivir sin explicaciones.

—Allá en lo alto giran y cantan alrededor de la Tierra las siete esferas —dijo, sacando un taburete para sentarse en la negrura iluminada al lado de la niña—. La Luna, Marte, Mercurio, Júpiter, Venus, Saturno y el Sol. A cada una le corresponde una nota musical, uno de los metales de la tabla y un día de la semana. Esa luna que te quita el sueño está hecha de plata maciza, silba canciones por la nota do y reina sobre el día lunes. El gran zumbido que produce el universo es lo que los sabios llaman la música de las esferas, y a semejante concierto tan excelente se suma la voz muy principal de nuestra Tierra.

—Y si eso es verdad, ¿por qué yo no lo oigo?

—Sí lo oyes, lo estabas escuchando cuando llegué.

—Y esta Tierra nuestra, ¿qué cosa canta?

—Una canción de viento, hecha con tu respiración y mi aliento y el de todos los hombres y las mujeres, vivos, muertos y por nacer.

—Mejor volvamos adentro, madrina, o la agarra todo ese viento tan tremendo y le empieza otra vez el ataque de tos.

Pregunto qué era de la vida de Sacramento a todas estas y me cuentan que en las tardes, después de las cinco, visitaba a la niña y jugaba con ella.

—¿Jugaba? —pregunto—. ¿No estaba muy adulto para jugar?

—Pero si era un niño...

—Me dijo que por entonces ya le habían dado la cédula de ciudadanía. Al menos 18 cumplidos debía tener.

—Cédula sí tenía, pero no quiere decir. Se la dio con cuatro o cinco años de anticipación uno de tantos políticos fraudulentos que falsifican cédulas para llevar menores, inexistentes o muertos a votar por ellos en las elecciones.

Ella y Sacramento jugaban descalzos con los otros niños por los callejones polvorientos del barrio de las putas. Al puente quebrado, a la pelota quemada, al salto candela con la cuerda. Pero esos entretenimientos consabidos y organizados no eran los favoritos; ante todo les gustaba guerrear. En la calle la niña era famosa por ser patana y brusca como un malandrín. Nadie más experto que ella en patadas voladoras, lanzamiento de escupitajo a mayor distancia, aplicación de llaves quiebra-hueso, extracción de aire con puño al plexo solar. Otras diversiones socorridas eran orinar en tarros, linchar al enemigo con ají en los ojos, aplicar la técnica del tumbaperros para hacer caer a los demás.

—El corazón de la piña se va enroscando, se va enroscando, todos los niños se van cayendo, se van cayendo —tararea Sacramento y va recordando, va recordando—.

Se llamaba el corazón de la piña y era un juego rudo del que todos salían lastimados. ¿A mí? El corazón de la piña por poco me quiebra el alma.

El corazón de la piña se iba enroscando, la fila rauda de niños agarrados de la mano se apretaba y se retorcía hasta formar un nudo humano, un verdadero corazón de piña que oprimía y asfixiaba y que al final iba a dar por tierra con toda su montonera de niños aplastados. Cierto día se metieron al juego muchachos mayores venidos de otro vecindario, y la piña, endiablada y frenética, empezó a torcer tobillos y a tronchar pescuezos y más de uno salía magullado del apretuje. Pero los mayores no estaban allí para jugar, sólo azuzaban la pelotera y aprovechaban la confusión para toquetear a la niña, tumbándola al suelo y trincándola del pelo para arrancarle besos y alzarle las faldas. Ella se defendía con púas de erizo y coletazos de delfín, y ya había logrado sacárselos de encima y escapar veloz cuando Sacramento se percató del atropello y un corrientazo de dignidad herida le electrocutó el corazón.

—En ese instante creí que el dolor que me puyaba era el más fuerte que podría conocer. Vaya equivocación. Era un dolor niño comparado con los que habrían de venir.

—Con los años, Sacramento creció y se robusteció —cuenta Todos los Santos—, pero en ese entonces era un pequeñajo flacuchento, una cabeza más bajo que la niña, de pelos tiesos y ojitos amables que inspiraba risa y compasión. Sin reparar en que los otros eran más y mayores se abalanzó contra ellos, vengador y justiciero, y sucedió, por supuesto, que lo molieron a golpes y lo dejaron medio deshecho.

—Qué tanto la defiendes —le dijeron cuando lo vieron sangrando en el suelo—, si al fin de cuentas va a ser puta.

—Sólo cuando trabaje, malparidos cabrones. ¡Ahora estábamos jugando! —les gritó con una voz quebrada por el llanto que a él mismo le sonó lamentable por infantil, y para reponer esa salida en falso extrajo fuerzas de su orgullo pisoteado y volvió a arremeter.

—Tuvo la suerte de que esa segunda vez lo tumbaran de un pastorejo y se alejaran.

En el patio de Todos los Santos, Sacramento y la niña pasaban juntos horas y más horas ocupados en alargar los últimos soles de la infancia jugando a que ya eran adultos e inventando episodios y dramas dialogados y actuados, e interminables como la vida misma. Se diría que iban creciendo mientras jugaban a crecer, como cuando acordaban ser dos hermanos que abandonaban la casa paterna para salir de viaje por el mundo en busca de fama y fortuna pero primero tenían que desayunar, hagamos de cuenta que esto era el pan y esto la leche, pan no, yo desayunaba con tortas, ahora había que hacer las maletas, tú eras mujer y te encargabas de eso, no, te encargabas tú que eras hombre y yo afilaba nuestras espadas, juguemos a que ésta era tu ropa, ésta la mía y este cajón era el baúl donde la guardábamos, pero antes de partir teníamos que darle pasto a nuestros caballos. ¡Estas barandas eran los caballos! Está bien, pero juguemos a que el tuyo estaba enfermo de un tumor y había que curarlo con esta venda, y así, de un preparativo en otro, iba cayendo sobre el patio la noche con sus sombras. Todos los Santos les servía de comer tortas verdaderas y auténticos vasos de leche, se había terminado el juego y los dos hermanos aventureros no habían logrado traspasar el umbral de su casa.

A Todos los Santos empezó a perdérsele la ropa, primero las medias, luego unos pañuelos de batista bordados con sus iniciales, después una blusa de manga sisa, luego otra.

—¿En qué baúl habrán guardado los hermanos viajeros mis medias de seda? —se cansaba de preguntarles y mientras los hermanos juraban que no las habían visto, desaparecían fundas de almohada y toallas pequeñas.

Una mañana, mientras limpiaba la cocina, Todos los Santos percibió un olor fuerte y rancio cuyo origen no pudo precisar por mucho que revolcó cajones en busca de alimentos descompuestos y desplazó muebles a ver si se trataba de ratones muertos. Al día siguiente el olor reapareció más intenso y la madrina se encaramó en un butaco para escarbar en las estanterías altas, de donde bajó un canasto hediondo y repleto de trapos sucios. Trapos que no eran trapos; eran sus medias perdidas, sus blusas, sus fundas y sus pañuelos, apretados en nudos, hechos zurullo y manchados de sangre seca.

—¡Niña, ven acá!

—¿Y ahora qué pasó, madrina?

—¿Qué es esto?

—Quién sabe.

—Es la ropa que se me había perdido.

—Qué bueno que la encontró.

—¿Quién la embutió toda sucia allá arriba?

—A lo mejor usted misma y no se acuerda —dijo la niña y se escabulló corriendo.

—¡Niña, ven acá!

—Mande, madrina.

—Dime por qué está la ropa manchada de sangre.

—Por una herida que tengo en el brazo, que me sangra mucho.

—Muéstramela.

—Ya se cerró, madrina. Era aquí, en la rodilla.

—¿No era, pues, en el brazo?

—Una en la rodilla y otra en el brazo.

—Pero no tienes costras, ni cicatrices...

—Era una herida más bien pequeña.

—Y entonces por qué sangraba tanto...

—Era bastante honda, creo yo.

—¿Sería herida de bala?

—Más bien de cuchillo, pero muy filudo...

—¿Te la hicieron en la guerra? ¿O sería la policía?

Entonces la niña se tapó la cara y se largó a llorar y Todos los Santos, tras cerrar la puerta de la cocina para quedar a solas con ella, la sentó en sus rodillas y empezó a repetirle la misma intrincada epopeya sobre la polinización de las flores que ella misma escuchara de boca de las monjas decenios atrás y en circunstancias similares, con el protagonismo de una abeja que revoloteaba alrededor de una rosa para cumplir con una incomprensible y amorosa misión, en medio de un gran enredo anatómico de estambres, corolas y pistilos, hasta que por milagro de Dios, que es misericordioso, al final de todo ese baile nacía un hermoso durazno.

—¿Hijo de Dios y de la abeja? —preguntó la niña.

—Hijo de la abeja y de la flor. Algo así está pasando contigo, ¿ahora entiendes? Por eso no debes tener vergüenza de tu sangre ni esconderla entre un canasto como lo has hecho, aunque te digan que mancilla y emponzoña. Lo que tienes que hacer es recogerla todos los meses en unos trapitos que yo te voy a dar y que te voy a enseñar a lavar con agua tibia para que no huelan mal, y no debes angustiarte porque es algo natural que a todas nos sucede. ¿Has comprendido?

—Sí, madrina —dijo la niña, soltándose a llorar de nuevo, pero esta vez con más ímpetu.

—¿Entonces por qué lloras?

—Es que me duele, madrina, cada vez que sale la sangre. Me arden las tripas. ¿No será que estoy herida por dentro? ¿Que se me metió esa abeja que usted dice y me picó allá, al fondo? Así se siente, madrina, como mordisco de avispa...

—Es una herida que las mujeres llevamos abierta una vez al mes y que no sana porque es herida de amor. Pero vas a ver, cuando empieces a estar con hombres, cuánta felicidad te van a traer las rosas rojas de tu pordentro cada vez que aparezcan, porque serán el anuncio de que no has quedado en embarazo. Ya te veo, como las demás, contando los días que se tarda tu sangre en manchar la ropa.

—¿Les sucede también a los hombres?

—No. Según quiso Dios, sólo a las mujeres. Por eso también amamos más, porque tenemos las entrañas dolientes.

—¿Como el Corazón de Jesús?

—Así. Igual.

Entonces la niña dejó de llorar, se limpió los mocos con la manga y volvió al patio a seguir con el juego interrumpido de los hermanos, a quienes ahora se les presentaba el problema de que no tenían cobijas para los fríos tremendos que habrían de pasar en las noches durante el largo viaje, y de ese día en adelante la hermana aventurera pudo buscar fama y fortuna sin entrar en pánico ante su ciclo menstrual, que ya no era un pecado que había que ocultar en los estantes, y aprendió a utilizar trapos blancos que después lavaba en agua tibia, restregaba con piedra pómez y ponía a secar al sol, sabiendo que si alguna vez tenía una hija, la tranquilizaría explicándole con paciencia el misterio de cómo esa sangre que aparece en tus calzones, que es sangre de abeja, hace posible que una fruta nazca de una flor.

—¿Recuerdas la caja del tesoro? —le pregunta Todos los Santos a Sacramento.

A menudo los dos niños se distraían con una caja de galletas que llamaban la caja del tesoro. Contenía una variedad deliciosa de cuentas de collares reventados, botones, piedras sueltas, viejos prendedores y aretes de fantasía, y hacía brillar los ojos de los niños con destellos verde esmeralda, rojo rubí, rosa de Francia, según el color de los vidrios que contemplaban.

—¡Qué gran maravilla! —exclamaba la niña entregada al prodigio y se soltaba a contarle a Sacramento unas mentiras enormes como casas, que él fingía creer.

—Inventaba que la caja contenía las joyas que a Santa Catalina le había regalado su padre el rey y me hacía jurar que las defendería con mi vida, bienes y honra contra cualquiera que intentara robárselas.

Sacramento juraba arrodillado, ella le ajustaba un par de espadazos por los hombros con un palo y lo nombraba Caballero de la Orden del Santo Diamante. A él lo abochornaba que los mayores lo vieran en esos bretes y no se dejaba nombrar caballero a menos que no hubiera por allí testigos de los hechos; al fin de cuentas ya era un hombre que trabajaba para pagarse la existencia y encontraba aquel juego —como tantas cosas de ella— vergonzosamente simple. Pobre Sacramento, no sospechaba que ese título sería, por mucho, el más honroso que habrían de otorgarle en su vida.

—Haber sido nombrado por ella Caballero de la Orden del Santo Diamante... —me dice—, creo que cuando me muera será la mejor memoria que quede de mí.

Me han contado que un milagro impidió que los impíos aserrucharan en dos mitades, con la rueda dentada, a Santa Catalina virgen y mártir, y que tuvieron que limitarse a decapitarla, sin lograr contener la leche que en vez de sangre manó de sus heridas, ni el aroma curativo que exhalaron sus huesos para beneficio de los enfermos que se encontraban en los alrededores. Me contaron también que la fecha conmemorativa de tan espeluznante episodio es la favorecida por las mujeres de La Catunga para iniciarse en la vida pública; para su bautizo de fuego, como ellas mismas le llaman. Me he dado cuenta de que la prostitución conlleva inclinaciones y fijaciones similares a las que en otras oportunidades he observado en los sicarios de las comunas de Medellín, los choferes de camión que deben atravesar zonas de violencia, los expendedores de bazuco de la calle del Cartucho de Bogotá, los apartamenteros, los mafiosos, los jueces, los testigos, los toreros, los guerrilleros, los comandos antiguerrilla y tantos otros colombianos que se juegan la vida por cuestión de rutina. Para empezar, todos llevan encima una o varias medallas de la Virgen del Carmen, a quien llaman familiarmente La Mechudita por menuda, por graciosa y por la larga cabellera que la caracteriza, y a quien veneran por ser la patrona de los oficios difíciles.

Al igual que ellos, las mujeres de La Catunga saben que quien abraza su profesión arriesga el pellejo; a diferencia de ellos, saben que además arriesgan el alma. De ahí la forma meticulosa y maniática en que cumplen con rituales purificadores que ellas mismas se imponen; de ahí la importancia que le otorgan a una santa como Catalina, ellas, que de alguna oscura manera también se asumen como mártires, se entregan a la tragedia y aceptan la noción de la vida como sacrificio.

Faltaban cuatro meses para la celebración de la fiesta de la Santa Cata, justo los necesarios para redondear la educación sentimental de la muchacha. Pero, como tantas veces escuché decir en Tora, el hombre propone y el hambre dispone. Los ahorros de Todos los Santos, que se iban mermando, no durarían hasta la fecha indicada para la iniciación en el oficio. Así que Todos los Santos tomó la decisión de forzar la mano y soltar a la artista al ruedo todavía biche, corta de entrenamiento, imprevisible de conducta e inmadura de psicología.

—A un hombre no lo enamoras con maromas de cama ni trucos de alcoba —fue su primera indicación estrictamente profesional—. Eso déjaselo a las que no tienen otras habilidades. Lo que debes hacer es consentirlo y consolarlo como en este mundo sólo lo ha hecho su propia madre.

Cayó sobre La Catunga una media noche apretada de chicharras que encontró reunido en el rancho de Todos los Santos un conciliábulo de asesoras que entre mistelas, cigarrillos Pielroja y pastelitos de gloria discutía sin ponerse de acuerdo en ninguno de los detalles de la mise-en-scène. La mayor polémica giraba en torno a la escogencia del nombre de guerra que debía llevar la niña, que en este caso habría de servir además de nombre de pila, porque ella afirmaba no recordar que la hubieran bautizado.

—Contanos al menos cómo te decían antes de llegar acá —le pidió Tana, la argentina, hecha un sonajero de brazaletes y collares obsequiados por su amante, que era ingeniero de la Company.

—No me decían nada —mentía tal vez la niña, o tal vez confesara desamparos verdaderos.

Lo que sí les dejó saber fue que le gustaría llamarse La Calzones en homenaje a su tía, por quien al parecer profesaba alguna admiración o cariño.

—¡Por encima de mi cadáver! —gritó Todos los Santos—. Jamás he oído un nombre tan basto y falto de estilo.

—Pero si ese nombre le trae a la niña buenos recuerdos —se atrevió a contradecir la Olguita, aterciopelada de carácter por el polio que le había marchitado las piernas.

—No existen buenos recuerdos. Todos los recuerdos son tristes —cortó el tema la madrina.

—Pongámosle María, Manuela o Tránsito, ¡me cago en Dios!, que fueron mujeres importantes y heroínas de novela —propuso Machuca, la blasfema, que era bachiller con diploma y lectora avezada.

—¿Qué tiene que ver? Ninguna de ellas tuvo que poner el culo.

—Pues si ése es el requisito, que se llame Magdalena.

—Ni mientes a esa renegada, que primero pecó y luego se pasó la vida llorando de arrepentimiento.

—¿Qué tal entonces Manón o Naná, que hicieron época en París? —sugería la Machuca, y la boca se le hacía agua.

—París y Tora no se pueden mencionar el mismo día.

—¿Por qué no Margarita, entonces?

—Las Margaritas también lloran demasiado. Y se enamoran del dinero, y mueren escupiendo sangre. Te lo digo yo, nombre de flor trae mal agüero.

—Pues de Flor Estévez, que fue tía mía por parte de padre —les contó Delia Ramos—, se dice que conoció la dicha en el amor de un marinero.

—Los marineros besan y se van —Todos los Santos recitó la única estrofa que su memoria retenía.

—Rosa la Rosse siempre me sonó tan dulce... —suspiró la Olguita—. ¡Me hubiera gustado llamarme así!

Pero me fui enredando en este oficio sin darme cuenta y cuando vine a abrir los ojos ya era puta consagrada y me seguía llamando Olguita, como cuando era buena. Dicen que Dios no perdona a las que trabajan con nombre dado en pila bautismal. Dicen que es enlodar el santo nombre y mentarlo en vano.

—Dios ya se hizo viejo y aún no acaba de inventar pecados.

—De nada me sirve regalarles ideas, si no me hacen puto caso —dijo, peleonera, la Machuca, pero lo intentó de nuevo—. Que se llame Filomena, que fue ganadora en un torneo de pechos bellos.

—Tal vez la Filomena esa los tuviera muy en orden —intervino Delia Ramos—. Pero a esta nenita apenas si le asoman, y se adivina que de adulta le brotarán escasos y chancletudos, como babuchas de turco.

—Yo sé de una puta sumamente extraordinaria que se llamó Cándida... —musitó la Olguita.

—Ni hablar —reviró la Machuca—. Esa Cándida merece un lugar entre las diosas del Olimpo por aguantar eterno suplicio encadenada al catre, como Prometeo a la roca. Cándida es mito de sublime vuelo y esta pobre chiquita nuestra no es más que vil mortal.

—Tanto libro que leés y tanto primor que inventás —le dijo Tana a la Machuca— y mirá no más, qué nombre triste el que tenés.

—Si lo uso es porque así me decía un poeta a quien mucho amé —se defendió la aludida, perdiéndose en un vahío de tiempos idos.

Se enredaban en meditaciones sin llegar a colofón satisfactorio y en cambio iban aplazando otras decisiones de primerísima urgencia, como fijar la tarifa y el correspondiente color de la bombilla de acuerdo con las jerarquías y convenciones que regían en La Catunga. La niña era tan cobriza y aindiada como las pipatonas y según eso le hubiera correspondido la mínima remuneración, pero

Todos los Santos aspiraba al más alto destino para su alumna y no se resignaba a condenarla al ínfimo foco de color blanco.

—No puede ser —se lamentaba—. ¡Con esos hermosos ojos rasgados que tiene, de princesa japonesa!

—Eso es —en medio de sus mistelas, Delia Ramos vio la luz—. ¡Japonesa! Que sea la única japonesa de esta área de lenocinio, y así puede cobrar tarifa exclusiva.

—¡Qué ocurrencias! Si las japonesas son amarillas como los pollos...

—No le hace, por aquí a nadie le consta porque no han visto ninguna.

—Además, el colorido se puede empalidecer con talcos de arroz...

—Pero si ella ni barrunta el japonés.

—¿Acaso usted cree, madre, que estas francesas nuestras sí hablan el francés? Si alguna vez lo supieron, hace rato lo olvidaron. Y nadie protesta, si al fin y al cabo el oficio es de idioma universal.

Olguita sugirió el apodo de la Kimono, única palabra que distinguía en japonés, y Delia Ramos se dejó venir con otra posibilidad:

—Yo digo que sería óptimo llamarla la Tokio.

—¿Eso qué es?

—Una gran ciudad del Japón.

—No sirve, espanta a la clientela gringa.

—A pesar de todo me suena muy bien la Tokio.

—En ese caso mejor la Koito.

—¿Por qué no la Sayonara?

—La Kimono o la Sayonara —sentenció Todos los Santos—. Cualquiera de los dos funciona.

—Más hermoso Sayonara, que quiere decir adiós.

—¿Adiós para siempre? —suspiró Delia Ramos en amagos de tragedia, borracha ya.

—Sólo quiere decir adiós.

—Pues que escoja la niña.

Sin pensarlo siquiera la niña escogió Sayonara y de ahí en adelante se aferró a esa palabra, que no había oído nunca antes, como si en ella reconociera por fin la marca de su identidad.

—Sea, pues: Sayonara. La Sayonara. Ya no serás la niña, sino la Sayonara —aprobaron por unanimidad y descendió sobre ellas, dejándoles rucio el pelo, esa garúa de hollín que cae del techo cada vez que una infancia acaba antes de tiempo.

—Cuatro meses —dijo entre hipos Delia Ramos—. Sólo cuatro meses y se hubiera hecho adulta.

—Da lo mismo —dijo Todos los Santos—, cuatro meses más o menos. ¿Cuál de nosotras no empezó demasiado temprano? La niñez no existe, es un lujo inventado por los ricos.

Hoy día, pese a sus ojos bañados en neblina, Todos los Santos me dice ver con diáfana certeza que al empecinarse en ese nombre con sabor a despedida, la Sayonara selló sin saberlo —¿o acaso lo sabía?— su propio destino y el de toda La Catunga.

En una cosa coincidieron durante esa velada Todos los Santos, Olguita, Delia Ramos, Tana y la Machuca, y fue en señalar al señor Manrique como primer cliente para la niña, el que debía iniciarla en el oficio antes de la presentación social y oficial en el Dancing Miramar. Era un cincuentón blando y amable, todo reverencias y gentilezas de antaño, de los que parten el pan con la mano para no tener que enterrarle el cuchillo. Ejercía de intendente general del comisariato de la Troco, donde ganaba bien, y visitaba a las chicas de La Catunga todas las noches para echar con ellas polvos eventuales y sin trascendencia, desperdigados entre docenas de partidas de dominó, infaltables, largas y apasionadas.

—¿Qué opinas tú, niña? Al fin de cuentas eres la interesada...

—Me da igual.

El señor Manrique hubiera sido aceptado por unanimidad si una rubia biliosa y frentera llamada Potra Zaina no hubiera sembrado la tentadora inquietud a último momento:

—Que se estrene en el amor con el Piruetas; ése sí sabe bailar y hacer vivir a una mujer.

Ninguna de ellas, ni siquiera Todos los Santos, era inmune a los encantos difíciles del Piruetas, quien entraba y salía de sus vidas con ágiles quites de bailarín. Impredecible, incomprensible, engominado, a todas hacía penar con sus desprecios; de todas obtenía beneficios de catre y cocina a cambio de miradas de sus ojos engañosos; todas lo amaban sin cobrarle un peso para que él, en retribución, les enseñara los pasos de tango y las piruetas de última moda en los salones de dancing de Pereira y de la capital.

—¡Ven, Piruetas! —se lo disputaban cuando veían pasar su figurín de sombra equivocada, sombrero malevo y zapatico de charol—. ¡Mátame con esos ojos! Ven, amor, enséñame un figurita nueva, de las que sólo tú sabes.

—Las prostitutas, como los toreros, pretenden paliar tristezas con supersticiones —me confirma Todos los Santos—. Una de tantas creencias dice que el hombre que estrena a una mujer le marca la vida de ahí en adelante. Por eso era asunto delicado la selección del primer cliente y quedaba descartado un melancólico, por decirle algo, un avaro o un enfermo. Todas las dolencias, del cuerpo y del alma, se transmiten por las sábanas.

—¿El Piruetas para Sayonara? —brincó la Tana—. Ni se te ocurra, es un señorito que juega torcido.

—Esta vida es corta y hay que saber gozarla, y no vamos a condenar a la muchacha a la amargura estrenándola con un anciano triste de pingajo —terciaba la Machuca.

—Por el contrario, no se debe acostumbrar a que el trabajo es vagancia y el salario es gozadera, porque después no hay quien le quite la maña.

—¡Quién dijo tanta majadería! Si va a vivir de su cuerpo, al menos que lo sacuda y que lo disfrute. ¡Partida de santurronas, atarugadas de hostias!

—Siempre, en alguna parte, está agazapada la muerte, y la gracia consiste en descubrir dónde antes de que tire el zarpazo —pronunció Todos los Santos esas palabras foscas y las amigas no entendieron qué tenían que ver—. Yo digo una sola cosa: en este barrio la muerte anda bailando, la muy ladina, entre los zapatos del Piruetas.

Cuajó un silencio incómodo y las mujeres se apretaron unas contra otras, buscándole la contra al espeluzno.

—No soy quién para prohibirle a la muchacha el trato con el Piruetas —siguió diciendo Todos los Santos—. Ustedes saben que durante años ha entrado y salido de mi cama a su antojo. Sobre todas nosotras extiende sus asedios y tarde o temprano a ella también habrá de rasgarle la blusa con esas uñas afeminadas que tiene, diamantadas con esmalte. Pero es preferible que sea tarde a que sea temprano.

La madrugada cayó espesa de humedades y envuelta en griterío de gaviotas sobre la mansedumbre del río, y las chicas se marcharon cada cual para su house, como ordena Mickey Mouse, agradeciendo por el camino la existencia de hombres afables como Manrique, que amortiguan la fascinación fatídica que todas, sin excepción, sentían por varones crueles como el Piruetas.

Cuando supo la noticia de que la hora de la niña era ya llegada, y que el novio escogido para el estreno era el viejo Manrique, a Sacramento se le cayó el ánimo al piso y se le quebró en mil pedazos.

—¿Ya desde entonces la amabas? —le pregunto.

—Amarla, no. Amor, lo que se llama amor, no dormir en la noche ni comer en el día pensando en una mujer, algo así me inspiraba la señorita Claire, siempre solitaria aunque estuviera acompañada, con su misterio de ojeras y palideces. O la señora Machuca, con sus treinta años de vida tan bien vivida que nada de lo bonito ni de lo feo de este mundo le quedaba por conocer. O la misma Olguita, tan compasiva, impedida de piernas como una sirena, que medio me asustaba, medio me fascinaba con esos fierros ortopédicos que le apretaban la carne. A todas las amaba y las deseaba hasta la locura y aun más. ¿Pero a la niña? Nadie se enamora de un renacuajo mechudo, resbaloso y arisco. En ese entonces ella era para mí algo peor y más fuerte que el amor. Ella era mi dolor de conciencia.

Desde que supo lo del señor Manrique, a Sacramento lo atacó un frenesí laboral incomprensible para los vecinos que siempre lo pillaban durmiendo la siesta a la sombra de algún árbol y que ahora lo veían revolar a rayo de sol como una hormiga desatada, aporreando su zorra por las calles del pueblo desde la madrugada hasta bien entrada la noche para llevar canecas de gasolina del muelle al aserradero y maderas del aserradero al muelle; para acercar viajeros recién llegados de la estación del tren al Hotel Pipatón y viajeros próximos a partir desde el Hotel Pipatón hasta la estación del tren, para cargar cemento o ladrillo hacia las construcciones, canecas de agua hasta los barrios altos, bultos de arroz y de grano del río a la cooperativa y de la cooperativa a las cocinas de la Troco. Hasta el empinado pico del Cristo del Pronto Alivio lo vieron arrastrando enfermos que subían a rogar por su salud y sanos recientes que iban a dar las gracias por el milagro de su curación. Al cabo de una semana de máximo rendimiento se presentó en la casa de Todos los Santos con los bolsillos repletos de monedas, que volcó sobre la mesa de la cocina.

—Aquí vengo a pagar lo de la niña.

—¿Qué cosa de la niña?

—Su primera noche de amor.

La Olguita, la Tana, la Machuca, la Delia Ramos, todas se encontraban reunidas allí fabricando tamales para el bazar pro-leprocomio, con masa de maíz y carne de cerdo bien envueltas en hoja de plátano y amarradas con piola, y todas quedaron tiesas con las manos en la masa al ver la expresión de patética solemnidad del niño en el momento de entregar su capital; el viento de vida o muerte que arremolinaba sus pelos hirsutos; la fogosidad de tenor lírico con que irrumpía en la escena de preparación de los tamales para tratar de evitar lo inevitable presentando su solicitud; su delicada súplica que se quebró en tartajeo cuando empezaron a sonar las carcajadas y vio a las mujeres dobladas de la risa sobre la masa amarilla de harina de maíz, y esa risa de ellas resbaló como fuego líquido por sus oídos ulcerándole el cuerpo por dentro, tanto más quemante cuanto que ahí presente se encontraba también su idolatrada Claire, que no se andaba con tamales como las demás, desde luego, sino que acompañaba de lejos pintándose las uñas de rojo fatal, pero que también, igual a las otras, le soltó en la cara el chorro hirviente de su risa.

—Venga para acá, mi niño precioso —le dijo la Machuca, todavía sacudida por la hilaridad, aplastándole la cara contra sus blandos pechos—. ¡Este chico vale su peso en oro!

—¡Qué primor de pestañitas crespas! —le dijo la Olguita besándole ambos ojos—. De grande vas a ser un hombre considerado, bendito sea Dios.

De nuevo en uso de seriedad, Todos los Santos recogió de la mesa las monedas, las guardó entre una bolsa de papel y sacó del cajón de los ahorros unas cuantas más que también puso dentro.

—Toma —le dijo a Sacramento y le entregó la bolsa—. Vete con la niña al cine. Cómprense chocolatinas y algodón de azúcar, que les alcanza y les sobra con el dinero que llevas.

Se fueron juntos al Teatro Patria y se vieron una de vaqueros en la que John Wayne, enardecido, no dejaba un indio sano. Pero de regreso a casa de Todos los Santos, Sacramento dijo que no entraba y se obstinó en despedirse nada más en la puerta.

—Me largo de Tora, niña —anunció—. Voy a meterme de petrolero para regresar tostado, peludo y con mucha plata, así las mujeres de La Catunga nunca se vuelven a burlar de mí.

—De acuerdo —dijo ella—, nos íbamos bien lejos; yo también iba a ser petrolero y nos metíamos por entre la selva con nuestros caballos y...

—Ya no más juegos imbéciles; esta vez es de verdad. Adiós.

La niña se quedó parada en medio del atardecer, que esa vez acontecía sin pena ni gloria en torno a un sol invisible que despedía sosos tonos de gris y marrón, y observó la figura menuda de Sacramento que se alejaba, bordeando la malla de la Tropical Oil Company, hacia el punto en que los matorrales se tragaban el camino, porque ahí terminaban los predios del pueblo y se abrían las selvas del Carare-Opón.

—Adiós, hermano mío. ¡Que regreses rico y poderoso! —gritó ella agitando la mano, y fue la primera de tantas veces que él la escucharía despedirse sin que la tristeza asomara a su voz.

La niña se hizo adulta esa tarde de crepúsculo intonso en que partió Sacramento. Según el nuevo nombre que habían acordado, nadie volvió a llamarla Niña sino Sayonara. No volvieron a verla enredada en matonerías de barriada, y si de vez en cuando abría la caja del tesoro era para adornarse con alhajas y contemplarse en el espejo.

—El espejo, siempre mirándote al espejo —le reprochaba Todos los Santos, sintiéndola lejana y absorta como si fuera ella la que hubiera partido de Tora—. Sobre el espejo has de saber que no es objeto de confianza porque está habitado por Vanidad y Engaño, dos malos bichos que se tragan lo que reflejan. El que mucho se mira al espejo, mucho se va quedando solo.

Ya ni al Cristo amigo le ponía atención, ni tampoco a Aspirina, que la seguía ansiosa a todos lados; ni siquiera a las conversaciones de mujeres en el patio, que de niña escuchaba hipnotizada y sin perder palabra.

—¡Chite, niña! Vete a jugar, que querellas de adultos no caben en oídos tiernos, así teníamos que espantarla, pero luego vino un tiempo en que ni convidándola se acercaba.

Un día de mayo llegó a tanto su alelamiento que les echó a los cerdos, en lugar de cáscaras de papa, las hojas de rosa que tenían listas para el paso de la Virgen en la procesión.

—Eso es lo que llaman echarles margaritas a los cerdos —se burlaban las otras—. Como sigas así, vas a terminar arrojándole a la Virgen cáscaras de papa.

Sólo su pelo parecía hacerle compañía en esas jornadas de adolescencia cerrada en que podía pasar el día entero sacándole refulgencias a punta de cepillo y organizándose peinados de cuanta cosa, de loco, de gorro frigio, de medusa, de trapero, de Policarpa Salavarrieta o de Ofelia ahogada en el pozo, según las personalidades que le presentaba la Machuca en sus historias.

—Su pelo ronroneaba como un gato agradecido cuando ella lo acicalaba —cree recordar la Olga.

A veces se robaba un cigarrillo y se lo fumaba ante el espejo aspirando hasta el fondo y practicando gestos lentos, formas elegantes de prender el fósforo o de expeler el humo, de caminar con faldas apretadas y de sentarse cruzando la pierna.

—¿Qué sueñas, niña?

—Quisiera tener un rebaño de elefantes y conocer la nieve, y que mi padre fuera un rey y yo fumara cigarrillos en los salones de su palacio.

Una tarde de aguaceros, Todos los Santos le anunció que era hora de empezar a trabajar, que el señor Manriquito ya había sido convocado, que le habían explicado que se trataba de una muchacha recién llegada del Japón que no dominaba la lengua castellana y que él con todo se había mostrado conforme. La niña Sayonara dijo que bueno, que estaba bien, y Todos los Santos se dedicó a preparar el disfraz tal como corresponde en el amor de café, donde predomina la ilusión, el teatro y el desdoblamiento.

—¿Acaso el señor Manriquito no había visto nunca a la niña? —pregunto.

—Muchas veces. Pero como a los adultos les sucede que miran a los niños sin verlos, la había visto corretear por ahí sin reparar en ella.

Ya estaban escogidos el nombre, el cliente y la fecha y ahora faltaba transformar físicamente a la niña en Sayonara, o sea en una auténtica japonesa, o para más precisión en una japonesa falsa pero superior a las auténticas. En una cacharrería venida a más llamada El pequeño París, la madrina compró una falda de satín negro, larga y entubada, con un tajo profundo que subía hasta el medio muslo. Luego avanzó veinte metros por Calle Caliente bajo el amparo de un parasol hasta llegar al Bazar Libanés.

—Muéstrame esa blusa japonesa —le pidió al turco Chalela señalándole una de seda roja con dragón de oro bordado a la espalda, que estaba exhibida sobre un maniquí.

—Esta blusa es china y no japonesa —le advirtió el turco Chalela.

—¿Cuál es la diferencia?

—Los japoneses perdieron la guerra.

—Mala cosa para ellos...

—Mala cosa.

—Menos mal me la recuerdas. Entonces cámbiame esta blusa por una igual, pero de otro color.

—Sólo me quedan rojas y blancas.

—Blanca, pues.

—Pero si la blanca también es china...

—Sí, pero al menos es discreta. Tú no andarías de rojo si tu país hubiera perdido la guerra.

—Ah, bueno —dijo el turco Chalela, y le envolvió la blusa blanca sin entender nada.

Peinaron a la niña con el pelo hacia atrás, rematado en una cola de caballo, y se lo templaron tanto que le hicieron saltar lágrimas.

—Aflójelo un poco, madrina —pidió la niña.

—No conviene. Así te estira los ojos y te los deja bien orientales.

La Tana aportó en préstamo unos pendientes de perlas cultivadas, colgaron debidamente la bombilla violeta que certificaba la nacionalidad nipona y Olguita trajo un relicario que contenía migajas de hueso de mártir, asegurando que protegía a las chicas en su primera vez.

—Ya hubo otras veces —le dijo la niña, que de eso hasta entonces no había mencionado nada.

—No importa, quédate con la reliquia; de todos modos te va a proteger —contestó la Olga, arrodillada a sus pies mientras le ajustaba el ruedo de la falda.

Cuando ya el señor Manrique fantaseaba en la puerta con las delicias que prometía la cita, Todos los Santos llevó a su discípula aparte para hacerle entrega del último consejo.

—Nunca, pero nunca te dejes tentar por la oferta de matrimonio de ninguno de tus clientes. No olvides que no son lo mismo la dicha de café y la dicha de hogar. Señor Manriquito, aquí le dejo a mi ahijada —anunció a continuación—. Hija, éste es el señor Manrique, trátalo con cariño que es un buen hombre.

Cuando el viejo quedó a solas con aquella muchacha callada y esbelta que le habían asignado, reconoció en ella tan arrobadoras lejanías de mirada oscura y altos pómulos, y percibió en su piel tan tibio bienestar de manzana y de canela, que no supo hacer otra cosa que proponerle matrimonio.

—No, gracias —respondió ella con la voz sedosa, los buenos modales y la claridad de criterio que le habían sido enseñados.

Todos los Santos durmió esa noche en la cocina y antes del alba penetró en la habitación, abriéndose camino a través del aire saturado de olor a intimidad. Sayonara ya no estaba y el señor Manrique dormía en beatífica placidez de sueños satisfechos, desnudo, blando y blanco como una cuajada. Su eterno vestido azul aguardaba pulcramente dispuesto sobre una silla, rígido y bien hormado para que le permitiera al dueño recuperar la forma humana cuando volviera a ponérselo. La madrina hizo un silencioso recorrido de inspección y luego salió al patio energúmena, llamando a gritos a la Sayonara. La muchacha, ya sin su disfraz de diosa, andaba desgreñada y descalza, balde en mano, echándoles comida a los marranos.

—Sayonara, ¡ven acá!

—Mande, madrina.

—¿Dónde está el estilógrafo?

—Cuál estilógrafo.

—Cuál va a ser, el estilógrafo de oro del señor Manrique...

—No lo he visto.

—Lo lleva siempre en el bolsillo de la chaqueta, y ahora no está.

—Lo habrá perdido, quién sabe.

—Óyeme bien lo que te voy a decir. Desde hace quince años el señor Manrique viene a La Catunga con su estilógrafo de oro, quince años que se queda dormido en cualquiera de las casas, quince años que sale de aquí sin que se le haya perdido nada. Ahora mismo vas, sin despertarlo, y le dejas la pluma donde la tenía. Ser puta es un oficio, pero ser puta malosa es una cochinada. Si no logré que entendieras eso, perdí mi tiempo contigo.

Entrada la luz del día, ya parlanchines los radios y maduro el calor, cuando un señor Manriquito remozado en la alberca le entregaba a Todos los Santos la suma acordada y se despedía estampándole un beso en las falanginas, ella le vio en la cara una expresión redonda de medalla al mérito que no le conocía.

—Hoy se lo ve rozagante, señor —le dijo, por tantear terreno.

—No es que me vanaglorie, señora, pero me empleé a fondo anoche en la misión que usted me encomendó, y creo que fue favorable mi desempeño como iniciador y guía en asuntos de amor. Por supuesto, no pretendo que una chica tan joven haya quedado prendada de mí...

—Lo comprendo, señor.

—Sobra decir que no aspiro a tanto. Pero sea como sea, y usted lo sabe mejor que yo, una mujer jamás olvida a su primer hombre y a todos los que pasan después por su cama los compara con él...

—Cómo no, mi señor, cómo no —dijo ella, condescendiente—. Cómo no.

Cada quien come de sus vanidades y se agarra como puede de la ilusión, pensó Todos los Santos y se quedó mirando a Manrique que se alejaba calle abajo hacia la Plaza del Descabezado, virginal de toda sospecha y embutido entre su circunspecto traje azul, llevando consigo, como siempre, su estilógrafo de oro entre el bolsillo interior izquierdo de la chaqueta.

Hoy visito a Todos los Santos en su dormitorio porque se siente enferma y desde antier permanece acostada. Es extraño encontrarla así, entregada a la vejez, apertrechada entre los almohadones de su cama y tapada con la colcha hasta las narices pese a que nos está matando el calor. Es la primera vez que me recibe despeinada, desprovista de sus candongas, inapetente de Cigalias y de mistelas.

—Me aburro de andar por ahí espantando sombras —me dice cuando le pregunto por qué no se ha levantado. Luego toma mi mano, la coloca sobre sus ojos cansados y asegura que le hace bien, que está muy fresca.

—¿Muchas mujeres venían a parar al oficio por hambre? —le pregunto después de una larga conversación sobre todo y sobre nada. Ella se queda pensando.

—Muchas no, al contrario, pocas.

Calla un buen rato y parece olvidada de mí, pero luego retoma el asunto.

—Más que todo las indias. Yo vi a las pipatonas meterse de putas por física hambre, y la prueba está en que tan pronto conseguían para comer, se salían y regresaban donde su gente. De las demás ninguna podíamos volver, porque para nuestras familias era como si estuviéramos muertas. Entre los indios las cosas se daban de otra manera; sería porque los misioneros nunca les aclararon el pecado. O porque sus pecados eran distintos a los nuestros, quién sabe. Pero no era lo mismo. Tampoco eran iguales sus razones y las nuestras para meterse a llevar esta vida. Si sólo nos moviera el hambre haríamos como ellas, conseguir dinero y salirnos, gastar el dinero y volver a entrar y volver a salir, y así mantener la rueda girando. Pero los motivos nuestros son más duraderos —Todos los Santos suelta una risa dura, sin alegría—. Son tan duraderos que duran toda la vida, porque para nosotras meterse de puta no tiene vuelta atrás. Es como meterse de monja. Una mujer de la vida muere siendo mujer de la vida aunque ya no recuerde ni cómo se llama lo que le cuelga al hombre entre las piernas.

—¿Cuáles son esos motivos, más duraderos, de los que me habla?

—Mire por ejemplo a la Correcaminos —me contesta, cumpliendo con un periplo que ya aprendí a esperar de ellas, que hablan de las demás cuando no quieren hablar de sí mismas—. A la Correcaminos le sucedió como a tantas, que en 24 horas pasan de vírgenes a putas. Era una niña decente y analfabeta de familia pobre que un día perdió la virginidad, quedó embarazada y se convirtió en el deshonor de su gente. Tú ya no eres hija mía, le oyó decir a su padre que era muy católico, y al minuto siguiente se vio sola en la calle sin perdón ni regreso, con la criatura en las entrañas y sin techo sobre la cabeza. Todo lo que había sido suyo de repente ya no era: padre, madre, hermanos, barrio, amigas, pan en la mesa, sol de la mañana, lluvia de la tarde.

—¿A usted le cabe en la cabeza? —se indigna la Olga, que escucha mientras pica perejil para aplicárselo en compresas de árnica a la Fideo, tumbada en una hamaca por enfermedad crónica—. Todo le quitaron a ella y a su hijo, con sólo cinco palabras: Ya no eres hija mía. Como un maleficio. Oír eso como si hubieran pronunciado un abracadabra y que todo desaparezca, inmensamente todo, por siempre y para siempre. Como por obra de encanto.

—Hacerle esa maldad a ella, ¡su propio padre!

—A Delia Ramos la violó el padrastro y cuando la madre se enteró, ardió tanto en celos que la castigó a ella, echándola de la casa —grita desde su hamaca la Fideo, que ya se dio cuenta de que hablamos de fatalidades.

—Claro que cuando le preguntábamos si era cierto lo negaba. Nunca se lo quiso confesar a nadie. El viejo ni se acordaba de lo que hizo y en cambio Delia Ramos se martirizaba con la culpa y el arrepentimiento. Yo lo supe porque me lo contó su hermana, una tal Melones que también era del oficio, pero no aquí en Tora sino en San Vicente Chucurí, que murió aplastada en el choque entre dos buses por la autopista Libertadores —interrumpe Olguita, que es amiga de entrar en detalles—. ¿Se acuerdan de ese accidente espantoso? A Delia Ramos la hicieron ir a reconocer el cadáver y llegó contando que supo que era su hermana por una cicatriz de quemadura que traía en la pantorrilla desde que se volcó encima una cera caliente de depilar.

Las tres se rapan la palabra recordando las desventuras de la Melones y mientras tanto yo pienso que desde el desamparo hasta La Catunga, Delia Ramos y la Correcaminos no debieron correr muchos caminos. Les bastó con dar un paso, porque La Catunga está a la vuelta de cualquier calle y porque entre llamarse Rosalba o Anita, y apodarse Fulana, media una sola palabra.

—Cuando otros te niegan una mano, la madre prostitución te recibe con los brazos abiertos —dice la Olguita—, aunque después te trague viva y te las cobre todas juntas.

—Dos caras de la misma moneda —pienso en voz alta—, virgen y puta. Honor y vergüenza.

—Así es, dos caras de la mismísima. Y que el diablo la eche al aire a ver cuál te toca.

—¿Alguna vez a la Correcaminos la perdonó su padre? ¿O la madre a Delia Ramos?

—Ni a ellas ni a ninguna —grita la Fideo—. De allá para acá se puede dar el paso, pero de acá para allá todas las puertas están canceladas.

—Todas —añade Olga—, menos las del recuerdo.

He convencido a Todos los Santos de que se levante y salga conmigo a dar una vuelta y mientras camino, llevándola del brazo, el río se vuelve rojo y las garzas, que vuelan a ras, rozan el agua ardida con sus alas. El fresco momentáneo de una brisa del monte cesa de golpe y el calor aprovecha para caernos encima y apabullarnos.

—Se sonrojó el río, ¿no es verdad? —pregunta Todos los Santos—. Por eso empezó a hacer calor, porque el río se puso colorado.

—¿Y por placer? —sigo preguntando—. ¿Alguna se mete al oficio porque le gusta?

Todos los Santos ríe de la manera peculiar que tienen ellas cuando de verdad están divertidas, echando la cabeza hacia atrás y golpeándose los muslos con la palma de las manos.

—Es un oficio que trae sus recompensas —dice—, eso no se puede negar. A ratos se canta y a ratos se llora, como en todo, pero yo le digo una cosa, una muchacha de la vida tiene más oportunidades de alegría que, digamos, un dentista. O un cerrajero, por decir algo.

—Por Dios que sí —asegura risueña la Olguita, que camina detrás de nosotras.

Toda vida valedera está tejida de ceremonias blancas y ceremonias negras, en una cadena inevitable donde las unas justifican a las otras. Si el leve encuentro con el señor Manrique pasó flotando, inofensivo, por los días de Sayonara, al martes siguiente Todos los Santos se vio obligada a introducirla en las ceremonias turbias de una rutina de infamia. Cada martes por ley, semana tras semana, las prostitutas de La Catunga debían madrugar a la zona del centro, por la Calle del Comercio, y hacer cola frente al dispensario antivenéreo para que les renovaran el carné de sanidad.

—Sólo ese día —me dice Todos los Santos— se nos faltaba al respeto y se nos daba un trato de putas.

—¿Para qué carné, madrina? —preguntaba la niña Sayonara trotando detrás sin lograr emparejar el paso.

—Para que el gobierno nos deje trabajar. Se lo exigen a cualquiera que lleve faldas en La Catunga, así sea hermanita de la caridad. A la que esté enferma no la curan sino que le cobran el doble por el visto bueno.

—¿Y por qué, madrina?

—Los del gobierno se echan al bolsillo los cincuenta pesos que cada una paga por la validación.

—Y si nos van a robar, ¿entonces para qué vamos?

—Para que nos dejen vivir en paz.

—Qué pasa si no tenemos carné...

—Nos llevan a culatazos al calabozo.

Encontraron a las demás esperando en fila bajo el ultraje del demasiado sol, fastidiadas y grises como si hubieran tragado ceniza. El hastío colectivo cortaba cualquier intento de conversación y Sayonara barruntó que era mejor no seguir preguntando, porque ponerles palabras a los asuntos graves los hace más graves aun. Allí estaba Yvonne, montada sobre unos zapatos rojos de tacón puntilla; Claire, mortalmente bella; Analía, hurtando sorbos de vodka a una botella mal camuflada; las pipatonas amamantando a sus crías; la Olga con las piernas acorazadas entre los aparatos ortopédicos. Desgonzadas contra un muro, todas iguales ante la corruptela de la administración, sin bombilla ventajosa ni nacionalidad que valiera, ni tarifa diferencial, ni un color de piel mejor que el otro. Los martes la dignidad de cualquiera de ellas valía cincuenta pesos, ni uno menos ni uno más.

—A las contaminadas les marcaban el carné con cruces, una o varias según la gravedad, y el de algunas tenía tantas que parecía cementerio —me explica Todos los Santos—. Una cruz significaba sangre aguada; dos, sangre podrida; tres, tumefacción de la carne; cuatro, situación irremediable.

—¡A quitarse los calzones!

Hombres de bata blanca daban órdenes y a Sayonara la agarró un desasosiego de la piel y un mal presentimiento de pinzas heladas en la entrepierna. Una fuerte vaharada de creolina le produjo náuseas.

—Esto huele a circo, madrina.

—Es un circo, y nosotras los payasos.

—Por aquí para revisión genital —les indicó un médico de dudoso diploma, tan rudo de aspecto y manchado de bata que más que médico parecía mecánico.

Obedeciendo órdenes, como un animal asustado, la niña se acostó en la camilla ginecológica y empezó a temblar.

—Aguanta, muchacha —la alentaba Todos los Santos—. Piensa en Santa Cata, que soportó la rueda dentada sin una queja.

—Vaya consuelo, madrina.

El hombre de la bata manchada le hizo el examen a la vista de todos, con absoluto desinterés, cigarrillo en boca y sin interrumpir una discusión sobre la legitimidad de las elecciones que sostenía con un colega alto y desgarbado que tampoco parecía médico, ni siquiera mecánico, sino jirafa de zoológico.

Al terminar con la niña, el hombre pasó al escritorio a estampar firma y sello en una tarjeta de cartulina rosa, echó al cajón los cincuenta pesos y sin lavarse las manos gritó:

—¡La siguiente!

Todos los Santos intentó encaramarse sobre la alta camilla sin perder la compostura pero se enredó en sus propias enaguas, la importunaba la tos, la pierna que debía subir no respondía, la mitad superior del cuerpo lograba algún éxito y se asomaba a la cumbre pero la otra mitad fracasaba y quedaba colgando, pesada, grotesca, mientras ella con mucha vergüenza pedía disculpas por su falta de agilidad, explicando que de joven había sido esbelta.

—Apúrele —dijo el hombre—. No pienso esperar toda la mañana.

—¿No ve que la señora no puede? —dijo Sayonara, y su miedo cedió ante la rabia.

—Arriba, señora, y abriendo las piernas.

—Ella ni se sube ni tampoco abre las piernas, grandísimo cabrón de mierda —escupió las palabras Sayonara y tironeó del brazo a Todos los Santos, bregando a sacarla a la calle.

—No seas rebelde, hija, que me dejas sin carné —protestaba la madrina, que aún no recuperaba su cartera ni acababa de componerse debidamente el peinado, las medias, las faldas.

—Déjela que insulte, doña —dijo el médico con voz tan brusca que las de afuera alcanzaron a escuchar—. La próxima vez esta mocosa va a tener que chupármela para que le haga el favor de expedirle el carné.

—Mejor chupate vos esto —reviró una caleña que andaba comiendo mango, le arrojó la pepa dándole en el ojo y soltó una carcajada abierta, sonora, que despabiló a las otras y las hizo reír también, primero un poco y después mucho, en alboroto de niñas de escuela y luego en alharaca de putas amotinadas, lanzando insultos, basuras y piedras sobre los médicos del dispensario, que sin saber cómo lograron cerrar la puerta y atrincherarse contra la revuelta que se armaba afuera.

—¡Abajo el Estado proxeneta!

—¡Abajo!

Desde la esquina y un poco aparte, mirando todo aquello con los ojos quemados de quien lo ha visto antes, Todos los Santos sólo registraba la novedad que despunta en los detalles insignificantes, el dejo de color que la conmoción hacía asomar a las translúcidas mejillas de Claire, la habilidad con que la Yvonne corría sobre sus zancos rojos, la premura de gamos heridos con que el grupo de las pipatonas y sus hijos se alejaban, renunciando de antemano a todo. Pero más que nada se fijaba en la metamorfosis sufrida por su ahijada, que se había posesionado de la primera línea de fuego, erizada como fiera de monte, vociferante, y que luego trepaba por los techos con una agilidad diabólica para alcanzar la marquesina y atacar desde arriba.

—Yo la miraba —me dice—, y conversaba dentro de mí: Tal vez sea mejor no enterarme nunca de cuál fue el pasado de esta criatura, ni qué cruce de sangres dio lugar a semejante vigor y a tanta furia.

—¡Vagabundos, chupasangres!

Delia Ramos, de bilis soliviantada, incitaba a la batalla con alaridos walkirios y una costeña que llamaban la Costeña arengaba encaramada en una tapia.

—¡Putas hijueputas! —contestaban desde su trinchera las voces masculinas—. ¡Sifilíticas infectas!

—¡Por todas las compañeras violadas y abusadas en este antro! —tronó con ecos de vodka la voz de la Analía, y un botellazo estalló contra la ventana del dispensario haciendo saltar el vidrio en astillas.

—¡Asquerosas! ¡Gonorreas! —respondieron los parapetados.

—¡Mueran los funcionarios corruptos!

—¡Abajo el Estado proxeneta!

—¡Mueran!

Una naranja voladora se coló por la ventana rota y fue a estamparse, amarilla y jugosa, contra un escaparate tumbando todos los frascos, y luego el techo se vino abajo en un estrépito de cristales.

—¡Nos queman vivos! —aullaron los sitiados cuando empezó a descender la lluvia de papeles y trapos encendidos que Sayonara, ángel del fuego, joven gata del tejado caliente, les lanzaba sobre las cabezas y que caían sobre el alcohol derramado, armando el incendio. Desde su esquina Todos los Santos vio el humillo que empezaba a elevarse chirle y desteñido y notó que se iba ennegreciendo, esponjando, tomando la forma de cumulus nimbus. Vio también las primeras llamas que asomaban buscando a qué aferrarse, como largas y móviles lenguas con hambre, y vio cómo el calor iba reventando uno a uno los demás cristales en una loca alegría de puñales transparentes que volaban por el aire.

Y vio además, con el estupor de quien contempla a un resucitado, a su niña parada al lado del gran fuego, mirándolo arrobada, estática, capturada por el espectáculo de su fuerza creciente y sin echarse atrás ante sus embates ni percatarse del calor que iban ganando los fierros de la marquesina sobre los cuales hacía equilibrio sin proponérselo, como sostenida del cielo por hilos invisibles.

Había algo irracional y desafiante en la forma como esa niña desconocía la amenaza, y Todos los Santos comprendió de repente que su ahijada no podía, o peor aún no quería, apartarse de esa fascinación que no tardaría en envolverla en sus brazos ardientes.

—¡Abajo el Estado proxeneta! —aullaban las mujeres, febriles ante la excitación del fuego.

—¡Abajo!

—¡Fuera de Tora los chupasangres!

—¡Fuera!

Asfixiados por el humo, con los ojos enrojecidos y llorones y los brazos en alto, como monigotes desencajados, los médicos sitiados salieron a rendirse en el preciso momento en que aparecían en lo alto de la calle hombres de verde olivo que se acercaban al trote, armados.

—¡Vienen los tombos! —alguien dio la voz de alerta y las rebeldes se dispararon en todas direcciones, dejando en segundos el escenario vacío.

—¡Ahí viene la tombamenta!

—¡Mueran los funcionarios corruptos!

—¡Muera el ejército que los ampara!

—¡Que se mueran de una vez todos los hijueputas que explotan a las mujeres de Tora!

Todos los Santos, única mujer que había quedado en la plaza, atravesó sin vacilaciones el tenso silencio de cardos y puercoespines que erizaba el aire para acercarse al dispensario hasta donde lo permitían las bravatas del incendio, que ya se escapaba por puerta y ventanas, y no supo si fue debido a los trastornos del calor o a la alucinación de los gases, pero al mirar hacia lo alto vio a su niña avanzar serenamente, como Cristo sobre las olas, por un estrecho camino abierto entre las llamas, bailarina de vértigo al borde del desastre, y me jura que vio también cómo las bocanadas de humo le mecían el pelo con delicadeza y cómo el fuego se acercaba, manso, a besarle el vestido y a lamerle los pies.

Al contemplar semejante desfachatez, semejante alarde de irresponsabilidad por parte de la mocosa insolente, la angustia de Todos los Santos se transformó en disgusto y estuvo a punto de gritarle de mala manera que se bajara de allá en el acto y que se dejara de rarezas, pero al momento de abrir la boca escuchó que el instinto le dictaba una contraorden.

—De golpe caí en cuenta de que era su propia necedad la que la salvaba —me dice—, y que si yo pegaba el grito la iba a despertar y que una vez despierta se la tragaría el fuego, porque su única protección estaba en su atolondramiento. ¿Me entiende? Si yo gritaba se rompía el hechizo, se desplomaba de cuajo la marquesina y ella caía al centro del nudo de brasas. Entonces la miré con calma, sin ningún reproche, como aprobando su paso de sombra por aquel infierno, y le dije con la voz más suave de mi garganta, así en este tono, sin insultar, sin apremio, sólo le dije quedo, con amor sentido: Vámonos, niña, que se hace tarde para volver a casa. No sé cómo, no me pregunte, pero ella me escuchó; no sé cómo pero se descolgó de allá arriba con la misma agilidad con que se había trepado y al instante siguiente ya la tenía a mi lado, parada sobre el suelo, urgiéndome a que corriéramos para que no nos agarrara la tropa.

—¡Corra, madrina! ¡Deme la mano y corra! ¿Es que no ve que se nos vienen encima? —gritaba como si nada, como si todo aquello fuera un juego de niños y la muerte no existiera, los soldados no mataran, la tristeza no abatiera ni el fuego quemara.

No había tiempo para correr; por la calle que desembocaba a la plaza llegaba ya el tropel de botas al trote martillando el polvo, pero cuando irrumpieron desenfundando armas, los únicos rastros del paso del ejército insubordinado eran los zapatos rojos que la Yvonne había abandonado en la fuga y cuatro o cinco falsos médicos aporreados y atontados que no sabían si ocupar su boca en maldecir su suerte o en agradecer al Dios que los había salvado. ¿Sayonara y Todos los Santos? Habían encontrado escondite en una casa de gente amiga que les abrió la puerta.

—Un investigador francés que vino por esos años hizo averiguaciones y echó cifras y nos dejó saber que las prostitutas de Tora le pagábamos más al Estado en controles de salud y en multas, que la Tropical Oil Company en regalías —me cuenta la Machuca—. Mientras tanto las muchachas bregaban a espantar la sífilis y la gonorrea con rezos y pañitos de agua tibia, y las cruces iban poblando los carnés y los cementerios.

Tiempo después, lluvias torrenciales vinieron a aquietar las fiebres del barrio y convirtieron sus callejones en riachuelos de lodo. Relámpagos nocturnos fulminaron los techos de zinc con descargas mortecinas y llegó Semana Santa, trayendo consigo un silencio lento, pesaroso, solidario con las agonías del Crucificado. Sayonara, que volvió a ocuparse del Cristo rojo con el fanatismo de otros tiempos, trataba de alegrarlo con flores y velas y le dejaba además cigarrillos y fósforos, platos de arroz, vasitos de ron, cualquier cosa que le ayudara a paliar el trago amargo que le esperaba.

El cielo del Jueves Santo amaneció embovedado en vuelos oscuros y las rameras de La Catunga, siguiendo la tradición, se vistieron de luto, se cubrieron la cabeza con mantillas castellanas y se descalzaron, en voto de humildad. La Olguita muy impedida sin sus fierros, Tana despojada de sus joyas, la exánime Claire y la voluptuosa Ivonne, Analía por esta vez sobria, Delia Ramos apaciguada de carácter y la Machuca absteniéndose de maldecir; las italianas, la Costeña, las indígenas con sus racimos de hijos y las demás, todas desfilaron descalzas por los estrechos callejones del pecado, en penitencia voluntaria y aumentada por la lluvia.

Salieron del Dancing Miramar, dejaron atrás la barbería, la botica, los billares, las cantinas, la estatua del descabezado y el matadero municipal. Cuando llegaron al Ecce Homo se arrebató en el aire el repiqueteo de las campanas y el interior de la iglesia reventó de azucenas, con el altar dispuesto para la última cena y los santos arropados en género morado. Pero ellas siguieron de largo.

—¿No entraron a la iglesia?

—El párroco les tenía prohibido entrar, a menos que hicieran pública abjuración del oficio.

—¿De verdad iban descalzas?

—Descalzas y en trance de viacrucis, sin esquivar las mortificaciones ni los basurales.

La negra romería de las penitentes llegó a su destino hacia las once de la mañana en el Cine Patria, donde la función matinal, exclusiva para ellas, presentaba *Jesús Nazareno* con letreros en español y en tecnicolor, que al decir de la Olga era casi lo mismo que en vivo.

—Ceremonia sacra en templo impío... —comento.

—Las putas nacimos para acariciar la suerte a contrapelo —asiente Todos los Santos.

Desde que el Niñodiós arrancó a correr tras las ovejas por la pantalla del Patria, antes de que empezara su predicamento, mucho antes del terrible desenlace, las mujeres de La Catunga se largaron a llorar. Dieron rienda suelta a una catarata de lágrimas tibias y reconfortantes, saladas y dulces como corrientes de mar y de río. Lloraron porque no eran capaces de resistir tanta muerte y tanto amor. Lloraron por aquel que las perdonaría en la cruz, por los desvelos de José su padre y las laceraciones de María su madre. Lloraron también por ellas mismas, por sus madres que hacía tanto no veían, por sus padres que nunca habían visto, por sus propios hijos y por los hijos que no habrían de tener, por sus penas de mujeres solas, por todos los hombres idos y por venir, por los pecados cometidos y por cometer, por el tiempo ya pasado y por el día de mañana.

No pararon de llorar hasta que oyeron a la Magdalena de celuloide jurar y rejurar que había visto al Cristo resplandeciente, curado de heridas y gloriosamente resucitado, y entonces salieron del Cine Patria sabiéndose livianas, limpias de culpa y vacías de lagrimales, preparadas para soportar otro año de vida sin lamentarse ni protestar. Hasta que el próximo Jueves de Pasión, con sus lluvias y sus llantos, volviera a traerle al mundo el alivio purificador en forma de chorros y chorros de agua.

De vuelta a casa por la Calle del Comercio, unos pasos alejadas de las demás, iban tomadas del brazo Todos los Santos y la Sayonara, la una vieja y la otra joven, la una blanca y la otra oscura, la una madre y la otra hija: las dos retadoras y altivas en sus trajes negros, sin voltear para atrás ni saludar a nadie.

—Puta la madre, puta la hija, puta la manta que las cobija —comentaban los pudorosos al verlas pasar.

—Si la chica fuera suya —murmuraban otros—, la celestina esa no le habría permitido hacerse a la calle, sino que la tendría interna en un colegio de monjas, en Bucaramanga o en Cúcuta.

—¿Monjas? —se aterra Todos los Santos—. ¿Cómo iba yo a dejarla en manos de las monjas? ¿Quiénes son acaso esas señoras para educarla mejor que yo?

Después de dos años de convivencia, todo lo que Sayonara sabía lo había aprendido de su madrina. Repetía los dichos suyos, tenía la misma mirada de gran calado, idéntica maña de andar descalza y de curarse los males con infusiones de perejil. Le había heredado hasta el estilo peculiar de lavarse los dientes, restregando tan fuerte que el cepillo no duraba bueno una semana.

—De la mano mía esa niña iba creciendo hermosa y fuerte. En sus pasos yo encontraba mi propia huella y en su espejo podía leer los mismos trazos de mi juventud.

Le enseñó a ser prostituta y no otra cosa porque era el oficio que conocía, así como el zapatero no puede entrenar a un aprendiz de albañil ni el que toca viola debe meterse a dar lecciones de piano.

—Hice lo que hice sin faltar a mi conciencia —asegura Todos los Santos—, porque siempre he creído que una puta puede llevar una vida tan limpia como una ama de casa decente, o tan corrompida como una ama de casa indecente.

Se decía que en algún momento de su existencia itinerante los hombres de todos los campamentos del mundo, desde los manaderos de Infantas hasta los depósitos de carburante de Irak, pasaban religiosamente por los callejones del pecado de La Catunga, como si vinieran a pagar una promesa, porque éste era el corazón y el santuario del extendido laberinto petrolero. En La Catunga se cerraba el círculo; era regreso obligado de todos los periplos.

—De muchacho había vivido de invisible en Tora, llevando existencia humilde de acarreador de bultos y personal en zorra —dice Sacramento—. Así es difícil que alguien repare en ti, sobre todo las mujeres de café, acostumbradas a codearse con ingenieros, contratistas, personal calificado. Por eso me fui, pensando en regresar con alguna prestancia, que es el propósito de todos los que se van.

—Con lo que le dieron por vender la zorra, Sacramento se compró un par de zapatos camineros y arrancó a caminar —me cuenta Todos los Santos.

¿Hacia dónde? A nadie tuvo que preguntarle; echó a andar al compás de la multitud errante, pegándose al gran río de buscadores de fortuna hasta que llegó a las instalaciones petroleras de El Centro, donde se encontró con que el mundo se ahogaba en la perseverancia de un aguacero que azotaba en transversal, calando a la humanidad hasta el hueso y recordándole su desamparo. Entró de madrugada y de una vez, sin esquivar los embates del clima, se puso a hacer cola bajo el diluvio, frente a la oficina de reclutamiento de personal. Después de horas de espera, con la piel arrozuda bajo la ropa empapada, se animó a cruzar palabra con el muchacho que aguardaba detrás suyo.

—A él también le escurrían los goterones por el pelo y se le metían, como a mí, entre los ojos, la boca y las orejas. Entonces le pregunté: ¿Aguantando mucha lluvia? Una pregunta sin consistencia, sólo por ponerle tema, y él me contestó: Cómo le parece, ni que fuéramos ranas en un estanque. A partir de ahí pudimos conversar más en serio porque su palabra y la mía ya habían quedado entreveradas, y me confesó que venía persiguiendo la suerte desde la ciudad de Popayán. ¿Popayán? ¿Acaso no queda en el carajo?, le pregunté también por el solo placer de charlar, o la necesidad de buscar cómplice, porque la ubicación de la ciudad de Popayán más o menos ya la conocía yo.

—Queda al otro lado del país —me contestó.

—No es tan grave, hay varios aquí que vienen del otro lado del planeta. He visto armenios, canadienses, judíos, griegos...

—De todos modos tuve que caminar tres meses para poder llegar.

—Está bien, Payanés —así le dije porque así apellidan a los oriundos de Popayán, y Payanés le seguí diciendo a través de tantos y tan buenos días en que fuimos grandes amigos, y también después—. Ya que llegaste cuídame el puesto en la fila mientras voy a orinar —añadí dicharachero y en plan de confianza como buen tímido que quiere disimular su condición, y si me decidí a hablarle fue porque era cierto que me estaba orinando y no quería perder mi lugar en esa hilera de hombres que se enroscaba larga e inquieta como culebra virolín.

A las doce, la lluvia se detuvo ante un sol fulminante que les secó la ropa encima y hacia las tres de la tarde les llegó por fin el turno de enfrentarse al reclutador, un morocho con testuz y talante de torete atravesado.

—¡Mostrando la palma de las manos! —les ordenó de un bramido y ellos obedecieron al instante—. Manitas de doncella, ¿no les da vergüenza? Fuera de aquí, no necesitamos mujeres.

—¡Respete! —exigió Sacramento, sin mucha convicción para que el torete no fuera a embestirlo.

—Sí, respete —repitió el Payanés, y desde esa primera adversidad se hicieron cómplices para todas las que habrían de venir después.

—A ese hijo de puta yo lo mato —bravuconeó Sacramento cuando ya la fiera no podía escucharlo—. Lo ahorco con mis propias manos, a ver si es cierto que son de doncella.

—A nadie vas a ahorcar tú y menos a ese grandote —le dijo el Payanés y lo llevó a juntarse con los demás rechazados, que salían a buscar enganche como peones de carretera, para echar pala hasta llenarse las manos de callos y así volver a reclutamiento más recios y mejor preparados.

Fueron penetrando en la espesura hambrienta de las selvas del Carare por un túnel que a duras penas lograban abrir a golpes de machete y que volvía a cerrarse tras su paso a tarascadas de boca dientuda. Caminaron a oscuras y a tientas soportando arañazos, rugidos, ponzoñas y hostigamientos de faunas acuosas y floras peludas cuya existencia Sacramento no había sospechado ni en las peores pesadillas, y que el Payanés le iba señalando y clasificando según pertenencia al reino animal, mineral o vegetal.

—Éste es un sarrapial, estos gigantes de flores incendiadas se llaman cámbulos, los que oyes gritar son monos maiceros cariblancos, ésta debe ser la huella del momano, mitad mono y mitad humano, que va por la selva erguido, malicioso y escaso en pelo, escondiéndose de la gente porque es pudoroso y avergonzado de su desnudez.

Sacramento arrancaba una hoja y le resultaba insecto, iba a agarrar un palo y era culebra, oía silbar bellamente a un pájaro y le resultaba culebra también: ofidio del mejor cantar.

—No voy a aprender nunca —decía descorazonado—. Aquí nada es lo que parece y todo adquiere el don de transformarse en su contrario. Lo único seguro es la angurria con que te mira la selva; te descuidas un instante y eres hombre masticado.

Ocho días después, verdes, blandos y floreados de humedad y falta de sol, descompuestos de estómago a punta de tomar caldo de ameba y de mascar pepas de corozo, fueron asomando por el antiguo camino de prudencia abierto por el conquistador Jiménez de Quesada a lo largo del río Opón, sobre cuyo trazo la Troco quería destapar un carreteable hasta Campo Escondido, y andaba reclutando sangre fresca para las labores de desmonte y movimiento de tierras.

Acabaron de llegar hacia la media noche y los recibió el milagro del río convertido en lecho de estrellas quietas, que a la orilla se desprendían del agua y arrancaban a revolotear.

—Esas luces que ves flotar son luciérnagas llamando a su macho —dijo el Payanés.

—Tanto verdor que no se cansa, tanto bicho echando luces, tanto hombre buscando cópula —dijo Sacramento—. La naturaleza es cosa muy enamorada, hermano.

Se descalzaron y se tendieron junto a los demás hombres, bajo el cielo inmenso y con la cabeza bien apoyada sobre los zapatos, que son el bien más codiciado en bretes y trotes de caminantes. Pese a la precaución se durmieron con cuatro y despertaron con tres, los dos del Payanés y sólo el derecho de Sacramento, que se sentó en un barranco abrazado a su zapato viudo y se puso a llorar. Lloró de cansancio, de orfandad, de desolación por el pie expósito, que había quedado condenado a los filos de las piedras y a la comezón de los nuches y las niguas que se enquistan en la planta y siembran en ella su cosecha de huevos.

—Lunes, miércoles y viernes te toca a ti el par completo —lo consoló el Payanés, tendiéndole una lata de café caliente—. Martes, jueves y sábado me toca a mí. Dos domingos al mes para ti, dos domingos para mí.

—Lunes, martes, miércoles, jueves, viernes, sábado y domingo —lo corrigió Sacramento—, le tocará andar renqueando al primer hijo de puta que se descuide esta noche, porque me voy a robar un zapato zurdo.

—¿Para qué te habrán robado uno solo?

—Habrá sido algún malparido mocho.

—No será difícil reconocerlo, entonces.

—¿Y si el ladrón es completo de piernas, y ya antes le habían robado un solo zapato a él también?

—Pues quiere decir entonces que aquí se armó una cadena que no la para ni Dios.

Sacramento y el Payanés se devanaban los sesos descifrando qué podía depararle la suerte a dos hombres con tres zapatos, cuando se vino hacia ellos un viejo malhumorado y rumiador de maldiciones.

—Yo me largo de aquí —decía mordiendo las palabras mientras Sacramento reparaba en el recio par de botas de tacón y correas que llevaba—. Si quieren mi puesto bien pueden, quédense con él. Prefiero morirme de hambre en mi tierra a dejar los huesos enterrados entre estos pantanos de mierda. Están plagados de sabandijas, mire si no: allá corre una, y allá otra. Dicen que muerden, los bichos asquerosos. Yo me largo, sí señor, antes de que me muerda una puta sabandija.

—Y si se va, ¿por qué no me hace el favor y me deja sus botas? —le propuso Sacramento, inspirado por las musas del desespero.

El Payanés lo miró asombrado.

—Cómo así, ¿mis botas? —saltó el viejo—. ¿Acaso tenés un millón de pesos para darme por ellas?

—No tengo nada para darle a cambio, pero vea mi situación, sepa entender, me robaron un zapato, que aquí hacen tanta falta, y en cambio usted se va para su casa y allá a lo mejor tiene guardado otro par...

—Y cómo llego hasta mi casa, ¿volando? Grandísimo huevón. En esta salazón sólo eso me faltaba, que me cayera un zoquete a pedirme regalitos. ¿Acaso me vieron cara de Niñodiós?

Empecinado en el disparate, Sacramento seguía argumentando razones de misericordia y abundando en la descripción de su desventura, negado a reconocer que no hay poder humano que convenza a un extraño de que atraviese el macizo de los Andes a pie pelado, por voluntad propia, sin ningún beneficio y a cuenta de nada.

—¿Cómo es eso de que nos deja su puesto? —le preguntó al viejo el Payanés, que era más aguzado para los tratos.

—Aquí el trabajo sobra, lo que falta son voluntarios. El único requisito para un hombre es que tenga dos manos, que traiga herramienta y que esté dispuesto a reventar como un sapo y a dejar los bofes entre el barro. ¿Y las palas de ustedes? ¿Dónde tienen las palas?

—No tenemos palas.

—Sólo enganchan personal con herramienta.

—Grave problema, hermano —le dijo el Payanés a Sacramento, quitándose su gorra roja de beisbolista para rascarse la cabeza.

—Ahí verán, si quieren les vendo mi pala.

—Más o menos cuánto vale, tasándola por lo bajo y teniendo en cuenta que está deteriorada...

El tire y afloje de la negociación empezó en grande, rápidamente descendió a mediano y se estancó en regateo de menudencias —la pala por la gorra roja, una libra de café y la pala por el misal que cargaba Sacramento, el café a cambio de la gorra roja— hasta que el viejo se convenció de la insolvencia calamitosa de sus interlocutores y optó por irse a buscar mejor postor.

—No se vaya —le dijo Sacramento agarrándolo por la manga—. Le doy mi zapato a cambio de su pala.

—De qué culos me sirve a mí un zapato impar.

—Por si le roban una de sus botas...

—Qué ocurrencia, quién me la va a robar.

—Esas desgracias suceden, míreme si no. Y en cualquier caso, durante la travesía ha de servirle más el calzado de repuesto que la pala rota.

El viejo partió para su tierra con el zapato de Sacramento entre la mochila, mientras los dos muchachos acordaban turnarse la dotación: mientras uno descansaba el otro trabajaría con la pala y el par de zapatos del Payanés, y al otro día harían a la inversa.

—Repitan conmigo: pico, éste es mi padre; pala, ésta es mi mamá —fue toda la instrucción que les dio el capataz antes de hacer tronar la dinamita que redujo una gran roca a cascajo, disparando micos y loros hasta la luna.

Ahí empezaron a trabajar, y también a padecer. Se aferraron a su pala como si fuera arma y escudo de caballero andante y con ella se abrieron paso por entre las mil mortificaciones de la selva, chapoteando entre las aguas estancadas de las márgenes del río, que hervían en espesores de sopa rancia y soltaban un vaho fétido que no dejaba respirar.

—Es la malaria —diagnosticó alguien—. Este aire ponzoñoso es lo que llaman malaria.

—No sea ignorante, la malaria no vuela sola sino que viene contagiada por un mosquito —reviró algún otro—. Se llama anofeles. Sólo pica la hembra, que vive siete días, pero en este tiempo puede infectar a siete hombres.

—Y a esos siete hombres los pican cien moscas que después pican a setecientos hombres más, hasta que no queda cristiano saludable en todo el gran Magdalena.

—Ni en toda Colombia.

—Pues la verdad es que sí, que están picando —se quejó el Payanés y a Sacramento le fastidió su frase, porque le volvía real una molestia que había logrado ignorar.

—Cállate, Payanés, no convoques la desgracia. No pienses en mosquitos y verás que no te pican; son iguales a los perros, que sólo muerden al que ven con miedo.

No acababa de decir esas palabras cuando empezó a resentir los pinchazos en la mejilla, en la mano, en el muslo a través del dril del pantalón. Antes no los había visto y de repente los vio, en nubes, en batallones, obligando a rascarse hasta sacar sangre, haciéndole el quite a los manotazos de sus víctimas y burlándose del humo hediondo de unos tabacos que los hombres llamaban repelentes. Me dice que de los muchos piquetes que recibió en los tremedales del Carare hubo uno que lo contagió, y me asegura saber cuál fue.

—Eché de ver cuándo el aguijón de la anofelita me chuzó en la nuca, como aguja hipodérmica, inyectándome en las venas ese parásito insaciable que se quedó a vivir dentro de mí, para irse comiendo mi sangre poco a poco. Vea cómo son las cosas: el mismo día en que contraje la malaria, oí por primera vez hablar de ella.

Oyó hablar de Sayonara, una muchacha de La Catunga de quien los hombres que visitaban los callejones decían quedar prendados, y cuya fama empezaba a correr de boca en boca también entre quienes no la conocían, los miles de buscadores de destino que andaban por los caminos del Magdalena detrás de pan y trabajo; de oportunidades, como ellos mismos decían para darle un nombre genérico al futuro, al amor, la buena estrella, el santo Grial, los tesoros del Dorado, la piedra filosofal, la compasión de madre, las sábanas de la amada, el rumor del oro negro. Dice Sacramento:

—Pienso yo: buscábamos a tientas algo que ameritara tanto rebusque; algo, por fin, que mereciera ser buscado y que a la hora de morir permitiera afirmar, para eso viví.

Sucedía a menudo, por un soplo de vientos espontáneos, que ese objeto de la búsqueda colectiva tomaba nombre de mujer, y entonces la elegida se convertía rápidamente en leyenda, y su gloria se extendía doquiera que corrían los tubos petroleros. Eso sucedió con Sayonara, la esbelta. Sayonara, la novia de todos y de ninguno, silenciosa y oscura: cada hombre que pasaba por Tora salía de la ciudad encandilado por su destello. Fuera por verdad o por alarde, no había uno que no se ufanara de haber estado con ella.

—Las cosas más simples son las que menos entendemos —reconoce Sacramento—. ¿Cómo iba yo a imaginar por ese entonces que mi niña mechuda y montuna, mi hermana de interminables viajes imaginarios, era la diosa japonesa de la que me hablaban todas las voces? ¿O sí lo imaginaba en el incendio de anhelos de mis pocos años?

Sayonara, oyó decir Sacramento una noche en que el calor casi lograba enloquecerlo, y ese nombre lo refrescó con sólo repetirlo y le sonó a felicidad. Al paso de los días le fue dando por pensar que era un talismán contra los fastidios de la vida y se fue amarrando al recuerdo de esa mujer, aunque no fuera recuerdo propio ni exclusivo suyo, porque al fin de cuentas él ni siquiera la había visto, o al menos así creía, sino que su fama era patrimonio difundido por aquellas montañas y territorios. Como la misteriosa y anónima Dama de los trovadores de Provenza, Sayonara se había convertido, en tierras petroleras, en la inspiración de todo hombre digno de llamarse así. Al menos ése era el raciocinio que llamaba a la sensatez a Sacramento, mientras su corazón se empeñaba, empedernido, en creer que la bella soñada le pertenecía sólo a él porque los demás la compraban y la usaban y en cambio él sabría adorarla eternamente. Cometió el error de bajar la guardia y dejó que el delirio de ese nombre de mujer se colara en los recorridos de su sangre en forma de celos, que son tan pertinaces como la propia malaria, y a partir de entonces empezó a cargar adentro las dos plagas, que lo abrazaron como un par de ríos de fiebre y fuego, distintos pero confluentes.

—Ése fue el grave problema, que Sacramento celó a Sayonara desde antes de amarla —opina Todos los Santos.

Pero los primeros síntomas de la doble enfermedad recién adquirida por Sacramento tardaron meses en incubarse y manifestarse, y le dieron tregua para abandonar la podredumbre de los barrizales del río Opón. Junto con el Payanés y habiendo comprado un nuevo par de zapatos, se fueron a probar fortuna como reparadores del oleoducto que desemboca en la Bahía de Cartagena, y después se sumaron a los tendedores de rieles del ferrocarril en el trecho que se extiende entre Papayal y Espíritu Santo. Por donde pasaban iban escuchando un dolido suspirar, un como rezo entonado por decenas de hombres solos a la joven prostituta de Tora.

—Tal vez penaban por muchas mujeres, cada cual por la suya —reconoce hoy en día Sacramento—, pero para mí era como si hablaran sólo de ella. En mis oídos no entraban los demás nombres, sólo Sayonara, Sayonara, cayendo como nieve en medio del calorón sobre las copas elevadas de los árboles, y no podía yo creer que existiera más pasión que la que emanaba de ella.

Sin saber cómo ni cuándo, Sacramento empezó a montar su vida sobre la obsesión mesiánica de rescatar de los malos pasos a la bella ignota de sus fantasías, al parecer sin sospechar que la conocía en carne y hueso —en poca carne y mucho hueso— porque esa japonesa lejana con estela de leyenda que lo perseguía y lo atrapaba era la misma mocosa flacuchenta que él personalmente había llevado donde Todos los Santos para que le enseñara a ser persona, cuando todavía no tenía nombre exótico y ni siquiera común, sino que la llamaban la niña, y no venía del Oriente, como los reyes magos, sino de algún pueblo igual a tantos cuyo nombre nadie se ocupó de averiguar. Y no había en ella fascinaciones ni misterios, sólo un existir de criatura acorralada y hambrienta, con tal fuerza de carácter, libertad de espíritu y tozudez de mula, que si Sacramento hubiera sido atento lector de almas, como Todos los Santos, también él se habría percatado —¿o se percató?— de que esa muchacha cualquiera podría convertirse en reliquia viva del mundo petrolero, con la sola condición de que le diera la gana.

Cada vez que Sacramento topaba con mundo civilizado, lo primero que hacía, antes aun de utilizar un aguamanil para enjuagarse la cara, o sentarse frente a un plato de comida caliente, era enviar a Tora una tarjeta postal dirigida a la niña, a través de viajeros ocasionales, de trabajadores migratorios, del correo fluvial o de los ires y venires de los arrieros. Lo hacía porque sí, por el impulso de un afecto, por inclinación natural hacia lo único que en su vida semejaba una raigambre, sin comprender del todo que un destino chacotero, que se refocila a expensas de los mortales, lo obligaba a enviarle misivas a quien sin saberlo adoraba, y lo forzaba a perseguir por el laberinto de los caminos justamente aquello que había dejado en casa.

Eran postales coloridas con fotografías y motivos de insospechado tema y nacionalidad diversa, sobre cuyo respaldo Sacramento garrapateaba unos cuantos gerundios portadores de saludes. Como una *Fachada del Palacio Panchayat en Katmandú capital del Nepal,* que decía: Pensándolas y Recordándolas, sin más por el momento, Sacramento. O un *Lagarteranas en traje típico elaborando Encaje tradicional de la Región,* con nota al dorso que adicionaba adverbios a los consabidos gerundios: Todo marchando correctamente esperando que igualmente para Ud. cariñoso recuerdo para Ud. y similarmente para la señora Todos los Santos. O la favorita de Sayonara, *Plato y legumbrera en Porcelana blanda de Sèvres,* sobre la cual iba escrita, en tinta azul, la siguiente cortesía: Esperando y deseando volver a verla pronto, suyo con respeto Sacramento.

Sayonara las recibía con gritos de júbilo como si se tratara de lo que en realidad eran, correveidiles de cartón que por vías misteriosas llegaban a sus manos desde otros mundos para notificarle que no se encontraba sola en éste. Interrumpía lo que estuviera haciendo para pasearlas de casa en casa mostrándolas a las amistades, y luego de leerlas cada una muchas veces, las clavaba con tachuelas a la pared alrededor del Cristo rojo formando un rombo, un círculo, un amago de mariposa u otras figuras a veces geométricas, a veces antojadizas, que se impregnaban de los reflejos bermejos de la veladora y de alguna impía manera se integraban a la fascinación y al pánico que le inspiraba aquel espacio sagrado.

Cada vez que le llegaba una postal nueva, Sayonara entraba en desacuerdo con el lugar que le correspondía en el muro según el viejo diseño. Entonces las desclavaba todas, aprovechaba para volverlas a leer, las barajaba y mezclaba y las volvía a colocar, una por una, dejándose guiar por corazonadas o caprichos. *Plato y legumbrera de Sèvres* ahora lejos de *Isabel II Reina de la Gran Bretaña* y a la derecha de *Torero ejecutando verónica en un toro berrendo;* la *Clase de Danza óleo de Pietro Longhi* en diagonal al *Mueble lacado con chinerías, detalle;* juntos *Rincón de los Jardines de Luxemburgo* y *Mirador de la Quinta de Bolívar Santafé de Bogotá,* y así indefinidamente, en un orden variable y cabalístico que ni ella ni nadie sabía interpretar pero que parecía ir prefigurando el curso de los acontecimientos de su vida.

A través del ingeniero norteamericano Frank Brasco, vine a saber del embeleco que Sayonara tenía con la nieve pese a no haberla visto nunca, o quizá justamente por eso.

—Debes andar loca, Sayo —le decía Brasco—. Nos estamos derritiendo a treinta grados a la sombra y tú vienes a preguntarme por la nieve...

A Sayonara, mujer del trópico, habituada al frenesí de una vegetación en perpetuo brotar y florecer, a un verde voraz y pertinaz que en cuestión de horas se traga todo lo que se quede quieto, el silencio inmóvil de unos campos nevados tenía que producirle gran perplejidad. Esa naturaleza aletargada y escondida bajo la inmensa blancura, apenas intuida a través de fotografías y tarjetas postales, debía ser para ella magia pura, o mera patraña de extranjeros, como si a un europeo vinieran a jurarle que en otras latitudes el cielo se extiende a cuadros rojos y blancos, como un mantel.

—Lo suyo era más que simple curiosidad —me asegura Frank Brasco—. Esa nieve que no conocía era para ella un hondo deseo, algo que necesitaba con urgencia, quién sabe por qué.

Ultramundanos y sobrecogedores —como vistos a través de los ojos de Sayonara— aparecen ante mí los bosques de este Vermont invernal donde el ingeniero Brasco nació y luego pasó muchos inviernos, hasta que terminó estableciéndose aquí de planta, ya jubilado y a las puertas de la vejez, en medio de una austeridad y un voluntario aislamiento que se diría casi de anacoreta. Hasta aquí he venido a buscarlo porque he sabido que atesora recuerdos del tiempo que trabajó en la Tropical Oil Company como supervisor general del Campo 26. Era entonces un hombre de formación liberal, acostumbrado a manejar sus relaciones con las mujeres dentro de la amplitud del ambiente universitario, de tal manera que no había siquiera pensado en la posibilidad de buscar amor en el mundo de la prostitución. Además, una hepatitis mal atendida en su infancia le había dejado el hígado susceptible y reñido con el alcohol, así que se consideraba inmune a lo que creía que eran las razones que empujaban masivamente al resto de los hombres hacia el barrio de La Catunga. Por eso, pese a bajar con regularidad desde el 26 hasta la ciudad vecina, Frank Brasco no había traspasado los lindes de la zona de tolerancia y seguramente no lo habría hecho nunca, si el azar no tuviera previsto que por unos cuantos días, reveladores y alucinados, su camino se cruzara con el de Sayonara, la novia oscura de Tora.

—¿Qué fue lo primero de ella que le llamó la atención?

—En un primer momento me sacudió su belleza y me lastimó su excesiva juventud, porque era casi una niña. Una niña bella y arisca como un felino, y metida a puta. Pero enseguida percibí además un temperamento irreductible y una cierta intensidad más fuerte que la común. ¿Cómo decirle? Un calor humano que conservaba intacta su capacidad de expresión. No porque fuera siempre cariñosa, o alegre. A veces, por el contrario, te pasaba por el lado tan sumida en sus asuntos que ni se enteraba de que estuvieras allí. Pero también en esos momentos su presencia pesaba sobre ti, y tú no podías evitarlo. Cada movimiento de su cuerpo, cada frase que pronunciaba, su manera de mirar o de reír, todo en ella te sorprendía por natural y no premeditado, por seguro, por exacto. Como si la Tierra fuera un planeta poblado por extraterrestres y ella la única que realmente hubiera nacido aquí.

—¿Quiere usted decir que tenía una manera contundente de estar ahí?

—Exacto. ¿Cómo lo sabe?

—Ya lo había escuchado.

—Recuerdo una canción colombiana que dice, más o menos, quiero a mi mulata porque es toda realidad. Debió ser compuesta para ella.

Frank Brasco me cuenta que desde el primer día, Sayonara se empeñó en preguntarle por la nieve y que seguía insistiendo en el tema aún en el momento en que se despedían para siempre.

—Era su obsesión —me dice—. Y aún no entiendo por qué no me la traje a este lugar, a que conociera el invierno que tanto la inquietaba. También me pregunto por qué la nieve le interesaba de tal manera, por qué la atraía hasta la manía.

Mientras despeja con una pala la densa capa de nieve que obstruye la entrada a su cabaña, el ingeniero Brasco se esfuerza por recuperar el recuerdo de los mil tonos de verde de la muy verde tierra colombiana, desde los más encendidos hasta los rayanos en negro, pasando por el fresco despuntar de los cogollos del bambú; las hojas nocturnas del yarumo, bañadas en luna; la algarabía de los pericos después del aguacero; el aroma picante de los altos pastos; el olor a limones que refresca las horas sofocantes de Tora.

—Y las tajadas de mango verde con sal que venden en sus esquinas —añade—. ¡Cuánto me gustaría volver a comer mango verde con sal!

—No era Sayonara la única delirante —le digo—. En medio de estos fríos y hundido hasta las rodillas entre estas nieves, usted me está hablando de mango verde con sal...

—Yo le preguntaba: ¿Por qué te gusta tanto la nieve, Sayo, si nunca la has visto?

—Sí la he visto, en sueños. Y en retrato. Mire, míster Brasco —le decía Sayonara entregándole una de las postales enviadas por Sacramento, la reproducción de un cuadro de Alfred Sisley que mostraba la dulce manera en que el invierno cubría una calle de aldea.

—¿No es verdad que éste es su pueblo, míster? —me cuenta Frank Brasco que ella le preguntaba.

—No, éste es un pueblo francés. El mío queda muy al norte de los Estados Unidos, cerca a la frontera con...

—Ya, ya, no me explique dónde queda, sólo dígame si es igual a éste de la postal.

—Sólo parecido.

—Yo digo que muy igual ha de ser, porque todos los pueblos son iguales cuando los tapa la nieve. ¿Usted sabe, míster, por qué será que nunca llega la nieve a Tora? —preguntó y enseguida se puso a hablar de otra cosa, sin esperar respuesta.

Al día siguiente, al filo de las seis de la mañana, cuando Brasco, todavía a medio despertar y sofocado por un bochorno zumbador que lo había atormentado durante la noche, salía de la habitación y se dirigía al lavadero para refrescarse sumergiendo la cabeza entre agua serenada, la vio allí sentada en un banquito, ya bañada y vestida, impaciente, esperándolo.

—¿Es verdad, míster —le dijo de sopetón, sin darle antes los buenos días—, que a veces la nieve cae azul y limpia como el cielo, y otras veces gris y sucia como el barro?

—Casi siempre es blanca, pero con tantas tonalidades, que los esquimales que viven en las tierras heladas de Alaska conocen cien nombres distintos para el color blanco. Para vivir en Colombia habría que saber mil nombres distintos para el verde...

—El verde, el verde, usted siempre a hablarme del verde y lo que yo quiero es hablar del blanco. ¿Y es verdad, sí o no, que cuando cae mucha nieve no se debe usar medias de seda porque se quedan pegadas a las piernas y que si intentas quitártelas te las arrancas con todo y pellejo? ¿Es verdad?

—De dónde sacaste eso...

—Lo andan diciendo por ahí.

—Debes estar loca, tú. En medio de este bochorno vienes a hablarme de la nieve...

—A mi amiga Claire tampoco le gustaba.

—¿No le gustaba qué?

—Hablar de la nieve. Yo le preguntaba y ella me esquivaba porque decía que le daba tristeza recordarla. ¿Es cierto que la nieve es triste, míster Brasco?

—No, Sayo, no es triste. Es blanca, y hermosa, y alegre, y a mí sí me gusta hablarte de ella. Es sólo que me da risa ver cuánto te inquieta...

¿Y si le digo que se venga conmigo a Vermont?, dudaba Frank Brasco, más como pálpito gozoso e irresponsable que como verdadera posibilidad. Y si le digo que no tenga temor porque le va a gustar mi pueblo aunque no sea igual al de la postal y porque las medias de seda no se le van a adherir a la piel, alcanzaba a considerar, y que allá la nieve se extiende blanquiazul y radiante porque no hay quien la pise, pero no se lo decía porque en el fondo no tenía ni la menor intención de asumir semejante compromiso y además porque era evidente que ella no estaba allí para divagar sobre el destino, sino para averiguar ciertos aspectos muy concretos del problema de la nieve que todavía estaban imprecisos. Por eso se quedaba mirando hacia arriba, con los ojos perdidos en un cielo reverberante de luz y calor, y preguntaba:

—¿Cuál vuela más alto, míster, la nieve o un avión?

—La nieve no vuela, cae.

—Los aviones también se caen, a veces.

—Está bien, está bien. Digamos entonces que vuelan más alto los aviones, porque van sobre las nubes. La nieve cae de las nubes.

—¿Entonces la nieve son trocitos de nube? ¿Y cuando cae la nieve, se queda abajo para siempre?

—No, porque se derrite, como el hielo.

—Cae encima de los animales, y los animales se ponen blancos. Cae encima de los árboles, y los árboles se ponen blancos... ¡Cómo me gustaría que aquí en Tora todos los árboles y los techos se pusieran blancos! Bien lindo sería. Y yo tendría un buen abrigo de paño para protegerme del frío —aseguraba y su cuerpo oscuro, impregnado de sol, se estremecía bajo el leve algodón del vestido sin mangas—. ¿Usted usa abrigo, míster Brasco, allá en su tierra?

—Abrigo forrado en piel y botas altas y guantes y gorro de lana.

—¡Eso sí que me gustaría! Un gorro rojo de lana... la Olguita, que sabe tejer, podría hacerme uno... Si llegara a caer nieve en Tora, claro está, porque si no para qué... ¿Y es cierto, míster, que la nieve quema?

—Puede ser, sí. Es tan fría que quema.

—¡Tan fría que quema! —se reía ella, palmeándose los muslos—. ¡Las cosas que dice este gringo! Es una buena cosa, la nieve, y no tenía razón Claire cuando decía que es triste. Cómo me gustaría tener un poco de nieve, ¡aunque fuera sólo un puñado!

—Algún día, algún día —mentía él mientras pensaba, ¿y si le digo que se venga conmigo a Vermont y que traiga con ella a Todos los Santos? Y también a la Olguita para que les teja gorros de lana. Sería una insensatez del tamaño de una montaña, reconocía, así que no decía nada y sentía caer sobre sus hombros, blandas y mustias como copos de nieve, las palabras de amor que no pronunciaba.

—¡No sea embustero, míster! —protestaba Sayonara, como si le adivinara el pensar—. ¿Cómo voy a tocar la nieve, si aquí en Tora nunca va a nevar? Si mucho caerá granizo, y eso en el día del Juicio Final, pero nieve, lo que se dice nieve, sólo cae del lado de allá, donde está el gran mundo.

El gran mundo, solía decir ella y acompañaba esas palabras con un gesto amplio y circular de la mano y el brazo, como indicando una larguísima travesía, imposible, impensable.

—Pero si Tora también es parte del gran mundo —la animaba él.

—Qué va. El gran mundo queda leeeeejos, allá, más allá, donde sólo llegan los aviones.

—¿Qué quieres saber sobre el gran mundo? Pregúntame lo que sea, que yo te contesto.

—¿Sin embustes?

—Sólo la verdad.

—Entonces dígame, míster Brasco, ¿cuando los aviones nos vuelan por encima, qué pasa con la caca y el pipí que hace la gente que va adentro? ¿Nos cae sobre la cabeza?

—Eso no lo sé. Siempre me he hecho la misma pregunta.

—¿No ve? Para qué le pregunto si no sabe nada. Siga hablándome más bien de la nieve. ¿De qué me dijo que estaba hecha?

—¿De qué crees tú?

—De harina o de arena. O de arroz. Quién sabe, en todo caso de algún polvo muy blanco.

Frank Brasco despeja el camino que lleva a su cabaña tirando hacia los lados paladas de harina, o de arena, o de arroz, y mientras tanto me describe los ojos aindiados y negros de la Sayonara que andaban mirando, sin verlo, tantísimo verde que brillaba inútil a su alrededor, porque ella prefería perderse en ensoñaciones pintadas de blanco.

—¿Y nunca consideró usted, señor Brasco, la posibilidad de quedarse a vivir en Tora? —le pregunto.

—Mientras vivía allá tenía la sensación de pertenecer de manera ineludible a este mundo de acá, y ahora que vivo acá me pasa lo contrario, siento que nunca he estado tan en casa como allá.

Nunca se acostó con ella, me confiesa, y no por falta de deseo, sino porque llegó a La Catunga durante la llamada huelga del arroz, que iniciaron los trabajadores del Campo 26 y que desembocó en un paro laboral y cívico de Tora, durante el cual la población entera se declaró solidaria con las exigencias de los petroleros. También lo hicieron las prostitutas, que se aunaron a los brazos caídos al tomar la decisión de no trabajar hasta que la huelga triunfara, con el resultado de que durante casi veinte días con sus noches no acudieron a la cama por dinero, y si acaso hicieron el amor, fue sólo por amor.

—De la huelga le hablo luego, si quiere, porque es una historia que bien vale la pena. Pero ahora quisiera concentrarme en el recuerdo de Sayonara, sin interferencias. Quiero que usted sepa que su cuerpo y el mío nunca se tocaron, pero que en cambio otras cosas, que a lo mejor eran nuestras almas, se acariciaban a su antojo, se acompañaban y se mecían al compás, como la barca y el lomo del agua. Además, aquéllos eran días tan cargados de energía y de entusiasmo, por la tremenda explosión de esperanza, de miedo y solidaridad que despertaba en todos nosotros la huelga, que te parecía que hacías el amor sin necesidad de hacerlo.

—Pero hay algo que no entiendo, señor Brasco, y permítame anticipar una sola pregunta sobre el tema de la huelga. ¿De qué lado estaba usted, del de la patronal norteamericana o del de los trabajadores colombianos?

—Del de los trabajadores, por supuesto. ¿Por qué cree que terminó tan pronto mi estadía en Colombia? Como la Tropical Oil no podía comprobarme cargos de colaboración con la contraparte, la carta que me envió pidiéndome la renuncia aludía a «relaciones inconvenientes» con prostitutas colombianas, prohibidas en forma expresa a los empleados norteamericanos para evitar, según decían, el contagio de la sífilis y otras venéreas. Era una alusión a ella, a la Sayonara, porque nos habían visto juntos por aquellos días del paro. Ése fue el motivo aparente de mi despido, pero las cosas fueron como le digo: contacto físico nunca tuve con ella, ni con ninguna. Ahora déjeme hablarle de la última noche que pasé en su país, en casa de Todos los Santos.

—Lo escucho.

—Había conmigo unas quince personas durmiendo allí mientras afuera la amenaza acechaba, porque la empresa y el gobierno, que habían reventado la huelga por la fuerza, se ensañaban y seguían persiguiendo culpables.

En una de las habitaciones, sobre jergones tendidos en el piso, dormían Sacramento, Frank Brasco y los otros hombres, y por el resto de la casa se habían acomodado las mujeres: Sayonara, Todos los Santos, Machuca, Analía y algunas otras. Me dice Brasco que pese a la tensión y a la sobrepoblación había bienestar en la casa dormida, y que un calor de cuerpos cercanos conjuraba los peligros. De tanto en tanto una tos, un suspiro sonámbulo, un crujir de tablas daban cuenta de la afinidad de la manada humana cuando se encuentra reunida, apaciguada, protegida por un techo y una puerta que la aíslan del resto del universo. En su desvelo, Brasco reconoció con alegría cuánto le agradaba sentirse miembro de un clan; ligado por afectos no dichos a aquellos que reposaban junto a él de este lado de los muros, dentro de ese círculo protector y hermético que es una familia y una casa.

—El único bienestar que se asemeja al que sentí esa noche de tanta compañía —me dice— es esta acogedora soledad en la que ahora vivo.

A la madrugada siguiente, antes de las cuatro, debía partir por tierra hacia Bogotá, donde tomaría el avión de vuelta a su patria, así que se levantó en plena oscuridad, en medio de un clamor de chicharras y otros animales nocturnos que no supo reconocer, y se dispuso a orinar procurando no hacer ruido para no perturbar a los demás. Pero Sayonara ya estaba en pie y se le acercó descalza, con el sueño enredado en el pelo y el cuerpo arrebujado en la sábana para protegerse del fresco del amanecer.

—Eso, mejor orine ahora, míster —le ordenó, riéndose—. Así después no nos rocía desde el aire.

—No te voy a olvidar nunca —le juró él.

—¿Que no me va a olvidar nunca? ¡Oiga las cosas que se le ocurren a este gringo! No diga palabras ociosas, míster Brasco, mire que los recuerdos se derriten, como los copos de nieve.

Una madrugada esquiva, bañada en perpleja luz de eclipse, se fue de este mundo la bella Claire, viajera etérea que tal vez nunca había acabado de llegar. Su paso por Tora fue un soplo melancólico y liviano como la sombra de alguien que está sin estar y que no conoce de leyes de gravedad. Su muerte, en cambio, le cayó encima a La Catunga con todo el peso de la calamidad. Los tomó a todos por sorpresa dejando el barrio suspendido entre el horror y el pasmo y poniendo de presente cuán poco sabemos los nativos de los extranjeros que viven entre nosotros. No importa que transcurran diez años, o veinte: el forastero siempre es un desconocido —en buena medida sospechoso— que acaba de llegar. De Claire podría pensarse, de acuerdo con su pálida hermosura y con las huidizas líneas de su carácter, que se elevó en cuerpo y alma al cielo en el arrebato de una Asunción, como la Virgen María. Pero no fue así; la suya fue una muerte terrena y brutal.

—Un mal día Claire se arrojó al paso del ferrocarril —me cuenta Todos los Santos—. No se extrañe, era una forma de muerte común entre las prostitutas de Tora. Muchas se hicieron matar del tren por despecho, por soledad, por desamor. A veces sólo por hastío o por pura borrachera. Nunca antes de las tres de la mañana ni después de las cinco, y todas en el mismo lugar: la esquina que llaman Armería del Ferrocarril, en los bajos del barrio Hueso Blanco.

Hoy se encuentra allí una estación de gasolina, un taller de mecánica y una venta de periódicos, almojábanas y caribañolas, como en cualquier otra esquina del planeta.

Pero Todos los Santos asegura que si uno se fija puede ver que la gente aún se santigua al pasar por allí porque sabe que está pisando territorio *non sancto:* lugar de inmolación.

Como era costumbre, los despojos de Claire fueron recogidos en carretilla y llevados hasta su lugar de vivienda, ubicada en la mísera calle de los Veinte Cuartos. Todos los Santos fue convocada al cuarto de la difunta, uno de los veinte que se apretaban a lo largo de ese callejón saturado de olor a excrementos y a fruta rancia. Debía ejecutar el acto de misericordia de organizar las partes del cadáver lo más humanamente posible dentro del ataúd, cumplir con la ceremonia de cerrarle los párpados y en la medida de lo posible cruzarle las manos sobre el pecho, envolverla en una mortaja y cubrirle la cabeza con un echarpe de encaje de seda.

—Se me encogió el alma al entrar a ese lugar —me dijo—. Claire era de las que más ganaban con su trabajo, ahorraba lo que ganaba y había llegado a ser una mujer rica. Si no vivió como reina fue porque no quiso, y porque siempre creyó que estaba aquí de paso.

Pese a una decena de años de albergar a Claire, el cuartito seguía siendo vivienda pobre y de ocasión, con sus objetos escasos, flotantes, provisionales. Ni un animal, ni una sola planta, nada incompatible con la impersonalidad desolada de una pensión, nada que no pudiera ser empacado de un momento a otro, nada que implicara demoras a la hora de partir.

—Después, atando cabos, nos dimos cuenta. Ni el paso del tren pudo curarle a Claire la asfixia de esa promesa rota que siempre le estuvo cortando el aliento, como mano apretada en la garganta —rememora Todos Los Santos—. Durante los diez años que permaneció en Colombia agonizó de falsa esperanza; ahora sabemos con certeza que no fue otro el motivo que la empujó hacia su fin.

A lo ancho de esos diez años de ansiedad y acecho la oyeron suspirar a menudo por un tal Mariano, a quien sin embargo no vieron aparecer por Tora, y todos sospechaban que si Claire languidecía en aires de enajenación era porque le había entregado el corazón al Mariano aquel. De él llegaban los decires pero nunca la presencia. Llegaban también, espaciadas, sus cartas en finos sobres de papel Kimberly con el nombre y la dirección de Claire manuscritos en tinta sepia y regia letra decimonónica y circulaba por el pueblo el rumor de que le enviaba a su amada dineros por giro postal.

—Giros sí los hubo, pero no eran de él para ella, sino al revés —aclara la Fideo, mientras viaja en hamaca como en barca de Caronte.

—¿Cómo así?

—Así como lo oye. Era Claire la que le enviaba dinero a Mariano a la capital como aporte para sus campañas electorales, porque él era político de profesión.

Según la especie que regara Mistinguett, vaya a saber con qué fundamento, Claire abandonó su Francia natal y se vino a hacer la América tras las huellas de ese hombre, que le habría prometido matrimonio una noche de primavera sobre el Pont des Arts. Pero ciertamente no fue con ella con quien finalmente se casó, según se habrían de enterar las mujeres de La Catunga el día del velorio de Claire.

La bella francesa fue velada, como tantas compañeras que murieron antes que ella, en el gran salón rojo del Dancing Miramar, rodeada como una novia de azucenas y de cirios; el rostro —salvado milagrosamente del atropello y aún hermoso— envuelto en el echarpe de encaje de seda; definitiva la palidez de su muerte y suave la sombra de sus pestañas sobre sus mejillas de porcelana blanda de Sèvres, como la que podía admirarse en la tarjeta postal que mandó Sacramento.

Salvo Sayonara, que no aparecía por ningún lado, toda La Catunga se encontraba allí, acompañando en soledad a quien muriera por mano propia y lejos de su tierra. El salón principal del Miramar —con sus juegos de espejos, sus arañas venecianas, su tapicería de terciopelo rojo y negro— que en la penumbra de la medianoche lucía soñado y fastuoso como salón versallesco, bajo la indiscreta irrupción del sol mostraba mayor parecido, valga la verdad, con una verdadera funeraria: luctuoso, desteñido, polvoriento y falto de aire.

El Dancing Miramar —¿doblemente promiscuo?— fue el único y mismo recinto para el culto del amor y el culto de la muerte, y no por elección, sino por falta de otro remedio. Salvo algunas veteranas, como Todos los Santos o la Olguita, que eran propietarias de una casa con solar, las demás sólo contaban con mínimos cuartos individuales en un entrevere de construcciones precarias y colectivas, con baño y cocina en común, y en esos cubículos de hormiguero, que a duras penas contenían el catre y poco más, no hubiera cabido ni la décima parte de la gran audiencia que solía hacerse presente en los velorios.

Por otra parte, por disposición del cura párroco, a la iglesia no entraba una prostituta ni muerta, literalmente hablando, lo cual le abría espacio al segundo negocio de la Negra Florecida, dueña del Dancing Miramar, que le cobraba a cada chica diez pesos la noche por bailar en su establecimiento y enganchar cliente, y ciento veinte pesos por el servicio de velorio, teniendo en cuenta que se pagaba una única vez. Sólo lo prestaba durante las horas del día y como parte del trato ella aportaba los cirios, los candelabros, café tinto en tacitas para las señoras, ron en cantidades discretas para los caballeros, letrero a la entrada con divisa negra y nombre de la finada escrito en letra gótica y cuatro docenas de flores blancas de olor.

Aquella tarde, mientras velaban a Claire, los presentes vieron entrar una imponente corona mortuoria, del tamaño de una rueda de camión, que llevaba trenzadas al menos doscientas rosas de un blancor espectral, cruzadas por una cinta de raso color púrpura que decía en letras doradas *Mariano Azcárraga Caballero y Señora*. Las chicas de La Catunga leyeron aquel nombre altisonante y quedaron sin resuello; quince meses atrás Mariano Azcárraga Caballero, barón electoral de gran calibre y mandamás en el partido político predominante, había sido electo Senador de la República de Colombia. *¿Y Señora?* Se había sabido de la existencia de esa Señora tres meses atrás, a través del diario *El Tiempo,* que publicó la foto del día de su matrimonio con el mismo Mariano en quien Claire había depositado, hasta ese día de irreparable desconsuelo y suprema angustia, toda su fe, su esperanza y lo mejor de su caridad.

—Eso le pasó por no desconfiar del poder, que siempre es venenoso y traicionero y desdeñoso de la gente —acota al margen la Fideo.

Arrastrando sus piernas rezagadas, la Olguita, cargada con la corona, se acercó a Claire y se la colocó a los pies.

—Tu Mariano quiere que sepas que te acompaña a la hora de la muerte —le dijo en secreto, retirándole de la frente un mechón de pelo rubio y mustio.

Ya no existe el Dancing Miramar pero sí la Negra Florecida, quien hoy día es bisabuela, abuela y madre de una tribu de señores y señoras graduados en la universidad. Está muy enferma de una infección intestinal que llaman, según me dijo, las 17 especies de materias fecales, y cuando le pedí, seguramente con cara de asombro, que me repitiera el nombre de su mal, me dijo que si no le creía me mostraba los análisis de laboratorio, ante lo cual me apresuré a responder que no hacía falta, que en realidad estaba ahí para preguntarle por otra cosa.

—Ciento veinte pesos por difunta no era mucho cobrar —me dijo—, si se tiene en cuenta que después del velorio yo tenía que pagar también los oficios de un rezandero que hiciera la limpia, porque el lugar se contagiaba después de cuatro o cinco horas de albergar un gentío llorante y gimiente. Por aquí, siempre ha habido la creencia de que después de un duelo las paredes quedan penosas, o espantosas, según se impregnan de pena y de espantos. Si no las mandaba limpiar nadie iba a querer volver en las noches, a enamorarse, a cantar y a reír.

El Dancing Miramar: ¿doble recinto de amor y de muerte? No, universo entero y triple, como la Trinidad, de nacimiento, amor y muerte.

—No sólo de la muerte me encargaba yo —me dijo la Negra Florecida mirándome a través de sus lentes, gruesos como culo de botella, mientras las 17 especies de materias fecales hacían estragos en sus intestinos—. También de los nacimientos: en el segundo piso tenía arreglado un cuarto para partos, porque eran bastantes las muchachas que quedaban preñadas. Cuando llegaba el momento mandaba a alguna a llamar a la Cuatrocientos, que ayudaba a dar a luz.

Camino hacia el funeral de Claire, Todos los Santos se detuvo en su casa para llevarse consigo a Sayonara, pero no la encontró. Preguntó por la cuadra si la habían visto y nadie le dio razón. A Claire la enterraron al atardecer en una llanura donde pastaba ganado de engorde, desprovista de cruces o lápidas, lejana del pueblo y a orillas del Magdalena, que la gente llamaba el Otro Cementerio. Allá, sin más cobijo que un vuelo de garzas ni más monumento que un sauce llorón, iban a buscar reposo eterno los suicidas, los masones, los niños sin bautizar, las mujeres que abortaban y las prostitutas, pecadores irredimibles a quienes los curas negaban el acceso al Cementerio Mayor. Al menos con doble signo, prostitución y suicidio, marcó a Claire su estrella aciaga para confinarla, primero en vida y también en muerte, a lugares de destierro.

—Claire no era una mujer triste —dijo Todos los Santos en tono elegíaco—, era la tristeza misma disfrazada de mujer. No he conocido un alma más desamparada en los días de mi existencia. Y sin embargo, fue ella quien nos hizo saber que en la Francia de los Luises triunfábamos nosotras, las cortesanas, y que con orgullo nos hacíamos llamar hijas de la alegría.

Siempre imaginé este episodio bellamente surrealista, con las mujeres envueltas en ropas negras y sin embargo inmunes al calor sin aire ni sombra del medio día, de pie ante el agujero recién abierto en la tierra roja de Tora, en medio de una extensa nada de altos pastizales. Un par de docenas de vacas cebú con sendas garzas paradas sobre el lomo, que observa la escena con curiosidad infantil, va cerrando un manso círculo en torno a las inusitadas visitantes del potrero.

Meses más adelante, cuando debí asistir personalmente a un entierro en el mismo lugar y en circunstancias similares, pude constatar que allí estaba, en efecto, ese calor para mí insoportable, y llevadero para ellas, y también el ganado con sus garzas garrapateras, y la mujer muerta que se entrega con docilidad a la tierra roja. Y sin embargo, la imagen prefigurada incurría en una doble falla que paso a corregir enseguida: sí había sombra, porque la tumba había sido cavada bajo el amparo de un enorme guayacán florecido en lila, y las mujeres no estaban de pie, solemnes y al mismo tiempo apuradas por irse de allí, como suelen estar los deudos en los Jardines del Recuerdo, la Tierra del Apogeo, el Valle de la Paz y demás cementerios de nuestras ciudades, sino apoltronadas y recostadas en un claro con paciencia de piedras, tan plácidas como si hubieran llegado para quedarse, conversando entre ellas con desenfado sobre las virtudes de la difunta, sobre sus mañas, sobre el mal que la llevó a la tumba, sobre cualquier cosa en general y en particular, y sobre el sancocho de gallina que allí mismo habrían de cocinar y consumir con ron, en complicidad con la viajera y a modo de convocatoria de su bienaventuranza.

Mientras se comía el sancocho evocando a la bella Claire, y también después, durante los golpes de tierra sobre el ataúd, Todos los Santos miraba una y otra vez hacia el camino que lleva al pueblo presintiendo la llegada de su ahijada Sayonara, que sin embargo no tuvo lugar entonces ni tampoco después, mientras esperaban en casa hasta las once pasadas sin tener noticia de que anduviera por el Dancing Miramar, los cafés de la zona, las residencias de las amistades, los lavaderos, las tiendas de los árabes, la cascada de Acandai u otros sitios habituales, de tal manera que hacia la medianoche la madrina, la Olga y la Machuca la fueron a preguntar al hospital, a la estación de policía y finalmente a la morgue, sin resultado alguno.

—No está herida, ni enferma, ni muerta —concluyó Todos los Santos, negándose a seguir buscándola y mandando a las otras a acostar—. Ella se fue porque quiso.

¿Por qué se había marchado Sayonara? No era fácil colegir el motivo de la huida, que se daba justo en el momento en que la vida se le mostraba espléndida. Convertida en leyenda dorada, rodeada del amor de cientos de petroleros, dueña de una juventud radiante y de una belleza silvestre que la fama centuplicaba. Querida y respaldada por su madrina, que era personaje imponente en La Catunga, y por la mayoría de la población del barrio, que aceptaba sin celos su clara supremacía profesional; privilegiada también en el propio arte de ser puta, al tener tantos pretendientes que se podía dar el lujo de rechazar borrachos, malolientes, picados de viruela, agrios de carácter y exóticos en gustos de cama; tan consentida y bendita entre todas las mujeres que le bastaba con asomarse un rato por el Dancing Miramar y bailar bajo los reflectores, somnolienta y con desgano, para que sus enamorados se mostraran dispuestos a entregarle la quincena a cambio de acariciarla con la mirada.

Al día siguiente de su desaparición, la Olguita, Delia Ramos y las otras se empeñaron en descifrar su paradero y encontrarla donde fuera, y por medio de pesquisas e interrogatorios lograron seguirle el rastro hasta un mínimo puerto fluvial a hora y media de Tora, llamado

Madre de Dios, donde unos pescadores afirmaron haberla visto llegar a pie, solitaria, sin equipaje y descalza. De Madre de Dios en adelante se borraba el rastro.

—Tal vez se embarcó en chalupa y se fue río abajo —dijeron los pescadores, sin convicción—. Tal vez, quién sabe.

Aislada en su casa, una Todos los Santos perpleja y abatida se encerró en su habitación y le prendió al santo tres veladoras suplementarias.

—Dime su paradero, Jesucristo —le rogó—. Si no lo sabes tú, no lo sabe nadie.

El santo Cristo le sonreía tan dolido como siempre, dulce y desentendido de los asuntos humanos y sin musitar palabra.

Entonces Todos los Santos reparó en las tarjetas postales, recordando la fe con que Sayonara parecía buscar en ellas la clave de algún designio.

—¿Se habrá ido a buscar a Sacramento? —se preguntó y la posibilidad le resultó sedante, porque querría decir que la red de afectos que habían tejido juntas no se habría roto, y que la niña no andaría refundida, como era de temer, por las extensiones inalcanzables y ajenas de su pasado. Pero no, no era probable que se hubiera marchado tras Sacramento porque las postales no daban cuenta del paradero del remitente.

Dos cosas habían sucedido en ese malhadado día anterior, cavilaba Todos los Santos queriendo atar cabos mientras examinaba atentamente aquellas postales para extraerles su secreto. La muerte de Claire y la desaparición de Sayonara, ¿qué tendrían que ver esas dos adversidades con este *Palacio de Katmandú,* que abría sus jardines al paso del viajante, o con este par de mujeres, tan ensimismadas tejiendo su encaje que para ellas no existía el resto del mundo? ¿Qué diablos podría revelar esta *Isabel II, Reina de la Gran Bretaña,* si parecía dormida con los ojos abiertos bajo el peso de su enorme corona? ¿Qué hilo oculto uniría a la Urna Fúnebre cultura Muisca con el *Jarrón de porcelana Dinastía Ming siglo XIV*? Nada, absolutamente nada, aparte de que ambos eran cacharros milenarios. Y así siguió especulando en la razón de la sinrazón, aturdida de desconcierto, hasta que vio llegar el amanecer y de ahí en adelante duró dos días comiendo poco y hablando menos, rumiando en forma insensata los nombres de las postales hasta que las hizo a un lado con fastidio.

—No más pendejada —se ordenó a sí misma—. De las personas sólo sabemos lo que el corazón nos dice, y el mío me está diciendo a gritos que esa niña va a volver. Sólo hay que darle tiempo.

Con las primeras luces del quinto día, Todos los Santos, sin despertar del todo, volvió a ver a Sayonara. O creyó verla parada en el umbral de la vigilia, bajo el quicio de la puerta de su alcoba. Pero la encontró encogida, huraña y enjuta, tal como la había visto dos años atrás, cuando se presentó por primera vez en Tora. La aparición espectral la miraba sin sonreírle, de nuevo más niña que adolescente, otra vez desnutrida, recelosa, descalza y desgreñada; olorosa, igual que antes, a humo y a desamparo. Como si se hubiera estancado el tiempo y todo fuera irreal e idéntico a su propio inicio.

—¿Eres persona o eres recuerdo? —preguntó en un susurro Todos los Santos.

Caminaba por el filo del colapso cuando vino a rescatarla otra aparición, en el mismo marco de la misma puerta. Esta vez se trataba de la verdadera Sayonara, la propia muchacha sonriente y espléndida que había abandonado la casa el día de la muerte de Claire.

—Madrina —le dijo, empujando hacia adelante a la pequeña réplica de sí misma—, ésta es mi hermanita, Ana. Vengo a preguntarle si se puede quedar a vivir aquí, con nosotras.

En otras tres oportunidades desapareció y reapareció Sayonara a lo largo del año siguiente, en similares circunstancias de misterio, sin avisarle a nadie su propósito ni informar del paradero, pero con resultado idéntico. Y esas tres nuevas oportunidades también tuvieron nombre propio: Susana, Juana y Chuza. De tal manera que para diciembre ya estaba repleta la casa y completas las cinco hermanas, según le juró por Dios Sayonara a Todos los Santos, garantizándole que no le traería ni una más. Sayonara la mayor, después Ana, Susana, Juana y por último Chuza, una chiquitina muy oscura, de ojos brillantes, pelambre hasta la cintura y reflejos de lagartija, que no hablaba en español ni en ningún idioma ni medía más de cincuenta centímetros de estatura.

Todas cinco se instalaron de tiempo completo y de por vida en casa de Todos los Santos, todas cinco salidas de la nada, todas morenas, menudas y mechudas, una detrás de la otra como en esos juegos de muñecas rusas de madera lacada que vas abriendo y adentro encuentras otra idéntica pero más pequeña, y otra más y otra, en fila decreciente hasta llegar a la minúscula, que en este caso era la nena Chuza.

Cuando se enteró de la muerte feroz de la dulce Claire, a Sayonara le cayó una sombra como pájaro muerto sobre la mirada y una máscara le congeló la expresión, como si le hablaran de una desgracia demasiado propia, que de insospechada manera tuviera que ver con ella.

—Mi madre y mi hermano mayor se suicidaron —dijo de pronto, cinco o seis días después, haciendo estremecer a quienes la escuchaban—. Hasta entonces mi pueblo no sabía de suicidios; nunca a ninguno de los de allí se le había ocurrido morir de esa manera. Y de pronto cayeron dos seguidos, con horas escasas entre uno y otro, y ambos en mi familia.

Después de un rato de silencio añadió: Yo mucho adoré a mi hermano.

Todos los Santos nada preguntó, y me dice que varias razones tuvo para no hacerlo. Porque hay dolores que ni admiten preguntas ni tienen respuesta. Por respeto a los recuerdos de cada quien, que son sacrosantos y privados, y por no asomarse a las orillas de esa historia oculta que siempre había adivinado y pretendido eludir, como si reconocerla fuera una manera de convocarla. Y también por celos, añadiría yo: no creo que quisiera admitir la presencia de otras familias y otras adoraciones, distintas a ella misma, en la vida de Sayonara.

—Yo no estaba todavía nacida cuando murió mi madre —la propia niña no facilitaba la compilación de datos debido a su afición a soltar pistas falsas.

Nada le dijo, pues, la madrina a la ahijada, pero empezó a vigilar sus pasos sin que ésta se diera cuenta, sobre todo en las horas de tránsito entre la noche y la madrugada, y si la veía encaminarse hacia los rumbos del ferrocarril se le prendía del brazo con cualquier pretexto y la acompañaba.

—Tenía temor de que la sangre tirara de ella y la arrojara al tren —me confesó—. Es que la forma de morir se hereda, ¿sabe? Como el color de los ojos o la talla de los zapatos.

Como Todos los Santos y sus amigas, también yo vine a conocer en una sola frase de la existencia de la madre y del hermano de Sayonara y de su suicidio. En un solo instante aparecieron, me ataron al enigma de su muerte y desaparecieron después, obligándome a pasar esa noche despierta mirando hacia el río desde la ventana de mi habitación del Hotel Pipatón. El otrora Gran Río de la Magdalena se me aparecía como una larga ausencia: lenta, negra, recargada de dragas —¿serían dragas esos monstruos pardos que hundían sus patas en el agua?— y de otros aparatos metálicos y ortopédicos que la convertían en una prolongación de la refinería, que se extendía en la orilla opuesta oxidando el cielo nocturno con la combustión perpetua de sus altas chimeneas. Un incongruente olor, femenino y dulzón, escapaba de sus fierros. Don Pitula, el taxista que me guiaba por Tora —quien durante 25 años trabajó como soldador en la refinería—, me había dicho esa tarde que el humo perfumado provenía de la planta de aromáticos, donde procesan el petróleo para convertirlo en shampoo, cremas faciales y otros cosméticos.

—La planta que mejor huele es la más venenosa —me dijo—. Trabajar ahí es firmar la propia sentencia de muerte.

A mi habitación de hotel se colaba esa fragancia frívola y letal, ese tóxico efluvio de colonia barata que me subía por las fosas nasales hasta el cerebro y allí desdibujaba la imagen de Sayonara, a quien, sin haber conocido ni visto nunca, trataba de descifrar desde hacía varias semanas. Con alguna dosis de acierto, me parecía hasta entonces, aunque quizá forzando un tanto las piezas sueltas de su carácter para hacerlas encajar en un todo coherente. Y ahora hacían su irrupción brutal los espectros de una madre y de un hermano muertos por voluntad propia, y dinamitaban de una vez por todas el rompecabezas que hasta ese momento había logrado medianamente armar. ¿Quiénes eran ellos? ¿Por qué se quitaron la vida? ¿Qué vocación necrofílica pesaba sobre aquella gente? El día anterior no existían para mí y ahora arrojaban sobre la imagen de Sayonara una carga de pasado tan terminante, tan turbadora, que amenazaban con sepultar bajo un río de arena la frágil trama de su presente. Esa madre y ese hermano me caían del vacío trayendo con ellos un inquietante invitado con el cual no contaba, al menos no todavía ni en tan excesiva dosis: el soplo de la muerte, que se refundía esa noche con el olor empalagoso de la planta de aromáticos.

—Sobre Sayonara revolaba el pajarraco feo —me dijo, hablando de la muerte, la Fideo, con la lucidez y el filo que sólo salen de boca de un moribundo—. De eso no le quepa duda. Pero ella lo sabía amaestrar. A mí no me sacas los ojos, le ordenaba, y el bicho se quedaba quieto. No la abandonaba, pero no la ofendía.

Supe que Todos los Santos pudo olvidarse pronto de sus seguimientos y de sus temores con respecto a un instinto suicida por parte de Sayonara, quien demostraba, por el contrario, ir creciendo en alegría y en confianza en las bondades de la vida, y de quien nada hacía sospechar que perteneciera al género de los que no se encuentran bien de este lado del cielo. Si bien era cierto, como sabía la Fideo, que cargaba en el hombro al ave rapaz de la muerte, también lo era que había aprendido a darle de comer en la mano.

¿Mientras tanto, en qué andaba Sacramento? Arrumbaba sus pasos, junto con su amigo el Payanés, por una carretera hirsuta de hierros viejos y aparatos dañados que los pájaros resentían y la vegetación no daba abasto en devorar. Listos ya para el mercado de trabajo, con las manos y los pies empedrados en callos, habían emprendido la peregrinación hacia el famoso Campo 26 de la Tropical Oil Company, que se levantaba en medio de la insensatez de la selva como un gran barrio industrial, gris y reiterativo en su estruendo metálico y encerrado entre alambrada de púas. Guachimanes armados mantenían a salvo de todo acecho un tesoro de balancines y de torres, de machines, turbogeneradores, catalinas, calderas y unidades de bombeo.

—Esto no me gusta, hermano, parece presidio —protestó Sacramento cuando lo divisaron desde lejos.

—Alégrate en vez de lamentarte —contestó el Payanés—, porque ésta es la cara que tiene el progreso. Apréndetela bien, porque así va a quedar hasta el último rincón del mundo dentro de cincuenta años: puro desarrollo y goce para la humanidad.

Un reclutador igual al que los había rechazado un año antes los enganchó esta vez como ayudantes de cuñero, al Payanés con la ficha número 29.170 y a Sacramento con la siguiente, 29.171.

—Éste es el número más precioso, el de mi buena estrella —le dijo el Payanés a Sacramento—. Mi madre murió un día 29, fecha bendita.

—¿Y los otros tres números que te tocaron, el uno, el siete y el cero, también significan algo?

—Claro, hombre, el cero es el universo, símbolo de eternidad, y además es redondo como el ojo del culo.

—¿Y el 17?

—Ése sobra; no representa nada.

—A mí me hubiera gustado que mi ficha tuviera un cinco. El cinco es mi número favorito.

—No tienes motivo de queja, la tuya también lleva el 29, aniversario de mi santa madre.

—Pero yo ni siquiera la conocí...

—Ten la seguridad de que ella te hubiera amado como a otro hijo.

—Ah, bueno, pues siendo así... —comentó Sacramento, medianamente consolado.

Tener contrato en cualquiera de los campos, y en particular en el nueve, el 22 y el 26, los que mayor cantidad de barriles producían, constituía un santo y seña para entrar al cielo. No era imaginable para un hombre mayor honor, ni mejor garantía, y significaba ante todo encontrar asidero en medio del vendaval. Ya somos personal asalariado, se decían y se repetían haciendo sonar las vocales con más ufanía que si fueran reyes de Roma. En medio de esa inmensa humanidad que giraba al garete, llegar a ser petrolero significaba la salvación.

Era tanta la dicha del par de muchachos porque les hubieran adjudicado por fin el carné y el salario que los acreditaban como miembros de la clase obrera, dentro del gremio heroico de los petroleros, que ni cuenta se dieron de que no sabían en qué consistía ser cuñero, y menos aún ayudante de cuñero.

—Busquen a la flaca Emilia y pregunten por Abelino Robles, el jefe de cuadrilla. Las órdenes que él dé, ustedes las obedecen, así les diga que le pongan calzones a una sirena.

Aseguraron y reiteraron que por supuesto, que contaran con ellos, y salieron volando de entusiasmo sin entender mucho hacia dónde ni exactamente a qué.

—¿Me puede decir quién es la flaca Emilia? ¿Dónde la encuentro? —le preguntó Sacramento a un obrero de cara afable que se encontraba cerca.

—¿Ya oyeron? —les dijo el obrero a los que andaban con él—. Aquí hay uno que se muere por conocer a Emilia.

—No te la quieras culiar porque te arranca la pija —le gritaron, riéndose, y siguieron de largo.

Como la flaca Emilia no resultó ser flaca y ni siquiera mujer, sino una de las torres de perforación que se mantenían en funcionamiento en el 26, Sacramento y el Payanés se colorearon de vergüenza por la novatada y supieron que de ahí en más tendrían que valerse por sí mismos, abriendo bien los ojos y mordiéndose la lengua antes que preguntar. Emilia, la torre más antigua y venerada de la zona petrolera —una Gardner-Denver de 1912—, afianzaba su pesada estructura en todo el centro del Campo, como un obelisco ritual. Paquidérmica Emilia, y anacrónica, pero imponente y todopoderosa, brutal en la obsesión sin clemencia con que hacía girar su broca de diamantes para descorazonar la tierra, y famosa no sólo por haber trabajado día y noche durante décadas sin fallar jamás, sino también por su temperamento implacable. Se decía que trataba con dulzura a quienes la manejaban con sabiduría y en plena lucidez de sus cinco sentidos, pero que a los chambones y a los alelados les hacía pagar el descuido con la vida, como había sucedido ya en dos ocasiones, primero con un encuellador a quien dejó caer quince metros hasta el suelo como paloma sin alas y años después con un soldador a quien cortó en dos con el latigazo fulminante de un cable tenso de acero que decidió reventarse sin previo aviso.

—Mírenla bien —les aconsejó Abelino Robles, el cuñero veterano—. No sólo gira vertiginosamente, sino que la más pequeña de las piezas que la componen pesa como un hombre. Basta con que se les caiga una llave en un pie para que queden inservibles, y no hablemos ya de meter una manita donde no conviene.

—Qué Emilia esta; nunca había visto una bestia tan formidable —dijo conmovido el Payanés, contemplándola con estupor y recelo como si fuera un templo pagano, acariciando con delicadeza la contundencia de sus fierros y haciéndole sin saberlo un juramento de fidelidad que habría de cumplir sin fisuras desde ese primer encuentro hasta el propio día de la muerte.

—Entonces, ¿ya murió el Payanés?

—Ya murió Emilia.

La alianza entre ellos dos quedó pactada esa misma noche, cuando a él se le acercó un mercachifle errante que se daba mañas en el arte del tatuaje y le ofreció la inscripción indolora del nombre de la mujer amada en cualquier parte del cuerpo.

—Escríbeme Emilia aquí, en el pecho. Y ponle un dibujito al lado.

—¿Te gustaría un puñal o una golondrina?

—No, puñales no, y golondrinas tampoco.

—¿Qué dices de una rosa?

—Eso sí, una rosa; una rosa con espina y gota de sangre.

—La rosa no salió muy buena, parece más bien clavel —comentaría después Sacramento al contemplar el dibujo grabado para siempre en tinta azul y roja sobre el pectoral izquierdo de su amigo—. La gota sí quedó muy verdadera. Pero el Emilia... El Emilia no sé, Payanés, me suena arriesgado. Si te cambian de trabajo no vas a poder quitarte la camisa ni para bañarte.

—No me van a cambiar de trabajo —aseguró el Payanés, antes de quedarse dormido en su hamaca—. Voy a ser el mejor cuñero de todo el país, vas a ver.

Durante tres días —los tres días del aprendizaje— el par de muchachos desempeñaron la humilde tarea de ayudantes de cuñero, que consistía en despejar el lodo de la plataforma mientras observaban, sin perder detalle, cómo Abelino Robles y otro trabajador avezado ejecutaban el oficio petrolero con tal precisión de relojeros y tal penetración psicológica de domadores de fieras, que el monumental y furibundo engranaje de Emilia parecía amansarse ante ellos.

—Ahora les toca a ustedes —anunció Abelino Robles al despuntar del cuarto día.

—¡Vamos! —animó el Payanés a Sacramento—. ¡A ponerle calzones a la sirena!

La tubería de perforación, que buscaba penetrar en la tierra hasta los trece mil pies de profundidad, se iba alargando a medida que los cuñeros, desde una plataforma inferior, le enroscaban más y más tubos de quince metros cada uno. Para lograrlo, Sacramento tendría que abrazar el nuevo tubo, que pendía vertical por el centro de la torre, con una llave de potencia conocida como el alacrán, mientras el Payanés acuñaba la ristra de tubos ya enterrados con una corona de uñas de acero de 130 libras de peso. Cada vez que se gastaba la broca debían proceder a sacar la tubería y desmontarla, siguiendo el proceso inverso.

—Van a trabajar en pareja y cada uno de ustedes va a depender del otro —les advirtió el veterano—. Si a ti, Sacramento, te patina el alacrán, el tubo le cercena las manos a tu amigo; si tú, Payanés, no encajas bien la cuña, se resbala la tubería y a Sacramento se le devuelve el alacrán, lo patea y lo desbarata.

Desde el principio el Payanés demostró vocación, habilidad congénita y hasta una cierta alegría y soltura de ejecución, y se ufanaba de lucir sobre su torso desnudo, bañado en sudor, la palpitante rosa petrolera con su espina afilada y su gota de sangre. Mientras tanto a Sacramento se lo veía espantadizo e inseguro, aterido de tensión nerviosa como si contara minuto a minuto las horas que faltaban para terminar el turno sin percance.

—Tranquilo, hermano, que no te fallo —le gritaba cada tanto al Payanés por encima del traqueteo ensordecedor de la cadena, como para asegurarse a sí mismo de que lo que decía era cierto.

Tras ocho horas de esfuerzo ininterrumpido sonaba el silbato y los dos abandonaban a la flaca Emilia para encaminarse hacia las barracas, abrazados, exhaustos, enlodados hasta los dientes y dichosos como un par de niños que acabaran de ganar un partido de fútbol.

Sólo durante tres semanas pudo Sacramento gozar de su felicidad laboral, que para él significaba, antes que nada, posibilidad de acercarse a Sayonara. La enfermedad, que ya le había inoculado el germen y le seguía los pasos, le cayó encima con toda la saña. La primera manifestación fue un dolor sordo, sonso, que le aturdió la cabeza y que él atribuyó a las ocho horas diarias que pasaba pendiente del taladro.

—Cada vez mis pensamientos eran más confusos y mi amor por Sayonara más atormentado, y le eché la culpa al ruido de la maquinaria. Aun cuando me alejaba me perseguía su tronar; toda la noche lo oía y su vibración me sacudía el fundamento.

Más adelante perdió el apetito y aunque no hubiera comido vomitaba baba amarilla y otras aguazas, a lo cual también le encontró justificación, esta vez en las bolas apelmazadas de arroz frío con manteca que les repartían a la hora del almuerzo, tan compactas e incomibles que ellos preferían utilizarlas para hacer pases.

Después le sobrevino una palidez de cirio con punzadas en las sienes e hizo su aparición una febrícula incipiente. Sacramento, incapacitado para trabajar y declarado palúdico por el personal médico, fue a parar al blanco y pulcro hospital del Campo, donde entró a compartir piso y destino con afortunados que se curaban a los quince o veinte días y también con desdichados comidos por la lepra de monte, la malaria, la infección intestinal o la tuberculosis, que para la Company no significaban sino pérdidas.

Olvidado en ese aséptico rincón del paraíso industrial, Sacramento se defendía del parásito invasor con todas las energías disponibles, y la fiereza del combate interno empezó a producirle temperaturas altísimas, andanadas de escalofríos y temblor de los huesos, que crujían en defensa propia.

—Me estoy poniendo negro, hermano —le decía a un enfermero llamado Demetrio.

—Son los líquidos melancólicos que se van regando por el cuerpo —le explicaba Demetrio, quien no sabía de diplomacias a la hora de ilustrar a los enfermos sobre las características de su mal.

—¿Los líquidos negros, dices?

—Esos mismos. Ahí van, poco a poco, carbonizando el hígado, el bazo, el cerebro, los glóbulos rojos. Mejor dicho todo; todo lo van volviendo negro.

—Hermano, me estoy quemando vivo —se quejaba Sacramento ante su amigo el Payanés, que venía a hacerle visita cada vez que podía—. Ardo en fiebres y en amores y me estoy calcinando a fuego lento. ¿No me ves negro?

—Negro no, sólo un poco amarillo. Pero ya te va a pasar. Tarde o temprano a todos se les pasa.

Pese a los consuelos forzados del Payanés, Sacramento se sabía cada vez más débil, más disminuido, mientras un enemigo microscópico pero envalentonado crecía y se le multiplicaba por dentro asumiendo temerarias formas de anillos, de bastones, de racimos de uvas.

Enfermeros apáticos pasaban dos veces al día por los catres de los que llamaban convalecientes, entre los cuales acomodaron quién sabe con qué criterio a Sacramento. Hacían su oficio a la carrera, sin reparar mucho en nadie ni preguntar nada, repartiendo al ojo los únicos remedios disponibles: quinina para las fiebres, aspirina para el dolor, brown mixture para las infecciones y white mixture para los males desconocidos.

—No te entusiasmes con el remedio, que es más tóxico que la propia enfermedad —le decía Demetrio cuando le entregaba su ración de quinina—. Mira estas pastillas, son rosadas y gordas como las mujeres. Y dañinas, como ellas.

Como un mal actor de teatro, todas las madrugadas Sacramento representaba la misma escena equivocada y trunca. Se levantaba sobre sus piernas temblonas, se espolvoreaba agua en la cara, se medio pasaba el peine por las mechas revueltas y anunciaba que ya, que estaba curado, que lo llevaran a la flaca Emilia porque volvía al trabajo.

—Digan dónde hay petróleo —desvariaba—, que allá voy a hacer el hueco.

Al minuto siguiente, agotado por el esfuerzo inútil, se desplomaba de nuevo en el catre, se regalaba a la fiebre, renunciaba a existir en este mundo y se instalaba en su delirio de pasión por Sayonara. Se quedaba horas inmóvil con los ojos volcados hacia ella, suplicándole al oído incoherencias, exánime todo su ser, sintiendo cómo el sudor se enfriaba sobre su piel y se convertía en una fina película de sal que le hablaba de que todo era en vano, de que ya se habían frustrado para siempre sus sueños.

—Me dio por pensar que dejarme morir de amor era el único remedio, y que entre más pronto sucediera, tanto mejor.

Resignado a este estado de hibernación, dócil ya ante la idea de la nada, registraba contrariado cómo su organismo reiniciaba sin su consentimiento el combate contra el parásito; cómo se movilizaba sin orden suya el ejército de glóbulos blancos encabritando de nuevo las fiebres y las recrudescencias; soliviantando las exigencias de la vida, que a pesar de él se negaba a renunciar sin intentar una última batalla.

En su primer viernes de licencia, el Payanés viajó hasta La Catunga pero no pudo entrar al Dancing Miramar, que se encontraba atestado de gente, sin contar la cola de dos cuadras formada por quienes esperaban la oportunidad para ingresar. Se contentó con tomarse unas copas en un café de tercera en compañía de una chiquita llamada Molly Flan. Regresó al Campo el domingo en la noche y lo primero que hizo fue correr al hospital para traerle al postrado noticias de Sayonara.

—No pude verla, hermano, pero oí lo que dicen de ella. Que es la mujer más acojonante de Tora y que no es mujer, sino pantera.

—¿Estuviste con ella?

—Te digo que no, que andaba demasiado solicitada. Dicen que sólo atiende gringos, ingenieros y personal de administración. Dicen que no tiene interés ni tiempo para obreros rasos.

—Entonces es cierto que existe... —ante las pupilas aguadas de Sacramento los hilos de la fiebre estiraban una mancha de melcocha negra que se volvía gato, pantano, mujer, nubarrones de tormenta, otra vez gato.

—Cuéntame —le pidió al Payanés, que tomaba nota de su flacura sin consuelo y su mal color de piel, indeciso entre el amarillo y el verde.

—Debo irme, Sacramento. Tengo que dormir algo antes de entrar a trabajar.

—Cuéntame una vez más y luego te vas.

—Qué quieres que te cuente...

—La pantera, dime cómo es la pantera.

—¿Cuál pantera?

—Esa mujer, Sayonara, ¿no dices que parece pantera?

—Yo de ti apuntaba más abajo, para que después no haya decepciones. Conocí a una que le dicen Molly Flan, no sabes qué ojitos más hechiceros...

—Calla, que me duele la cabeza. Háblame de Sayonara.

—¿Otra vez?

—La última.

—Ya te dije lo que dicen, que es oscura y mete miedo. Que huele a incienso y que cuando baila hipnotiza, como una víbora.

Ante los ojos de Sacramento la mancha negra se estiraba y se volvía culebra, culebra peluda y después pantera sin ojos ni cola, y otra vez mancha confusa de aceite con visos dorados, arrobadora mancha torneada con cintura y piernas largas, elásticas, dos piernas que se entorchaban como cintas alrededor de su cuello estragándole la garganta y asfixiándolo de sed.

—Dame agua, hermano.

—Dicen que el agua del Campo está contaminada y que esparce la enfermedad.

—De todos modos dame agua. ¿Cuándo la vuelves a ver?

—¿Qué cosa?

—A la mujer esa...

—El próximo viernes te llevo conmigo para que la veas tú mismo. Ya vas a estar bien...

—No hables mierda, Payanés, yo me voy a morir.

—Mala hierba nunca muere.

—Óyeme bien lo que te voy a decir. ¿Cuándo bajas de nuevo a La Catunga?

—Creo que dentro de un mes.

—Le llevas este dinero a una muchachita que llaman la niña —le dijo y le entregó entera su única quincena—. Es como mi hermana y vive con su madrina, Todos los Santos. Le dices que aquí le manda Sacramento, para que tenga con qué comer y se aparte de la vida mala. Después buscas a la Sayonara y le repites las siguientes palabras, tal como las voy a pronunciar: que no se preocupe, que apenas me aliente voy a casarme con ella.

—Estás loco, hermano. ¿Te volviste redentor de mujeres descarriadas? ¿Y si ellas no quieren que las salves?

—Tú dile así; dile a Sayonara que es el mensaje de un hombre que se llama Sacramento. Que yo sé que ella sufre y que tan pronto esté sano voy a ir por ella. ¿Me juras que lo haces?

—Te lo juro.

El Payanés salió apesadumbrado del pabellón de convalecientes después de ver tan perdido a su amigo del alma. Estás jodido, hermano, pensó con dolor, con rabia, con impotencia. Como pasos de mamut retumbaban los golpes de una barrena empecinada en quebrarle el lomo al planeta, y por eso nadie lo escuchó cuando dijo en voz alta:

—Lo están dejando morir, malditos carajos.

—¡Llegaron los peludoooos!

Los viernes por la noche en La Catunga rodaba el santo y seña de mujer en mujer: ¡Llegaron ya los peluuuudoooos! Así se daba comienzo, en oscuro esplendor, a una ópera mojiganguera y romántica, opulenta y miserable.

Durante los días de semana y bajo la manifiesta luz del sol, en holgura de batolas desteñidas, bamboleo de senos sin sostén y desaliño de amas de casa, las mujeres de Tora, cuando no amamantaban hijos, cumplían con la rutina de atender indistintamente caucheros, tagüeros, bogas o comerciantes en breves y monetarios episodios de cama que no tenían para ellas más significado que restregar las ollas o echarles maíz a las gallinas.

—¿En qué pensaba usted mientras tanto? —le pregunto a Todos los Santos—. Quiero decir, mientras estaba con alguno de ellos...

—Hacía cuentas. Pensaba en el dinero que me iban a dar y calculaba para cuánto me alcanzaría, según el precio de la papa, del plátano, del alquiler. Como le digo, mientras el hombre hacía lo suyo, yo hacía cuentas.

Pero el viernes era el viernes y su llegada se delataba en el aire por un lloriqueo de niños a los que nadie había cambiado el pañal, un despiste de gallinas que andaban robando migas y un revuelo de mujeres que canturreaban boleros mientras se lavaban el pelo en la alberca y extendían medias de seda a secar al sol. Sobre el barrio descendía el atardecer dorando la pobreza y los callejones se encendían en luces artificiales, como árbol de Navidad. Cansados de llorar, los niños caían dormidos por los rincones mientras sus madres se entregaban, con aleteo de mariposas negras, al ritual de baile, galanterías y copas.

Hacia las siete iban llegando las mujeres al Dancing Miramar en grupos de a dos, de a tres, solitarias algunas. Todas irreconocibles, a leguas de distancia de su cotidianidad, convirtiendo en promesa de colores esas carnes que querían escapar del atuendo de rasete azul, de satén verde esmeralda, de rayón tornasolado; reluciente el cuello y las orejas con engaños de bisutería y falsos diamantes; rojísima la boca Elizabeth Arden como un as de corazón. Pintadas, dramáticas y travestidas, en manada ávida y coqueta de gatas no del todo mansas. Zorras ahora sí: tomando plena conciencia de ser putas, como es torero el torero sólo en el momento en que pisa la arena, o el sacerdote cuando ofrenda el sacrificio en el altar.

A partir de ese momento la vida se trenzaba en espejismos de alcohol y penumbra que alargaban por arte de magia la sombra de las pestañas, endulzaban los pliegues más ásperos de la piel y envenenaban la noche con olor a alcantarilla y a azahares. Las vitrolas despedían tangos que hacían maullar hasta al gato y en el Dancing Miramar, que flotaba en humos como un ovni, crecía el amor entre los baldosines y los amoníacos de la trastienda.

Restos de claro de luna, como vidrios quebrados, se arrumaban en las esquinas entre colillas y botellas vacías, y al final de la jarana, ya con el alba, la melancolía bajaba sobre las parejas que yacían desnudas en los catres y las arropaba, como una caricia de ángel.

A las ocho de la noche de otro último viernes de mes, entre estupefacto y maravillado, el Payanés se hallaba sentado en una mesa del Dancing Miramar. Así debe ser el cielo, pensaba. Tal cual, así, exacto debe ser. Nunca en su vida había visto tanto derroche de lujo y de esplendor. El rojo y negro de los terciopelos, la media oscuridad, el humo que aturdía los ojos, el ruido de copas de cristal, el devaneo de mujeres en trajes brillantes, el olor a perfume de calidad, la gran orquesta tronando con Pérez Prado. Y sobre todo, la satisfacción que producía la certeza de que entre el bolsillo traía el dinero necesario para pagar todo aquello, él, el Payanés, que se lo había ganado en franca lid. Así que ésta es la recompensa del petrolero, creyó saber por fin. Se sentó a la Molly Flan en las rodillas y pidió que le trajeran una botella de whisky.

Sobre la tarima, por encima de todo, ignorante de todos, protegida por la jaula de luz que arrojaba sobre ella un reflector, bailaba la Sayonara, con blusa de seda cerrada por toda la línea del corazón en hilera apretada de botones que ascendía hasta el cuello, la melena furibunda que descendía en cascada y la falda angosta color luto con ese tajo al costado por donde asomaba su pierna morena: la punta del pie, la rodilla, la pantorrilla y el peroné.

—¿Ésa es? —le preguntó a la Molly Flan.

—Esa misma. ¿Qué tiene, acaso, que no tengamos todas?

—Es flaca, pero bonita —comentó el Payanés, como para sí.

—Es bonita, pero flaca—corrigió la Molly Flan.

Perdida en sí misma como si ondulara en sueños, Sayonara flotaba en el chorro de luz. En medio del ruido y la condensación humana, el espacio donde se hallaba aparecía aislado como un sagrario, inasible e inviolable, anegado en aire de otro mundo como un paisaje lunar.

—Hasta la soledad de esa mujer no se abre camino nadie —pensó en voz alta el Payanés.

¿Me acerco a la tarima y le grito desde abajo que la felicito, que es su día de suerte porque mi amigo Sacramento le manda la buena nueva de que se va a casar con ella? Se bajó un trago ardiente de whisky y tomó la decisión de no decirle ni mu. Así le ahorro el ridículo a Sacramento, pensó, y de paso mayormente me lo ahorro también a mí. Le llevaría a la niña el sobre con el dinero, pero se haría el desentendido con el mensaje a aquella mujer.

—¿Será incumplir una promesa pagarla sólo a medias? —le preguntó a la Molly, vociferando para hacerse oír por encima del silencio ensordecedor que se creaba en torno a la muchacha de la tarima.

—¿Qué dices?

—No digo nada.

Muchas veces me he hecho la misma pregunta que se hizo la Molly Flan, ¿qué tendría Sayonara que no tuvieran las otras? ¿Qué fue, en realidad, lo que la convirtió en cierto momento de la historia de La Catunga en una suerte de columna vertebral de aquel reconcentrado universo de obreros petroleros, mujeres de la vida y amor de café? Según les escuché decir a muchos, una primera respuesta parecía estar en lo desafiante de su actitud. Dicen que había en ella una peculiar fiereza que iba más allá de la hermosura y que atraía e intimidaba. Seguramente puede hablarse también de un notorio vigor híbrido, surgido de la mezcla de sangres, que iluminaba su juventud con bríos y brillos de potranca.

Hablo a tientas de todo esto porque a Sayonara no llegué a conocerla personalmente. Supe los pormenores de su historia a través de los relatos y recuerdos de su gente, en particular de Todos los Santos, uno de esos seres monumentales a quienes la vida nos concede el privilegio de acercarnos. Con ella trabé una amistad deliciosa en muchas tardes conversadas en el patio de la Olga, a la sombra de los cauchos benjamines, y por eso sería absurdo llamar investigación, o reportaje, o novela, a lo que fue una fascinación de mi parte por unos seres y sus circunstancias. Digamos que este libro nace de una cadena de mínimos secretos revelados que fueron deshojando, uno a uno, los días de Sayonara, buscando llegar hasta la médula.

Todos los Santos, Sacramento, la Olguita, la Machuca y la Fideo fueron narradores extraordinarios, dotados de una asombrosa capacidad de contar sus tragedias sin patetismo y de hablar de sí mismos sin vanidad, imprimiéndoles a los datos la intensidad de quienes, por motivos que aún no comprendo, aceptan confesarse ante un desconocido por el solo hecho de que escribe, o de que es precisamente eso, un desconocido, o quizá por la sola razón de que escucha. Como si el acto mismo de narrar la propia historia ante un tercero le imprimiera un propósito, la hiciera de alguna manera perdurable, le aclarara el sentido.

Fue por casualidad que me acerqué al mundo de La Catunga. Andaba haciendo a contrarreloj un reportaje sobre un asunto sin relación alguna, el robo y la distribución clandestina de combustible por parte de una organización criminal que la gente llama cartel de la gasolina, y para eso aterricé en Tora un martes a las once de la mañana en una avioneta de la compañía Aces. A las dos de la tarde la Sayonara ya se había atravesado en mi camino, por puro azar pero con un empecinamiento temerario.

Necesitaba para mi semanario la foto de un sargento Arias Cambises, asesinado seis meses antes porque sabía demasiado sobre el *modus operandi* de ese cartel, y fui a preguntarla al archivo fotográfico del diario *Vanguardia Petrolera*. El muchacho encargado salía en ese momento a almorzar, pero tuvo el gesto de confianza de dejarme buscar sola.

—En media hora vuelvo —me dijo, y yo me di a la tarea.

No encontré lo que buscaba en los ficheros por orden alfabético y pasé a escarbar entre los rimeros de material sin clasificar, una caja de Pandora donde había de todo, salvo sargentos Arias Cambises: fotos de disturbios callejeros, de compositores de bambucos abrazados a sus tiples, quinceañeras siendo presentadas en sociedad, una manifestación de los años veinte encabezada por la famosa dirigente obrera María Cano, prohombres recibiendo condecoraciones, un Charles Atlas nativo, llamado el Indio Amazónico, que atravesó a nado el río Magdalena por debajo del agua. Hasta una camada de gatitos angora jugando con lanas entre una canasta. Cientos de fotos de cualquier cosa y, de golpe, algo que no pude pasar por alto.

Era un primer plano de una muchacha mestiza de una oscura belleza bíblica, sin maquillaje ni adornos, que respiraba un vaho de selvas vírgenes y al mismo tiempo de bajos fondos, que de verdad perturbaba. Tenía el porte de las tahitianas pintadas por Gauguin, pero ni una gota de la ingenuidad del buen salvaje. Los suyos eran rasgos suavizados de india vernácula, pero su expresión, no supe precisar por qué, delataba malicia urbana.

Hice la foto a un lado para seguir buscando a mi sargento y cuando me di cuenta, la tenía otra vez entre las manos y observaba la caída vigorosa de ese pelo recio partido al medio, la perfección sin manicura de sus uñas almendradas, los ojos de niña que ha visto demasiado, la manera ambigua como se entreabrían sus labios llenos. «Bella como Jerusalén y terrible como un ejército en orden de batalla»: observándola entendí por fin cómo podía ser a la vez bella y terrible la Sulamita del Cantar de los Cantares.

El respaldo de la foto también fue una sorpresa. Estaba firmada, sin fecha, por el Tigre Ortiz, uno de los grandes fotógrafos colombianos, de quien se decía que había retratado y amado a las mujeres más hermosas del continente, entre ellas a la diosa María Félix. Bajo su firma y entre comillas aparecía una sola palabra, «Sayonara».

—¿Encontró lo que quería? —me preguntó el encargado al regresar del almuerzo.

—No, pero encontré esto —le tendí la foto de la muchacha—. ¿Sabe quién es?

—Todo el mundo sabe. Fue una prostituta famosa aquí en Tora.

Tiempo después, en Santafé de Bogotá, busqué al Tigre Ortiz, ya consagrado y octogenario, para pedirle que me contara la historia de esa fotografía, con pocas esperanzas de que recordara porque la debía haber tomado demasiados años atrás. Sí se acordaba, de esa foto y de todas; tenía una memoria de elefante.

Me contó que la Tropical Oil Company —la Troco— le encargó en alguna oportunidad una serie de fotografías para un catálogo sobre sus instalaciones, para lo cual debió viajar a Tora, Infantas y El Centro persiguiendo torres petroleras, balancines y toda suerte de maquinaria.

—Recuerdo bien —me dijo— una famosa perforadora Gardner-Denver de principios de siglo, una pieza de museo que sin embargo seguía funcionando como un reloj suizo y que era motivo de gran orgullo. Recuerdo que algunos obreros me pidieron que los fotografiara al pie de esa torre.

Al cabo de quince días fue con unos ingenieros a celebrar la culminación del trabajo a la zona de tolerancia de Tora. Y ahí la vio, hacia la media tarde, descalza, en camisola suelta y desenmarañándose la melena en el patio de su casa.

—Apenas la vi, recordé a Santi Muti, un poeta amigo que solía hablar de «un definitivo estar de india hermosa». Porque eso era justamente lo que tenía esa muchacha, un aplomo de india hermosa que quitaba el resuello.

Le pidió que lo dejara fotografiarla tal como estaba y ella, antes de responder, buscó el asentimiento de una señora de edad, que según el Tigre debía ser su madre. Él pensó que la señora iba a querer cobrarle pero no fue así; sólo dijo: Anda, hija, deja que te hagan el retrato, que eso no duele.

—Le pregunté a la muchacha de dónde era —me siguió contando el Tigre—, porque siempre he creído que esas mujeres contundentes como Eva vienen todas del Tolima. Y acerté. Primero me dijo que era japonesa, después soltó la risa y me confesó que había nacido en Ambalema, Tolima.

El Payanés pasó 36 horas corridas de parranda con su amiga la Molly Flan, en una tibia y olvidable borrachera de Vat 69 y merengue bien acoplado, y a la mañana siguiente, levitando en la acuosa imprecisión de su resaca, buscó a la niña de su amigo Sacramento en el lugar que le indicaron, la casa de una matrona llamada Todos los Santos.

Allí estaba ella, la niña de Sacramento, que ya no era niña sino mujer, en medio del tiempo detenido y liviano del patio, con Ana, Juana, Susana y la nena Chuza, todas cinco endomingadas con vestidos claros de algodón recién planchado, en fila una detrás de la otra y cada cual trenzando el pelo de la que tenía delante, Susana a Juana, Juana a Ana, Ana a Sayonara y Sayonara a Chuza, que no se quedaba quieta ni se dejaba peinar por andar amarrándole cintajos en las greñas a Aspirina.

No sé si el Payanés, encandilado por tanto destello azul que anidaba en las cabelleras lustrosas de las cinco niñas, se percató en ese instante, o si ya estaba advertido —seguramente por la propia Molly Flan— de que Sayonara y la niña eran dos personas distintas y una sola verdadera. No era fácil asociar a la bella de la noche, hecha de su propia fama y apertrechada en la alta torre del amor de muchos hombres, con esta muchacha de barrio en domingo de mañana, tan hermana de sus hermanas y tan hija de su madrina, tan cercana y verdadera en su vestido poblano, en sus gestos conocidos de persona del montón, de una-más entre tanta gente pobre y anónima.

Lo cierto es que el Payanés se quedó parado en el arco de la entrada sin saber qué decir, sin querer interrumpir esa ceremonia cotidiana de mujeres en el interior del patio fresco y casi oscuro en contraste con la iridiscencia de la calle, y que permaneció allí, menos observando que recordando, como si soñara con algo ya visto tiempo atrás, en los días privilegiados de una edad más piadosa. Estas niñas podrían ser mis hermanas, debió pensar, o las hermanas de cualquier hombre, y Sayonara podría ser mi esposa, o la novia de mi hermano, y esa señora Todos los Santos, u otra igual a ella, podría ser mi madre, y esta casa, por qué no, esta casa podría haber sido mi casa.

—¿Y el foco violeta? —le pregunto a la Olga—. El foco violeta debió devolverlo a tierra...

—En las mañanas se apagaban los focos, y un foco apagado es un foco mudo.

Dicen que Payanés se sintió invadido por una calma que le mitigó en parte los estragos de la resaca, por una suerte de reencuentro con sus propias entrañas y por la súbita certeza de que el mundo, pese a todo, seguía siendo el de su infancia.

—Despierta, muchacho —lo espabiló Todos los Santos, como si le adivinara la mirada—. Ésta no es casa de hermanas ni de novias, ésta es una casa de putas.

—Dile a Sacramento que yo le agradezco, pero que le mando de vuelta su dinero porque no pienso dejar esta vida, que no me ha resultado mala —le dijo Sayonara cuando él le entregó la quincena de su amigo—. Dile que mientras esté lejos me mande más tarjetas postales, que hace tiempo no recibo y las extraño.

Entonces Payanés le aseguró que si Sacramento no había enviado postales ni bajado a Tora era por impedimentos laborales, pero que la recordaba siempre, que se encontraba bien en general y en perfecto estado de salud.

En perfecto estado de salud: me aseguran que así dijo. ¿Por qué no pronunció ni una palabra sobre la malaria que consumía a Sacramento? ¿Por qué no habló del hospital blanco donde los enfermos arrullaban su propia sombra, de las andanadas de escalofríos y fiebres, de la fe depositada en una quinina de efectos secundarios tal vez más nocivos que el mismo mal? Él, el Payanés, siempre solidario, sólido, confiable, ¿por qué justo ahora fallaba? Por no delatar al amigo, tal vez; por temor a ser indiscreto, o por no preocupar a la gente con malas noticias... ¿O por el mismo pudor que lleva a todo integrante del sexo masculino a callar cuando se trata de lo que profundamente atañe al ser humano? Como si la soledad, la dicha, la debilidad, la pena o la malaria fueran asuntos vergonzosos, innombrables, que uno no debe admitir ni en el confesionario, ni ante el médico, ni siquiera ante sí mismo.

Aunque, valga la verdad, creo intuir otro motivo para que el Payanés haya guardado silencio. Y es que con el tiempo, a medida que fui conociendo a Sacramento, llegué a dudar de que efectivamente hubiera estado enfermo. De paludismo, quiero decir, porque enfermo siempre estuvo: de ansiedad. Hambriento de amar y ser amado, de perdonar y ser perdonado, flagelado por culpas propias y ajenas, pájaro siempre perdido en nubes de otros firmamentos, dulce, atormentado y temible Sacramento, incapaz de contentarse con lo que sus ojos ven y sus dedos tocan; volando en fiebres, sí, pero en fiebres contradictorias de utopías y de certezas a mano; de amores míticos, pero juramentados ante notario. Y vomitando también: bregando a echar afuera un alma henchida que no le cabía en el cuerpo.

¿También el Payanés era presa de esta sospecha acerca de su amigo y por eso ocultó la información sobre los achaques de malaria? Pudo ser. ¿Omitió la misiva matrimonial a Sayonara por pura precaución, pensando que el propio Sacramento, que ignoraba la doble identidad de la muchacha, no querría —de eso estaba casi seguro— casarse con aquella a quien veía como a una hermana? Pudo ser. ¿O no fue por eso?

Está claro que la hipótesis más sobrecogedora —la única seria— habla de que detrás de ese pecado de omisión puede verse la mano del destino que empezaba paso a paso a levantar los cimientos de una tragedia. Aunque dudo que haya un género que pueda llamarse tragedia de tierra caliente: la excesiva luz del trópico desdibuja los contornos filosos de todo drama; lo redondea, lo envuelve en ensoñaciones y al final lo disuelve en olvidos.

Movido por una fuerza más grande que él mismo y contrariando su costumbre y su naturaleza bien dispuesta, el Payanés habría obrado por conveniencia propia, a favor de sí mismo, desde el momento en que Todos los Santos y Sayonara lo recibieron con la efusividad y el alborozo, la limonada fresca y las empanaditas de pipián que hubieran puesto a freír si el recién llegado hubiera sido el propio Sacramento. El Payanés, siempre ocupado de cuidar a los demás, habría caído en la tentación de dejarse cuidar, de descansar en otras manos, porque le habían hecho sentir que se encontraba en casa, una casa con ropa lavada oreándose en las cuerdas, con pericos parlanchines sobre el palo de mango, leña ardiendo en la estufa y gallinas ponedoras en el corral, todo lo que a un hombre que regresa de las durezas sin cariño de un campamento le debe saber a cielo.

Ana, Juana, Susana y Chuza lo atisbaban desde su escondrijo detrás de una mata de plátano y bajaban la cabeza, mudas de timidez, cuando él les preguntaba el nombre. ¿Creyó sentir Payanés que en ese patio el ruido del mundo amainaba, el calor compadecía, el olor a limones invitaba a respirar, aunque todo aquello fuera sólo de prestado? Debió agradecer en secreto la ausencia de Sacramento, cambalache de los astros que le permitía llenar el lugar que el otro había dejado, ser por un rato esa otra persona que no pudo estar, apropiarse de su aire, ¿enamorarse de la mujer a la cual se le trae un mensaje de amor ajeno? No es de extrañar, en cualquier caso, que en esa ocasión el Payanés hablara tan poco y tan vago del enfermo distante.

—Hoy habrá orillada. ¿Quieres venir? —lo invitó Todos los Santos.

Los domingos durante el tiempo de la subienda, cuando las aguas del río se amansaban y se cargaban de peces, las mujeres de La Catunga sabían organizar lo que llamaban orillada, o paseo con viudo de pescado, ron macho y conjunto de vientos a las orillas del Magdalena, en alguno de los playones de arena parda que desaparecerían un par de meses más adelante, junto con los peces, cuando el caudal se encabritara de nuevo y anegara las riberas.

—Son treinta pesos —le dijo Todos los Santos—. Con eso pagas comida, bebida, música y amor.

—¿Treinta pesos apenas? Cuesta poco la felicidad.

—La felicidad de ocasión, querrás decir. La otra no existe.

Cuando el Payanés buscó en su bolsillo para sacar el dinero, se percató de que ya había gastado el suyo propio y por todo capital le quedaba el de Sacramento, que le quemó los dedos cuando quiso tocarlo. Lo pensó dos veces y lo dudó tres, mientras la vieja señora esperaba con la mano tendida. Sacramento, hermano, no lo tomes a mal, se disculpó para sus adentros. Yo te repongo tus billetes por otros idénticos.

Una hora más tarde, mientras seguía el hilo del río sobre un champán festoneado para fiesta y atestado de música y de gente, el Payanés continuaba navegando en aguas ajenas. No bailaba con las muchachas, como los otros, ni tomaba ron a pico de botella, como las ancianas. Más bien callaba y se refugiaba del sol bajo la cubierta de palma y cueros templados, agradeciendo las brisas del norte que atemperaban la mañana y dispersaban un tanto los sones en desuso con que la banda pretendía animar la travesía, pero que en él avivaban no sé qué carencia aguda, como aguja en el corazón. Esto me lo cuenta la Olguita y yo le pregunto si no me estará hablando de una nostalgia deseada y buscada, como la espina de rosa que el Payanés había pedido que le tatuaran en el pecho.

—En eso era un hombre como todos, enamorado de su tristeza. Por eso gustaba de emborracharse de tanto en tanto, porque era al día siguiente, durante el guayabo, cuando las penas más lo acompañaban —me responde Olguita, y yo reparo en que a diferencia de cruda, o de resaca, el término colombiano guayabo contiene los dos significados a la vez: quiere decir cruda y al mismo tiempo quiere decir nostalgia.

Sayonara se había sentado al lado del Payanés y le conversaba acercándole la boca al oído para proteger sus palabras del desparramo del viento, sin darse cuenta, tal vez, de que su brazo derecho rozaba, apenas, el izquierdo de él. Pero Payanés sí se percató; más aun, sólo se fijaba en el solaz de ese roce.

—Mira —le decía ella, y señalaba—. Mira esa manada de cerdos salvajes. Bajan a la orilla cuando tienen sed. Mira, aquélla es la Ciénaga de la Doncella, si te fijas ves huellas de las tortugas que llegan de noche a poner sus huevos.

—¿Y allá, donde lavan ropa esas mujeres? —preguntaba él.

—Es la Ciénaga de Lavanderas —dijo ella sin retirar el cuerpo, que era grato y olía bien y que él empezaba a acariciar con el deseo, como si el leve contacto fuera promesa de encuentro.

Después pasó flotando un cadáver solemne e hinchado como un obispo, tan cerca del borde del champán que uno de los palanqueros debió retirarlo con la punta de su vara para que no los inundara con su dulce olor a muerte.

—¿Lo habrá matado la chusma o la contrachusma? —preguntaba el Payanés mientras los demás seguían bailando como si no hubieran visto.

—Nunca se sabe —contestó Sayonara.

—¿Bajan muchos?

—Cada día más. No sé por qué los muertos buscan el río; quién sabe adónde quieren que los lleve.

Pero ante la cercanía de la piel tibia y tostada de aquella muchacha, el resto del mundo sólo era para el Payanés un desteñido telón de fondo, los cerdos del monte con su sed, el muerto con su desgracia a cuestas, las tortugas y sus huellas, las piedras que ponen el lomo para que las mujeres laven, las mujeres que enjuagan sus sábanas en aguas de muerto, las flautas de millo con su algarabía, aun la propia voz de la muchacha que iba hilvanando palabras y nombrando nimiedades, inventos menores de Dios, que era antes que nada el creador de esa piel que ahora rozaba la suya con la misma indulgencia con que el fondo del champán iba lamiendo la superficie del agua.

—Yo también soy de este río. Pero de otro pueblo, que está más arriba —le confesó ella. Yo también, había dicho, queriendo decir como estos cerdos sedientos, y estos músicos viejos, y estas tortugas más viejas aun, y esta muerte sin edad, y las lavanderas de la orilla. Eso le dijo y el Payanés, aunque apenas la escuchaba, nunca más en su vida pudo asomarse al Magdalena sin recordarla.

—Ni al Magdalena ni a ningún otro río, ni ciudad, ni montaña —me asegura Olguita, que es la más convencida del gran amor del Payanés por Sayonara—. A partir de ese día no pudo volver a abrir los ojos, ni tampoco a cerrarlos, sin recordarla.

Encontraron un amplio playón de arena rodeado de praderas donde embarrancaron el champán, desembarcaron, bajaron el bastimento y procedieron a asentar la orillada. Las jóvenes se adornaron el pelo con cayenas color rojo punzó y prepararon para sí mismas una olla de refresco envenenado con poco alcohol, mientras que las viejas, a sorbo de ron limpio, ponían a asar el viudo según era tradición entre las gentes de la ribera. Cavaron en la playa el agujero que haría las veces de horno, lo recubrieron con hojas de vihao y colocaron allí los bagres y los bocachicos, enteros, casi vivos de tan frescos —sacados del agua por los palanqueros durante la travesía— junto con trozos de yuca y de plátano, todo bañado en aliño de cebolla, sal y tomate. Taparon el viudo con más vihao y al nivel de la arena, sobre la boca del hueco, hicieron arder la leña.

—Ven, niña —ordenó Todos los Santos, que no era amiga de sentimentalismos durante las horas de trabajo, y alejó a Sayonara del Payanés—. Ven a atender a estos señores muy principales que te están esperando.

Sin saber a qué horas el Payanés se quedo solo, sentado en la playa sobre un tronco y absorto en los moscos que bailoteaban ante sus ojos dibujando arabescos contra el cielo. A través de sus reflejos lentos, embotados por el recuerdo de la juma de ayer, se quedó observando a los demás con ese aire de incomprensión y ausencia que marca sin remedio a los extranjeros. Disuelto el contacto con aquella piel que todo lo ordenaba, el mundo se inundaba de humo y se rompía en visiones inconexas de una escena demasiado antigua, sacada de tiempos sacrílegos. Esas mujeres jóvenes con flores en el pelo que bailaban al ritmo de una música olvidada, en plena libertad de risa y movimiento; esas otras mujeres, oscuras, rugosas y secas de calcañales que se acuclillaban con la falda entre las piernas ante ese hueco en la tierra que despedía un demasiado fuerte olor a alimento, olor tal vez agradable, pensó el Payanés, si se tenía hambre, pero que a su estómago estragado le resultaba casi intolerable. Se sentía espiando el secreto de una tribu ajena, como si fueran las antepasadas remotas de estas mismas mujeres las que bailaran y sus ancianas madres las que prepararan el cocimiento de las yucas y los peces. Sólo unas horas antes todo era diáfano y saludable en medio de la frescura de aquel patio, luego en el río la presencia de esa muchacha de piel aromática le había ensanchado el alma, pero ahora, viéndola reírse mientras toleraba que un gordo de sombrero la besara en la nuca, la vida para el Payanés se fragmentó en cuatro cuartos: un olor a comida que no encontraba lugar en su falta de hambre, una arena parda que ensuciaba su pantalón blanco y se quedaba pegada a sus zapatos, un amor que se le moría por dentro desde antes de haber nacido, y finalmente él mismo, convidado de piedra al extraño jolgorio, que no lograba que la suma de esas cuatro partes fuera igual a ningún todo.

A las flautas se le habían sumado un estruendo de tamboras, un acompañamiento de coro y una voz de anciana ebria que enervaba el aire a veces con albricias, otras veces con ayes y quebrantos. Después de un tiempo de observar con desazón a la niña de Sacramento, que ahora abrazaba a otro señor y desaparecía con él entre los matorrales, el Payanés por fin pudo entender algo. Este malestar de vidrio molido que siento por dentro es el mismo que está matando a Sacramento, debió pensar, y enseguida enmendó el error de una pena que por instinto supo equivocada.

—Así, tal cual es: puta. Así quiere Dios que yo la quiera —afirmó casi en voz alta y sintió gotas de alivio que le mitigaban la sensación de mascar vidrio.

Cuando los alimentos estuvieron blandos, las ancianas los sirvieron sobre hojas verdes de plátano y los repartieron, invitando a comer con la mano. El Payanés, que era hombre de montaña y por tanto inexperto en las artes del pescado, se atoraba con las espinas, le hacía el asco a esos ojos redondos y mirones que lo retaban a engullirlos, desconfiaba de ese ser acuático y escamoso como si estuviera emponzoñado.

—Pareces comiendo puercoespín —se reía de él Sayonara, otra vez a su lado, y trataba de enseñarle—. Entresacas la carne con los dedos, haces un montoncito, así, y lo aprietas un poco, lo apelmazas antes de llevártelo a la boca para encontrar las espinas y sacarlas.

Ella agarró un trozo, lo limpió de espinas tal como había explicado e intentó hacérselo tragar.

—No puedo —se negó el Payanés alejando de sí aquel poco de carne demasiado blanca, demasiado blanda—. No puedo. Todavía me acuerdo de ese muerto.

—Déjate de cosas —le dijo ella—. Hay que comer y hay que vivir aunque los demás se hayan muerto.

—Hasta pecado será comerse este bicho, tan raro que lo prepararon.

—Deja ya de decir cosas.

Se internaron entre la vegetación y se desnudaron. El Payanés le hizo el amor con ganas y en cierto instante hasta con alegría, pero sin recuperar en este episodio ordinario el extraño resplandor de aguas ardientes que lo había estremecido horas antes en el río. Ella en cambio se endulzó de voz y de mirada como si volviera a ser niña, o lograra serlo por primera vez, y se atrincheró en el refugio de ese abrazo buscando calor y descanso. ¿Buscando tal vez amor? La Olguita me asegura que sí, que desde aquella primera vez la serenidad de ese hombre la consoló, sus palabras certeras la apaciguaron y la ancló a tierra el aplomo de su presencia.

—Ellos dos, Sayonara y el Payanés, fueron para nosotros encarnación auténtica de la leyenda de la puta y el petrolero. Si usted me pregunta cuál fue el mejor momento de la historia de La Catunga, le digo que fue su encuentro. Otros le dirán que estuvo sembrado de problemas, que no fue perfecto, que tal y que cual. No les haga caso. Para mí el amor debe ser crudo y duro, tal como el de ellos.

—¿Emilia es tu chica? —preguntó Sayonara, pasándole el dedo por las líneas vivas del tatuaje del pecho.

—No —sonrió él—. No es más que la torre de perforación donde trabajo. La llamamos la flaca Emilia.

—Me alegro —dijo Sayonara con alivio infundado, sin saber todavía que un hombre maridado con su trabajo agota en éste su corazón.

—Soy cuñero, ¿sabes? Creo que con el tiempo puedo llegar a ser el cuñero más rápido de Colombia —le contó él, y se soltó a hablarle de su trabajo.

—¿Te quedarás conmigo esta noche? —lo interrumpió Sayonara.

—No puedo —respondió sin pensarlo siquiera—. Tengo que llegar hoy mismo al Campo porque mañana empiezo turno al alba.

—¿Cuándo vuelves a bajar a Tora?

—El último viernes del mes entrante, si Dios quiere.

—¿Vendrás a buscarme?

—Está bien. Pero ese día lo dejas para mí solo. Me juras que por ese único día no habrá más hombres.

—Las cosas sucedieron así —me aclara la Olguita—. Estaban los dos retirados del grupo y no podíamos verlos, porque a cada quien se le respeta su privacidad, pero además porque los ocultaban unos patavacales que abundaban por allí. ¿Patavacal? Vea las cosas que pregunta, puros detalles sin importancia. Pero ya que quiere saber le cuento, un patavacal es una maraña de arbustos espinosos que tienen la hoja en forma de pezuña de vaca, que a su vez deja huella en forma de corazón. Le decía que estaban los dos aparte y disimulados, pero eso no sorprendía por ser lo de rutina entre las parejas en trance de amor. Se buscaba un llanito medianamente escondido, se tendía una manta en el suelo y ahí, sin más, se cumplía con la obligación. Después uno con su pareja, o a veces solo, se zambullía en el río y salía otra vez como sin estrenar. Le digo que no veíamos al Payanés y a la Sayonara pero que sabíamos lo que estaba pasando entre ellos, y yo pude interpretar, por la cara de preocupación de Todos los Santos, que temía que la niña se le embobara con el amigo de Sacramento y descuidara al resto de la concurrencia. Luego los vimos bañarse desnudos, ella menuda y morena y él un hombrote imponente y acanelado, ambos metidos hasta la cintura entre esas aguas que caprichaban entre el lila y el malva, y aun siendo visión incierta por la distancia, saltaba a la cara que ya andaban enamorados. Era la hora de vísperas, cuando se apaga la algazara de las aves y se aquieta la respiración del río, y según supimos luego, fue entonces cuando se hicieron el juramento. El juramento, que era el máximo compromiso posible según las leyes del amor de café, sellaba una promesa de fidelidad por un solo día, al mes o a la semana: cada vez que el trabajador bajara de visita desde su campo. Payanés y Sayonara se juraron fidelidad de esposos para los últimos viernes de cada mes del año, y es bien sabido que en estas tierras palabra empeñada es palabra sagrada.

—¿Trato hecho? —preguntó él, apretando contra sí a la que a partir de ahora, en gracia de juramento, sería un poco más suya que de ningún otro, incluyendo a Sacramento, y sintió que su corazón volvía a latir en el umbral de los presagios: vio incendiarse de nuevo las aguas, vio el aire resplandecer hasta la fosforescencia y vio también que en torno a la cabeza de ella ardía una corona inmensa, tan dorada como la que lleva la Guadalupana, hecha por los últimos rayos del día que bajaban a escaparse de la noche entre el líquido azul de su pelo.

—Trato hecho.

—Si algún día abandonas Tora... —quiso prevenir él.

—No pienso mudarme de Tora.

—Nunca sabes adónde te ha de empujar tanta guerra. Si abandonas Tora, digo, y te aquietas en cualquier otro rincón, tú esperas a que llegue nuestra fecha, caminas en línea recta hasta topar con el Magdalena y me esperas a la orilla.

—Este río es muy largo —objetó ella—. Atraviesa de parte a parte el país...

—Tú busca el río, que yo sabré buscarte a ti.

—Más tarde —me sigue contando la Olguita—, mientras ellos se vestían y los demás embarcábamos la fiesta para emprender el regreso, vino lo del relicario. En eso también obraron según usanza, porque el amor de café no conoce compromiso si no media relicario. Otros lo llaman amuleto, según. Y fíjese un detalle, siempre lo lleva puesto el varón, nunca la hembra, a menos que el juramento sea diario y de planta, que también se lo conoce en esa modalidad. De otra manera no, porque ella tiene que seguir trabajando, ¿entiende? Y a ningún hombre le gusta encontrarse con la huella del anterior.

Con una navaja pata de cabra el Payanés cortó un largo mechón de la cabellera de ella, lo trenzó, lo anudó con hilo de cáñamo formando un collar, lo apretó con varias vueltas y con solemnidad infantil y ademanes de monaguillo le echó la bendición en volandas, lo besó y se lo ató al cuello.

—Dime tu nombre verdadero —quiso el Payanés.

—Ya lo sabes, Sayonara.

—Ése es sólo un apodo.

—Ya olvidé el verdadero.

—Anda, dímelo. Sólo a mí.

—Es que no puedo. Si mi padre se llega a enterar de la vida que escogí, se viene hasta acá y me mata.

—Entonces está bien así.

Se hizo demasiado tarde para que el Payanés alcanzara el camión de vuelta al Campo así que Sayonara lo acompañó a que tomara el tren, mucho más lento, en ese fatídico cruce que llaman Armería del Ferrocarril y que siempre está sobrevolado por un enjambre de diminutos ángeles de luto que semejan moscos.

—Aquí mismo se despidió para siempre mi amiga Claire —intentó contarle a través de la ventanilla en el último instante, pero el vagón que se lo llevaba ya se había puesto en marcha.

—Se sentaban con recato —me comentó anoche don Alonso Olmeda, un veterano de la Troco que frecuentó La Catunga en tiempos de Sayonara, y que conoció y respetó a las mujeres de la vida.

Se sentaban con recato, me dijo don Alonso de las prostitutas de entonces, y su delicada observación me tomó por sorpresa, me llegó como una peculiar clave para descifrar aquel mundo, con la cual este libro no debía desentonar, y me obligó a repensar cosas que he escrito atrás. Por ejemplo, «por el escote se escapaban las carnes del atuendo de rasete azul...», etc. Pero, ¿y si se sentaban con recato? Curiosa y arcaica palabra esa, recato, que le oí pronunciar tantas veces a mi abuela y después de ella cada vez menos, como si aludiera a una virtud en desuso. Recato: mágico término cuando se refiere, como en boca de don Alonso, a una puta. Del latín *recaptare* —ocultar lo que está visible— parece atrapar un mundo secreto que evita la exhibición y que es, significativamente, contrapuesto a *prostituere,* envilecer, poner ante los ojos, exponer.

—¿Cómo se vestían ellas, don Alonso?

—Con elegancia de señoras pobres que quieren lucir bonitas.

—¿Nada de escotes ni de telas brillantes?

—Escotes sí, y vestidos brillantes y vistosos también, pero nada que llamara la atención por vulgar. El famoso strip-tease, ahora de rigor en cualquier burdel, en el Dancing Miramar y en los demás cafés de La Catunga no se le hubiera ocurrido a nadie. Nos gustaban en cambio los concursos de baile, y había premios y festejos para la pareja que mejor se desempeñara en el tango, en la rumba, en la cumbia. Aquél era otro mundo y las cosas despedían otros colores, y la prostitución, disculpe que le dé una opinión personal, no era ignominia ni para la mujer que la practicaba ni para el hombre que la pagaba.

—¿Aunque hubiera pago de por medio?

—El petrolero trabajaba duro y se ganaba su plata. La prostituta trabajaba duro y se quedaba con la plata del petrolero. Dicen que amor pagado es amor en pecado, pero yo digo que no es más que ley de la economía, porque a nadie le cae el pan del cielo. Además no crea eso que dicen, que el amor de café es placer y no es amor. Cuando algún compañero andaba encaprichado con una mujer, los demás procurábamos mantenernos alejados de ella para no interferir.

—¿Siempre lo lograban?

—No, no siempre. Hubo nenas muy bandidas que hicieron penar a sus hombres hasta llevarlos a la misma muerte. Nadie se lo reprochaba porque estaban en su ley, y quien se enamora de una mujer del mundo se atiene a su buena suerte. Pero por lo general el amor entre parejas era respetado y con frecuencia se veían casos de fidelidad jurada y cumplida, por voluntad de las dos partes y no por compromiso. Le puedo decir el nombre de petroleros que tuvieron sus hijos de común acuerdo con una prostituta, sin que ella dejara de serlo. Era un mundo sencillo, porque no era hipócrita. No era hipócrita pero eso no quiere decir que fuera desalmado. Tal vez le suene a chocheras, pero había un cierto pudor en todo aquello. Un cierto pudor, ¿sabe?, y una cierta elegancia. Para entenderlo habría que verlas a ellas, muy airosas recogiéndose la falda al bailar un pasodoble.

—¿Estuvo usted enamorado de alguna, don Alonso?

—Es una historia que no sería honorable confesar porque soy viudo de una mujer buena y noble. Por respeto a la difunta. Pero una cosa sí le digo, muchos estuvimos enamorados hasta los tuétanos de alguna prostituta, y con el paso del tiempo y la mirada vuelta hacia atrás, en vísperas de morir debemos reconocer que ésa fue la gran pasión de nuestras vidas.

De pequeño, Sacramento quería ser santo. Nadie sospecha lo largas y oscuras que pueden ser las noches de un niño insomne y solitario bajo la resonancia de altos techos de un internado, cuando su corazón se anuda y se estruja rogando el perdón a un Dios Padre que todo lo ve porque es un gran ojo hinchado, un ojo voyerista y furibundo y triangular que sólo habrá de parpadear con benevolencia ante quienes logren ser modelo de castidad, de humildad y sacrificio. Nadie puede medir la hondura de la soledad de un niño que quiere ser santo.

Sobre todo si el indulto que persigue ese niño es no sólo para sus pecados sino también para los pecados del mundo, y ante todo para la ignominia de su madre, cuyo fruto es el propio niño, por ella en pecado concebido. En el colegio de caridad para huérfanos y abandonados que regentaban los padres franciscanos en Tora, donde Sacramento cursó los años iniciales de la primaria —únicos estudios que haría en su vida—, la mayoría de los alumnos soñaban con ser petroleros al llegar a adultos. Alguno quería ser carnicero como su padre y su abuelo y otro más hablaba de que se entrenaría como piloto de guerra. Sacramento, por su parte, estaba decidido a alcanzar la santidad. Me lo ha contado el padre Nataniel, quien fuera uno de sus maestros y mentores espirituales.

El propio Sacramento mantiene vivo el recuerdo de la mañana en que lo enviaron a la sacristía a recoger el breviario que allí había dejado olvidado el padre rector. Iba a cumplir con la encomienda cuando se encontró de golpe solo en la capilla desierta, sobrecogido hasta el pánico por la mirada de tantos santos que lo escrutaban desde lo alto y lo profundo de sus nichos, envueltos en la silenciosa luz violeta que filtraban los vitrales.

—Los santos eran de madera y eran ojones —me dice—, con unos ojos de vidrio que despedían miradas verdaderas. El que más me aterrorizaba era san Judas Tadeo, con su hacha filuda aferrada en la diestra, de quien se sabía que era patrón de los criminales por ser el único santo que andaba armado. Se entiende que con tanta y tan variada violencia que florecía por aquellos tiempos, san Judas Tadeo fuera muy reverenciado y favorecido con velones y con ofrendas, pero yo sospechaba que a mí me miraba feo, como recriminándome, amenazante con su hacha de cortar cabezas, y yo le achacaba la causa a que con esas bolas azules de vidrio que tenía entre las cuencas podía esculcarme por dentro y darse cuenta de que yo estaba fallando en mi compromiso con las mortificaciones.

La Cuaresma llegaba lluviosa y cargada de remordimientos y cada niño debía escoger, según el dictado de su conciencia, las mortificaciones que estaba dispuesto a asumir, peldaño a peldaño por una escala hacia el cielo que empezaba con privaciones como renunciar a las panelitas de leche que les daban de postre o levantarse a rezar una hora antes de la obligatoria, y que iba ascendiendo por ayunos y vigilias hasta llegar a maltratos de la carne como caminar descalzo por los guijarros del patio o atarse a la cintura y bajo la camisa el áspero cordón de yute de los franciscanos. En manos de los huérfanos penitentes de Tora estaba el poder de entregar sufrimiento a cambio de limpiarle a la humanidad las manchas del pecado, y nadie puede saber cuánto pesa y abruma semejante carga cuando recae sobre los hombros de un niño.

—No seas pendejo —le decía a Sacramento su compañero el Dudi Abdala, que era turco y ateo—. Cómete tranquilo tu panelita de leche, ¿no ves que si no, el padre rector después se las traga todas?

Pero Sacramento, decidido a ser santo al precio que fuera, se santiguaba y desoía la tentación.

—Si no te la vas a comer, al menos regálamela a mí —le imploraba el Dudi Abdala, que además de turco y de ateo era goloso—. A Dios le daría lo mismo...

—Por tu culpa se va a joder la humanidad —le reprochaba Sacramento y dejaba la panelita intacta en la bandeja.

A la entrada de la capilla los franciscanos colocaban un tarro con garbanzos y a cada niño le colgaban al cuello una bolsita de paño en la cual podía guardar un garbanzo por cada mortificación que se infligiera. Los garbanzos eran la prueba fehaciente y contable del grado de bondad alcanzado, y los niños más abnegados ostentaban con orgullo la bolsa más pesada.

—Mucho me esforzaba por ser el más bueno de todos —me dice Sacramento—. Me lastimaba los pies contra los guijarros y me abrasaba la cintura con el cordón de yute, porque sabía que yo, siendo hijo de pecadora, tenía que hacer el doble que los demás para lograr lo mismo. Pero yo ocultaba un pecado inconfesable, el de falsedad y orgullo, porque dejaba que el demonio empujara mi mano a meter garbanzos inmerecidos entre la bolsa, para que se viera bien abultada. La terronera me cayó encima esa mañana, estando solo en la capilla, cuando san Judas me hizo saber que se había percatado de mi patraña, y de ahí en adelante me atormentó las noches sin dejarme conciliar el sueño. Hora tras hora hasta la madrugada me parecía escuchar el tras-tras de su hacha contra la piedra de afilar y esperaba que en cualquier momento se me apareciera a bajarme la cabeza de un solo envión. Por ese entonces yo lloraba mucho, sobre todo por mi mamá, porque yo a ella la quería, aunque nunca la hubiera vuelto a ver. Los padrecitos me decían que no desperdiciara mortificaciones pidiendo por ella porque no tenía perdón de Dios; que ya estaba condenada y que no había nada que yo pudiera hacer.

En la claridad del día era posible apartar las tentaciones y avanzar sin tropiezos por el sendero de la castidad, pero la noche era el reino de Lucifer. A las nueve pasadas, tras los últimos estertores de la planta eléctrica, el pecado se extendía por los dormitorios y sumía a los niños en la oscuridad, y era entonces cuando iban saliendo de su escondite, al resplandor cómplice de una esperma, las láminas cromadas. Eran hojas de calendario, recortes de revista o tarjetas postales con mujeres en traje de baño, en toalla, en pantalón corto, en ropa interior, que dejaban al descubierto los visos insospechados de la desnudez, los secretos vertiginosos de la carne, las extrañas maravillas que el sexo femenino lleva ocultas debajo del vestido. Los niños las contemplaban atónitos y aun Dios, que todo lo veía porque estaba en todas partes, miraba aquellas láminas sorprendido ante la audacia de su propia creación, incapaz de impedir que se le fuera el ojo triangular tras las suavidades de esos muslos y esas nucas, la redondez de esas rodillas y esos hombros, el milagro de esos senos y esas nalgas al lado de los cuales el deleite de las panelitas de leche y el tormento de los guijarros del patio eran pasiones menores. Los cromos mostraban hermosas de piel clara con pezones rosados y también hermosas de piel oscura con pezones morados; las había tímidas que se cubrían el pecho con los brazos en cruz y descaradas que mostraban los calzones porque se sentaban mal; rubias con el vello púbico igualmente rubio; bailarinas envueltas en plumas y tules; bellezas con liguero, medias de seda negra y zapatos de tacón.

Para no ser descubiertos, los huérfanos se pasaban las láminas de mano en mano echándoles un vistazo apenas y se apresuraban a esconderlas bajo el colchón. Luego cada uno se refugiaba entre la cueva de su sábana para convocar, ya a solas y a sus anchas, esa felicidad misteriosa que acababa de vislumbrar. La actividad amatoria se desataba por el dormitorio y durante algunos minutos las camas camarote se estremecían en el frenesí del traqueteo general. Poco a poco la escena se disolvía en suspiros y en silencios, vencido por el cansancio se cerraba el ojo de Dios y antes de que dieran las diez de la noche ya todos los niños se habían escapado —pecadores redimidos— hacia el país sin culpas de los sueños, de la mano de esas bellas de labios rojos, cabellera negra y tibios muslos de leche y de miel. Todos los niños menos Sacramento, que no soñaba con los besos de la bella sino con el tras-tras del hacha justiciera de san Judas Tadeo.

—Cada tanto el hermano Eligio, encargado de la disciplina en los dormitorios, irrumpía sin previo aviso, nos arrancaba las láminas cromadas de las manos y las rompía en pedazos, diciendo que esas mujeres eran putas y que nosotros nos íbamos a sancochar en los fuegos del infierno. Putas, igual que mi madre, me estremecía yo, y se me saltaban las lágrimas de la rabia contra el hermano Eligio que las insultaba así, y también contra mis compañeros y sobre todo contra mí mismo, por andar deseando de esa manera a mujeres como mi mamá.

—Extraño niño, ese Sacramento —me comenta el padre Nataniel—. Obediente y piadoso, pero nunca aprendió a amarrarse los zapatos.

Le pregunto qué quiere insinuarme con eso y me responde mientras pela con una navaja una de las peras dulces que cultiva en el huerto de la casa cural de Puentepiedra, Cundinamarca, donde transcurren las largas horas de su retiro.

—Nada, simplemente lo que estoy diciendo, que por mucho que traté de enseñarle a atárselos y pese a la paciencia que puse en el empeño, él no pudo darse maña y siempre anduvo con los cordones sueltos.

Días después, cuando regreso a Tora y vuelvo a ver a Sacramento, lo primero que hago es fijarme en sus pies. Tiene razón el padre Nataniel; Sacramento todavía camina por este mundo con los cordones de los zapatos desamarrados.

—Yo no les creía a los padres del colegio cuando me aseguraban que para mi madre no había salvación —me dice—. Estaba convencido de que si llegaba a santo, podría lograr que Dios la perdonara y la llevara a su reino después de la muerte, por toda la eternidad. Costara lo que costara, yo personalmente iba a hacer que Dios la perdonara, de eso estaba seguro; lo que no estaba tan claro era que pudiera perdonarla yo.

El Payanés viajó cuatro horas y media por la ruta petrolera hasta el final de los rieles, que se detenían en Infantas, y a partir de allí debió caminar otras dos horas junto con los demás obreros que regresaban rezagados al 26, chapoteando entre fangales indeseables a través de una selva negra y cerrada como el vientre de una montaña. Todo el camino soñó despierto con aquella muchacha sin nombre a quien le había jurado su amor de últimos viernes; difíciles sueños contrariados que se salían de control e iban a parar en la evocación de Sacramento, quien aparecía para reclamarle y acusarlo de traición. O tú te mueres o a mí me mata el remordimiento, le decía el Payanés en sus adentros, y también: Te propongo un trato, Sacramento hermano, si tú vives ella es para ti, pero si te mueres me la dejas. Y al rato desvariaba sobre otro cambalache que le parecía menos cruel, si ella se aparta de la vida y se casa contigo, yo no vuelvo a verla. Pero si sigue en lo suyo, deberás admitir que tengo tanto derecho a buscarla como tú. Así creía saldar cuentas con el amigo enfermo e intentaba retomar el hilo de su memoria pensando sólo en ella, alargando lo más posible los dedos del recuerdo para recuperarla, pero Sacramento, implacable, reaparecía para impedírselo.

Distinguió desde lejos la silueta de Emilia, iluminada y fría en medio del lago de niebla que inundaba el Campo, y se asombró de haberla olvidado por completo durante tan largo rato. Corrió hasta el hospital, que de noche parecía flotar en el revoloteo sonámbulo de los murciélagos que habitaban bajo sus tejas, y se coló clandestino, untándole la mano al celador con una propina porque la hora de visita había terminado hacía mucho. Avanzó en puntas de pies por entre el silencio pesado y desvelado de los enfermos, y casi llegaba ya cuando se encontró a boca de jarro con Demetrio, el enfermero. El Payanés se disculpó como pudo por estar presente a deshoras y le preguntó por la salud de su amigo.

—Nada que mejora. A lo mejor a ese chico se lo llevan al otro toldo...

—Un momento, cómo así, a cuál otro toldo...

—¿Acaso eres idiota? ¿De dónde vienes, que no comprendes el castellano? Te estoy diciendo que a lo mejor se muere.

—¡Y por qué no lo operan antes, canallas! ¡Denle un remedio, algo, pero no lo dejen morir!

—Calla, que despiertas a los pocos que duermen. Y confórmate; se hizo lo que se pudo —el enfermero se quitó la bata blanca y se apresuró a partir hacia su casa.

—¿Le comunicaste mi promesa de matrimonio? —le espetó la pregunta Sacramento al Payanés, escrutándolo con unos ojos anhelosos en cuyo fondo se vislumbraban ya las brumas de la otra orilla.

—Sí, hermano, le dije la promesa —aseguró el otro cuidando las palabras para no mentir abiertamente, y al mismo tiempo hablándole al moribundo como si fuera un niño al cual se quiere aliviar de un gran dolor con un sutil engaño.

—¿Te respondió que sí?

—Sí, me respondió que sí.

—Está bien, entonces. Ahora tendré que aliviarme para poderle cumplir. Pero, ¿cómo sé que no me mientes?

—Ella dejó en prenda una guedeja...

—Ésta es —dijo Sacramento sin asomo de duda, arrancándole de un tirón el amuleto del cuello al Payanés y llevándoselo a la nariz para olfatearlo, con una avidez sorprendente en alguien que ya se muere—. Sí, éste es, éste es cabello de ella... Ahora átalo, por favor, a mi cuello...

Payanés obedeció sin protestar, porque no se le niega a un agonizante el último elíxir de un consuelo; porque en el fondo sabía que podría recuperar su relicario tan pronto se apagara la existencia del amigo y también porque entendió, en una intuición a la que no quiso ponerle palabras, que desde hacía meses y sobre todo ahora, en el momento de la despedida, él y su amigo se incorporaban como dos partes de la misma persona, la parte que se queda y la parte que se va, y que la doble confusión del amuleto —tu cuello, mi cuello— era otra de tantas señales de ida y vuelta entre dos destinos que sin tener culpa se han entrecruzado y se han refundido.

—Y a la niña —siguió interrogando Sacramento—, ¿le entregaste el dinero?

—No lo quiso recibir, hermano, dice que mejor le mandes postales.

Hubo un silencio largo, postrero, acompasado por el pedregoso rumor de las aguas de la muerte, que se despeñaban sobre la almohada de Sacramento.

—Ellas dos, ¿son la misma persona? —preguntó éste, pronunciando con delicada ternura las que seguramente habrían de ser sus últimas palabras.

—¿De qué hablas? —dijo Payanés, y deseó con toda el alma que el amigo no le hubiera hecho esa pregunta.

—Para eso te envié a verlas a ambas, para que me confirmaras lo que siempre supe, que la niña y la Sayonara son una sola. Yo la metí en ese mundo y ahora es ley que yo la aparte. Pero si no puedo, Payanés, hermano, tienes que jurarme que lo harás por mí.

Sé que este libro no tendrá alma mientras yo no conozca las desesperanzas que llevaron a la madre y al hermano de Sayonara a quitarse la vida, y ante todo las esperanzas que empujaron a la propia Sayonara a seguir viviendo después de que aquello sucedió.

Buscando respuestas me alejo de Tora por el Magdalena, río de aguas de mercurio que se oxidan al atardecer, en un vapor anacrónico cuya existencia es puro acto de fe y cuyo avance improbable va borrando del mapa cada puerto según lo dejamos atrás: Yondó, Chucurí, Puerto Parra, Barbacoas, El Paraíso, Puerto Nare, Palestina, El Naranjo, La Dorada, Santuario, Cambao y al final del viaje Ambalema, Tolima, donde nació Sayonara, según le confesó al Tigre Ortiz.

Tengo que lograr que el Magdalena me lleve hasta el nudo del recuerdo pero no puedo confiarme. Se ha vuelto un río ensimismado, olvidado de la historia, desprendido de sus propias orillas, que se deja arrastrar sin entusiasmo por un presente de corrientes mansas que no evocan su lugar de origen y que pretenden ignorar hacia dónde van.

Por lo pronto, su cauce me ha traído hasta Ambalema, la otrora próspera Ambalema, capital de una bonanza tabacalera que ya pasó y que dejó agotadas las sementeras y convencidos a los habitantes de que la vida corre hacia atrás, como la memoria.

—El progreso lo vivimos ayer —me dice el señor Mantilla, dueño del Gran Hotel Astolfi, en el centro del pueblo—. De ahí en adelante sólo se ha visto un deshacerse en abandonos.

En la plaza principal, a la derecha de la iglesia y a la izquierda de una escandalosa heladería con nombre en inglés, paredes de espejo y música tecno, encuentro un lugar como el que estoy buscando, pretérito casi hasta la inexistencia y discreto hasta la invisibilidad, que se llama Gran Hotel Astolfi y se diría extraído del mismo diccionario arqueológico donde perdura el vapor que me trajo por el río. Ha quedado reducido a albergue de camioneros, «Alquiler semanal o mensual de piezas con derecho a baño» y estadero por horas para parejas, pero aún conserva en el vestíbulo un órgano de salón marca Acme Queen y una cierta solidez de maderas finas y buenos acabados que hablan de mejores tiempos. Pregunto por el dueño y aunque me dicen que ahora es su hija quien se ocupa de la administración, insisto en que quisiera verlo a él personalmente.

—El dueño es don Julio Mantilla, aquel señor que se mantiene sentado en la puerta de entrada —me informan.

Lo veo recostado contra la pared de la calle en una silla de vaqueta, justo debajo de la G del letrero que reza Gran Hotel Astolfi, saludando a los viandantes con una inclinación de cabeza como hecha a propósito para mostrar las pecas que coronan su calva. Me presento, le digo cuál es mi oficio y le explico que vengo rastreando una historia triste que sucedió hace años, de la cual sólo tengo una huella imprecisa.

—Pensé que sólo aquí, en su hotel, me podrían decir algo. Si averiguo en esta heladería, por ejemplo —elevo la voz por encima de los decibeles que salen a chorros del local vecino—, es seguro que no me saben decir.

—Pues no se equivoca conmigo —me contesta—. Llevo un cuarto de siglo observando lo que pasa en este pueblo, desde este lugar, aquí donde me ve sentado.

—Usted debe saber muchas cosas...

—De lo de antes sí, y de la gente que ha vivido aquí toda la vida, pero de lo moderno es poco lo que entiendo. La que se entera de las novedades es mi hija Adelia. Seguramente usted querrá saber de cosas modernas, porque todavía es joven...

—Se trata más bien de un caso remoto —le digo—. Un suceso extraño que debió conmover a Ambalema cuando ocurrió. Una madre y un hijo que se suicidaron. ¿Recuerda algo así?

—¿Me está hablando de doña Matildita y de su hijo Emiliano?

—No sé sus nombres, y ni siquiera su apellido. Sólo sé que se suicidaron ambos, la madre y el hijo, y que el muchacho debía tener varias hermanas.

—Son Matildita y su hijo Emiliano —asegura—. Tienen que ser ellos, porque en este pueblo los suicidas se cuentan en los dedos de una mano y sólo en ese caso, que yo sepa, se registraron dos en la misma familia y al mismo tiempo. Rosalba, mi hermana, tuvo trato con doña Matildita; ella le puede hablar de esa desgracia —dice, y me invita a las habitaciones del patio trasero del hotel, donde vive entre rosales con su hija, sus dos nietos y su hermana Rosalba, una señorita de edad que sería idéntica a don Mantilla si en la calva llevara pecas, como él, y no esta pelusa blanca y volátil que ella se organiza en una pequeña moña, más bien una nubecilla que le flota sobre la cabeza. La señorita Rosalba me ofrece café tinto con bizcochitos de achira y me dispensa, ella también, ese trato cordial de vieja data y bellos modales que pese a los estragos de la violencia aún encuentras por doquier en este país, aun por parte de gente que ni te conoce ni sabe nada de ti.

Le alabo los espléndidos rosales que cultiva en su patio, le hablo de las antiguas haciendas tabacaleras de la zona, cualquier cosa con tal de no entrar en materia. No sé por qué, pero a última hora me da por pensar que es indecente sonsacar información sobre un pasado que Sayonara nunca quiso que se conociera; me entra la duda de qué tan lícito será vincular, al hacer una pregunta que está a punto de obtener respuesta, dos mundos que ella mantuvo separados e ignorantes el uno del otro. Han pasado los años, me digo para aquietarme, y sin embargo sigo hablando de rosas y otras vaguedades hasta que el señor Mantilla fuerza el desenlace contándole a su hermana qué me trae por acá.

—La señora viene preguntando por Matildita la suicida, que en paz descanse.

—Ojalá, aunque no creo porque según dicen no hay descanso para los suicidas —dice la señorita Rosalba, me pregunta si soy familiar de ella y se santigua cuando le confieso que no—. Muy pesarosas fueron las andanzas de esa gente. Quedaron grabadas en los anales del pueblo porque aquí el suicidio era hasta entonces asunto estrafalario, y matanzas sí había habido, y también asesinatos, pero no se sabía de nadie que se atreviera a dejar este mundo por propia voluntad. La gente le tiene pavor a la Tercera Brigada, la que llaman Hogar de los Pumas o también Héroes de Chimborazo, que son distintos títulos para la misma brutalidad, porque dice que aún no ha podido limpiarse la maldición que le echó encima doña Matildita con su muerte.

—Entre esos Héroes de Chimborazo hay mucho canalla —sentencia el señor Mantilla—. Sólo consuela pensar que llevan la conciencia carcomida por el peso de las dos muertes, la de la madre y la del hijo. La Brigada queda a la salida del pueblo, según se baja por la carretera a Ibagué. Si quiere vamos, nosotros la llevamos con gusto, que el que atiende a un forastero será atendido en el cielo.

Don Mantilla llama a Wilfredo, un viejo con la mandíbula descolgada hacia la izquierda que trabaja en el hotel como botones, mesero y reparador de averías, para que maneje el automóvil de la familia, un Buick del 59 que aún se mantiene en forma suficiente para llevarnos hasta la vecina Brigada.

—Mire bien —me advierte la señorita—. Fíjese mientras Wilfredo pasa por el frente manejando despacio, porque ésta es zona militar y amenazan con bala al que se detenga. Ahí fue, justo ahí, donde ahora han puesto esa garita con centinela. La construyeron para despistar, para evitar que sigan trayendo flores, figúrese, tantos años y todavía se ven los claveles que arrojan desde la carretera porque, como le digo, no permiten que los peatones pasen por el frente ni que los automóviles se detengan. Si dejaran a la gente en libertad, ya habrían tumbado la garita y armado en cambio un altar.

—Altar no, un monumento habríamos erigido —la contradice su hermano—. Muchos le ponen fe a la santidad de Matilde y aseguran que hace milagros, pero para mí no es santa sino prócer y mártir de la patria porque con su sacrificio quiso limpiar la maldad que se ha visto en este pueblo, y si en Francia tienen a su Juana de Arco, en Ambalema tenemos a la nuestra.

—Varios meses después de la tragedia todavía se veía el rodete quemado en el lugar donde sucedió aquello —dice la señorita—. Hace unos años lo blanquearon con cal y ya luego le construyeron la garita encima, para no dejar ni el recuerdo.

—Donde ella ardió, ahí mismo plantaron un centinela —añade Wilfredo abriendo tan redonda la boca por el defecto de su mandíbula, que las palabras parecen salirle como pompas de jabón—. Tiene orden de dispararle al bulto a lo que se acerque. Dicen que es por motivo de orden público, pero todos sabemos que es al espíritu de ella al que le tienen terror.

¿Ardió la madre de Sayonara? ¿Se inmoló por fuego como un bonzo, como un monje florentino, como una doncella de Orleans? Me sobrecoge el suicidio por fuego más que cualquier otro. En una visita a Cuba expresé mi asombro ante una estadística según la cual un número alto de mujeres mueren anualmente incineradas, y me explicaron que es la forma tradicional que desde tiempos inmemoriales asume el suicidio femenino en la isla, y que tal práctica sigue tan vigente como siempre pese a los esfuerzos de la Revolución por erradicarla. Me contaron los desconcertantes detalles de varios casos y desde entonces me obsesiona la idea de una cadena cerrada, a la vez sagrada y perversa, cuyos eslabones serían el fuego, la mujer, la muerte y otra vez el fuego, que atrae hacia sí lo que de él ha nacido.

Detuvimos el Buick más abajo, a diez minutos de distancia por la misma ruta, en una enramada donde venden todas las frutas: ristras de naranjas, mandarinas y limones colgadas de las vigas del techo; pilas de toronjas, de guamas, sandías, chirimoyas, anones, maracuyás, mamoncillos y papayas en un loco alarde de colores y de olores que me convencen de que nada malo ha podido suceder aquí, porque nada malo puede suceder en un ventorrillo de frutas de tierra caliente.

—Antes, este puesto era un merendero que se llamaba Los Tres Amigos —dice el señor Mantilla—. Se mantenía lleno de comerciantes de tabaco, de hacendados, peones de las haciendas, soldados y hasta oficiales de la Brigada. El dueño era un antioqueño llamado Abelardo Monteverde, marido de doña Matildita, una india guahiba que tenía la mano bendita para guisos y condimentos.

—Por el pueblo corre un decir vulgar, si me perdona que lo repita —Wilfredo se anima a soltar al aire más pompas de jabón—, y es que si los guisos y asados de Matildita sabían tan superior, era porque prendía la estufa con una llama que se sacaba de la entrepierna.

—Ésos, Wilfredo, son chismes de ignorantes —lo fulmina el señor Mantilla.

—Como fue indígena, la gente la cree bruja y dice cosas así —se disculpa el regañado, y esta vez las pompas estallan antes de echar a volar.

—Le decía, señora, que don Abelardo fue marido de Matildita, aunque marido sea sólo un decir, porque casados por la iglesia nunca estuvieron pese a que engendraron prole, un varón y varias hembras. Por aquí el blanco se junta con la india pero no se casa con ella, y la blanca con el indio ni se casa ni se junta. Ésas son las costumbres.

—Dicen que las indias son versadas en brujería —insiste Wilfredo, exponiéndose a que lo callen de nuevo—, y yo conozco hombres que no comen de su mano para no caer prisioneros de su fuego, que no es sano. Tanto paisano que no se despega de su india es que cayó bajo el hechizo de ella y que ya renegó de la cruz.

Como tanto antioqueño de sangre colonizadora, don Abelardo Monteverde llegó a Ambalema atraído por la fiebre del tabaco, levantó con sus manos esta enramada y montó aquí el comedero. Las estufas de carbón, el fregadero de loza y la habitación familiar quedaban en la parte trasera, donde hoy crece un huerto de árboles frutales. Yo miro alrededor: aquí nació la niña Sayonara. La debió parir su madre, la india guahiba, acuclillada sobre un platón y oculta tras el barbecho, sin ayuda, sin quejarse siquiera y sin celebrar.

—Matildita cocinaba, lavaba platos y atendía las mesas y gracias a ella el establecimiento se hizo famoso y atrajo a muchos que se aficionaron a su lechona tolimense, su poteca de auyama, su chivo relleno y su hígado encebollado. Como le digo, Matildita convertía en manjar todo lo que tocaba.

—¿Cómo conoció don Abelardo a Matildita? —pregunto.

—Conocerla no es la palabra que corresponde. Digamos más bien que la cazó, pero con zeta, en una de esas cacerías que organizaban los colonos blancos en los Llanos Orientales. No eran alimañas lo que bajaban a escopetazos ni tampoco aves montaraces, aunque también. Salir a guahibiar, así le decían y significaba quemar pólvora contra el indio guahibo, correteándolo por esas inmensidades planas que no ofrecían refugio porque entre la bala y el indio no aparecía ni un árbol que se quisiera atravesar.

Cuentan que para que no los mataran —me dice el señor Mantilla—, los guahibos gritaban que ellos también eran hiwi, que en su lengua nativa quiere decir gente, pero que el blanco no se daba por enterado.

Ella venía de un caserío de hoja de palma escondido entre los bosques que crecen a orillas del río Inírida, y Abelardo, el antioqueño, quiso traérsela viva. Como tenía nombre pagano y hablaba en lengua salvaje, él la bautizó Matilde y le enseñó el español, que era idioma de gente.

—A pesar del aprendizaje, Matildita conservaba sus malos hábitos y por eso se ganaba las reprimendas de don Abelardo; un día yo lo vi con estos ojos prohibiéndole que comiera gusanos. Son buenos, los gusanos del moriche, decía ella con ese acento atorado que nunca la abandonó. Y decía también: Son sabrosas, las hormigas bachao. ¿Comería también hormigas? —a la señorita Rosalba la idea le produce hilaridad—. ¡Tal vez a escondidas del marido la muy bandida se embuchaba de hormigas bachao! Y por qué no, si arriba por Santander hasta los blancos aprecian las hormigas tostadas con sal. Recuerdo que mucho se quejaba Matildita por no poder freír con aceite de tortuga terecay. Es que también era granuja, la Matildita, y ahí donde la veían tan abnegada y tan sumisa, tenía su carácter, montaba sus trincas y se consentía las mañas y si para los clientes preparaba comida civilizada, para ella y para sus hijos prefería la yuca brava, la batata, el ñame y el ají, que son bazofia para el blanco y manjar para la boca del indio.

—No tenía fin en sus afanes por mantener la casa y el restaurante en orden y además de cocinar, hilaba el algodón y confeccionaba la tela para vestir a sus hijos y a su propia persona.

—No exageres, Julio, reconoce que era desaseada y que mantenía a los niños desharrapados. Al mayor lo mandó a la escuela pero a las niñas no, porque las obligaba a trabajar —critica la señorita y yo imagino a Sayonara y a sus hermanas correteando por aquí. Las veo con sus propias caritas y sus mechas largas pero con cuerpo de lagartija, de gato, de libélula; sucias y analfabetas, pelando papas y fregando trastos, como asegura la señorita Rosalba, pero ágiles y libres, indómitas, traviesas y malhabladas.

—Calla, mujer, no seas maledicente —reprende el señor Mantilla a su hermana—. No se despotrica contra las ánimas. Además, como si fuera poco, doña Matildita se daba mañas para tejer las cestas, las esteras y las hamacas, y con eso quiero decirle, señora periodista, que le producía a don Abelardo muchas ganancias y ningún gasto. Él a su manera tosca y campechana se lo supo reconocer, se amañó con ella y la conservó hasta el final como única mujer.

Las hijas de la pareja, me dicen los Mantilla, salieron todas menudas como la madre, de melena retinta y opulenta, los ojos chinitos y el color oscuro del ladrillo horneado. El hijo mayor y único varón salió más al padre, ojizarco, claro de cabello y apenas tostado de piel, pero apegado a la madre con tan devota obsesión, que de pequeño don Abelardo lo amenazaba con mandarlo a un internado si no se soltaba de las naguas de ella y se comportaba a la altura. Eres macho y eres blanco, le repetía, así que no te andes con lloriqueos.

—Ese niño, que recibió el nombre de Emiliano —dice la señorita—, fue para Matilde la luz que alumbró sus ojos, su razón de existir. El único lujo que ella se permitía en este valle de lágrimas era adorar y cuidar a ese muchacho como si fuera príncipe de verídico reinar, y hubiera dado por él hasta la vida misma, como se suele decir, sólo que en su caso así fue como efectivamente sucedió.

Al cumplir los 18 años, Emiliano cayó en una redada del ejército y fue enlistado como recluta en la Tercera Brigada. La vida militar no era una mala opción de vida y don Abelardo se mostró satisfecho con que a su cachorro se le diera la oportunidad de progresar en la carrera de las armas. Doña Matildita sí lo resintió, porque apartaban de su lado al objeto de sus desvelos y al mismo tiempo la privaban de su ayuda, porque el muchacho era mano derecha en los incontables oficios de Los Tres Amigos. En vista de que el servicio militar sería corto y de que nada se arreglaba con protestar, Matildita transigió, con tal de que esos patanes te enseñen al menos a escribir, le dijo, y el día de la despedida le acarició la cabeza, gesto raro en ella que no sabía de arrumacos, y le repitió una vez y otra, para que le quedara cincelado en el alma: Nunca olvides que eres hiwi; no te dejes tratar como animal.

Pese a las prevenciones, al principio las cosas resultaron tolerables, porque la cercanía de la Brigada le permitía al muchacho arrimar con frecuencia por el merendero a ver a sus padres y además doña Matilde, de contrabando, lograba hacerle llegar a diario un portacomidas con buena alimentación.

—Pero es costumbre de cabos y superiores humillar a los reclutas —me dice el señor Mantilla—, y Emiliano era uno de esos hombres que tienen la dignidad alborotada. Había un sargento más avieso que los otros y ese sargento se ensañaba contra él, le gritaba a la cara: Qué vas a entender tú, si eres hijo de salvaje, y le hacía la chacota delante de los demás llamándolo hijo de Tarzán y de Chita. Hasta que Emiliano, que era recio y acuerpado, no quiso tragar más ignominia y le reventó la cara de un trompadón.

Como castigo lo desnudaron y lo sepultaron en un calabozo que llamaban la tumba, un hueco en la tierra forrado en cemento, hondo y estrecho, tapado por la parte superior con una reja de hierro que dejaba al preso expuesto a las lluvias, que en esta región son asiduas, a los fríos del amanecer y a los rayos abrasadores del sol. Te vas a podrir ahí, simio, salvaje, humanoide, pasaba el sargento y le gritaba a Emiliano desde arriba, y también otros oficiales que le escupían y lo insultaban: Ni sueñes con que te vamos a dejar salir. Mejor muérete de una vez, aprovecha que ya estás enterrado.

De nada valieron las gestiones de don Abelardo para lograr su liberación ni los ruegos de Matildita, que abandonó sus quehaceres, olvidó a sus hijas y se plantó día y noche frente al portal de la Brigada, donde lloraba a gritos e imploraba clemencia a todos los oficiales que veía entrar o salir.

Entre su hueco de muerto, Emiliano se revolcó en la demencia y en sus propios excrementos, se deshizo en hongos y larvas y tal vez calmó el hambre y la angustia comiendo hormigas y gusanos como había visto hacer a su madre, mientras soportaba que le cayeran encima los escupitajos de los Héroes de Chimborazo y los orines de los Pumas de los Andes. ¿Al menos podría ver la luna desde su mazmorra? Sí, sí podía: la luna, las estrellas y cuanto meteorito cruzara, compasivo, sobre su cabeza, y cuentan que pasaba sus noches de prisionero en las entrañas de la tierra penetrando con la mirada y con el deseo las entrañas profundas del firmamento. Según los hermanos Mantilla, podía escucharse su voz que repetía: Soy hiwi, soy hiwi, a veces quedo, como rezando, y otras veces a alarido limpio para no olvidar que era hombre y no inmundicia, que era ser vivo y no cadáver. ¿Un cadáver que se rebela, que quiere ignorar su propia descomposición, que aborrece la tierra que le pesa encima?

—En eso se convirtió —confirma la señorita.

Logró sobrevivir 46 días robados minuto a minuto al horror y a la muerte y en la noche de un 17 de octubre, bajo una mezquina luz de luna que se negó a alumbrarlo, se cortó las venas con un vidrio roto y agonizó hasta el amanecer, cuando fue hallado por el personal de aseo. Entonces sí abrieron la reja y lo desenterraron pero ya no decía hiwi ni decía nada y a la enfermería llegó con el corazón desangrado y detenido, por fin muerto en verdadera muerte después de tanto haber sido muerto en vida.

Cuando vinieron a comunicarle lo sucedido, doña Matildita, que estaba descalza y aún no se había trenzado el cabello, bregaba a encender la estufa como todos los días a esa misma hora, rociando el carbón con combustible antes de acercarle el fósforo. No habían terminado de decir lo suyo los portadores de la noticia cuando ella salió corriendo carretera arriba con el galón de combustible en la mano y frente a la Brigada se lo volcó encima y se prendió candela. Lo primero que ardió fue su pelo, ese suntuoso manto endrino que había sido su sola lujuria y su único exceso, y que resplandeció al rojo-blanco como una tea contra la inocencia del cielo hasta que se encendió en llamas su cuerpo enjuto de leño seco, se derritieron los globos de sus ojos y empezó la combustión a fuego intenso de su duelo de madre, de su infinito dolor que no era el de la carne, y para cuando los soldados redujeron el incendio, su ser se hallaba ya convertido en mísero rastro de carbones afligidos.

—¿Y las niñas? —pregunto—. ¿Las hijas de Matilde? ¿Qué fue de la suerte de esas criaturas?

Pero los Mantilla saben poco de ellas, ni siquiera sus nombres, y Wilfredo se alza de hombros disculpándose por su ignorancia.

—Eran muy pequeñas —se justifican los tres—, y todas tan iguales entre sí que nunca aprendimos a distinguirlas.

—¿Y las niñas? —insisto—. Algo se sabrá de ellas...

En Ambalema sólo se sabe que siguieron viviendo por un tiempo con el padre, muy descuidadas y al filo del hambre, hasta que se cerró el merendero que tras la muerte de Matildita se había quedado sin clientela, y el padre se trajo desde el pueblo de San Miguel Abajo, departamento de Antioquia, a una señora de raza blanca como él, con quien se casó por la ley y por la iglesia. Esa mujer ya tenía sus propios hijos que también eran blancos y no quiso saber nada de los frutos del amancebamiento anterior. Yo no vine acá a cuidar selváticos, le anunció al nuevo marido, y las hijas de Matildita quedaron libradas a la buena de Dios.

—Después no volvimos a saber nada de ellas...

Con un canasto de frutas agradezco a los Mantilla y a Wilfredo la gentileza que han tenido conmigo y me despido. Me identifico en la Tercera Brigada como periodista, pido una entrevista con el comandante, general Omar Otoya, y lo aguardo media hora en una sala de espera con aire acondicionado y sin ventanas, imaginando que el alma en pena de Matildita revuela chamuscada y aullante por las noches de este cuartel hasta que la oscuridad se impregna de olor a miedo, porque los Héroes de Chimborazo, que no le temen a la muerte, le tienen terror a la venganza de los muertos sobre los vivos que los maltrataron. ¿Es una zozobra antigua lo que veo titilar en los ojos alertas de estos militares que observo ir y venir como si no sucediera nada, pero que saben que nada pueden sus fusiles contra la ceniza que se aposenta en sus pulmones?

Un cabo me lleva al despacho del general Otoya, amplio y ventilado, sin rastro de torturas ni memoria de horrores, con las puertas abiertas sobre un balcón rebosante de helechos.

—La imaginación de la gente no tiene límites —me dice el general, que es alto y guapo y huele a colonia y parece recién afeitado con Gillette Platinum Plus, cuando le pregunto por el soldado Emiliano Monteverde y las circunstancias de su muerte—. Aquí no hay, ni ha habido nunca, enterrados vivos, ni emparedados, ni degollados, ni ningún invento de ésos. ¿Celdas como tumbas? No me diga que se deja engatusar con esas películas de terror.

Me asomo con su permiso sobre la baranda del verde balcón, busco con los ojos la celda negada y sobra decir que no la veo por ninguna parte.

El cabo que me ha conducido minutos antes al despacho del comandante me acompaña de nuevo hacia la recepción y mientras me devuelve el documento de identidad, me mira con socarronería.

—No fue un asunto disciplinario, el de Emiliano Monteverde. Fue un enredo de faldas —me dice cuando nadie puede oírnos.

—¿Cómo? ¡Entonces usted sí sabe!

—El único que sabe cosas es mi general, y ya lo oyó, aquí no pasó nada.

—Pero usted me acaba de decir...

—Olvídese de lo que dije. Usted comentó que estaba antes en Tora, ¿cierto? Pues regrese. Averígüese allá el paradero de una prostituta que apodaban la Viuda del Soldado. Pregúntele a ella.

¿La Viuda del Soldado? No es un nombre fácil de olvidar. Y da la casualidad de que ya lo he escuchado antes.

Río abajo durante el trayecto de regreso a Tora, me estrujo la memoria tratando de precisar a quién le oí mencionar por primera vez a la Viuda del Soldado. A Todos los Santos no, a la Olguita tampoco. ¿A Sacramento tal vez? ¿O la Fideo? No.

El río está tan dócil, tan detenido en su marcha que parece filosóficamente factible bañarse en él dos veces. No puedo dejar de pensar en la madre de Sayonara, tan cercana a esas hechiceras encendidas en calor interior cuya existencia registra Mircea Eliade, diciendo que llevan el fuego escondido en sus órganos genitales y que lo utilizan para cocer los alimentos. India y bruja la madre, india y bruja la hija: la una sabia en frotar leños para encender el fuego que alimenta, la otra sabia en frotar los sexos para encender el fuego que enamora.

Un viejo boga con una camisa de intenso color amarillo surca el agua en dirección contraria, impulsando su chalupa a golpes de un solo remo, y yo me quedo absorta en el fulgor de ese amarillo que centellea contra la inmovilidad del río. Ahora recuerdo: de la Viuda del Soldado me habló la Machuca, la puta ilustrada, emérita lectora y hereje del sexto círculo que proclama la muerte de Dios. La veo sentada tras su Olivetti Lettera 22 en un rincón del edificio de la alcaldía de Tora, donde ahora trabaja como copista de actas, escrituras y documentos, dándole un chupón tras otro a su eterno cigarrillo sin preocuparse por las cenizas que caen, como briznas de tiempo, sobre su blusa, sus papeles, su regazo; en cualquier lugar menos en el cenicero de hojalata. Veo también sus zapatos asomados por debajo del escritorio, anchos y anticuados como los de la pata Daisy, sus dedos manchados de nicotina, su rostro de faraón mal embalsamado, sus ojos de ardilla loca, su boca enorme que me cuenta historias asombrosas sobre los pobladores del ya desaparecido barrio de La Catunga, entre los cuales menciona, sólo de paso y sin afecto, a la Viuda del Soldado. Creo que le pregunté quién era ese ser con nombre operático porque la recuerdo asegurando que no era nadie que valiera la pena y que salvo por el apodo era una mujer común y vulgar.

Tan pronto llego a Tora, antes de pasar por mi hotel a dejar el morral, corro a la alcaldía para buscar a la Machuca; son las cinco de la tarde y con suerte no han cerrado aún.

—Machuca —le pregunto—, ¿usted conoció a la Viuda del Soldado? ¿Todavía vive en Tora? ¿Sabe dónde la puedo encontrar?

—¿Por qué tanto interés? La Viuda llegó a La Catunga cuando ya habían pasado los mejores tiempos y se fue huyéndole a los peores. Nunca se hizo amiga nuestra, la Viuda del Soldado.

—¿Por qué razón?

—Por vergonzante. Era una puta tristonga, una cuca-fría, una come-sin-ganas que ejercía el oficio por obligación y no por vocación. Más chupa-cirios y rezandera que una beata ciega; yo creo que hubiera querido atender a los clientes detrás del altar con tal de no perder de vista el nicho del Divino Niño, al que tenía azul de tanto pedirle cosas. Que le diera salud, que dinero, que un consuelo para mí que estoy tan sola, que esto y lo de más allá, porque para descontenta con esta vida, ella, la Viuda del Soldado. No era nadie que a nosotras nos gustara, ni le gustaría a usted tampoco si la llegara a conocer. Porque para puta inspirada, tocada por las musas, Todos los Santos. ¡Ésa sí! Ojalá la hubiera visto en su esplendor; tenía el empuje de una tractomula y la alegría de unas castañuelas. ¡Qué ganas de vivir las suyas! En cambio la pobre Viuda siempre fue una mujer apocada. Parecía mascada por las vacas.

—¿Por qué la llamaban la Viuda del Soldado?

—Es una historia larga.

Llegó a La Catunga ya estrenada y veterana en el oficio, con el pelo desteñido de rubio, un aire de abandono inconsolable y arropada en el manto de su propia leyenda, según la cual de joven habría sido la querida de un soldado noble y gallardo a quien el hermano de ella, un sargento del mismo batallón, fue empujando hasta la muerte para truncar su amor.

La versión de los hechos que conoce la Machuca no contradice la de los Mantilla. Por el contrario, le sube el volumen y le añade dos elementos gloriosos que la llenan de sentido: la pasión y el heroísmo. Los otros ingredientes no varían: la misma mazmorra, el mismo muchacho sepultado en ella, el mismo sargento vengador con sus insultos, su desprecio racial y sus abusos de autoridad. Pero esta vez figura una mujer, la hermana del sargento, que es el amor del soldado. Las diferencias de raza y de clase se hacen más notorias e hirientes porque el recluta es hijo de india y de colono mientras que el sargento y su hermana pertenecen a una familia acomodada y tradicional.

—Te saco de ese hueco si me juras que no la vuelves a ver —chantajea el sargento, pero el soldadito, íntegro y fiel, se niega a renunciar a su amada pese a los tormentos de su rincón de infierno, y va tan lejos en su resistencia inquebrantable que no se retracta ni cuando comienza a pudrirse vivo entre su sepultura.

—¿Juras ahora sí?

—No juro nada.

—¿Juras? Te doy la última oportunidad.

—Que jure tu puta madre, que para eso te parió.

—Entonces ahí te quedas para siempre, por igualado, por cabrón y por cretino. Y por indio.

Esta segunda versión precisa, además, cuál fue la reacción del padre del soldado —don Abelardo Monteverde, según los Mantilla— quien entra a cumplir un papel determinante en el desenlace de la tragedia.

—El padre del soldado —me cuenta la Machuca— era un antioqueño astuto y ladino que intuía que el sargento apretaría el torniquete hasta las últimas consecuencias sin que su hijo diera el brazo a torcer, así que buscó a la novia del muchacho y logró convencerla de que escribiera con su puño y letra una falsa misiva confesando que no lo quería más, que adiós para siempre, y que entre un sobre se la entregara a su hermano el sargento junto con alguna prenda inconfundiblemente suya. El propósito era lograr por carambola que el muchacho, ante el desaire de ella, renegara por fin de su amor con la consecuencia benéfica de que el sargento le levantara el castigo y lo dejara en libertad.

—Compruébalo con tus propios ojos, infeliz —le habría dicho el sargento al soldado, pasándole por entre los barrotes la supuesta carta y un escapulario de la Virgen del Carmen que la muchacha solía llevar atado al corpiño—. Mi hermana no te quiere. No te hagas matar por ella, que se va a casar con uno menos cerrero; uno de su misma condición.

En ambas versiones el soldado se quita la vida cortándose las venas, en la primera abrumado por la desesperanza y el sufrimiento, en la segunda derrotado por la evidencia del desamor. Cuando la novia se entera se pelea a muerte con su hermano el sargento, abandona para siempre la casa paterna y su negativa a perdonar la empuja a enfrentar la vida por su propia cuenta y a procurarse la subsistencia en el ejercicio de la prostitución. Es así como después de mucho luchar, de mucho rodar, viene a parar a La Catunga.

—Sea lo que sea, la Viuda fue protagonista de una intensa historia —le reclamo a la Machuca.

—Hay gente a la que le queda grande su propia historia.

—Por qué lo dice con tanta dureza, Machuca, si ella tuvo el gesto noble de abandonar a su familia por lo que...

—Sí tuvo el gesto —me interrumpe—, y de ahí en adelante se dejó ahogar en la indiferencia. Más vale no emprenderla con esos desplantes a la torera, tan agotadores que nos dejan secos.

—¿Y Sayonara y la Viuda? ¿Ellas sí fueron amigas alguna vez? —tanteo el terreno con cautela por ver si la Machuca sospecha la estrecha relación que existió entre las dos.

—Algo se traían entre ellas pero nunca supe bien qué, porque amistad no era; no podría precisar. Más bien mutua compasión, como si compartieran algún secreto amargo y oscuro. ¡Sabrá Dios! Lástima que no exista.

—Sólo Dios lo sabrá —confirmo yo—. De todas maneras, Machuca, y con su perdón, me gustaría hablar con la Viuda del Soldado. Por su solo nombre ya merece mi respeto, y además debe tener muchas cosas que contar.

—Pues contar, no cuenta sino avemarías en las pepas del rosario, porque huyó a encerrarse a un convento de monjas de clausura, el de las clarisas de Villa de Leyva, en Boyacá. Por fin se topó con su verdadero destino, que se le había extraviado pero que ahí estaba al final, esperándola. Bien satisfecha se hallará, día y noche chupándole la túnica al Divino Niño, que es lo único que sabe hacer. Dicen que las clarisas se negaban a recibirla por su pasado, pero que ante el milagro de influencias y dinero no hay puerta que no se abra ni clarisa que se resista. Dicen que la familia pagó muy buen dinero para encerrarla con su vergüenza, a que envejeciera detrás de unos muros más pesados que lápidas. Así que a esa historia usted no le va a poder sacar más punta, porque lo que la Viuda sabe quedó clausurado, junto con ella.

—Tienes unos ojos hermosos —le dijo a Sayonara el doctor Antonio María Flórez la tercera o cuarta vez que la vio entrar a su consultorio.

—Qué me quiere decir con eso, doc —le preguntó ella sacudiendo los brillos azules de su melena y mirándolo con suspicacia.

—Sólo eso, que tienes hermosos ojos. Lo que pasa es que tú no soportas que te digan sólo eso.

La Olguita me cuenta que Sayonara no podía entender que no la amaran con locura. No aceptaba que existiera alguien que no quedara prendado de ella, acostumbrada como estaba a despertar el amor a primera vista y a alborotar el deseo con el mero roce de su falda. Si aparecía algún hombre que barajara los naipes para un juego que no fuera el de las pasiones, por ese solo hecho fijaba su interés en él, lo observaba sin podérselo creer, lo inspeccionaba de pies a cabeza amagando con descifrar los mecanismos que lo hacían inmune y luego roía su indiferencia y escarbaba en ella con uñas de ratón para acabar de agujerearla y derribarla. Para rematar, desplegaba entero su plumaje espléndido de hembra seductora, porque nada la inquietaba tanto como no inquietar.

—No le sucedía sólo con los humanos —aclara Todos los Santos—. Era su testaruda manera de proceder frente a todas las criaturas del Señor. ¡Qué mimada era por ese entonces, y qué altiva! Pobre de mi niña, no sospechaba cuán duras son en realidad las cosas...

Sayonara la desposeída, la niña puta de Tora, huérfana y oscura, rondaba por los pasadizos de su vecindario de pobres sin prisa por llegar a ningún lado, ignorando la soledad de perros sin dueño y el vaho de fritanga y orines que envolvían a los demás, con su radiecito de pilas en la mano y tarareando al compás baladas románticas de Emisora Melodía, comiendo naranjas dulces a mordisco limpio y tirando las cáscaras al suelo, tomando a pico de botella sorbos de cerveza helada y pateando calle abajo la tapa, recién bañada en la alberca y con el pelo empapado, ataviada con la única elegancia que se le conoció, aquella falda angosta con tajo a un lado y blusa de seda china bordada en dorado y rojo, y abriéndose paso por entre el gentío que se afanaba en el calor de un día de mercado, tal como pasearía una reina mora, ociosa y desnuda bajo siete velos, por los frescos caminos de agua de su Alhambra.

A falta de aceite santo, iba ungida con la arrogancia de su perfume barato, a cambio de manto y corona, lucía el desparpajo de su piel morena y desde el pedestal de sus ya maltrechos zapatos de tacón altísimo trataba al universo entero como si fuera vasallo rendido a sus pies. Si las estrellas fugaces se descolgaban del cielo, era para traerle noticias de otras errancias, ¿y para quién, si no para ella, anunciaba el vigilante nocturno la ronda de cada hora con las dos notas dolidas de su silbato? En las madrugadas el robusto aroma del café se escapaba del chorote y llegaba hasta su catre para despertarla, y si los nardos enervaban la quietud de la tarde con su oleoso olor a resurrección, lo hacían sólo para verla sonreír. Las penas que corren sueltas buscando consuelo se acercaban a beber de sus lágrimas, la niebla que anegaba el valle la envolvía como velo de novia, fosforecían los ojos de los gatos cuando la miraban, pasaban lentos los días para acariciarla a sus anchas y si el Río Grande de la Magdalena se tomaba el trabajo de arrastrar el caudal de sus aguas hasta Tora, era sólo por el privilegio de lavarle los pies.

—No era culpa suya —media la Fideo—. Tanta gente le juró que la quería, que ella se lo creyó. Empezando por usted, doña Todos los Santos. Usted fue la primera en confundirla.

—Hice lo que pude para que abriera los ojos —se defiende Todos los Santos—. Un día la oí decir que el pájaro sinfín cantaba tan dulce y tan incansable porque cantaba para ella. ¡Ay, mi niña presumida!, la reprendí. No aspires a ser monedita de oro ni tengas la osadía de querer que el mundo te quiera; entiende de una buena vez que las putas somos el revés del tapiz, el lado áspero de la existencia, y que es la cara oculta de la luna la que nos alumbra. ¿Nosotras? Inquilinas de la trastienda. Nos veneran si nos ven brillar al fondo y en lo oscuro, pero nos aplastan si pretendemos asomarnos a la luz del día. No olvides, niña, la gran verdad del amor de café: las putas estamos siempre en guerra.

—¿En guerra contra quién, madrina? —pretendía ignorar Sayonara.

—Contra todos, niña. Contra todos.

La madrina se lo advertía, adivinando la dura destorcida que habría de traer el mañana: Niña, las cosas no son así. Pero una muchacha tan linda no tiene por qué hacer caso y Sayonara seguía caminando por la vida sobre alfombra roja.

Las cosas no son así, y sin embargo hoy yo sospecho que Todos los Santos, la anciana sabia, la santa celestina, no tenía la razón. Que por una vez se equivocaba porque su joven discípula, en el espléndido egoísmo de su belleza, sí que llegó a ser el propio ombligo de aquel universo-mundo, el objeto privilegiado de todo el amor.

—Perdone que se lo diga, Todos los Santos —me atrevo—, pero en ese específico tema, en ese preciso momento, no era usted, sino ella, quien tenía la razón.

Contratado por el señor alcalde, el ginecólogo Antonio María Flórez había llegado a la ciudad, con su esposa Albita Lucía y sus cuatro hijos, casi un año después del motín incendiario que redujo a escombros el puesto de salud. Cuando vio el estado crítico de las instalaciones que debían servirle de consultorio, en vez de perder el tiempo solicitando ayuda oficial o presentando reclamos burocráticos, se dio a la tarea de reconstruir el lugar ladrillo a ladrillo con sus propias manos para poner en marcha lo antes posible el plan que traía diseñado en la cabeza, que pasaba por eliminar el mecanismo coercitivo del carné —derogado *de facto* por el mujerío soliviantado— para sustituirlo por la atención médica gratuita y voluntaria a las prostitutas. Había venido a Tora en reemplazo de los anteriores farsantes de bata blanca, ahuyentados de la región por la ferocidad de la venganza colectiva, que un día tomaba la forma de broma brutal y al día siguiente de amenaza o de chisme de grueso calibre, y que les envenenó cada minuto de vida hasta que los sacó corriendo.

Recién llegado, el doctor Antonio María fue objeto de un tratamiento similar. Las chicas, convencidas de que también él venía a hacer fortuna montando su negocio de irrespeto y extorsión, lo recibieron desde la primera noche desgraciando la puerta de su vivienda con la sombra fétida de un gato ahorcado, con lo cual no lograron espantarlo, ni tampoco con la campaña de mala lengua que le regó por el pueblo fama de cacorro, de chulavita, de ateo, de proxeneta. Llegaron a hacer circular infamias como que los pies le apestaban, que aporreaba sin compasión a su madre y que era avaro hasta el punto de forzar a sus hijos a padecer hambres. Pero el doctor Antonio María, hombre de una bondad a prueba de maledicencias, siguió entregado a su discreta labor de albañil improvisado y puso oídos sordos a tanta palabra necia. Era tan pulcro de aspecto y de carácter que nadie se tomó en serio lo de sus pies hediondos; como resultó huérfano, lo de los golpes a la madre quedó desvirtuado; reconocía su ateísmo con tanto orgullo que nadie se atrevió a reprochárselo; los aromas generosos que emanaban de su cocina cuando la esposa guisaba hicieron dudar a la gente del ayuno impuesto a los niños y así, una tras otra, se fueron desmoronando las calumnias sin que él tuviera siquiera que preocuparse por desdecirlas.

Pero el rencor de las mujeres de La Catunga, acicateado por la memoria fresca de tanta infamia padecida, se negaba a renunciar a las dulzuras de la venganza. Había terminado el doctor la fase de obra negra y empezaba a colocar los vidrios en el puesto de salud cuando una mañana a la señora Albita Lucía, camino a la plaza y desde lo alto de una ventana, le vaciaron encima las aguas sucias de una bacinica. La afrenta resultó excesiva aun para la fogueada paciencia del doctor Antonio María, que seguramente la habría pasado por lo alto si hubiera recaído sobre su persona pero que la resintió como una puñalada al atentar contra el pelo rojo y crespo de su esposa, una pecosa abundante y vivaracha de piel blanca y perfumada a quien adoraba como al sol de sus días, así que tomó la decisión inmediata e inapelable de abandonar antes de 24 horas ese pueblo que los había rodeado de desafecto.

Partirían en el tren de las doce del día siguiente. El doctor pasó una noche martirizada por el remanente amargo de esa empresa que abandonaría antes de comenzarla y a la mañana, mientras su familia terminaba de empacar los baúles recién desempacados, fue a pararse en el quicio de la puerta aún sin montar del puesto de salud, con su bata de médico y su fonendoscopio al cuello.

—Hagan correr la voz de que de aquí a las once y media voy a atender mis primeras y últimas consultas —les dijo a unos viandantes, y no tuvo que esperar más de un cuarto de hora para que las pacientes empezaran a asomar.

Fue entonces cuando Antonio María Flórez vio aquello que lo haría desistir de su partida y lo llevaría a permanecer en Tora durante diez años consecutivos, hasta convertirse, casi a la par con Santa Catalina, en apóstol benefactor del barrio de La Catunga: unas inconfundibles pústulas rojas sudadas en baba infecciosa y unos pequeños tumores blandos, con elasticidad de goma, arraigados en los genitales de tres de las cinco mujeres que examinó.

—Es el *treponema pallidum* —sentenció—. A este pueblo se lo va a tragar vivo la sífilis.

El peso de esa constatación hizo que el incidente de la bacinica y demás injurias se redujeran en gravedad ante los ojos del doctor, y lo llevó a reflexionar que al fin de cuentas al perdón basta con pronunciarlo para que se cumpla.

—¡Las perdono a todas! —dijo en voz alta y abriendo al cielo los brazos mientras se apuraba hacia su casa por calles que el fiero sol del mediodía había dejado sin un alma.

Convenció a su mujer de las conveniencias de desempacar una vez más, matriculó a sus cuatro hijos en la única escuela laica del pueblo y de ahí en adelante le dedicó la totalidad de sus horas a ayudar y consolar a las mujeres pringadas por la enfermedad, a aconsejar a las sanas para que evitaran el contagio y a combatir las venéreas con una tenacidad de fanático como la que habría desplegado un Savonarola contra el esplendor carnal del Renacimiento.

Pronto se dio cuenta de que la eliminación de los métodos de presión y chantaje había traído la consecuencia sorprendente de que más de la mitad de las mujeres se negara a acudir a la consulta ginecológica.

—¿Por qué, doctor? —le pregunté a Antonio María Flórez cuando tuve la oportunidad de conocerlo—. ¿Cómo se explica usted que tantas dejaran de acudir?

—La mayoría por fatalismo, porque estaban convencidas de que nadie se muere la víspera. Creían en ese tipo de cosas, en lugares comunes muy arraigados entre ellas como que el destino está de Dios o que cuando a uno le toca, le toca. Yo alcancé a llegar a Tora cuando todavía las prostitutas eran reinas y señoras del lugar, pero eso no quería decir que en el fondo no tuvieran una fuerte conciencia de vivir en pecado. Y como daban por descontado que el pecado implica castigo, veían la infección venérea como una deuda a la que no había que hacerle el quite, porque de alguna forma era merecida. Lidiaban el tema del contagio como una ruleta rusa: iban a la cama con tal o cual hombre como quien se lleva a la sien el revólver, y disparaban a ver si se salvaban o si les salía la bala. No les cabía en la cabeza la idea de que Dios pudiera perdonarlas. Una vez le oí decir a la Fandango, cuando supo que su mejor amiga había contraído la sífilis, que ya era hora de pagar por toda una vida de andar contrariando al cielo.

—Es curioso, doctor, que mujeres tan desenvueltas para el sexo le tuvieran tal pánico al ginecólogo —le comento.

—Yo lo encuentro bastante lógico. Por principio no hay nadie más lleno de misterios que una prostituta, y el estado de su salud es uno de los secretos que oculta con mayor sigilo porque su subsistencia depende de que los demás crean que está sana. Pero hay algo más, que no sé qué nombre darle, y que constituye el obstáculo principal: el ginecólogo tiene que ver con pensar en lo que se está haciendo, asumirlo racionalmente, y eso no lo resisten ellas. Ejercen la prostitución tan a ciegas como el condenado a fusilamiento que prefiere que le venden los ojos antes de la descarga. Además, para practicarla recurren a unas facultades que están más allá de la razón, como supongo que sucede con la hechicería. Es algo que les acontece por allá abajo, debajo de las faldas, debajo de las sábanas, en todo caso lejos de la cara. Entre más lejos de la cara y del cerebro, mejor. A muchas les disgusta que las besen, sobre todo en la boca o en los senos, mientras que de la cintura para abajo le dan al cliente licencia para actuar más o menos como quiera. Con frecuencia se enamoran de algún hombre y entonces incorporan el conjunto de su ser al acto sexual, pero por lo común se comportan como seres escindidos: de la cintura para arriba está el alma y de la cintura para abajo el negocio. Usted debe entender que uno, como ginecólogo, es el ojo que mira, el que destapa lo oculto, advierte los riesgos, quita la venda con respecto a las enfermedades. Por eso al principio tantas me rehuían, porque yo, queriéndolo o no, las obligaba a integrar las dos mitades de su cuerpo mediante un proceso de reflexión y aterrizaje que siempre sentí muy doloroso para ellas. Es apenas normal; puedes ser torero o tragafuegos si aceptas la fatalidad como destino, pero apenas le metes prudencia y sentido común al asunto, huyes despavorido. Lo mismo sucedía con ellas. Creo que por eso durante meses mi presencia les resultó a tantas aun más incómoda que la de los médicos anteriores, que simplemente estafaban, es decir, pactaban con ellas una complicidad de ciegos. Era tal su necesidad de engañarse a sí mismas que se complacían engañándome, y para eso a veces les bastaba con recurrir, media hora antes de la consulta, al viejo truco de propinarse un baño de asiento sobre una jofaina, con agua tibia, jabón de tierra, bicarbonato de sodio y mucho limón. Con ese procedimiento limpiaban las secreciones y eliminaban el olor, haciendo que yo encontrara todo en orden y pasara a la siguiente. ¿Para qué tomarse el trabajo de engañarme? Vaya usted a saber, si ya habían pasado los tiempos de la consulta y el carné obligatorios. Creo que lo hacían simplemente por no darle la cara a la verdad. Conmigo las mujeres de La Catunga establecían un trato muy cordial, muy cariñoso, pero se inquietaban como azogadas cuando se tendían en la camilla de mi consultorio. Fue necesario que escaseara el petróleo en la zona y que la prostitución decayera como negocio para que me buscaran sin aprehensión, de verdad urgidas por curarse, por sacar su cuerpo de la órbita de la enfermedad, y matricularlo, por decirlo de alguna manera, dentro del pretendido mundo de la salud.

El doctor Antonio María estaba convencido de que este peculiar universo mental de las prostitutas de Tora se enraizaba directamente en la formación cristiana, porque según me dijo, entre las indias pipatonas se podía percibir una actitud diferente. Vendían su cuerpo para comer y alimentar a sus hijos y eso les parecía justificación suficiente, sin hacerse tanto nudo en la cabeza.

—Las pipatonas fueron las más asiduas asistentes a consulta —me dice—, y eso que según yo sabía, se hacían ver también por sus propios teguas, recurriendo a la vez a mis drogas y a sus curaciones tradicionales. Lo cierto es que entre ellas la enfermedad cundió con menos virulencia que entre las demás.

Tenían una visión directa y sin ambages de un oficio del que entraban y salían según sus necesidades, y no hacían gran diferencia entre el macho que les pagaba por poseerlas y el que, ya por fuera de la prostitución, las poseía sin pagarles. Necesitaban sobrevivir y eso era todo. Lo bueno, para ellas, era mantenerse con vida, y morirse era lo malo; no tenían una ética sexual más complicada que ésa, o mejor, no obedecían tanto a una ética como a una suerte de determinación biológica, según la cual mujer era mujer, prostituta o no, y hombre era hombre, fuera el que fuera. Me hizo gracia saber que para ellas el cuerpo masculino estaba compuesto por cabeza, brazos, piernas, tronco y tronquito, y el femenino por cabeza, brazos, piernas, tronco y para-el-tronquito.

El doctor Antonio María, que no iba a quedarse sentado esperando mientras veía propagarse a su alrededor el frenesí de chancros y de brotes, se dio a la tarea de hacer visitas casa por casa para sacar del escondite a las negligentes y a las reacias. Entre estas últimas se contaba Sayonara, que el día del motín, mientras hacía lo posible para que las llamas les chamuscaran los bigotes a los impostores, había jurado por la vera cruz de Cristo que jamás volvería a dejar que un médico, falso o diplomado, le pusiera las manos encima, así la tisis la tuviera escupiendo sangre o la lepra la redujera a muñones. Por eso, cuando alcanzó a ver por la ventana entreabierta que el doctor Antonio María golpeaba a su puerta con la corbata de riguroso luto que usaba a diario en honor al mariscal Antonio José de Sucre, asesinado más de un siglo antes, con el maletín de cuero repleto de aparejos, hierbas medicinales y frascos, y con el rostro sombreado por el gran chambergo que lo protegía del sol, se escabulló por el patio y si no saltó la tapia para volarse fue porque la mano de Todos los Santos alcanzó a agarrarla por el tobillo y la sujetó con inclemencia de tenaza.

—Bájate de ahí, niña, que es por tu bien.

—No me bajo y no me dejo tocar de ese hombre.

—¡Tráiganme una soga! —ordenaba Todos los Santos—. ¡Esta salvaje va a dejar que la examinen así tenga que amarrarla al catre!

—Le digo que no quiero ir donde ese hombre, madrina, porque tiene malas intenciones. ¿No ha visto con qué descaro sonríe?

Al conocer a Antonio María Flórez pensé que no le había faltado razón a Sayonara al sospechar de su sonrisa: era verdad que en medio de aquel semblante austero y de nítido perfil asomaban unos dientes de conejo lúdico más apropiados para un mago o para un cantante de tango que para un ginecólogo.

—Te equivocas —contradijo Todos los Santos a su ahijada, sujetándola aún por el tobillo—. La sonrisa dientona lo hace humano. Si no fuera por eso sería seco y apretado como un cigarro.

Cuando por fin Sayonara, la indómita, tuvo al doctor frente a frente y pudo constatar que su empaque circunspecto, su trato profesional y el afable gris pizarra de su mirada contrarrestaban el aire juguetón de su desmedida dentadura, refrenó su intención de hacerle un desplante y accedió a recostarse sin ropa interior y con las piernas abiertas y arqueadas. Pero ni bien el doctor le rozó el muslo con la mano, la sintió brincar, encalambrada de nervios, tensa a reventar como las cuerdas de un tiple. Intentó conversarle para relajarla, hacerla pensar en otra cosa para que bajara la guardia y le permitiera palparla, pero la muchacha temblaba de pies a cabeza, eléctrica y chúcara como una potranca.

—Así no podemos —le dijo el médico.

—Entonces no lo hagamos —le dijo ella, parándose de una vez y cubriéndose las piernas con la falda.

—Ven acá —le dijo el doctor Antonio María, que había comprendido que el examen no podría llevarse a cabo durante esa primera cita y cambiando de táctica para tranquilizarla. Ella se acercó y él le puso los audífonos del fonendoscopio en los oídos mientras le apoyaba el otro extremo del aparato sobre el lado izquierdo del pecho.

—¿Qué es lo que retumba? —preguntó Sayonara, arrancándose el aparato y dando un paso hacia atrás.

—Los latidos de tu corazón.

Entonces ella se acercó, se dejó colocar de nuevo los audífonos y permaneció largo rato ensimismada y perpleja, percatándose del empuje de la vida que iba y venía, recurrente y obstinada, por arroyos secretos que recorrían sus blandos laberintos de paredes púrpura y que resonaban con vigor en las cavidades de su interior.

—¡Los latidos de mi corazón! —suspiró, y a partir de entonces no habría de olvidar al doctor Antonio María, la primera persona en el mundo que la invitó a conocer el ritmo profundo de su propia alma.

No había transcurrido una semana cuando el doctor, al disponerse a abandonar el puesto de salud tras una larga jornada de trabajo, se encontró a Sayonara sentada, esperándolo en los escalones de la entrada.

—¿Tú por aquí? —le preguntó, contento de que por fin hubiera decidido permitir que la examinara.

—No vengo para eso, doctor, vengo a ver si me deja escuchar otra vez por su aparatico...

Entraron; sin que nadie se lo indicara ella se estiró en la camilla y el médico le colocó el fonendoscopio sobre el corazón. Otra vez se quedó pasmada, escuchando cómo el tumulto de sus entrañas parecía provenir de lo más hondo del universo.

—Dígame, doc —le pidió al rato, mirándolo con una seriedad y una transparencia conmovedoras—. Dígame, doc, ¿uno tiene dos corazones?

—Uno sólo, ahí en el pecho donde te lo estoy enseñando. Dame tu mano y escucha el mío —le dijo colocando la mano de ella sobre su propio pecho—. ¿Ves? Tac, tac, tac... Late como un reloj, igual que el tuyo.

—Entonces uno reconoce el corazón porque late, ¿no es cierto?

—Así es.

—¿Y late más cuando se enamora?

—Sí, supongo que sí.

—¿Pero usted está seguro, doc, de que uno tiene un solo corazón?

—¿Por qué me lo preguntas?

—Es que el otro día conocí a un hombre del Campo 26, uno que llaman el Payanés, y sentí que había dos corazones dentro de mi cuerpo, uno en el pecho, así como el suyo, y otro aquí, abajo —la muchacha tomó la mano del médico y la colocó sobre su propio sexo—. ¿Siente cómo late? Éste es mi otro corazón.

La suave presencia de Olguita se asoma a la vida por una ventana discreta, siempre lateral. Si alguien no nació para puta es ella, la beatífica Olguita de alma clara y cuerpo atrofiado por la poliomielitis, y sin embargo supo desenvolverse admirablemente en el ejercicio del oficio y tuvo el don de conservar, como clientela insistente y estable, a un grupo selecto de solitarios que entre las impecables sábanas de lino de su cama encontraban a una mujer confiable y a una interlocutora atenta, que en su estufa de leña espesaba el mejor candil con brandy y que con mano delicada de hortelana hacía verdear en su patio un aroma de yerbabuena y albahaca, de manzanilla y mejorana, que hacía confiar en que el porvenir traería cosas amables.

Entre los hombres que sin darse cuenta encontraban en brazos de la Olga la razón de su existencia, se contaba un tal Evaristo Baños, soldador de la Troco, a quien sus compañeros apodaban Nostalgia. Solía llegar los viernes sin rodeos a casa de ella, saltándose las escalas de rigor en los bares, y si la encontraba ocupada con otro se sentaba a esperar en los peldaños de su puerta sin hacer reclamos, con los codos en las rodillas y la cabeza entre las manos. Una vez adentro y despojado de su ropa oficiaba con lujo de repeticiones el ceremonial de siempre, que consistía en sacar de la billetera el fajo de fotos familiares —madre, esposa e hijos, lejanos en el tiempo y refundidos en el mapa— para ir soltándolas una a una sobre la cama con la fe reconcentrada en ellas y repitiendo nombres y edades a manera de conjuro contra la pérdida.

—¿Y esta pequeña quién es? —le preguntaba la Olguita, que ya lo sabía de memoria porque habían repasado juntos ese mismo rosario hasta el cansancio—. ¿Ya terminó la escuela el mayorcito? ¿De cuántos meses estaba aquí embarazada tu esposa? ¿Este perro pinto se llama Capitán? Y este perro negro, ¿no es Azabache?

Así iban de viernes en viernes hasta que un miércoles de calor pasmado llegó la noticia desde el campo petrolero en boca de Nayib, el vendedor de abalorios. Metido entre un pozo, instalando una válvula, Nostalgia se había arrancado de cuajo el dedo anular. El mismo Nayib se encargó de difundir la especie de casa en casa alardeando de ser parcialmente protagonista del drama, porque de su maletín de mercachifle ambulante salió la sortija de oro de 18 quilates que causó el accidente, al engarzarse en un perno justo en el momento en que Nostalgia tiraba hacia abajo con todo el peso de su cuerpo robusto de santandereano.

¡Aquí hay accidente causado!, se escuchó la voz de alarma y Nostalgia fue alzado por dos compañeros que lo llevaron hasta el hospital, embadurnado de barro y con la expresión congelada en el rostro, menos por el dolor que por el desconcierto. Traía las pupilas absortas en una mano derecha que no parecía ser suya porque pesaba menos que la otra y porque iba envuelta entre una toalla ensopada en coágulos de sangre.

—Por eso prohibió la Company el uso de argollas o cadenas de metal, camisas volantonas por fuera del pantalón o cualquier otro capricho que se preste a este tipo de accidentes —recitaba el enfermero Demetrio mientras retiraba la toalla, observaba el espacio inútil del dedo ausente, se sorprendía ante la limpieza quirúrgica del tajo y cosía el muñón con puntadas burdas, como si remendara costal—. Por eso hay orden de que los trabajadores usen zapatos y no cotizas, que dejan desprotegido el pie. Pero no cumplen las órdenes, así que aténganse a las consecuencias.

Una masiva asamblea femenina se congregó al día siguiente en casa de Olguita, y mientras esperaba la llegada del mutilado, se ocupaba de especular sobre el destino que habría de fijársele a su anular.

—Hay que echárselo a los perros, opino yo.

—Dicen que la sortija no se quiso desprender del dedo...

—La sortija que se la devuelvan a Nayib; Nayib que le reembolse su dinero a Nostalgia y el dedo que lo arrojen al río.

—¿Para que se lo coman los bagres que después nos comemos nosotras? Qué idea asquerosa. Hay que enterrarlo en un rinconcito del camposanto; entre una cajetilla de cigarrillos ha de caber.

—También podemos conservarlo en formol, como recuerdo... —insinuó la Olga, que era sentimental y dada a santiguarse ante los hechos de sangre.

—Entiérralo en tu huerta y encima le siembras un manzanillo, para que crezca bien venenoso y mortífero —le propuso Sayonara, que siempre salía con unas iniciativas feroces.

—¡Qué cosas dices, niña!

En ese momento las mujeres se abrieron en callejón de honor para dejar pasar al demudado Nostalgia. Venía donde la Olguita en busca de explicación y consuelo, ya sabedor de que no sólo había perdido todo el dedo y parcialmente la mano, sino también la posibilidad de seguir adelante con su carrera de soldador. La empresa le había dado una bonificación y un mes de licencia por los daños sufridos, pero era de público conocimiento que en la Troco los lisiados quedaban para mandaderos, jardineros y otros oficios de poco salario y menor dignidad.

—¿Qué se habrá hecho la argolla? —preguntaba Nostalgia, a quien no se le ocurría preguntar por el paradero del dedo—. La compré para llevársela algún día a mi mujer, que hace 16 años reclama porque no nos hemos casado. Habrá quedado entre el pozo, tal vez... ¿Dónde estará la argolla? ¿Alguien sabe?

—Olvídate ya de argollas, Nostalgia —ordenó Todos los Santos—. Con tu accidente queda demostrado una vez más que estas tierras bárbaras sólo toleran solteros y que por aquí el matrimonio trae calamidad.

Nunca aparecieron ni el dedo ni la argolla y con el tiempo Nostalgia, convertido en mensajero de las oficinas de la Troco, se olvidó de ellos y de sus sueños de soldador, y aunque siguió por la vida mostrándole a quien se dejara las fotografías de su esposa, sus hijos y sus perros, no habría de regresar nunca a buscarlos. Pero no por eso se convirtió en un hombre desdichado; conservó la costumbre de bajar cada ocho o quince días a Tora para recibir de la Olguita, a manera de premio de consolación, un abrazo cariñoso entre sábanas de lino recién planchadas.

—Vístanse bien y péinense, que las voy a llevar a conocer el otro mundo —les anunció un día Todos los Santos a Sayonara y a sus cuatro hermanas, Ana, Susana, Juana y la nena Chuza.

Se pusieron sus vestidos tiesos de organza —los reservados para fiesta patria o religiosa— con arandelas y peto y faldas anchas esponjadas a punta de crinolina, como nubes de almidón en colores claros: amarillo pollo el de Sayonara, rosado algodón de azúcar el de Ana, el de Susana azul cielo, verde menta el de Juana y blanco nieves de antaño el de la nena Chuza. Se engominaron, se perfumaron y se lavaron los dientes, se calzaron medias y zapatos y echaron a andar detrás de la madrina, endomingadas en martes, por entre breñas y matorrales que amenazaban con rasgar la organza y se engarzaban entre el cabello desmejorando el peinado. Pese a todo avanzaban cuidadosas y elegantes como la gente de campo cuando baja al pueblo a misa, porque Todos los Santos les había advertido que si querían conocer el otro mundo, tenían que llegar allá con dignidad.

—Para que a nadie se le ocurra compadecernos —advirtió.

—Pica mucho este vestido, madrina —se quejó Susana.

—Pues te lo aguantas.

Llegaron hasta un punto apartado de la malla caminando por una trocha que Todos los Santos se sabía, bajaron loma y cruzaron una quebrada quitándose los zapatos para no empantanarlos, se sentaron sobre las piedras para secarse los pies, se volvieron a calzar, se peinaron de nuevo y llegaron por fin.

—Ahí tienen, pues. Ése es el otro mundo —anunció Todos los Santos frente a un lugar en el cual se había venido abajo la espesa enredadera que a lo largo del trayecto se agarraba a la malla, y donde, debido a algún descuido en la vigilancia, no había guachimanes armados que espantaran a la gente curiosa o malintencionada.

Amontonadas unas contra otras y envueltas en las organzas coloridas, como paquete de bombones, las cinco niñas pudieron asomarse mejor que en palco de primera, bien pegadas las cinco caras a la trama de alambre de la malla para no ver cuadriculado, tan abiertos los cinco pares de ojos chinitos que se redondeaban hasta perder su inclinación, y desde allí observaron lo que su fantasía ni siquiera había intentado adivinar: el mítico e impenetrable Barrio Staff, donde la Tropical Oil Company tenía instalado y aislado al personal norteamericano que desempeñaba cargos de dirección, administración y supervisión, y que era una réplica reducida a escala del american way of life, como si a un confortable vecindario de Fort Wayne, Indiana, o de Phoenix, Arizona, le hubieran sacado una tajada para transplantarla a la mitad de la selva tropical con todo y sus jardines y piscinas, sus prados bien cuidados, sus buzones de correo como casitas de pájaros, la cancha de golf, la de tenis y tres docenas de viviendas blancas, espaciadas, idénticas entre sí, íntegramente importadas desde los muebles de alcoba hasta la primera teja y el último tornillo. Al fondo y en la cima de la colina, dominando el barrio, se levantaba en madera de pino la llamada Casa Loma, residencia del gerente general de la compañía, con sus amplios espacios, su vestíbulo, sus terrazas y garajes.

Durante un buen rato, las cinco hermanas contemplaron aquello demudadas y como no veían aparecer a nadie allá adentro creyeron que el otro mundo era un lugar hechizado y desierto como el castillo de la Bella Durmiente. Parecía que sus habitantes se hubieran marchado de improviso, sin tiempo para llevarse consigo los objetos de su vida. Una toalla abandonada al lado de la piscina, el agua translúcida aún agitada por un nadador ausente, un triciclo volcado como si el niño que lo montaba se hubiera caído y hubiera corrido a buscar a su madre, una máquina de cortar el pasto que esperaba al hombre que acaba de entrar a refrescarse con un vaso de agua. Objetos que brillaban con luz propia, sin estrenar, poderosos como fetiches, dueños de un bienestar que no está en la gente que los usa sino en ellos mismos.

—¿Aquí no vive nadie, madrina? —preguntó Sayonara en voz baja por temor a espantar el espejismo, pero en ese momento salió como de la nada el hombre de la cortadora de césped, la puso en marcha y empezó a trabajar.

—¿Qué hace ese señor, madrina? —preguntó Susana.

—Corta el pasto.

—¿Para echárselo a las bestias?

—No, lo corta porque le gusta corto.

—Qué señor más raro... —dijo Ana—. ¿Y por qué tienen a una pobre gente encerrada detrás de esta malla?

—Los encerrados somos nosotros, los de afuera, porque ellos pueden salir y en cambio a nosotros no nos dejan entrar.

—¿Y por qué no nos dejan entrar?

—Porque nos tienen miedo.

—¿Y por qué nos tienen miedo?

—Porque somos pobres y morenos y no hablamos el inglés.

—Pero las casas también están enjauladas, mire, madrina —dijo Juana—, no se puede salir ni por la puerta ni por las ventanas.

—Eso es anjeo de alambre, para que no entre el mosquito.

—¿No puede entrar el mosquito? ¿Y los otros animales tampoco pueden entrar?

—Sólo los perros.

—¿Y los perros pueden salir?

—Si la gente les abre la puerta.

—¿Qué hace esa señora? —preguntó Ana al ver aparecer a la dueña de la toalla que se estiró en una silla plegable, dispuesta a asolearse.

—Va a tomar el sol.

—¿A tomar el sol? Entonces debe tener la sangre fría. Machuca me dijo que las lagartijas se apostan al sol para calentarse, porque tienen la sangre fría.

—Pues no. Quiere tomar el sol para volverse morena.

—Y para qué lo hace, entonces —dijo Sayonara—, si no le gustamos las gentes morenas...

—Hay que entenderlos —dijo Todos los Santos—. Ellos no nacieron aquí. Son norteamericanos.

—¿Y a qué vinieron?

—A sacarle petróleo al terreno.

—¿Y para qué se lo sacan? —preguntaba Juana.

—Pues para venderlo.

—¡Ah! ¿Es buen negocio vender terreno sin petróleo?

—¿Qué hacen ellas dos? —preguntó Ana de un par de mujeres que conversaban en la puerta de su casa.

—Conversan en inglés.

—¿Y entonces cómo se entienden?

—Pues porque saben hablar inglés. Allá adentro nadie habla el español.

—Alguien debería enseñarles...

Un grupo de niños se metió a chapotear entre la piscina, un hombre se puso a lavar su automóvil, una mujer sacó manguera y empezó a enjabonar al perro. La nena Chuza miraba todo lela, sin dejar escapar detalle, pero no preguntaba nada porque la nena Chuza nunca abría la boca.

—Lavan perros, lavan niños, lavan autos... —dijo Juana—. ¡Qué gente más limpia! ¿Y dónde se ensucian tanto, si adentro no hay mugre?

—No hay mugre porque lo limpian.

—Y para qué lo limpian, si no hay mugre...

—Pues para mantenerse ocupados y para matar el rato mientras pueden regresar a su país.

—¡Mire, madrina, andan descalzos! ¿Es que no tienen zapatos?

—Sí que tienen. Andan descalzos porque les gusta, y los zapatos los mantienen guardados dentro de las casas.

—¿Para que no se les ensucien?

—Puede ser.

—¿Y si se les ensucian los pies?

—Pues se los lavan, como al perro.

—¿Y para qué lavan al perro? —preguntó Ana, que en la vida había visto a nadie lavar un perro.

—Para que no suelte olor.

—¿Los perros de ellos huelen muy feo?

—Todos los perros huelen igual.

—A mí me contaron un cosa —dijo Sayonara—. Me la contó el señor Manrique. Dijo que el piso de algunas casas está cubierto de lana, como las ovejas.

—¡Eso sí que es raro! —gritó Susana—. Serán embustes de Sayonara...

—Es verdad —confirmó Todos los Santos—. Son casas con alfombra.

—¡Qué gente más loca!

—¿Y ésos de allá qué hacen, madrina? —urgía Juana, tirándole de la falda.

—Juegan un juego que se llama tenis.

—Pero si no son niños... ¿Acaso los adultos también juegan?

—Sí, también —dijo Susana, alardeando de entendida—. Y gana el que atrape la pelota con la mano.

—No, gana el que logre tirarla más lejos con la raqueta —corrigió Todos los Santos—. La raqueta es ese canasto aplastado que tienen en la mano.

—Y ahí adentro, en Barrio Staff —quiso saber Ana—, ¿la gente también se muere?

—Sí, también. La muerte es la única que se les cuela cada vez que le da la gana.

Una bola de arroz. Los sucesos críticos que ocurrieron a continuación tuvieron origen en una bola apelmazada y fría de arroz cocido en aceite vegetal; una de esas bolas sin sal ni perdón de Dios que la intendencia de la Troco repartía entre los obreros a la hora del almuerzo, y que ellos, con tal de no someterse al disgusto de hincarles el diente, preferían foguear en las trifulcas futbolísticas que se improvisaban en el ranchón que hacía las veces de casino.

Esa mañana ondulaban en el cielo praderas de lluvia indecisa que se evaporaban al entrar en contacto con la tierra ardida, y los hombres del Campo 26 trabajaban con desgana entre densas nubes de calor. Aplazando su cita con la muerte, Sacramento había decidido probar a la intemperie el aguante de sus debilitadas piernas tras ser dado de alta en el hospital, sorpresivamente salvado de esa dolencia a medio camino entre el paludismo, los quistes de amibas y la sed de eternidad que desapareció de golpe, no tanto por obra del brown mixture, del white mixture ni de la quinina venenosa y rosada, sino a todas luces gracias al aleteo vivificante de una ilusión y a los efectos prácticos del objeto que la materializaba: aquel relicario capilar que le entregara el Payanés. Porque según me explicó la Olguita, nada te protege con tanta lealtad ni te transmite tanto vigor como un amuleto hecho con el cabello del ser que amas, y también a la inversa, variados daños pueden provenir de un pelo de la cabeza de quien te odia.

—No hay que ser muy aguzado para percatarse de la fuerza del cabello —me dijo un día—. Basta con ver cómo sigue creciendo después de la muerte. Por si fuera poco, es la única parte del humano que no sufre dolor ni acaba en descomposición.

—¿Te protege aunque el mechón que te cuelgues al cuello no haya sido cortado para ti sino para otro, y su dueño o dueña ni siquiera sepa que tú eres quien lo porta? —le pregunté.

—Es de sospechar que en esas condiciones te proteja menos, pero de todos modos te protege. En todo caso a Sacramento le funcionó, y no ha sido el único en salvarse por un pelo.

—¿Eres ser vivo o ánima en pena? —le preguntó un desconcertado Payanés al amigo que un instante antes daba por casi muerto, cuando lo vio aparecer por la plataforma de la flaca Emilia a paso incierto de Lázaro que se levanta y anda, mecido todavía por un tremolar del más allá.

—Aún no estoy seguro —contestó el resucitado.

—¿Te encuentras bien?

—Me encuentro, que ya es mucho.

—¡Milagro! De buenas a primeras volviste a la vida...

—No sé si tanto, pero al menos me volvieron las ganas de estar vivo.

—Increíble, hasta juraría que creciste —dijo el Payanés para disimular la revoltura de sus sentimientos, y se confesó a sí mismo que estaba preparado para la muerte de su mejor y único amigo pero no para volver a verlo con vida—. Antes yo te llevaba media cuarta de estatura y ahora tú debes estar más alto.

—Dicen que la fiebre o mata o estira —respondió Sacramento y se sentó a un lado a observar, desfallecido por el esfuerzo de volver a respirar entre los sanos y atónito ante la velocidad y la precisión con que acuñaban y enroscaban la sarta el Payanés y Pajabrava, su nuevo compañero de labores, el reemplazo de Sacramento, un hombre de mirada pertinaz y aires de apóstol que tenía la costumbre de clavar los ojos en el prójimo hasta que lograba sembrarle adentro el gusano del recelo. Años de experiencia alrededor del globo habían hecho de él un petrolero trashumante, como llaman a quienes van acompañando el tubo en su recorrido desde las selvas del Catatumbo hasta los desiertos de Siria, ida y vuelta y otra vez ida. Sacramento me cuenta que a ese hombre le decían Pajabrava porque no perdía la oportunidad de sermonear contra la costumbre de la masturbación, tan socorrida en tierras de hombres solos. Durante el discurso, Pajabrava atravesaba al interlocutor con su incómoda mirada de taladro mientras lo apabullaba con citas y máximas de diversos maestros del pensamiento oriental, hasta obligarlo a reconocer que las prácticas onanistas eran responsables de la perdición del hombre y de los desmayos de la voluntad.

—Cuánto le apuras con el trabajo, hermano —le dijo Sacramento al Payanés, que brillaba sin camisa, bañado en llovizna y en sudor, exhibiendo sobre su pecho la rosa sangrante como si fuera condecoración y tan sintonizado con la bárbara vibración metálica de la flaca Emilia que parecía un macho acoplado a una hembra poderosa y feroz—. Eres diez veces más rápido que cuando empezamos.

—Ya ves, ahora me llaman Cuña a Mil. Yo te advertí que me iba a convertir en el mejor cuñero del país.

—Porque dejaste la puñetera maña de manosearte —Pajabrava arremetió con su monserga—. De ahí te viene la energía. Si vuelves a las andanzas, se acaba tu vocación de trabajo y se va al carajo el buen ritmo que has desarrollado. Un obrero que se masturba vale menos que un fósforo quemado. Por eso somos la mierda que somos, mira a tu alrededor, un pobre ejército amarillo y derrotado de pajeros irredentos.

—La paja es el opio del pueblo —declamó el Payanés, parodiando palabras que se repetían últimamente por el Campo.

—¡Pajeros del mundo, uníos! —añadió divertido Sacramento, sintiéndose otra vez integrante de la especie humana.

—Búrlense, a mí me da igual —contestó Pajabrava—. Pero les advierto, cada gota de semen que desperdician es una onza de impulso vital que se les escapa del cuerpo.

—Tienes razón, no es conveniente desperdiciar semejante tesoro. Vamos a exigirle a la empresa que provea a cada trabajador con un tarrito para que pueda recogerlo debidamente.

—Buena iniciativa, compañero —dijo Montecristo, otro de los integrantes de la cuadrilla—. Y en el centro del Campo que coloquen unos barriles para que todos los hombres depositen ahí el contenido de su tarrito, y que se considere la posibilidad de excavar un gran lago que recoja los barrilados de impulso vital de toda la nación.

—Eso, muy bien, y también un ducto por debajo del océano para exportarlo al extranjero, y los países más arrechos y pajeros serán las nuevas potencias mundiales.

—Y habrá una bonificación para el trabajador que haga el mayor aporte individual —dijo Macho Cansado, representando con mímica una masturbación espasmódica.

—¡Empezó la era del oro blanco! —gritó el Payanés, entusiasmado con la gavilla que se había armado contra Pajabrava, a quien hasta ahora nadie se había atrevido a contrariar en consideración a su experiencia y veteranía o tal vez por culpabilidad ante los placeres veniales de las horas solitarias, y además por temor a quedar petrificados por su mirada tiesa y fría de cadáver andante.

Pero el ánimo inestable y caldeado no provenía sólo del mal de ojo que Pajabrava parecía haber propagado con su moralismo machacón. Sobre el Campo gravitaba alguna incomodidad indeterminada y adicional, pimienta en el aire, acoso de insectos o excesiva humedad;

algo que erizaba el ambiente, una desazón de hombres que ya no saben qué están haciendo allí, como si de repente sus propios pantalones les quedaran demasiado grandes o demasiado estrechos, como si lo que hasta ayer fuera suficiente y bueno hoy se quedara corto, atorado, obsoleto. Algún enervamiento generalizado se reconcentraba en el 26 aquella mañana inquieta, volviendo a los hombres parlanchines, susceptibles, burleteros y dados a la dispersión.

Sacramento se acercó al Payanés con necesidad de intimar, de intercambiar palabras secretas que sólo les atañían a ellos dos, mejor dicho esa sola palabra secreta que les pertenecía y que penosamente compartían al margen de la chacota contagiosa de los demás, y que no era otra que el nombre de ella.

El hecho de colocar como personaje de este libro a Sacramento me obligó a preguntarme cómo llegar a comprenderlo y a estimarlo en su inasible papel de Werthel tropical, tan obsesivo e irreal en su amor que se sale de esta época para penetrar en otra, melodramática y desmedida cuando se la mira desde la perspectiva de este final de siglo que se ha encajonado por voluntad propia en el miedo pánico al ridículo y que ha querido entender por ridículo todo lo que no es eminentemente práctico. Cómo acercarse, decía, a Sacramento, a su estridente costumbre de amar hasta la muerte y a su vocación de vivir muriendo. Cómo no disminuirlo ni desdeñarlo por excesivo y fuera de lugar, y al mismo tiempo cómo confiar en la honestidad de ese amor suyo, tenaz pero autosuficiente; radical pero sospechoso en su desprendimiento del sujeto amado. Me conmovía la pureza juglaresca de su idolatría, pero no podía eludir el pálpito de que el objeto de su fervor era una criatura inventada por él mismo, que no era la niña ni tampoco era la puta sino una inexistente tercera a medio camino entre las dos.

—No puedo imaginármela, ahora que ya creció —le decía Sacramento al Payanés, interrumpiéndolo en su labor—. Dime por favor cómo es.

—Pues como todas, cómo quieres que sea; tiene sus bracitos, sus piernitas, sus teticas... —esquivaba la respuesta el Payanés y al mismo tiempo evocaba para sus adentros su completa anatomía de adolescente extraviada, desde el olor a humo y alhucema que se le sentía en el pelo hasta las uñas de los pies, esmaltadas de rojo como hojitas de geranio.

Ahora sospecho que si el Payanés, tan hecho del barro de este mundo, podía recordar a Sayonara en toda su luz y su olor, era porque la había visto con los ojos del amor común, y que en cambio Sacramento, que la adoraba con ojos de arrobamiento, la llevaba incrustada en las porosidades violáceas del hígado, que es el órgano de la melancolía, y que por eso suspiraba de esperanza en el día y en las noches de desesperanza.

El Pajabrava se encaramó a la canasta de la torre para desempeñar el oficio de encuellador y permitir que Sacramento retomara el suyo, pero Sacramento lo hizo con tanta falta de convicción y tal inhabilidad que el ritmo de trabajo se fue a pique enseguida.

—Payanés —volvía a entablar conversación Sacramento, atrapado en la telaraña de su obstinación, mientras bregaba a apretar el tubo con el alacrán—. Payanés, dime si es cierto que huele a alhucema.

—¿Qué cosa?

—Ella, la Sayonara, que si huele a alhucema.

—Qué voy a saber; ni siquiera sé qué será alhucema.

—Pero tú dijiste el otro día que olía a alhucema...

—Bueno, sí —tuvo que reconocer—. Huele un poco. Mejor cállate y pon la cabeza en lo que haces, que me vas a trozar los dedos con esta mierda.

—¿Estás seguro? Yo diría que huele más bien a humo. Si me preguntan a mí, yo diría que Sayonara huele a humo. Y a monte.

—¡Calla, coño, que me vas a mutilar!

—Este relicario que me diste huele a monte, ¿sabes? Igual que el cabello de ella. De niño me acercaba a olerlo sin que se diera cuenta y sentía miedo, porque pensaba que debía ser cierto lo que decía la gente, que antes de venir a Tora ella se había refugiado en la serranía. Decían que como la violencia mataba a los adultos, muchos niños como ella quedaban huérfanos y realengos, viviendo solos en cuevas. Entonces yo daba gracias a Dios por no tener padres, así nadie los mataba y no tenía que enmontarme.

—¡Coño, Sacramento! Piensa en lo que haces. En dos horas no hemos avanzado nada, y Abelino Robles se va a avivar.

—Yo le preguntaba si cuando había vivido en el monte había visto tigres y ella contestaba que sí, que jugáramos a que éramos los hermanos cazadores de tigres, que se colgaban colmillos al cuello. Pero yo no quería jugar; sólo quería pensar en ella cuando era una niña abandonada que vivía en el monte aterrorizada por los tigres.

—¡Puta vida malparida! ¡Por poco me machucas! ¡Coño tu madre! Nada, se acabó, no trabajo más así. Dile a Abelino Robles que aún estás débil, que te ponga a limpiar tubos.

Sobre su amor por Sayonara, el Payanés no soltaba prenda, reconcentrado como vivía en los gajes de su oficio, y pienso que a diferencia de Sacramento, quien necesitaba hablar constantemente de su pasión para asegurarse de que ésta existía, al Payanés le bastaba con callar, seguro de que al otro lado de la selva la muchacha apetecida sostenía suavemente, entre el índice y el pulgar, el otro extremo de ese hilo invisible que él apretaba entre los dientes, hecho de alborozo y de ansiedad en las tripas. Sacramento era un hombre moldeado en dudas, y el Payanés en constataciones.

—Por hoy vaya y pase, muchacho —le advirtió a Sacramento Abelino Robles, el jefe de la cuadrilla—. Pero si mañana tampoco sirves te vas de jardinero, a sembrar gladiolos con los demás inútiles.

¿Alguien percibió la palidez de doncella que le hundió los ojos a Sacramento cuando por órdenes y advertencias del superior debió soltar las llaves de potencia, abandonar la plataforma, meterse a ese corral que llamaban desdeñosamente la olla, donde se almacenaban los tubos desenterrados, tomar el cepillo en sus manos y empezar a frotarlos con gasolina hasta dejarlos libres de lodo y grasa? Ante esa degradación al oficio de fregona otro cualquiera hubiera ardido de humillación, otro cualquiera menos Sacramento, a quien en ese momento le daba lo mismo sembrar gladiolos que embetunarle los zapatos a Abelino Robles; arrodillarse a desengrasar tubos que ser magnate petrolero y cagarse en el cogollo del mundo. Estaba pálido, sí, y ojeroso también, pero era otra la angustia que lo carcomía.

Al rato de estarle dando al cepillo no pudo contenerse más, abandonó la olla y se encaramó de nuevo a la plataforma, donde el Payanés y un nuevo compañero sudaban en el ajetreo de las cuñas.

—Dime, Payanés, por qué traías el relicario atado al cuello.

—¡Ay, Jesús! Dame paciencia. ¿Dónde querías entonces que lo trajera? ¿Amarrado a los cojones?

—No te pongas así, sólo dime. En el bolsillo, por ejemplo. ¿Por qué no lo traías entre el bolsillo? Si uno no desea a la mujer del prójimo, no tiene por qué entorcharse sus cabellos al pescuezo.

El Payanés, que del sobresalto por poco se maja la mano con la cuña, se atragantó con las palabras y con las culpas sin tener idea de cómo responder, y se escudó en el ruidajo que producía la cadena al pasar por el malacate para decir que no escuchaba nada. Entonces aulló, redentor, el silbato para el cambio de turno, los siete hombres de la cuadrilla se apresuraron a descender de la torre para dirigirse al casino y el Payanés, para escabullirse del aprieto, se salió por peteneras azuzando a Pajabrava.

—Dígame, maestro, ¿usted cree que las monjas se masturben?

—Es bien sabido que sor Juana Inés de la Cruz, en las frías noches de su celda... —arrancó torrencial el Pajabrava y aún escuchaban su respuesta cuando llegaron al casino para encontrar que allí, en medio del acabose, las bolas de arroz zumbaban por el aire para ir a estamparse contra la gran foto de Mr. L.P. Maier, gerente general de la Tropical, quien presidía el recinto empotrado en lo alto del muro frontal y desde allí, pese a la lluvia de proyectiles que interesaban su imagen, acogía al personal obrero con una gran sonrisa blanca, americana y protestante.

Acababa de empezar, de manera imprevista y no premeditada, ese violento remezón que les marcaría la vida a todos los personajes de esta historia, y que de ahí en adelante habría de conocerse como la huelga del arroz.

Durante un tiempo, a Sayonara le dio por asistir casi a diario al consultorio del doctor Antonio María Flórez, no para hacerse la revisión genital —cosa que nunca consintió, pese a la insistencia del médico— sino para ayudarlo en los quehaceres. Demostró habilidades como enfermera y sobre todo una pasión por las enfermedades que la llevaba a querer introducir el dedo en toda herida, a ofrecerse de voluntaria para poner inyecciones y remover suturas, a examinar cuanto brote, hinchazón o supuración se ponía al alcance de sus ojos y a preguntar con una curiosidad insaciable sobre síntomas, remedios y medicinas.

—A veces creo, doc, que no hay lugar para mí en el amor de los hombres —fue el comentario sorpresivo y como salido de la nada que hizo al doctor Flórez un anochecer de miércoles cuando ya habían atendido a la última paciente y se preparaban para cerrar el consultorio y marcharse cada cual para su casa.

—Pero qué dices, precisamente tú, si a ti todos te quieren.

—Eso es lo mismo que nada, doc. Yo lo que quiero es que me quiera uno solo, pero bien querida. Como usted quiere y ampara a su señora esposa, ¿sí me entiende? —le preguntó ella, mientras cancelaba las tareas del día restregándose las manos en el aguamanil con jabón desinfectante.

El doctor Antonio María no le contestó ni que sí ni que no y en cambio se quedó ahí parado, a sus espaldas, y mientras ella seguía haciendo lo suyo con los movimientos honestos de quien no sospecha que es observado, la miró como nunca antes se había permitido mirarla, valga decir, con ojos que buscan poseer aquello sobre lo cual se posan, y repasó con la dolorosa tensión del deseo esas manos de largos dedos y uñas almendradas, tanto más asombrosas para alguien que, como el doctor, tiene las propias uñas encasquetadas en dedos obtusos. Luego, despacio, sorbo a sorbo, persiguió la suave línea del antebrazo hasta verla esconderse entre la manga corta, y pasó enseguida al caracol de la oreja, que le ofreció la fascinación de un pequeño laberinto carnal, y enseguida al reluciente prodigio de esa melena que se negaba a quedarse atrás aunque ella la espantara sacudiendo la cabeza, y que volvía a deslizarse sobre los hombros, viva e indómita, para caer hacia adelante e inmiscuirse en el salpicar del agua. Y hay que decir, porque el propio doctor Antonio María lo reconoce hoy día, que en esa oportunidad sus ojos tomaron minuciosa nota de la inquietante vibración que a las nalgas de la muchacha le imprimían los movimientos enérgicos de las manos mientras se enjuagaban.

Una hora más tarde, el doctor se sentaba a la mesa de su cocina ante el plato de arroz atollado y ensalada de lechuga que le servía su esposa Albita Lucía, para quien no pasó desapercibida la turbación que le bailaba en la frente.

—Vienes de un lugar de donde aún no has podido salir —le dijo, y él para disimular pidió que le pasara la pimienta, con lo cual no logró impedir que ella penetrara hasta las imágenes que poco antes se habían clavado en su retina.

—¿Crees que a mí no me hubiera gustado ser puta? —le preguntó ella, ladeando su cabeza de rizos taheños de tan graciosa manera, que lo arrancó de un golpe de su viaje por mujer ajena y lo devolvió a la complacencia de encontrarse en casa con la suya propia.

—¿De veras? —quiso saber intrigado y divertido, soltando una de esas sonrisas amplias que dejaban a la intemperie sus dientes de conejo—. Nunca sospeché que quisieras acostarte con muchos hombres.

—No quiero. Si fuera puta me llamaría la Preciosa, y cobraría tanto que ningún hombre podría pagar por mí.

Al día siguiente, el doctor Antonio María abandonó el consultorio antes de la hora habitual, pidiéndole a Sayonara que al salir dejara la puerta bien cerrada con trancas y candado.

—Adiós, mi niña. Me voy rapidito, porque la Preciosa me espera en casa —se despidió. Apuró el paso para alejarse del consultorio y no quiso mirar hacia atrás porque supo que en el quicio de la puerta, viéndolo partir, se había quedado Sayonara, alumbrada por ese fulgor de soledad que siempre la ceñía y que, de voltear a mirarla, hubiera hecho irrefrenable la tentación de estrecharla en un abrazo.

—¡Atrás, tristeza! —se oyó gritar al Piruetas que bajaba por todo el centro de la calle haciendo pasos de danza y monerías de mamarracho, con una botella de ron blanco en la mano y abrazado a un par de muchachas muy borrachas.

—Atrás, tristeza —dicen que repitió Sayonara, mientras ajustaba el candado.

Trato de concentrarme en los datos sobre la famosa huelga del arroz que he recogido en la prensa de la época, en expedientes y en actas sindicales, pero mi cabeza se dispara hacia diez lados distintos a la vez, como queriéndolos atrapar todos de un solo manotazo. Escribir esta historia se me ha convertido en una carrera perdida de antemano contra el tiempo y la desmemoria, que son dos hermanos gemelos de dedos largos que todo lo tocan. Cada día aparecen y revolotean por un instante ante mis ojos atisbos y reflejos de situaciones, de momentos, de palabras calladas o dichas, de rostros que reconozco como invaluables piezas sueltas del gran rompecabezas de La Catunga y que me abruman con sus vocecitas gritándome que las atienda y ordenándome que las registre por escrito, o de lo contrario serán barridas por la escoba y se perderán entre los escombros. No doy abasto en este intento de aprisionar un mundo que pasa en ráfagas como un sueño recordado al despertar: esquivo en su vaguedad y alucinado en su intensidad.

Tal como me sucede con mis propios sueños, sólo yo tengo la oportunidad de enfocar este caleidoscopio quebradizo y volátil, hecho de alas de insecto; sólo para mí existe el ojo de la cerradura que invita a espiar mientras del otro lado de la puerta avanza poco a poco el desvanecimiento y únicamente perdura lo que alcanzo a atrapar y a atravesar con un alfiler para dejarlo clavado en estas páginas.

Pero la tarea es más endemoniada aun, porque además me asalta la convicción de que, contradictoriamente, el acto mismo de entrometerme en una historia ajena y privada, de husmear en lo que de otra manera se hubiera desintegrado, de limpiar el polvo en repisas donde ya queda poco más que polvo, acelera la caída en el olvido tal como acontece en la película Roma, de Fellini, donde la cámara, que penetra en una antigua *domus* herméticamente sepultada durante siglos, sorprende con su lente los últimos instantes de unos frescos que se borran enseguida al contacto arrasador de la atmósfera exterior. La misma cámara que perpetúa la imagen de los frescos es la que los destruye, como si fueran reales sólo en la medida en que nadie los contempla. Presiento que como esos frescos, La Catunga se basta a sí misma, se conserva en su propio olvido y sólo vive cuando los demás la ignoran.

Y al mismo tiempo no existe si no estoy aquí para dar fe. Por eso persevero, me entrometo, violo la reserva del sumario. Esta madrugada, por ejemplo, me despertó la necesidad de precisar una imagen que antes apenas había ocupado mi atención, la del pintor que en algún momento hizo ese retrato al óleo de Mistinguett que a ella le provocó tan gran disgusto. ¿Se trataría de un artista cualquiera, de un amateur desconocido, o acaso de alguno que logró perdurar en museos y reproducciones? ¿Existiría todavía el cuadro en el que Mistinguett se vio a sí misma como una gallina? La curiosidad me empujó a levantarme enseguida sin darme tregua para el desayuno y me llevó a casa de Todos los Santos.

La encontré levantada y especialmente animosa, renovada por un súbito arranque de vanidad: había envuelto su vejez y sus achaques en un vistoso camisón de nylon color rosa subido, se había engarzado en la disminuida moña una alta peineta de manola con gemas engastadas y llevaba en los pies un par de chinelas fabricadas en pelo de conejo teñido de un rosa más apocado.

—Está muy elegante, Todos los Santos.

—Son artificios para engañar el cansancio —me aclaró, y empecé a interrogarla sobre el famoso pintor mientras ella, toda rosa y vaporosa, visitaba una a una las jaulas de ese extraño zoológico de pequeños animales cautivos, desapacible como todos los zoológicos, que mantenía en el patio, en el huerto, el corredor y la cocina de la casa que compartía con la Fideo y con la Olga.

—¿Ese retrato? Quién sabe adónde fue a parar —me contestó mientras trataba de precisar con su pupilas sin brillo a un pajarraco que la miraba con ojos redondos y nacarados como un par de botones de concha que, al faltarle una pata, se aferraba con la restante al índice de la vieja, aleteando penosamente para mantener el equilibrio mientras ella le ofrecía un trozo de plátano.

—¿Qué ave es ésta, y quién le amputó esa pata?

—Es un chauchí y cuando me lo trajeron, de pichón, ya andaba mutiladito, el pobre. Se llama Felipe.

Me contó que pese a su fama de diva, Mistinguett era en realidad una gorda tetona y bellaca y que en cambio el pintor era un hombre frágil y tímido hasta la desolación, que de ahí en adelante no volvió a hacer «cuadros modernos» de las muchachas porque se ganó el desprestigio de pintarlas feas, con las mechas disparadas y los ojos despavoridos, como si les hubiera pasado por encima el ferrocarril.

—Sólo a las pipatonas. A ellas sí las pintaba a lo moderno, porque a ellas no les molestaba —me dijo Todos los Santos, que ahora le ponía arroz a una lora simpaticona que se le trepaba por el brazo y el hombro hasta la cabeza, para picotearle las gemas que brillaban en la peineta.

—Y esta lora entrometida, ¿cómo se llama?

—No es lora, es guacamayeta, y se llama Felipe.

—¿Todos se llaman Felipe?

—No, aquel mico se llama Niño.

—¿Y esta especie de cruce de pescado con cerdo?

—Es un zaíno, y todavía está bebé. Se llama Niño, y es mi bebé.

—¡Niño! —lo llamó y Niño se le acercó al trote, y otros cuantos especímenes no clasificados que también debían llamarse Niño se inquietaron y voltearon a mirarla.

—Supongo entonces que el tal pintor se fue de La Catunga a buscar otro lugar, donde sus cuadros fueran más apreciados...

—No, no se fue —me corrigió con impaciencia—. Ya le dije que se quedó entre las pipatonas, dejándose consentir por ellas y pintándolas gratis al estilo moderno y, al mismo tiempo, para ganarse el pan, se permitió una línea paisajista de estilo más convencional. Ésa sí la admirábamos las demás mujeres, y le comprábamos paisajes a plazos.

Según pude establecer más adelante —sólo de oídas, porque jamás logré ver ninguno de sus cuadros— «la línea paisajista convencional» constaba de unas marinas dibujadas por referencia, unas escenas callejeras de París —inventadas también porque así como no conocía el mar, tampoco había viajado a París— y unos ocasos en violetas fieros y naranjas dramáticos que resultaron su mayor éxito comercial porque llenaron de admiración al conjunto del puterío de Tora, incluida Todos los Santos.

—¡Eso sí era arte! ¡Eso sí era inspiración! —exclamó convencida mientras le cambiaba el agua a un tucán de desproporcionado pico amarillo—. Era un pintor pequeñajo de estatura y desteñido de complexión, pero, según dicen aunque no me consta, era feliz dueño de una sexamenta poderosa y desmedida, haga de cuenta el pico de este tucán. Se llamaba Enrique. Enrique Ladrón de Guevara y Vernantes, así, con más apellidos que la guía telefónica, porque descendía de familia encumbrada.

Pero su sangre terrateniente y aristocrática no lo salvó de las tristezas morales ni tampoco de la calamidad física; al contrario, lo encadenó a ellas tras varias generaciones de entrecruce de ladrones de Guevara con damas de Vernantes, y de damas de Guevara con ladrones de Vernantes, que dieron en casarse entre ellos con el propósito de mantener indivisas las propiedades y limpio el linaje, y con el lamentable resultado, no reconocido por la familia ni ante las evidencias, de que taras y degeneraciones fueron encorvándolos y malográndolos hasta que llegaron a producir ejemplares de feria, cuyas rarezas fisiológicas fueron atribuidas al efecto pernicioso de supuestas enfermedades contraídas y jamás a defectos hereditarios. Entre estos últimos se encontraba Enrique con su escaso metro cincuenta y tres de estatura que se reducía aún más por la curvatura de sus piernas cascorvas, quien, como si su desdichado cuerpo fuera poco castigo, llevaba en reemplazo del cabello y en lugar de pestañas y de barba una pelusilla como de diente-de-león, más transparente que blanca, sólo comparable en inconsistencia y carencia de pigmentación a su propia piel, un papel de seda propenso a estropearse ante cualquier inconveniente, del desabrido color de la leche aguada y teñido de reflejos azulados por el traslucirse de la red de sus venas preclaras.

—Entonces Enrique Ladrón de Guevara y Vernantes era un enano albino —le dije a Todos los Santos.

—Para Mistinguett y las demás del Dancing Miramar era un enano albino, como dice usted, y lo llamaban Bebeco, así con desdén, pero para las de La Copa Rota, que era un antro de lo más bajo, fue siempre y con respeto don Enrique. Pero si tanto quiere saber pregúntele a la Fideo; nadie lo conoció como ella.

La Fideo, flaca a más no poder como su nombre lo indica, yace oscura y consumida como una ciruela pasa en su hamaca de moribunda, regurgitando recuerdos y dando su lucha por aplazar lejanías, porque aunque hace rato hubiera querido partir, el pánico a la muerte aún la ata a la vida. Sobria y lúcida sólo ahora, en vísperas de la gran borrachera definitiva, le saca de contrabando una gota de entusiasmo a las miserias de su agonía y sonríe cuando le menciono el nombre de don Enrique.

—¡Ay, don Enrique! —suspira y recobra aliento—. ¡Ay!, don Enrique...

Fideo, la delgadísima bailarina de La Copa Rota, borrachita de trece años, catorce a lo sumo y ya viciosa, iniciada hace rato y por la fuerza en las artes del duro amor. ¡Que baile la Fideo! ¡Que baile la flaquita!, solicitan los tagüeros descalzos que frecuentan el lugar, sentados en penumbra sobre bultos de sorgo, de avena y de arroz, y ella se desnuda, recibe un trago y eleva los brazos, entorna los ojos y hace ondular su cintura de alambre, otro trago y su cuerpo oscuro —casi soplo, apenas sombra— se dora en reflejos de candelas mientras que a sus pies, que calzan viejos zapatos blancos de niña, caen unas monedas. Mientras los demás se desentienden, alguno de los tagüeros se levanta bien bebido, alza en vilo a la Fideo como si fuera ingrávida y traspasa con ella la cortina del fondo, hacia los cuartos de atrás.

No había cabida para una criatura como la Fideo en las salas de terciopelo rojo y negro del Dancing Miramar, ni tampoco en escenarios menos pretenciosos como las casas de baile Las Camelias, Tabarín o Quinto Patio; no la recibían en bares de la canalla como Candilejas o El Cantinflas, y ni siquiera en La Burraca, un billar vespertino donde acudían a escondidas los muchachos de escuela en busca de putas viejas que les enseñaran a querer a cambio de una limonada o de una mogolla.

—¿Por qué? —le pregunto a Todos los Santos—. ¿Por qué se negaban a recibirla en todas partes? ¿Por alcohólica?

—Por alcohólica también, porque en los cafés de categoría no era bien visto que una mujer se embriagara, y desde el primer día nos enseñaban a fingir, tomando ron rebajado con tres cuartas partes de agua de manzanilla en vez de ron puro. Pero la razón principal no era ésa sino una mala maña que tenía la Fideo.

—Y cuál sería esa maña...

—La de cortarles la cara a los hombres, o marcarlos con las uñas. La Fideo tuvo un temperamento endiablado desde pequeña y al primer disgusto con los clientes les dejaba cicatriz. Ellos se quejaban con el dueño del café y cuando ya eran varios los lesionados, la echaban a la calle.

Durante semanas la Fideo vagaba buscando nuevo enganche y cuando lo encontraba hacía caso omiso del escarmiento, a la menor provocación mandaba la zarpa y volvía a rasguñar, y así fue rodando cuesta abajo y golpeando puertas cada vez más apartadas hasta que encontró asidero en el último escalón, según la peculiar y rígida jerarquía de Tora: La Copa Rota, una tienda de grano con techo de paja y suelo de tierra pisada que durante el día era expendio de alimentos y que en las noches se transformaba en burdel, con media caneca en un rincón por todo baño y alumbrado con mecheros a falta de electricidad. Quedaba a la orilla de un camino de herradura a media hora del pueblo, a la propia sombra de la espesura, donde ya alcanzaban a sentirse el acoso del tigre y el aliento verde de la gran humedad. Allí una docena de indias pipatonas, reclutadas en una aldea vecina, atendía a la clientela más zarrapastrosa de Tora, los llamados de pata al suelo, una población migrante compuesta por cazadores, leñateros, tagüeros y demás rebuscadores pobres de la selva, que regresaban de sus andanzas exhaustos, palúdicos y engusanados a buscar consuelo entre las primeras piernas que los quisieran acoger.

¿Dónde más iban a encontrarse en esta vida don Enrique y la Fideo? Inaceptables especímenes de su respectivo universo, cada cual a su dolida manera. Dónde, si no era en este exacto lugar, último y límite, ubicado al margen de toda humana vanidad, iban a cruzar sus destinos la adolescente violada y beoda y el enano aristocrático y artista. Sólo en La Copa Rota, desde luego, según las leyes centrífugas de la marginalidad; en ese amago de burdel donde las indias pipatonas ejercían la prostitución sin bombillas rojas, ni verdes, ni amarillas, a duras penas blancas si los cables de la luz hubieran llegado hasta allá; habiendo renunciado a la desnudez sin sorpresas con que andaban a sus anchas por la selva para embutirse en unos apretujes de tela barata que las volvían pesadas e informes como tonelitos, y en unos zapatos de tacón choneto que les amorataban los dedos de los pies; aderezadas con candongas y sortijas de oro falso, ellas, para quienes el oro puro había sido —según dicen— familiar y noble como el agua y el maíz.

—¿Le gustaban a la Fideo los retratos que él le hacía? —le pregunto a Todos los Santos.

—Sí, le gustaban, y la hacían reír. Él le contaba chistes mientras la retrataba y era muy payaso, don Enrique. Se acercaba un fósforo al culo cuando se iba a tirar un pedo y largaba una llamarada.

Don Enrique se destacaba por una amplia experiencia en temas de catre que hacía que a su lado los demás clientes de La Copa Rota parecieran inocentes y analfabetas en el amor, porque llegaban cansados y muertos de hambre de mujer, iban a lo que iban y enseguida se quedaban dormidos sobre los bultos de cereal, o se retiraban y no volvían, o volvían cuando ya las mujeres les habían perdido la fe. En cambio don Enrique alquiló de por vida una de las piezas traseras del lupanar, se convirtió en uno más de la casa, desayunaba en el patio con las regulares y nunca parecía tener prisa, ni se dejaba notar el afán. Por las mañanas jugaba con la Fideo al parqués y a los dados y la hacía reír con chistes de señoras que hacían pipí y señores que hacían popó. Y por la tarde la pintaba. La pintaba, la pintaba, la pintaba, acostada, parada y sentada, vestida y desnuda o a medio vestir, con moños rojos y flores perfumadas en el pelo, durmiendo la siesta o comiendo mango, o jugando con el gato, como si su única alegría en la vida fuera pintarla a ella. Y brindaban con copitas de aguardiente, una para la modelo, otra para el pintor, dos para la modelo, dos para el pintor, porque ambos tomaban sin escrúpulos y a la par.

Cuando la Fideo no andaba por ahí, o tenía mal genio o pereza de posar, entonces don Enrique se contentaba con retratar a algún ebrio dormido sobre una mesa o al muchacho del bar, que sabía disfrazarse de hada, de gitana y de reina de belleza, y sobre todo pintaba a las pipatonas, que miraban al vacío mientras esperaban cliente, que amamantaban hijos o tejían cestas de esparto sentadas en el piso de tierra mientras esperaban cliente.

Hasta al gato de la dueña lo pintó, varias veces, y la Fideo decía que era el que mejor quedaba. También disfrutaba viéndolas bailar bien juntas y otras cosas que ellas hacían pero que luego no mencionaban, por pudor. La Fideo y las pipatonas le llevaban la corriente, le masajeaban las piernas, eternamente adoloridas, con pomada de petróleo y linimento eléctrico y le perdonaban todo porque él era artista, y los artistas tienen derecho a inventar disparates y a ser diferentes a los demás. Les gustaba peinarlo con sus cepillos de crin de caballo y lo apodaban Pelo de Ángel convencidas de que su cabello excepcional y su extraña figura encerraban alegres augurios y eran señal de algo bueno, porque sin duda Dios se había esforzado al máximo para producir una criatura tan única y tan cómica.

—¡Qué rubio eres, don Enrique! —lo elogiaba la Fideo cuando andaba querendona, y le acariciaba la pelusa desteñida—. Quisiera tener un hijo tan rubio como tú.

—¿Nunca lastimó la Fideo a don Enrique, según era su costumbre? —le pregunto a Todos los Santos.

—Le hizo unos cuantos rasguños, pero nada de consideración. Motivo no le faltaba, porque don Enrique la perseguía para meter su aparato por donde no cabía. Quién sabe cómo había aprendido tanta afición rara y tanto jueguito cochino; tal vez en los palacios de la nobleza, donde vivió de niño —me dice Todos los Santos, y la Fideo, desde su hamaca, suelta un conmovido ¡Ay!

Sin proponérselo, la Fideo supo cultivar su peculiar estilo, hormonal, hiriente y crudo, y empujó la barrera de lo prohibido unos cuantos centímetros a punta de desnudar y exhibir su alma violentada y su cuerpo rayano en la desnutrición, de marcar a los hombres de por vida en la cara y de vomitar aparatosamente cuando se le iba la mano con el aguardiente. En medio de un mundo prostibulario donde la mayor audacia eran los concursos de baile, la Fideo era un escándalo y una invitación a transgredir, y Tora todavía la recuerda joven, cuando era una flaca feroz que gritaba con voz ronca, encaramada en las mesas:

—¡Tráiganme un hombre que me quiera y un tigre que me arañe el culo!

Un día don Enrique les confesó a las chicas que había salido enano porque su padre y su madre eran primos hermanos, y que en su familia sucedían calamidades que nadie podía nombrar. Entonces ellas comprendieron por fin el misterio de por qué su don Enrique, en vez de convivir con los suyos, tan ricos y elegantes, había optado por compartir penurias en La Copa Rota: porque él mismo era una de esas calamidades que en su familia no se podían nombrar. En cambio aquí podía olvidarse de su vergüenza y de su fealdad, porque sabía que a ellas les gustaba tal como era, chiquito y peliblanco, bien bragado, amable y juguetón.

Me doy cuenta mientras escribo que La Copa Rota era el lugar que el azar tenía reservado también para Sayonara, casi tan flaca como la Fideo, casi tan india como una pipatona y tan abandonada del cielo como cualquiera de las dos. Pienso entonces que en buena medida el meollo de esta historia consiste en el periplo que debió dar ella para eludir esa fatalidad. O mejor para no eludirla, porque anécdotas aparte, ella, la princesa oriental, la predilecta, la novia oscura, la bienamada, también y sobre todo ella —y de ahí la intensidad de su pasión— pertenece a ese incandescente ombligo del mundo que es y será La Copa Rota donde quiera que se encuentre: núcleo indivisible, corazón del corazón, zona en carne viva, nuez. Todo lo demás sobre esta tierra son terciopelos rojos, bombillas de feria y sofisticación. Tales razones consideré al calor de la escritura pero después, más tarde aquel mismo día, ya sobre el fresco del anochecer, cuando vi que una gallina clueca que se llamaba Felipe se instalaba a dormir sobre los pies enfundados en piel de conejo rosa de una Todos los Santos amodorrada en un rincón de la cocina, reconocí que las cosas, suavemente, se explican por sí solas y que no hace falta ponerse a divagar.

Todo parece indicar que por la época de la huelga del arroz, que habría de marcar un antes y un después en la historia de Tora y sus gentes, Sayonara era una muchacha de amor frágil y entusiasmos momentáneos, incapaz de posar por mucho tiempo su alma volátil en una sola cornisa. Algo tenía por entonces de escurridizo, una incapacidad de compromiso, una dificultad de mirar a lo lejos, o de detener los ojos sobre lo que estaba realmente próximo.

Su negativa a abrirse a los demás se hacía sobre todo evidente en la relación con los hombres, cercanos a su cuerpo y alejados de su interés, y esto motivaba frecuentes regaños por parte de Todos los Santos, que le reprochaba su incapacidad de ponerle corazón al oficio de atender a la clientela.

—Estás con ellos pero no te enteras —le decía—. No los escuchas, no los consientes. Los tratas como a fantasmas. No sé hasta cuándo te durará la mala inclinación de andar a solas contigo misma, como si los demás fuéramos invisibles.

Al señor Manrique, que no paraba de halagarla con las solicitudes y lisonjas de su amor senil, Sayonara en un descuido le quemó el terno azul oscuro, cierta vez que él le pidió que se lo alisara con la plancha. A un ingeniero de la Troco que esperó una tarde entera sin moverse de su sitio para tener la oportunidad de estar con ella, lo despachó sin consideración con el argumento de que estaba fatigada; a un hacendado rico que la admiraba hasta el sufrimiento, le echaba en cara en público sus tierras conquistadas a punta de bala; Devuélvase para su casa, don Tomasito, o lo acuso con su esposa, se burlaba de un hombre casado que se le acercaba con sigilo para no despertar sospechas.

—Se te olvida que no eres una niña mimada sino una mujer pública, y que tienes la obligación de prestar tus servicios con cortesía y con criterio profesional —le repetía Todos los Santos, tal vez sin darse cuenta de que era esa manera ruda y sin miramientos de ofrecerles su belleza lo que enardecía a los hombres y los volvía propensos al enamoramiento.

Pero, según me han dicho, no se trataba de una actitud particular ante los hombres, sino ante el mundo en general. Como egoísta me la han descrito algunos, pero el egoísmo no se compagina con la tenacidad con que se entregó al trabajo en aras de sus hermanas, sin permitirse descanso hasta rescatarlas una por una del abandono. Lo cual no quiere decir que cuando las tuvo de nuevo a su lado se acercara a ellas para ayudarlas en la minucia cotidiana. Lejos de actuar como una madre frente a Ana, Juana, Susana y Chuza, Sayonara dejó que desde el primer día Todos los Santos desempeñara ese papel, y más bien por el contrario, en presencia de ellas se convertía en una niña más —¿hermana siempre pequeña frente a la desgarrada memoria del hermano grande?— y al igual que las otras peleaba por tonterías a coscorrones, hacía maldades a escondidas, se aliaba con alguna en contra de las demás, las hacía llorar a todas por parejo.

Todos los Santos no se mostró de acuerdo con este reparto de funciones y siempre resintió que Sayonara la dejara sola en la dura labor de ejercer autoridad sobre unas criaturas que con frecuencia resultaban inmanejables, sobre todo en los primeros tiempos, de recién llegadas, cuando pese a su timidez e indefensión, conmovedoras irritaban con mañas como la de esconder la comida debajo de las camas, enterrar en el patio objetos ajenos, y, la más complicada de todas, subirse la falda y cagar en cualquier rincón, como si fueran animalitos.

Sayonara siempre estuvo más cerca de la nena Chuza que de las demás hermanas, y la llevaba consigo a los lavaderos, al mercado, al Cine Patria, a visitar amigas; tal vez porque el mutismo de la chiquita la convertía en la acompañante ideal para una hermana mayor que no tenía oídos sino para sus propias voces internas. La nena Chuza, a su vez, la veneraba como sólo debe hacerse con los santos del cielo, no la perdía de vista un instante, se esforzaba con monerías y volantines para llamar su atención, la contemplaba arrobada cuando se peinaba, o se vestía, o incluso cuando gritaba en arranques de mal genio, o cuando cantaba porque estaba alegre, o cuando callaba porque estaba ausente. La nena Chuza vivía para idolatrar a su hermana, y a falta de palabras se tapaba la boca con las dos manos, estremecida de admiración.

De niña era muy persona, recuerdan quienes conocieron a Sayonara en sus primeros tiempos en La Catunga, y se quejan de la índole evanescente que fue desarrollando después. Cierta vez cundió una epidemia de cólera por la región, y el aire, reverberante en microbios, se colaba amenazante por las ventanas. Alarmada, Todos los Santos canceló temporalmente el negocio y cerró su casa a los extraños para impedir que el contagio llegara hasta las niñas, a quienes les prohibió tomar agua sin hervir y comer frutas o verduras frescas, caramelos o cualquier otro alimento que no fuera preparado en casa. A pesar de las precauciones, Susana presentó los síntomas de la enfermedad, una fiebre tan alta que la hacía resplandecer entre las sábanas y una soltura de estómago que no amainaba ni con el tradicional extracto de corona-de-Cristo, ni con las novedosas recetas farmacéuticas del doctor Antonio María. En un operativo de emergencia, la Tana se llevó a Ana, a Juana y a Chuza para su casa con el fin de alejarlas de la fuente infecciosa y Todos los Santos permaneció en la suya con la Olguita y la Sayonara para velar por la niña enferma, que aparte de las molestias que ya presentaba, fue sacudida por una secuencia de arcadas que la doblaban en dos queriendo sacarle el alma por la boca, y que les hizo temer una deshidratación. Mientras las dos mujeres mayores se angustiaban en la cocina con emplastos y caldos medicinales, le pidieron a Sayonara que limpiara con trapos el piso de la alcoba, sucio de vómito, y cuando entraron la encontraron allí, paralizada, con el trapo en la mano y mirando aquel desparramo apestoso sin animarse a actuar.

—Qué te pasa, señoritinga-que-pisa-fino, ¿te da mucho asco el vómito de tu hermana? —le preguntó, entigrecida, Todos los Santos—. Dame acá, que limpio yo.

—No es asco, madrina —le contestó sin inmutarse Sayonara, entregándole el trapo—, es que estoy observando una cosa muy rara. ¿Usted se da cuenta de que siempre que alguien vomita, vomita zanahoria? Así picada en trocitos, aunque no la haya ni probado antes...

—Se nos muere tu hermana y tú filosofas —ladró Todos los Santos—. Ahí estás pintada de cuerpo entero.

Lo de Susana resultó no ser cólera sino una intoxicación común debida a la esterilización y a la falta de mugre callejero, y hoy, tantos años después de conjurado el peligro, Todos los Santos se ríe al contarme la impertinencia de Sayonara.

—Pero le aseguro que en ese momento no nos pareció divertida —aclara—. Casi la matamos por andar, como siempre, pensando en los huevos del gallo mientras las demás bregábamos a que el universo no se nos desplomara encima.

¿Algún llamado secreto traspasaba la coraza y resonaba en el interior de la joven Sayonara? ¿Hacia qué mostraba apego? Un objeto, algo, una fotografía, ¿un muñeco de peluche tal vez?

—Con los regalos Sayonara era como los niños pequeños —me dice Todos los Santos—, que antes de terminar de romper la envoltura ya se han olvidado de ellos.

Nunca reclamaba nada para sí; ni siquiera la parte que le correspondía del dinero que ganaba. Me lo entregaba todo sin contarlo y yo lo distribuía de esta manera: una cuarta parte para las urgencias de la casa, otra cuarta parte para las necesidades, una ñapa para darnos gusto y el resto lo consignaba en una cuenta de ahorros a nombre de ella. Cuando le pedía que se fijara, aunque fuera por curiosidad, en cuánto tenía guardado, previendo el día en que tuviera que echar mano de ese dinero, me respondía bostezando: Ay, madrina, no me mencione números que se me atoran en la cabeza y me producen jaqueca.

En cambio, nunca abandonó la pasión sonámbula por salir en las noches en camisón de dormir a contemplar las inmensidades del cielo.

—No sé cuántas veces me habrá hecho exponerme al sereno para repetirle la historia de la música de las esferas —recuerda Todos los Santos—. Se la aprendió de memoria tal como se la dije la primera vez y si yo cambiaba un detalle enseguida me llamaba la atención y me hacía comenzar otra vez desde el principio, hasta que se la recitara perfecta.

Averiguo también qué fue de su afición por la poesía; quiero saber si por ahí quedó abierto un camino hacia su intimidad.

—De pequeña me hizo creer que sería una lectora devota —me confiesa la Machuca—, y tuve la esperanza de encontrar en ella a mi gran compañera en el amor por las letras. Pero no fue así. Y no porque no leyera; el problema era que siempre quería leer las mismas cosas. Digo mal, leer: siempre estaba pidiendo que le leyeran, porque lo que le gustaba era escuchar. Pero como le cuento, siempre lo mismo, como un disco rayado. Venía a pedirme que le volviera a contar las historias de la Ofelia ahogada, de María Antonieta guillotinada, de Juana de Arco en la hoguera, de Policarpa Salavarrieta y su fusilamiento. Siempre heroínas sufridas, con finales de tragedia. De eso no se cansaba. Pero, ¡ay de que yo intentara convencerla de que me dejara hablarle de algo nuevo! O que la invitara a leerse por sí misma a Shakespeare, a Tirso de Molina o a cualquiera de tantos, tan sublimes, que andan por ahí olvidados por la juventud. Sólo quería escuchar las mismas historias, una y otra vez.

Puedo mencionar dos fechas que eran esperadas por Sayonara con ansiedad y alegría. La primera, el martes, día de entregas en la oficina del correo, cuando iba a reclamar las postales de Sacramento, sin desfallecer durante los períodos en que no llegaron con regularidad. La segunda, el último viernes del mes.

—El mismo día en que hizo el juramento con el Payanés —me cuenta la Olguita con tanto fervor como si hablara de su propia historia—, Sayonara colgó de la puerta un calendario ilustrado con caballos al galope, obsequio de la ferretería Mora Hermanos, donde marcó los últimos viernes entre un círculo. Y eso es mucho decir si se tiene en cuenta que nunca usó reloj y que no tenía interés en saber si andaba en lunes, en jueves o en sábado, y además, según creo, nunca llegó a aprenderse en orden los nombres de los meses del año. Porque hay gente que vive pegada al segundo, pero Sayonara no se contaba entre ésos.

Parecía sacudida a toda hora por la agitación interna, como apretada entre una pijama de ortiga, y espoleada por el afán de llegar no se sabe a qué lado. Pero al mismo tiempo mostraba un desdén afrentoso por el tiempo del reloj. Para ella los días ondeaban eternos y sin premuras —al menos concretas, exteriores— y siempre se sorprendía cuando caía la oscuridad, como si no la estuviera esperando.

—¡Cómo! ¿Ya es de noche? —preguntaba, y a Todos los Santos solía protestarle cuando la despertaba en la mañana—: ¿Y eso, madrina? ¿Acaso ya amaneció?

Se atiborraba de golosinas a deshoras y no probaba bocado al almuerzo; salía a alborotar a la calle cuando el barrio se aplacaba en la siesta y se quedaba dormida en medio de las parrandas; no aceptaba citas ni compromisos con horario exacto, y si los aceptaba no los cumplía. Se parecía a los pescadores del río, me dice la Olguita, que se tienden a la sombra a esperar que la subienda les llene de peces la atarraya. Sayonara también esperaba, parada a la orilla de la vida. ¿Y qué era lo que tanto esperaba? Grandes advenimientos, sospecho, pero no puedo precisar, tal vez porque para ella tampoco se manifestaban como algo preciso.

Sólo me queda claro que su espera no era paciente, ni plácida, ni conforme, y que si no sabía en qué fecha iba a caer el día de mañana era porque aquello que anhelaba no era para mañana, ni pasado mañana, ni tampoco para la semana entrante, sino que la obligaba a aguardar, a dejar que el tiempo pasara y el viento soplara. Mientras tanto se mantenía en un ínterin crispado y ansioso, y el hecho de que sus deseos no tuvieran nombre propio, lejos de mitigarlos, los hacía abrumadores. ¿Qué había dentro de su cabeza impenetrable de niña empujada por el siglo a una existencia adulta? Por ratos largos, había lagunas de aguas tan quietas que parecían congeladas, y cada tanto había irrupciones de una marea alta de una intensidad que no se compadecía con la vaguedad de las lunas que la desataban.

A Sayonara creo adivinarla bien de niña, cuando llega a La Catunga mechuda y huesuda como una gata hambrienta y decidida a ser puta; encuentro descifrable a la adolescente que descubre en el espejo su propia belleza y empieza a hacer uso de la fascinación que ejerce sobre los demás; no me sorprende la muchacha que tiene los ojos ardientes porque ha visto a su madre arder; sé de la entereza de su carácter cuando lo ponía a prueba; de su astucia al medir fuerzas, aventándose primero para después replegarse; de su irreverencia incendiaria. En cambio debo reconocer que me deja perpleja esta joven que aparece unos meses después, entre más admirada más ensimismada, que se deja mirar sin ver a nadie, tan entregada a los hombres como olvidadiza de ellos, detenida en la carrera circular de su propio tiempo y sin tender puentes sólidos hacia el mundo exterior. ¿Se preparaba, quizás, y hacía acopio de energías?

Cada tanto me pregunto hasta qué punto no tendría Sayonara el espíritu y la sensibilidad cegados por el dolor excesivo del pasado. ¿Cómo llorar al hermano sin desangrarse? ¿Cómo recordar a la madre sin calcinarse? ¿Cómo amar sin reavivar el horror? Hay visiones que destrozan, y la peor muerte rara vez es la propia. En este país marcado por la violencia hemos aprendido que a un niño que presencia la muerte atroz de sus familiares puede sucederle una de dos cosas, o las dos a la vez: o se carboniza, o se ilumina. Si se carboniza queda reducido a media persona, pero si se ilumina puede ensancharse y crecer hasta convertirse en persona y media. En Sayonara se presentía la aproximación de uno de esos dos sinos opuestos, pero todavía no era claro cuál habría de ser.

—De míster Brasco ya le contamos, ¿recuerda? Fue un amigo de nosotras que quedó muy prendado de Sayonara y que gustaba hablarle sobre las nieves y las tormentas de frío que caían por su tierra, porque era extranjero venido de lejos. Le decíamos Dime-por-qué por su maña de andar preguntando, y también le decíamos el Ahorcado, por lo que le aconteció durante la huelga del arroz.

Rubio altísimo y de piel blanca, largo como un silbido del viento, monicongo flacuchento, míster Frank Brasco supo lo que era tener en torno al pescuezo una soga gruesa, todo en él tensión de muerte, minutos contados y perplejidad ante el hecho, un año antes impredecible, de terminar los días ahorcado en un país que no hubiera podido siquiera ubicar con precisión en el mapa. Y todo porque los hombres del 26 se aburrieron de tener que tragarse su propio orgullo apelmazado en malas bolas de arroz frío.

—¿Qué está pasando? —al llegar al casino, el Payanés trató de elevar la voz por encima del griterío, sintiendo que lo arrastraba la ola de una inquietud colectiva que hasta ahora desconocía—. ¿Quién me dice qué está sucediendo? —insistió en medio de la andanada de pelotas de arroz que zumbaban sobre las cabezas para ir a estamparse contra la pared.

De haber tenido experiencia, hubiera adivinado que esa redoblada pulsación de la sangre, ese hormigueo de expectativas que vibraba en el aire y ese brillo en los ojos de los hombres, eran anuncio del advenimiento de la gran rebeldía, que en cíclicos retornos envolvía a Tora en sus ardores, como sucede con el verano en otros hemisferios.

—¿Qué está pasando? —preguntaba también Sacramento en su tono convaleciente y menor.

—Que nos aburrimos de esta comida de mierda —le contestó uno que andaba muy activo en la revuelta.

—¿Y por qué hoy y no antes, si todos los días comemos lo mismo?

—Estos gringos se pasan de listos —le contestaron—. Hoy otra vez, el almuerzo es sólo agua de panela y bolas de arroz. Ni a los presos, hermano, no hay derecho.

—Al menos aquí comemos bolas. Allá afuera ni eso... —comentó Sacramento.

Sus palabras provenían de un mundo anterior a la pérdida del candor, pero no fue así como sonaron. Por el contrario, despertaron fastidio y desconfianza y a Sacramento le gritaron esquirol, vendepatria y rompehuelgas, y en medio de la exaltación tal vez le hubieran quebrado la crisma si por él no saca la cara el histórico Lino el Titi Vélez, un dirigente de viejas revueltas que todavía llevaba sobre la cabeza la aureola de su antigua gloria sindical.

—Yo respondo por este muchacho. Lo suyo es inocencia y no mala catadura —habló recio Lino el Titi, cuya vida afectiva y extralaboral había transcurrido entera entre los bares y los catres de La Catunga y por tanto conocía a Sacramento desde los tiempos en que era una criatura a la que nadie cambiaba los pañales y que aprendía a caminar sola, agarrándose del sardinel, en una esquina de la Calle Caliente.

—Te contentas con poco —le dijo cuando los otros se apartaron—. Estas bolas de arroz no se las comen ni los perros. El otro día le di una a un gozque hambriento que la olisqueó y la despreció. ¿Qué crees que comen en el casino de directivos? Huevos y leche les darán a los gringos, y frutas y verduras; comida caliente y saludable que mucha falta te haría, muchacho, porque esta selva te está chupando el ánimo.

—Pues sí es cierto que son unas bolas muy cabronas —reconoció Sacramento—. Pero ¿y si se encabritan los gringos y ya resuelven que ni bolas nos tiran?

—No nos pueden matar de hambre porque nos necesitan para trabajar —le dijo Lino el Titi antes de perderse entre los fragores de aquella batalla minúscula.

El Payanés, que había escuchado el diálogo, agarró una bola de arroz en su mano derecha. Lo hizo sólo por participar en la diversión, casi porque sí, con la timidez y el remordimiento de un niño que se roba una manzana. Pero enseguida le entraron unas ganas tremendas de arrojarla con fuerza, él, hombre responsable y pacífico, desprevenido y bien dispuesto hacia la autoridad, que hasta ahora sólo había sentido gratitud por la posibilidad de trabajar que le brindaban esos jefes extranjeros que le sonreían desde lo alto de sus fotografías y que decidían su destino desde la piscina con reflejos azules de su barrio enjaulado. Si antes sólo gratitud y sumisión había sentido, de repente hoy, con esa bola de arroz en la mano y tomándole el pulso a la indignación de los demás, encontró motivos de sobra para la suya propia. Por primera vez reconoció que el mundo, amable tal vez para otros, había reservado para él una cara hostil, y se animó a querer que las cosas fueran distintas, él, el Payanés, que sabía rehuir el sufrimiento con tanta valentía, o según se lo mire, con tanta cobardía; él que despreciaba a los quejumbrosos, que desconocía el descontento, que desdeñaba a tal punto el dolor que era incapaz de detectarlo cuando lo llevaba encima; que no se permitía soñar sino cuando estaba dormido; hoy de repente se dejaba arrastrar por el furor y resentía en los huesos la crónica humedad de su hamaca en esas noches sofocadas de la selva, tan cortas que no brindaban descanso, y odió la soledad de sus días demasiado largos entre tantos hombres que pese al hacinamiento no se acompañaban; supo de un cansancio del que nunca antes se había permitido saber y, por primera vez desde que salió de su distante ciudad de Popayán, se dio el lujo de añorar a aquellos que no había vuelto a ver.

—Pues sí, qué carajo. Yo también estoy harto —reconoció y quiso cobrarle a la vida cada una de sus rudezas y sus mezquindades, y echarle en cara a la Tropical Oil Company los mordiscos que el exceso de trabajo le pegaba a sus músculos exigidos hasta el calambre, y el ruido atronador de las máquinas que le congestionaba el cráneo y le secaba el pensar, y la rutina de galeote que tan de buena gana había aceptado, y ante todo el peso negro de ese cielo que cada noche lo envolvía lejos del abrazo de aquella muchacha que no le dijo su nombre pero que le hizo en el río una promesa, y odió a los hombres gordos y olorosos a alcohol que en este mismo momento la besarían en la nuca y odió también, con un veneno rebelado, a esos jefes extranjeros a los que ni siquiera había visto, y los culpó de sus pesadumbres de ausencia y de esa espera insatisfecha en la que debía pagar treinta jornadas de trabajo forzado por la ilusión de un solo encuentro de amor. Entonces apretó en la mano la bola de arroz y la arrojó contra la fotografía del fondo con la vehemencia de quien da el paso hacia los terrenos galvanizados del riesgo, sabiendo que no hay vuelta atrás.

Lo que no alcanzó a sospechar el Payanés, ni siquiera en el momento en que su bola estalló contra la sonrisa impávida de míster Maier, es que estaba viviendo los prolegómenos de la que de ahí en adelante sería la por siempre famosa huelga del arroz, la quinta y más violenta de las llamadas huelgas primitivas, o heroicas, del sindicalismo de Tora, que vino a afianzarse cuando menos se esperaba, o sea cuando ya se habían agotado los proyectiles, se sosegaban los ánimos y el arroz regado por el piso hacía que el casino pareciera atrio de iglesia después de una boda.

Fue entonces cuando un grupo beligerante y vocinglero que aún no quería dar la batahola por terminada, entre el que se contaban varios obreros de mantenimiento, famosos por los excesos, formó gavilla alrededor de Brasco, el ingeniero norteamericano que ocupaba el cargo de supervisor general y que era el único jefe dispuesto a mezclarse con los trabajadores colombianos y a mantener con ellos algún tipo de trato personal.

Demasiado flaco y alto en demasía, Brasco presentaba problemas con el manejo de su propia longitud: caminaba como encaramado en zancos y no podía impedir que su cuello y sus brazos ondularan al asomar por entre las mangas y el cuello de su camisa holgada. Ya había sido advertido por sus superiores de los peligros de no guardar distancias e incluso se le había anunciado que le sería cancelado el seguro de salud si continuaba con la costumbre de acudir a los brujos y curanderos locales, pero él se negaba a recluirse en ese mundo exclusivo de norteamericanos que consideraba un voluntario campo de concentración. Por eso solía acompañar a los trabajadores a la hora del almuerzo y a veces tarde en las noches, cuando se sentaban alrededor de una olla de café, bajo una algarabía de estrellas y chicharras, a contar historias de aparecidos y de ánimas que vagan por la tierra haciendo ciertas cosas que un anglosajón como él encontraba injustificadas.

—Pero dime por qué —comenzaba siempre sus frases con esas palabras y los trabajadores lo apodaban así, Dime-por-qué—, dime por qué el Mohán se lleva a las muchachas para el fondo del río si puede hacer el amor con ellas a la orilla, más cómodo y sin mojarse.

—Ya empezó el míster con sus dimes por qué —se reían—. Pues porque allá vive y bajo el agua tiene suntuosos palacios.

—Pero dime por qué Luz-de-la-Ciénaga se come a los niños habiendo por ahí tanto cerdo, tanta gallina y pescado...

—Porque si no come niños no mete miedo, míster Brasco, y sus historias no le interesarían a nadie, ni siquiera a usted.

Según el testimonio de antiguos trabajadores de la Troco que tomaron parte activa en la huelga del arroz y con los que he podido conversar sobre aquellos acontecimientos, Brasco fue el único de los directivos de la empresa que a la hora de aquel motín no se refugió en el Club de Golf, que además de prados verdes era también, y sobre todo, una auténtica fortaleza de concreto diseñada para estas eventualidades, aunque la hubieran camuflado bajo el cálido colorido de las bugambilias.

—No le vamos a hacer nada, míster Brasco, sólo queremos que pruebe esta bazofia, para saber qué opina —le dijo uno de los hombres que lo rodearon y lo fueron acorralando contra el rincón.

—Está bien, yo pruebo, pero que nadie me empuje ni me toque —les dijo—. Es verdad, es porquería, a partir de hoy no más bola —prometió, y los obreros lo aclamaron con aplausos mientras regresaban a sus puestos para seguir adelante con el almuerzo, dando por finalizada la gresca. Se vieron volar ya sin ganas los últimos proyectiles. Pajabrava se paró a arengar sobre una mesa aprovechando el momento para sumarle adeptos a su cruzada antimasturbatoria, otros se dedicaron al fútbol y el asunto no habría pasado a mayores —uno más entre tantos momentos ríspidos pero sin consecuencias que se registraban a diario en medio de la tensión laboral del 26— si en ese momento por los altoparlantes un vocero de las directivas no hubiera comunicado que la fuerza pública ya venía en camino para cercar el Campo, que si la revuelta no cesaba habría represalias contra sus incitadores y que los obreros debían liberar de inmediato a míster Brasco, criminalmente retenido como rehén, o de lo contrario la empresa se vería obligada a recurrir a hechos de fuerza.

El aire de fiesta de unos minutos antes quedó congelado ante la estridencia de la declaración, y la sola mención de represalias y presencia de uniformados enardeció los ánimos tres veces más que las propias bolas de arroz.

Frank Brasco, quien ya se retiraba del comedor, fue el primer sorprendido con lo inoportuno de las amenazas y quiso dirigirse al Club de Golf para informar que el incidente estaba superado y que él personalmente se encontraba sano y salvo, cuando fue detenido por los mismos hombres de mantenimiento que antes lo habían acorralado.

—Usted no se va, míster Brasco. Nadie quería tomarlo de rehén pero nos han obligado. Ya vio que la idea fue de ellos y tal como están las cosas habrá que hacerles caso, porque usted se ha convertido en nuestra única garantía.

—En ese momento sentí miedo. Por primera vez en los dos años que llevaba trabajando en el 26 sentí miedo —me cuenta Frank Brasco mientras a paladas despeja de nieve la entrada de su cabaña de Vermont, hasta donde he venido a entrevistarlo—. La gente de operaciones era decente y correcta y con ellos me sentía seguro, pero entre los de mantenimiento había algunos bárbaros. Tenían fama de desesperados en la lucha contra la patronal, y fue precisamente un tal Mono Nieves, y otro que llamaban Caranchas, ambos de los radicales de mantenimiento, los que me estaban tomando como rehén. Para mi desventura ya en ese momento me encontraba detrás del casino donde los demás no podían vernos, y supe que la iba a pasar difícil atravesado como estaba entre dos irracionalidades, por un lado las directivas y por el otro lado el Mono Nieves y sus compañeros, a quienes les acababan de servir en bandeja la ocasión de armar un gatuperio.

—No se preocupen, muchachos. Voy ya para las oficinas a informar que ha habido una mala interpretación. Ya verán que poniendo buena voluntad todo se aclara —trató de decir Brasco pero a esa altura de los acontecimientos el Mono Nieves y los suyos ya tenían otros planes en la cabeza.

—Pero dime por qué vas a hacer esto —empezó el míster.

—No hay dime por qué que valga —lo interrumpió Nieves—. Usted venga con nosotros y olvídese de su maña de andar preguntando.

Mientras tanto, en el casino se había vuelto insostenible la tensión de al menos doscientos hombres que se sabían acorralados en una construcción que a la hora del allanamiento haría las veces de ratonera. Los altoparlantes seguían amenazando con la toma de las instalaciones si el personal obrero no soltaba enseguida al ingeniero Brasco, «alevosamente capturado como rehén por el grupo de revoltosos que está apostado en el casino».

—¿Pero dónde está Dime-por-qué? —empezó a gritar Lino el Titi Vélez, procurando asumir el control, pero el ingeniero había desaparecido y nadie daba cuenta de su paradero.

Me cuentan que tal como tradicionalmente sucedía en esas ocasiones críticas, ante la inminencia del desastre renació el viejo espíritu luchador y sindical, que había dormitado durante un par de años después de una racha de huelgas desgastadoras que terminaron en muertes y despidos masivos, y los antiguos dirigentes, entre ellos Lino el Titi, salieron de su modorra para volver a rugir como animales peludos, y su rugido fue reconocido por la multitud. Se declararon en asamblea permanente, fijaron las doce de la noche como hora cero para decretar la huelga, alguien produjo un lápiz, otro una hoja de cuaderno y cinco veteranos, arrastrados por el repentino entusiasmo y olvidados ya del escarmiento que los paralizaba, se sentaron alrededor de una mesa y minutos después uno de ellos, apodado Bollo'e yuca porque desde hacía años su madre vendía bollos de yuca a la salida del Campo, leía en voz alta el pliego de peticiones que acababan de improvisar y que empezaba por exigir el inmediato retiro de la fuerza pública.

El segundo punto iba directo al grano y aterrizaba en el arroz: «Los obreros del Campo 26 estamos hasta la coronilla con la pésima calidad de los alimentos que la Tropical Oil Company nos brinda, en particular con las muy repudiadas bolas de arroz con grasa que por no ser comestibles exigimos sean cambiadas por arroz decente y de buena calidad, que debe ir acompañado por una ración de carne o legumbre, y en ningún caso el arroz volverá a ser aceptado por el personal obrero como único ingrediente del almuerzo, como tantas veces ha sucedido en el pasado». A esa demanda se le añadía la enumeración de las diarias humillaciones que venían envenenando desde hacía tiempo el ánimo de la gente, y se exigía agua potable en el campamento para frenar las infecciones intestinales, la diarrea y la disentería; lavaderos cerca a las barracas porque los hombres no tenían dónde restregar su ropa; un panteón en el campamento de Tora para que los restos mortales de los trabajadores tuvieran cristiana sepultura y no fueran enterrados en cualquier claro de la selva impía, y por último, una cantidad suficiente de retretes porque los que había, uno por cada cincuenta hombres, obligaban a hacer colas tan largas que la mayoría optaba por aliviarse detrás de los matorrales, con las consiguientes secuelas de desaseo e insalubridad.

Por los altoparlantes las directivas seguían amenazando con el allanamiento si antes de media hora el ingeniero Brasco no era entregado frente a la puerta del hospital. ¿Pero cómo pensar en devolverlo, si no se conocía su paradero? Entonces aparecieron el Mono Nieves, Caranchas y el resto de la plana mayor de mantenimiento y le confesaron al comité de huelga que lo tenían en su poder y que lo canjearían a cambio de la desmilitarización.

—Tenemos a Dime-por-qué y también tenemos la planta eléctrica; nos la acabamos de tomar. Los ponemos a disposición del comité si nos dan tres cupos en él —planteó en cambalache el Mono Nieves.

—Se trenzaron en una negociación entre ellos mismos que no supe bien cuál fue —me cuenta Sacramento—, y cuando llegaron a conclusiones Lino el Titi empezó a impartir órdenes para conformar comités de vigilancia, de alimentación, no sé qué más. Una de esas órdenes iba dirigida a mí, hombre de su confianza, según dijo, porque me conocía desde que yo andaba en pañales. Me nombró integrante de un piquete de seguridad y me encomendó la misión de ir con los de mantenimiento al lugar donde tenían escondido a Dime-por-qué y pegármele a la pata las 24 horas, o hasta nueva orden.

—Primero te haces matar —le dijo Lino el Titi—, antes de dejar que se escape o que le hagan daño. Son dos consignas, ambas igual de principales: que no se vuele, pero que no se muera. ¿Entiendes?

—Entiendo.

—¿Tienes algún amigo de confianza para que te acompañe?

—Sí, el Payanés. Es mi compañero de camino desde hace meses.

—¿Estás seguro de que por ningún motivo te traicionaría?

—Bastante seguro —Sacramento volvió a sentir que lo quemaba el recuerdo del cabello de Sayonara atado al cuello de su mejor amigo.

—Entonces llévalo y que te ayude a cuidar al gringo. Nadie más debe saber dónde están.

Caranchas llevó a Sacramento y al Payanés hasta un pequeño depósito de herramientas contiguo a la planta eléctrica, oscuro y húmedo, donde tenían escondido a Brasco, quien aguardaba el dictamen de su suerte en lamentables circunstancias. Se lo veía descolorido como un muerto, él que ya por naturaleza se pasaba de pálido, con los ojos azulencos inyectados en sangre y las manos atadas a la espalda, estirado en todo el patetismo de su largo cuerpo, los pies apoyados sobre una caneca de combustible y el cuello enlazado en una soga que bajaba de una de las vigas del techo.

—Si tratan de rescatarte por las malas —le advertían los tres hombres que lo vigilaban—, le damos una patada a tu caneca y good-bye, míster. Hasta nunca.

—Mejor dicho —me explica Sacramento—, a Dime-por-qué lo tenían en el patíbulo, y sobre la suerte que habría de correr no estaba nada escrito.

Cómo se desenvolvieron afuera los acontecimientos a partir de ese momento, cómo se dividió el comité de huelga entre los moderados de operaciones y los radicales de mantenimiento, cómo se les salió a los obreros la situación de control: son cosas que Sacramento y el Payanés, por andar encerrados con el candidato a ahorcado en el cuartucho sofocante, no vinieron a saber sino varios días después.

—El Caranchas había dicho que aguantáramos ahí sin quitarle el ojo de encima al míster mientras volvía con instrucciones. Pero empezaron a pasar las horas y parecía que todos se hubieran olvidado de nosotros. De lejos llegaban los gritos del gentío ya vueltos ruido y limpios de palabras: imposible precisar si eran voces de amigos o de enemigos. Así que Payanés y yo aguardábamos a ciegas sin enterarnos de nada, encerrados en ese lugar recalentado, resentidos de mutua desconfianza por nuestro asunto de celos, sin saber si la fuerza pública había allanado o no, con nuestro gringo encaramado en la caneca y midiendo cómo subía el voltaje de las amenazas contra él de parte de los tres de mantenimiento, que tomaban de una botella de guarapo añejo que les iba agriando el genio y poniéndolos altaneros.

Cada tanto salía alguno del escondite a tratar de averiguar algo y regresaba con noticias fragmentarias y contradictorias. Que la tropa ya nos tiene rodeados; que muchos obreros se están volando del Campo por el fondo hacia la selva; que ya decretamos la huelga indefinida; que la patronal declaró ilegal la huelga; que Lino el Titi y una comisión están negociando la liberación de míster Brasco;

que los gringos dijeron que no negocian y que hagamos con Brasco lo que nos venga en gana; que ya no dirige Lino el Titi, que el Mono Nieves fue herido y que ahora el que comanda la revuelta es Caranchas; que Caranchas dice que ya todo se jodió y que la única consigna es saqueo y destrucción de las instalaciones.

—No sabes lo que es permanecer cuatro horas con la soga al cuello, sin entender qué sucede afuera y temiendo que en cualquier momento alguien le dé una patada a la caneca y tú quedes guindado, como salchichón en la alacena. Se me dormía el cuerpo al soportar la misma posición durante tanto tiempo, mientras la cabeza, asomada al otro lado de la soga como si no fuera mía, me giraba a mil revoluciones por minuto. Afortunadamente le tenía confianza al Payanés. Lo conocía bien porque compartíamos la afición por la flaca Emilia, que era la pieza de maquinaria más antigua y preciada del Campo, y varias veces me había acompañado durante las reparaciones que periódicamente había que hacerle. A Sacramento en cambio lo veía por primera vez, pero le fui midiendo el carácter y algo me dijo que aunque era casi un niño también resultaba confiable. Por el lado del trío de mantenimiento yo iba muerto, pero calculaba que mientras el Payanés y el muchacho permanecieran a mi lado, mi cuello tenía alguna posibilidad de ahorrarse el estrujón. Había sin embargo una especie de rivalidad entre ellos dos que me preocupaba. Era como si se sintieran incómodos el uno con el otro.

—¿Ya desde entonces se notaba la tensión? —le pregunto a Brasco.

—Sí, se notaba; no me pregunte en qué, pero era evidente. En ese momento yo no sabía que la causa era una mujer y me imaginaba toda suerte de cosas, como por ejemplo que tendrían diferencias sobre qué hacer conmigo. Créame, cuando uno está en el patíbulo se vuelve muy paranoico... De haber sospechado que el lío era de faldas, me hubiera tranquilizado un poco.

En algún momento Brasco les anunció que tenía apremio de orinar.

—Eso no se va a poder —le contestó después de meditarlo uno de los borrachos—. No le podemos soltar las manos, ni nos animamos a agarrarle el pájaro. Los aquí presentes somos demasiado hombres para eso. Pídanos otra cosa, agua, cigarrillo, lo que sea, y con mucho gusto lo ayudamos, pero a ese otro problemita no le veo solución.

—Es urgente —insistió Frank Brasco—. No me hagan pasar por la vergüenza de mojarme en los pantalones. Payanés, por favor, suéltame las manos.

—Se las voy a soltar —decidió el Payanés y lo liberó también de la soga del cuello—. Pero usted, míster Brasco, no intente volarse.

—Es un pacto —juró Brasco. Ya libre atendió sus asuntos detrás de la puerta y luego pidió permiso para descansar un poco—. Llevo demasiado tiempo parado —dijo mientras se sentaba en el suelo, y sus guardianes no chistaron.

—Vuelva ya a su horca, míster. Si entra Caranchas y nos encuentra así, arrunchados en el piso como hermanitos y durmiendo la siesta, nos pasa a todos por las armas —le indicó el Payanés después de un buen rato, y Brasco le hizo caso.

Como si una premonición hubiera empujado al Payanés, apenas dos segundos más tarde regresó Caranchas. Venía juagado de sudor, acezante como si hubiera galopado y fruncido de cara como por dolor de muela.

—Sus compatriotas lo abandonaron, míster preguntas —le soltó a boca de jarro a Brasco—. Dicen que no negocian ni transigen, ni se dejan chantajear por cuenta de su secuestro. Dicen que usted nunca fue de fiar y que a lo mejor es cómplice nuestro. Dicen también que desde hace tiempo se lo advirtieron y que a pesar de eso usted se buscó su suerte y se cavó la sepultura con sus propias manos.

—No es cierto; no te creo, Caranchas. No creo que digan eso.

—Y si no es así, ¿por qué no se retira la tropa? Ahí está, a trescientos metros, apuntándonos desde la malla, y en cualquier momento entra a saco a tomarse las instalaciones. No nos sirves para mierda, míster Dime-por-qué —le recriminó Caranchas con más desilusión que rabia—. Nos equivocamos contigo. En todo caso la tropa no entra, así tengamos que hacer estallar el Campo.

—El hombre hablaba con tal desencanto —me cuenta Brasco mientras brilla en el aire helado de Vermont la palada de nieve que lanza hacia atrás—, que yo juré que acto seguido iba a darle una patada a mi caneca para ponerle fin a la comedia de errores. Pero no lo hizo. Simplemente se fue y ahí me quedé yo, con mi soga al cuello, de repente muy cansado y horriblemente confundido.

El Payanés dijo entonces que saldría a verificar si era cierto lo del cerco de la tropa y regresó unos minutos después para confirmarlo.

—Piquetes de trabajadores se están armando con palos, varillas y piedras, y se preparan para montar resistencia —informó, pero además mostró un puñado de café molido que traía en la mano y un par de latas para prepararlo. Armó una hoguera al otro lado de la puerta, hirvió agua, le echó el café y luego la trasvasó de un tarro a otro, haciéndola pasar por la tela de su camisa para filtrarla. Con el líquido humeante se acercó a Brasco que seguía con las manos atadas y le dio de beber, sorbo a sorbo, soplando antes para no quemarle la boca.

—Pero dime por qué —se le oyó murmurar a Brasco—, por qué tenían que terminar las cosas de esta manera...

—Tómese el café y no pregunte, míster gringo —le aconsejó el Payanés—, porque nosotros no somos quién para responderle.

—¿Y qué hacemos ahora? —preguntó Sacramento, inquieto.

—Ahora dejamos que sor Juana Inés se encierre en su celda a contentarse sola —le contestó el Payanés, que desde hacía rato venía cavilando sobre los secretos que revelaba el Pajabrava de las monjas.

—Hablo en serio. ¡Cómo quisiera encontrarme con el viejo Lino el Titi para preguntarle qué debemos hacer!

—Si hay huelga, hay que apoyarla —farfulló uno de los borrachos.

—Pues sí, huevón, ¿pero cómo? Por un lado van los de Lino el Titi, por el otro los de Caranchas y por otro los borrachos como usted. Y todos proponen cosas distintas.

—Armémonos de palos y salgamos a ver quién se nos enfrenta —sugirió otro más ebrio aun y en seguida se quedó dormido, derrotado por el guarapo. Sus dos amigos se pararon y se fueron a participar en la garrotera, según anunciaron.

—Podía bastar un solo tiro para que se prendieran los pozos y todo el 26 volara en llamas —me dice Brasco—, y a falta de fe propia me encomendé al Mohán, a la Patasola, al Luz-de-la-Ciénaga y a todas esas ánimas de las que tanto me habían hablado. Si no nos salvan ellas, pensaba, no nos salva nadie.

—Aflójese esa corbata de fique, míster interrogatorio, que nos vamos —le dijo de repente el Payanés, quitándole la soga del cuello y desatándole las manos—. Tú también, Sacramento.

—¿A qué? —preguntó Sacramento—. Yo no me muevo mientras no me dé órdenes Lino el Titi.

—Mientras aparece el Titi y nos aclara qué se hace en estos casos, nos vamos a defender a Emilia. No vamos a dejar que a esa flaca la dañe nadie, venga del bando que venga. Si se le acercan, tendrá que ser pasando por encima de nuestros cadáveres.

Afuera la noche había caído ya, el mundo giraba oscuro y en él reinaba un caos preñado de presagios. La gran gesta del arroz estaba apenas empezando.

Sobre la tierra caía la noche tan suavemente, que parte de sus oscuridades se deshacían en espuma antes de llegar. Sentadas en mecedoras las mujeres conversaban en el patio mientras recibían sobre la cabeza, los hombros y el regazo blandos copos de negrura, que se iban apilando hasta cubrirlas por entero. La Tana se defendía de la nostalgia con el falso lujo de sus joyas de fantasía; la Olguita, siempre buscando a quién proteger, tejía una bufanda para un celador nocturno, amante suyo, a quien el relente de las madrugadas hacía toser; Sayonara volaba lejos mientras trenzaba y destrenzaba sus crines de potranca, domeñando sabe Dios qué ansiedades en ese incesante hacer y deshacer; Ana y Susana espiaban las tres estrellas brillantes que acababan de formar el cinturón de Orión; sentada a los pies de su hermana mayor, la nena Chuza alineaba en el piso una larga hilera de guijarros; Todos los Santos repartía mistela en copitas rosadas de pata fina, y la Machuca se abanicaba con la tapa de una olla mientras les contaba una historia de muchos siglos atrás, que medio las intrigaba, medio las fastidiaba, porque según ella misma, se trataba de hechos ciertos de la putería pagana.

Tal historia sucedía, según recuerda la Olga, en un país perdido y sin nombre donde todas las mujeres, sin excepción de rango ni de edad, debían acudir una vez en su vida al templo de la diosa a entregarse al primer extraño que solicitara su amor, sin negársele a ninguno. Se adornaban la cabeza con guirnaldas de gasa y margaritas y acudían dispuestas, en honor a la divinidad. Los hombres, a su vez, debían circular por allí dispuestos también a darse a sí mismos a alguna mujer por esa única vez. Había damas ricas vestidas con brocados y atendidas por sus sirvientas, mendigas cubiertas de harapos, jóvenes hermosas que pronto eran escogidas y podían regresar a casa libres ya del compromiso, y mujeres feas que ningún hombre miraba y que debían permanecer allí hasta dos y tres años, sentadas entre la multitud que llenaba el recinto del templo, antes de poder cumplir con la obligación. Así mismo, concurrían tanto hombres apuestos que alegraban a la mujer escogida, como hombres deformes o enfermos que la llenaban de horror.

Las amigas de La Catunga escuchaban todo aquello boquiabiertas y confusas y cuando la Machuca terminó su relato se cerró sobre el patio un silencio tal, que pudo escucharse, o casi, el zumbido helado de los tres luceros que adornaban el cinturón de Orión.

—Es la historia más rara que nos has contado —se asomó en la oscuridad la voz de Todos los Santos—. Para mí que es puro embuste.

—¿No hubo otro templo donde se sentaban los hombres para que las mujeres entraran a escoger? —preguntó la niña Ana, que ya participaba en las conversaciones de las mujeres aunque nadie se tomara el trabajo de responderle.

—¿Cómo te atrevés a decir, Machuca, que se reunían en el templo? —reviró la Tana, que era ortodoxa en sus convicciones—. Eso sólo te lo creés vos, que sos corrompida y hereje. ¿De qué templo se trata, acaso? No puede ser el templo de Dios...

—Era el templo de la diosa.

—Si no hay diosas, ya se sabe. Salvo la Virgen María, que es pureza y castidad, y no anda convidando a alzarse la pollera.

—A nosotras nos sacan a palo de la iglesia cuando vamos a rezar —se oyó decir a alguna—. Ni qué hablar de meterse allá a levantar hombre.

—Pues antes sí había diosas — aseguró la Machuca—. Y las cosas eran distintas. Todas las cosas eran muy distintas, porque las mujeres mandaban.

—Pues yo prefiero el mundo como es ahora —contradijo Sayonara, que siempre contradecía—. ¡Qué tal que apareciera un desgraciado caratoso, o mal oliente, o de piel áspera, y uno sin poderse negar! —se soltó a reír—. De qué les servía a las mujeres mandar, si no se le podían negar a un caratoso. Yo me taparía la cara con el pelo, así el hombre pasaba de largo y fastidiaba a mi vecina.

Ahora se divertían también las demás; de repente todo aquello les daba risa, tanta risa que echaban la cabeza hacia atrás mientras se palmeaban las piernas, como solían hacer cuando estaban de verdad contentas.

—Eso dices ahora porque estás joven —la sermoneó Todos los Santos—. Peor es tener que esperar tres años porque nadie te quiere llevar.

—Qué va —contradijo otra vez Sayonara—. Siempre es mejor estar sola que mal acompañada.

—No sabes lo que dices. No conoces la soledad. Ésa sí que tiene la piel áspera.

Mientras la Olga me cuenta lo que conversaban aquella noche, que sería casi igual a ésta si aún estuviera aquí Sayonara, yo trato de descifrar el sentido de ese misterio que es el contacto con la piel de un extraño. ¿No negarse a un desconocido? Entregarse a lo desconocido, dejarse llevar, ¿será hundirse o será salvarse? ¿Qué dimensiones escondidas se abrirán, de pavor y de placer, de hallazgo y de pérdida?

—¿Es difícil tener tan cerca a un hombre que desconoces? —les pregunto ahora que las encuentro sentadas en mecedoras en medio de otro patio como aquél, decenios después, abrigadas por una oscuridad idéntica, bajo los mismos tres luceros que marcan el cinturón de Orión, cazador celeste que también esta noche igual a aquélla, ronda el éter persiguiendo fieras. Al oír la pregunta ellas se miran entre sí y de nuevo sueltan las risas y el palmoteo, y vuelven a ser muchachas.

—A veces el cliente te resultaba un mamarracho y entonces la cosa se ponía cabrona —responde Machuca, famosa chupatintas, que lleva en los antebrazos unas mangas postizas de tela negra, las que usa en la alcaldía para no mancharse la camisa al escribir.

—Dile la verdad —la empujan las otras—, cuéntale, Machuca, que a ti sí te gustaba. ¡Y cómo!

Pero Machuca no cuenta; se hace la loca.

—Hay que aprender a estar ahí sin estar. Enseñarle a la mente a desentenderse de lo que va haciendo el cuerpo. La cara que ni te la toquen, ni para besarte ni para nada, porque lo único que logran es despeinarte y correrte el maquillaje —recomienda la Tana, y se me vienen a la memoria tantos cuadros de mártires cristianos que voltean hacia el cielo el rostro sereno, intacto e iluminado mientras el cuerpo, sometido a tortura, se deshace en espanto.

—Y el cuerpo —pregunto—, ¿no siente ningún deseo, ningún placer?

—El deseo de que el cliente termine rápido y el placer de que te pague y puedas llegar a casa con mercado —dice una y se ríen todas, a carcajadas.

—Acuérdense de Pilar, la isleña —gruñe con voz de hombre la Fideo desde su hamaca de inválida, ahora que ya puede hablar porque decidió recuperarse, sólo por llevar la contraria, en vista de que todos habían aceptado su muerte como un hecho—. De un día para otro la Pilar anunció que se largaba porque no aguantaba los alientos. Así dijo: no aguanto más los alientos. Después recogió sus corotos y se largó.

—No es para risas; yo la supe entender —dice Todos los Santos—. Conocer el aliento de un desconocido trae un malestar que a veces no se resiste. No hablo del aliento a ajo, a trago o a cigarrillo; ésos huelen a cosas, son siempre iguales. Los alientos insufribles son los que huelen propiamente a la persona, a los asuntos privados de su pordentro.

—¿Pero no se da el caso de que alguna goce? —vuelvo a preguntar, aunque he escuchado aquí en Tora una frase que de tan repetida se ha vuelto refrán, según la cual, ellos pagan por sentir y nosotras cobramos por no sentir.

—Tú dile, Machuca... Cuéntale por qué te decían la Gustosa.

—Yo no me metí de puta por huir de la miseria —dice la Machuca—, ni porque me violaran, o me trajeran al oficio arrastrada o engañada, sino por soberano placer y deleite. Para qué le voy a mentir, siempre supe disfrutar del jolgorio, del dinero, del aguardiente, del tabaco y por encima de todos los bienes terrenales, del olor a varón. El calor de hombre, ¿me comprende? No soy de las que lloriquean sobre la vida que les tocó en suerte. Gocé mi juventud y me la supe parrandear hasta que no me quedaron ni las migajas. ¿Y la cama? La cama fue mi altar, los extraños mis prometidos y las sábanas de cada noche fueron mi traje de bodas. Será por eso que éstas me tienen por bruja, y yo sólo sé decirles: Quizá tengan razón, y ojalá haya un Dios en alguna parte para que el día del Juicio pueda gritarle a la cara que hice lo que hice porque sí, en honor a la lujuria y porque me dio la gana.

—¿Ve que sí es bruja? —ríen las otras—. Bruja rebruja, puta reputa.

Para la Olguita no existieron los desconocidos, porque le bastaba con mirarlos a los ojos así fueran bizcos, o tuertos o ciegos, o escondieran en sus pestañas sedosas una trampa de amor, o centelleara en su pupila el azul más hermoso e infiel; le bastaba, digo, con hablarles con cariño para conocerlos ya.

Para otras, como Tana y Machuca, todos los hombres pasaron de largo porque no encontraron jamás al que habría de quedarse a vivir en sus sueños. Otras más desdichadas aun, como la bella Claire, lo encontraron sólo para perderlo después.

—No hay peor tormento que el de una puta enamorada —brama la Fideo con voz de medianoche—. Llegan otros, siempre otros, mientras el esperado se hace esperar.

Hablando de la María de Magdala de los tiempos bíblicos, Saramago menciona esa honda herida que es «la puerta abierta por donde entran otros y mi amado no». Entre las prostitutas de Tora, solía ser el dolor y las supuraciones de esa herida lo que las arrojaba, a las tres de la madrugada y en la esquina llamada Armería del Ferrocarril, bajo los viejos vagones que pasaban ruidosos dejando tras sí un rastro de herrumbre, y a veces de sangre.

Todos los Santos cree que Sayonara no padecía los rigores de esa herida por donde se escapa la alegría y se cuela la muerte. Me asegura que el suyo era otro dolor, que ni ella misma identificaba como dolor, y que no la empujaba a morir sino que le desataba un feroz apetito de vida. Tenía comezón en el alma, trata de explicarme. Sayonara, a quien todos regresaban, a quien ningún hombre abandonaba ni dejaba de amar, ella que supo querer a muchos, alegrarse en muchos, encontrarse en muchos; ella, la bienamada, tenía sin embargo una infelicidad: su incapacidad de rendirse ante la bendición de un solo amor.

Quería a hombres buenos que la querían bien, y sin embargo llegaban otros que borraban esas huellas y abrían nuevas trochas en su corazón. Cualquiera de ellos le hubiera bastado para acercarse a la tranquilidad, pero optaba por llenarse de espacios abiertos que se volvían querencias para nuevos enamorados: nobles caballeros, fieles a su manera, que en ella depositaban su fervor y que sin embargo ante sus ojos no pasaban de ser momentos, honestos pero fugaces, de un recorrido más largo y mucho más intrincado.

—¿Usted sí cree, madre, que era posible para un hombre enamorar a su ahijada? —le pregunto a Todos los Santos y espero lo peor, porque sé lo irascible que se pone cuando la fuerzo a especular. Y sin embargo me sorprende con sus dudas.

—Eso mismo me he preguntado muchas veces yo también.

Pasado un tiempo de llegada Sayonara a La Catunga, durante la época de entrenamiento y aprendizaje, cuando todavía era la niña y no Sayonara, a Todos los Santos le preocupó no poder encontrar una rendija para mirar adentro de su corazón de tortuga, siempre escondido y atrincherado en la caparazón. ¿No existía en el mundo nada ni nadie que la estremeciera? ¿Ni un recuerdo que avivara su añoranza? ¿Algún deseo inconfesable que quisiera pedirle al Cristo del Sagrado Corazón? ¿Acaso las tantas hambres pasadas la habían convencido de que la única dicha valedera era un plato de arroz con lentejas?

—Yo temía que siendo tan seca de sentimientos, mi ahijada no pudiera desempeñarse como amante. Porque para acostarse sin amor hay que saber querer, y no entienden nada los que opinen otra cosa —me comenta la anciana, que se ha enroscado sobre los hombros un zorro plateado, muy muerto y muy años cuarenta, que ha rescatado del baúl donde guarda los recuerdos entre bolas de naftalina—. Para endulzarle las entrañas empecé a darle un tazón diario de leche caliente con cinco cucharadas de miel. Después, viéndola actuar tan raro, pensé que se me había ido la mano en la miel. Pero un par de años más tarde recapacité que el error había sido más bien el contrario, muy poca miel. Hasta llegué a pensar que ocho o nueve cucharadas eran la dosis mínima para dejarle el carácter bien temperado.

—Y hoy día, ¿ya llegó a una conclusión?

—Tal vez Sayonara amaba más de la cuenta, o tal vez no podía amar. Todavía no lo sé.

—Es lo mismo que nos pasa a todas —repite la Machuca—. Nosotras las de café nos dividimos en cien amores y no sabemos contentarnos con las delicias de un solo amor.

En la capital me dediqué a averiguar en qué acabaron la vida y los cuadros de don Enrique Ladrón de Guevara y Vernantes. Me enteré de que durante los primeros dos años de su vida en Tora, la familia ignoró su paradero —o prefirió ignorarlo—, y que lo dio por perdido, o al menos por bien refundido, hasta el día en que un allegado que pasó por la ciudad petrolera por asuntos de negocios, les trajo noticias de él.

—¿Y qué hace Enrique en Tora? —le preguntó un tío materno, Alfonso Vernantes—. ¿De qué vive?

—Pinta —le contestó el amigo—. Pude ver algunos de sus cuadros. Tu sobrino Enrique se dedica a pintar mujeres que apestan a sífilis.

Fueron a buscarlo, lo encontraron, lo arrancaron de brazos y piernas de la Fideo, y lo internaron en un manicomio, según unas versiones, y según otras lo sacaron al exterior, todo dentro del mayor sigilo para no dar pie a escándalos ni murmuraciones. Al volver a Tora se lo comenté a Todos los Santos, que lo sabía ya.

Cuando se lo llevaban de La Copa Rota, ¿pataleó don Enrique con sus piernitas cortas y reumáticas, rogó con su aguda voz de enano, ordenó con altiva voz de amo que lo dejaran en paz, y todo fue inútil? Tal vez. Nunca sabré a ciencia cierta cómo ocurrió aquella escena, la del desgarrón, porque al preguntarle a la Fideo, único testigo presencial, le cae la catatonia y la enmudece, y me doy cuenta de que la voy a maltratar si sigo arrojándole los recuerdos a la cara.

—No era fácil para Enrique vivir entre esa gente tan distinta a uno —me dice su hermana María Amalia, una vieja señora, inteligente y amable, con quien conversé una tarde mientras tomábamos té—. Ni en ese lugar miserable que escogió. En una carta suya a mi madre se lo confiesa, le dice que cada día lejos de casa le exige esfuerzo y renuncia.

—¿Y acaso su madre sabía dónde andaba él? —le pregunto.

—Claro que sí, siempre lo supo y jamás lo delató. A Enrique lo sacaron de allá después de la muerte de mi madre, porque en vida de ella no se hubieran atrevido.

—¿Y por qué su madre no le pidió que volviera, si él mismo le confesaba que no le era fácil vivir allá?

—Porque mi madre, que lo adoraba, sabía bien que para Enrique sería aún más duro hacerse un lugar en la familia nuestra. ¿Usted sabe lo que significa ser enano entre gente tan altiva? Si me pregunta qué fue lo mejor que encontró mi hermano en ese otro mundo, yo le diría que la invisibilidad. Allá se sentía invisible, sin testigos de su deformidad. Eso es algo que una persona de una sensibilidad como la suya no tiene con qué pagar.

Tras la reclusión de don Enrique —o su destierro: lo que haya sido— Alfonso Vernantes, el tío materno, viajó personalmente a Tora encomendado por el conjunto de la familia con la tarea inquisitorial de recoger hasta el último de los cuadros, para destruir la evidencia del paso de sus apellidos por el mundo de la infamia. Si el cuadro era marina, atardecer o escena parisina pagaba poco por él, ofrecía mejor precio a medida que aparecían mujeres, si estaban desnudas subía todavía más, y cuando juntaba cinco o seis los quemaba en una pira. En Tora todavía se cuentan anécdotas de esas extrañas negociaciones, como la de un dibujo pequeño de dos muchachas abrazadas sobre un catre, por el cual don Alfonso pagó una fortuna.

Nada lo hace a uno más vulnerable que el empeño en guardar un secreto que ya es de conocimiento público —como suelen ser todos los secretos— ni presa más fácil de cuanto avivato quiera aprovecharse de esa debilidad. No pasaron muchos días antes de que el Piruetas olfateara la oportunidad de su vida y se aliara con un amigo fotógrafo que se daba mañas con la pintura, para empezar a producir en serie cuadros obscenos que firmaban con el nombre y los apellidos de don Enrique y que le presentaban a don Alfonso como si fueran originales de su sobrino.

Durante un par de semanas don Alfonso cayó de lleno en la trampa, reconoció en el Piruetas y en su amigo el fotógrafo dos cómplices irremplazables para su delicada misión, porque eran astutos y discretos y porque podían hacer lo que a él le estaba vedado: recorrer los bajos fondos esculcando en los bares de mala muerte y en los cuchitriles de las prostitutas en busca de los cuerpos del delito. Durante ese tiempo el Piruetas y su compinche se dieron la gran vida por cuenta de los escrúpulos de la familia Ladrón de Guevara y Vernantes, hasta que don Alfonso descubrió la treta. Fue tanto el descaro al que llegó el Piruetas en su premura por timar, que empezó a producir cuadros cada vez más chabacanos y desaliñados, a lo cual se sumó una disputa con el fotógrafo por asuntos de dinero que los llevó a la ruptura, y a partir de entonces el Piruetas pretendió emprenderla con la labor artística por su propia cuenta y sin ayuda de nadie, él, que jamás había empuñado un lápiz, ni qué decir un pincel.

—Esto no puede ser de Enrique —dijo por fin un día don Alfonso, sospechoso ya—. Es demasiado malo.

—Es pintura moderna, don Alfonso, y usted no entiende de eso —reviró el pseudopintor en defensa de su garabato.

Pero hasta don Alfonso, quien por disgusto y por ética miraba los cuadros de su sobrino sólo de reojo, hasta el mismísimo don Alfonso, me dicen, pese a estar cegado por el oprobio, vio lo suficiente para darse cuenta de la diferencia y sacó a empujones al estafador.

—¿Dónde andará don Enrique? —le pregunto a Todos los Santos—. ¿Todavía encerrado en su manicomio, en algún lugar del mundo?

—Hace unos años murió de sífilis, como mueren todos los que han conocido el verdadero amor.

—Curioso —le comento—. Diga lo que diga su hermana, yo creo que en La Copa Rota encontró su posibilidad de ser feliz.

—Feliz no —me contradice ella, que no deja pasar una frase hueca sin caerle con saña—. Digamos que en La Copa Rota asentó su destino, y que si no fue feliz, al menos encontró su luz.

—Dicen que ciertos hombres se recluyen en el burdel buscando lo mismo que los monjes en el monasterio.

—Y eso qué, ¿lo dice algún libro?

—Seguramente.

—Con razón. Los libros hablan mucha mierda.

—Éstas no entienden cómo son las cosas —me dice más tarde, a solas, la Olguita—. Creen que saben y no saben. Confíe en mí cuando le digo que Sayonara sí supo amar, y que amó desde el principio y hasta el delirio al Payanés.

—¿Y entonces por qué hizo las cosas como las hizo?

—Porque no son rectos los caminos del corazón, sino culebreros y retorcidos y nos dejan ver dónde arrancan pero no dónde van a parar. Pero eso ya es el enredarse en posterioridades de una historia que comienza llana y simple: el Payanés fue el primer desconocido que Sayonara pudo conocer. En él encontró pan para su hambre y agua para su sed.

—Tiene la piel más dulce que he conocido —me jura la Olguita que le oyó decir a Sayonara—. Pero no dulce como el azúcar; dulce como un viejo dolor. El sol lo mantiene retostado de la cintura hacia arriba, pero es de color mitigado en el resto de su ser. Lo que más extraño es su pecho, su pecho grande con rosa tatuada, blando y abultado pero sólo un poco, apenas lo justo para que sea fuerte como pecho de hombre y amable como pecho de mujer. En el fondo de sus ojos anida una tristeza, una como falta de amparo en ese su color amarillo revuelto, quiero decir amarillo encendido en verde: ojos de animal que merodea realengo. Su pelo, que también es de doble color, a veces se apaga en negro y a veces brilla con hebras plateadas.

—A eso se le llama canas —le enseñó la Olguita.

—Pues tiene canas, entonces.

—¿Por qué ha de tener canas, siendo joven aún?

—Habrá sufrido, pues.

—Algunas se fijan en la mirada de un hombre —me cuenta la Olguita—. A otras les gustan los de estampa elegante; las hay que protestan si son patizambos o culiplanos, o muy cejijuntos o enjutos de hombros. Muchas los quieren ver de zapatos o botas de cuero y dicen que de cotizas nada, porque es señal segura de pobreza. Cualquiera agradece un aparato viril poderoso y la mayoría prefiere que la sonrisa se dibuje amable y demuestre dentadura sana. Alguna vez oí decir que no hay que acostarse con hombres-pocillo, o sea de oreja solitaria, porque si quedas embarazada lo más seguro es que des a luz un sordo. Y así. Pero Sayonara se enamoró de un pecho, y decía que en el pecho del Payanés había encontrado su alegría y su asidero.

Como corriente de aire en una casa vacía, soplaba en su nuca el aliento de muchos extraños. Se le iba enredando la vida en ese sopor de cuerpos ajenos que pasaban por su cama, uno tras otro, en el desfile de su indiferencia. Su alcoba era territorio allanado, campamento de cualquier ejército, y su sábana blanca era la bandera de su amor comprado. Su cuerpo desnudo acataba, indolente, esa estregadura de pieles sin olor, u olorosas a lejanías, en las que ni su tacto ni sus ojos querían detenerse. Hasta que de pronto, sin nada que lo anunciara, se produjo el contacto con esa piel que logró despertarla, entregándole el roce que reclaman las yemas por fin alertas de los dedos, y en la piel de ese extraño palpó la justa temperatura que le recordó la felicidad.

—Mi hombre sabe a musgo, a pesebre, a Niño Dios —anunciaba la Sayonara—. Sabe a Navidad.

—¡Calla, niña, que pecas!

—Huele muy a rico, a un perfume de bosque con olor a bueno, y también huele a caballo. Eso me gusta de él, que huele fuerte a caballo. A sudor de caballo, que es igual al olor del deseo.

—Niña, qué cosas.

—¿Usted sabe a qué huele un petrolero después de diez horas de trabajo esforzado bajo estos soles de inclemencia? —me pregunta Todos los Santos—. No, usted ni se imagina. Huele a pura raza, mi reina. Huele a mucha humanidad.

—Eso depende del color de la piel —añade la Olguita—. Los más blanquitos, quien los viera, tan ladinos y son los que más despiden olor.

—Tápame con tu piel —le pidió Sayonara al Payanés, y él se extendió y la arropó y se hizo más suyo que su propia piel y la cubrió con su pecho, ese pecho ajeno que en el instante sencillo de un milagro se hizo tan cercano. Y tan acogedor. Un pecho como un techo que cubre y que protege y allá afuera que se acabe el mundo, que lluevan centellas y que suceda todo lo que a Dios le venga en gana.

La Olguita, romántica perdida, me cuenta episodios que no sé si serán verídicos o imaginarios. Me cuenta, por ejemplo, que el Payanés se durmió estrechando a Sayonara con una añoranza de huérfano que durante ese rato ella supo calmar, y que su sueño duró sólo el segundo que al día siguiente tardaría su recuerdo en recorrer la memoria; el mismo, larguísimo segundo que demoraron sus párpados en cerrarse y en volver a abrirse.

—¿Será esto lo que dura el amor de un extraño? —se preguntó Sayonara, viéndolo partir—. ¿Habrá acaso amor más intenso y esquivo? ¿Habrá acaso otra forma posible de amor?

—Mucha poesía, mucha poesía —rezonga Todos los Santos mientras esto lee—. Por aquí no veo a nadie que se anime a decir la dura verdad, y es que una piel demasiado conocida tampoco es gran regalo, primero porque se corre hacia el gris y poco a poco va dando el paso hacia lo invisible, vieja y trajinada como la chalina del uso diario, hasta que al final, a punta de confianza, se te vuelve tan impropia como el cuero de los zapatos del vecino de al lado: pura piel, cualquier piel. Pero ustedes no me hagan caso y sigan tejiendo sus versificaciones, que por aquí no parece haber nadie interesado en una verdad.

«Manos criminales incendian La Copa Rota», fue el titular que apareció un día, después de la partida forzosa de don Enrique, entre las crónicas de la *Vanguardia Petrolera,* que circulaba diariamente por Tora. Nunca se pudo comprobar quién lo hizo pero según la información, el atentado fue a las siete de una mañana de agosto cuando no había clientes en el lugar. Despertada por la asfixia del humero, la Fideo saltó de la cama y corrió pisando gente, porque varias mujeres dormían en el suelo, y segundos después todas fueron vistas al descampado como vio el arcángel expulsor a Eva, encueradas y descalzas y gritando obscenidades. Lograron ponerse a salvo de la chamusquina y otro tanto hicieron, aunque más sofocados, la dueña del establecimiento, el chico del bar y el gato. Pero el bohío, que empezó a arder por la paja del techo, fue abrasado por el viento reseco del veranillo que atizó las llamaradas y lo dejó reducido a un montón de cenizas, con media caneca entronizada en el centro: la que hacía las veces de orinal, único objeto que perduró para el recuerdo.

Me dirán que ya es la tercera o cuarta vez que se cuela el fuego a esta historia para reducir la realidad a la nada. No me parece casual. Como colombiana que soy sé que registro un mundo que permanece en combustión, siempre al borde del desplome definitivo y que pese a todo se las arregla, sólo Dios sabe cómo, para agarrarse con uñas y dientes del borde, alumbrando con sus últimos, arrebatados destellos como si no fuera a haber mañana, y sin embargo en el cielo amanece y aquí abajo el delirio cobra nuevos bríos, escatológico, imposible, y el nuevo día transita por un filo de angustia hacia un fin más que predecible y anunciado con estrépito por hombres y mujeres que golpean sus ollas vacías con cucharas. Y sin embargo a media noche, contra toda evidencia, nuestro peculiar apocalipsis queda de nuevo aplazado. Tal vez por eso estamos tan muertos, y al mismo tiempo tan vivos: porque cada anochecer nos aniquila, y nos redime el alba.

—¿Para dónde enrumbó sus pasos la Fideo, si después del incendio no quedó ya lugar para ella?

—Todo lo que sube vuelve y baja— me dice Todos los Santos—, y a veces, pocas veces pero se ha visto, lo que baja vuelve a subir.

Muchos de los clientes habituales del Dancing Miramar y de otros cafés de prestigio, sobre todo los más jóvenes, se habían dejado atraer por la tentación de los amores crudos y habían empezado a frecuentar La Copa Rota, donde acudían a ver brillar con luz enferma a la Fideo, que encarnaba la más ronca voz del sótano, lo más bajo de los bajos fondos, la humanidad despojada de piel, abierta en dos y expuesta en venta, como carne en canal.

La bárbara separación de don Enrique le rompió el alma que ya no tenía y si desde antes era una fiera, después de eso se volvió una fiera desalmada que cuando no podía morder a otros se destrozaba sus propias patas a tarascazos. Verla exhibirse desnuda, decir porquerías y tirar dentelladas los ponía cachondos y les disparaba la hombría, y la azuzaban y le daban de beber, le daban de beber y la azuzaban, y si ella accedía era porque ya no podía encontrarse a sí misma sino en la llaga que le quedó abierta donde antes estaba el corazón.

—¡Ay, don Enrique! —suspira la Fideo desde su hamaca de enferma.

Entre más turbia era el aura que la coronaba, más fuerte el aroma que expelía, y entre más hondo rodaba, más alto sonaba su prestigio. Hasta que la Negra Florecida, dueña del Dancing Miramar, resintiendo la pérdida de clientes asiduos y bregando a recuperarlos, resolvió darles medicina de la que andaban pidiendo y aprovechó el incendio de La Copa Rota para ofrecerle trabajo a la Fideo en su propio establecimiento, y todavía hoy se rumora que detrás de ese insuceso, en Tora brilló un fósforo encendido por órdenes de la propia Negra Florecida.

Así vino a suceder que compitieron en la misma arena por el amor de los hombres la Sayonara y la Fideo, ángel y demonio, vida y muerte y toda la ristra de las dicotomías, y el mundo antes armonioso pareció rasgarse en dos, o al menos así se dio en el sentir de las gentes.

La fanaticada se abrió, intransigente, entre sayonaros —nostálgicos de viejos tiempos— y fideístas —partidarios de vivir el momento—, y aunque las dos mujeres tenían un idéntico olor que no era sino humano, de Sayonara decían huele a incienso y la veneraban por su halo de puta niña, inalcanzable y resguardada en su manera de estar ahí sin estar, de pasar impune por las muchas manos, mientras que de la Fideo decían huele a almizcle y la buscaban por ser la puta a secas, entregada al oficio sin oponer resistencia, sin escatimar, volcando las entrañas en público y sin conservar para sí un solo gesto, ni un secreto, ni un recuerdo. O tal vez un recuerdo, uno solo, pero delicado y amable: ¡Ay, don Enrique!

Trato de comunicarle a Todos los Santos esto que he estado descifrando y ella se ríe.

—No me enrede con palabras —pide—. La diferencia está en que a Sayonara había que quererla, y a la Fideo bastaba con pagarle. No es más.

—Está bien, usted a su manera y yo a la mía, las dos pensamos lo mismo —me defiendo por esta vez—. Y ahora dígame, ¿resentía cada una la presencia de la otra? ¿Fue duro para Sayonara encontrarse de pronto con competencia y ver en riesgo su hegemonía?

—Cómo le dijera. Estaban demasiado perdidas cada una en lo suyo para ocuparse de la otra.

Trabajaban bajo el mismo techo pero pertenecían a mundos que no se tocaban, cada una jugándose a fondo por la supremacía del propio, pero sin tener conciencia del tamaño de lo que estaba en juego. Además, en su calidad de enamoradas infalibles —y ambas lo eran, cada cual a su manera— se mostraban incapaces de sentir celos porque no registraban la existencia de la rival; más aun, para ellas no podía existir rival porque ambas sabían que, para su propia dicha o quebranto, ya habían ganado, desde siempre, esa partida de poker sangriento que era su peculiar manera de entender el amor.

Hay un dato que por literario que parezca podría ser verificado con una mirada histórica, o sociológica de aquel momento: el ingreso de la Fideo al Dancing Miramar, al coincidir con dos hechos globales más mensurables y menos alegóricos, el desenlace de la huelga del arroz y la multiplicación de la sífilis a niveles incontrolables, marcó en La Catunga lo que podría llamarse el fin de la inocencia. Y la pérdida de la inocencia trajo aparejado el dolor de ver lo familiar convertido en extraño, y le abrió las puertas a la soledad, que consistió en que la piel del extraño se erizó en espinas y se hizo ajena; y convocó a la miseria, que vino cuando las gentes aspiraron a más, desdeñando la dignidad de la pobreza.

El ingreso de la Fideo al Dancing Miramar fue el acontecimiento simbólico que marcó el inicio de la disolución de La Catunga tal como se la había conocido hasta entonces: cándido puerto abierto sin sospechas a los soplos del loco amor; superficie transparente del lago antes de que lo agite el viento.

De noche todos los gatos son pardos y esa noche todos los hombres fueron gatos. Con paso felino y furtivo atravesaban la tensión extrema del 26, todo alrededor noche hermética y extrañamente despojada de ruido por primera vez en siete años —las máquinas pesadas y quietas como enormes animales que sueñan entre la niebla— porque los inconformes habían apagado la planta eléctrica y bloqueado las válvulas de entrada y de salida. Silenciada a la brava la tecnología, la voz humana tomaba posesión del Campo, recién nacida y estrenando fuerza bajo la forma de un griterío anónimo que por momentos se extinguía y por momentos se exaltaba, y era posible también escuchar respiraciones trémulas y otros leves ruidos producidos por presencias que se agazapaban a la espera de algo; que se desplazaban hacia algún lado; que se protegían atrincherándose detrás de canecas de combustible.

—A pesar del nerviosismo yo pensaba en ella —me dice Sacramento—, y con eso no le confieso novedad porque nunca he sabido pensar en otra cosa. Me reprochaba a mí mismo por no haber vuelto a enviarle postales pese a cuánto apreciaba recibirlas, pero a la vez me indultaba con la reflexión de que si no lo hacía no era por olvido y menos por desidia, sino por confusión de palabras: desde que comprobé lo que ya maliciaba, que la niña y Sayonara eran una y misma, perdí el sentido de cómo debía escribirle, sobre todo en el punto quisquilloso del encabezamiento: ¿Idolatrada prometida? ¿Señorita de mi consideración? ¿Querida niña?, ¿mi bienamada? Me enredaba en esas meditaciones de gramática mientras la revuelta en el Campo se iba encarnando, vigorosa. Buscábamos a Emilia el Payanés, el gringo míster Brasco y yo, que alumbraba la travesía cargando en la mano una lámpara de dotación, lejos del cuerpo para que no me interesaran la anatomía en caso de que me tiraran a matar. Ellos dos razonaban que sería prudente apagar la lámpara porque la desconfianza y el desconcierto palpitaban vivos en la oscuridad. Yo no quería apagarla porque su luz verdinosa me apaciguaba, pero ellos me convencieron, así que seguimos a oscuras, olfateando incertidumbres, hasta que encontramos nuestra torre.

—Al principio voceros de las directivas intimidaban por los altoparlantes, amenazando con represalias contra los huelguistas y con allanamiento por parte de la tropa —me cuenta en un bar de Tora don Honorio Laguna, un viejo soldador que también se hallaba presente esa noche que precedió a la huelga—, pero después alguien reventó los altoparlantes y no tuvimos más noticia del enemigo ni volvimos a saber de qué color pintaban las cosas. Empezamos a ver grupos que se organizaban con herramientas y varillas invitando a la toma de puntos neurálgicos como las casas de bombeo, los almacenes y la planta de UCD, y había quien incitaba a engallar los equipos, o sea a dejarlos sin alguna pieza para que reventaran cuando los esquiroles quisieran volver a ponerlos en funcionamiento; a taponar las tuberías y aun al ataque contra el Club de Golf con todos sus extranjeros adentro.

—Esa noche yo tuve ideas extremas —me dice Sacramento—, y me dejé llevar por la inclinación a que nos armáramos para romperle el cráneo a quien se nos atravesara. Porque daba por seguro que en semejante boca de lobo ya no habría Lino el Titi que valiera, ni nadie de autoridad que apareciera para darnos mejores instrucciones.

—Es sabido que esa noche andaba alebrestado Sacramento, decidido a sumarse a los partidarios del juicio final. Se anticipaba, digo yo —dice la Machuca—, a la catástrofe personal que se le vendría encima hacia la madrugada. Debía tener el pálpito de que el mundo se iba a acabar para él, así que tanto mejor que se acabara de una buena vez para todos.

Pero no pudo avanzar por ese camino de aniquilación porque el Payanés era porfiado y traía en mente un propósito opuesto. Les repetía que no se unieran a los rebaños, que son jodidos, que no destruyeran las máquinas que eran la única garantía de sustento, y que en cambio defendieran a la flaca Emilia frente a quienes intentaran perjudicarla.

—Hablaba de esa torre como si en vez de una armazón de hierro fuera una mujer expuesta y solitaria en medio de tanto vándalo —dice Sacramento—, y a mí me fastidiaba ese sistema de referirse a una cosa como si tuviera alma.

—Véanla —exhortaba el Payanés—, aquí está mi Emilia, dócil y callada bajo las estrellas, y más cariñosa que nunca.

—Yo quise verificar y volteé a mirar hacia las estrellas —dice Sacramento—, pero el cielo debía estar emborrascado porque sólo pude detallar seis o cinco; nada en comparación con lo que suelen ser las noches del petrolero, tachonadas de luceros, según reza la canción. Así que le dije al Payanés que no exagerara, que no era el momento.

—Sacramento y el Payanés pasaron la noche encaramados como monos en la torre aquella, ventilando en dimes y diretes esa rivalidad que los enervaba y que se refundía en ambages para escamotear su verdadero tema —rememora la Machuca—. De vez en cuando arrojaban piedras hacia abajo contra las supuestas amenazas, pero en la ceguedad de lo muy oscuro y sin ánimo de cascarle a nadie. Con ellos estaba Frank Brasco y más tarde se les sumó el viejo Pajabrava, que también subió a acantonarse en lo alto.

—Me duele aquí, señor don apóstol —le dijo Sacramento a Pajabrava, hundiéndole el índice en el costado izquierdo debajo de la tetilla—. Aquí, mire, justo aquí me arde como un demonio. Usted que sabe tanto, ¿me puede decir por qué cuando pienso en cierta muchacha me duele de tal manera el corazón?

—Para eso te lo pusieron en el pecho —lo instruyó Pajabrava—. Según le reveló Yahvé a Samuel, el corazón es el órgano del dolor y del amor, que son una sola y misma cosa. Dicen que cuando se ve abrasado en llamas es señal de fervor divino y que cuando va atravesado por una flecha quiere decir que está arrepentido. Si anda herido de cuchillo es que soporta una de las pruebas extremas a las que somete la vida; si está chuzado por espinas es que aguanta tormento por un amor humano y si sangra es porque lo han abandonado.

—Pues el mío debe tener llama, flecha, cuchillo, espinas y desangre, todo a la vez, porque me duele como el carajo —dijo Sacramento, que no conoce el pudor a la hora de expresar los furores de su espíritu.

—Después de horas con la soga al cuello yo me encontraba de repente libre y milagrosamente vivo y eso me alegraba —me cuenta Frank Brasco mientras el fuego de la chimenea caldea el interior de su cabaña de Vermont—, pero me costaba comprender la situación. La general, desde luego, que era caótica, pero sobre todo la mía propia. Los ejecutivos de la Troco, mis compatriotas, me habían abandonado al negarse a negociar a cambio de mi vida. Por tanto quedaba una cosa clara y otra oscura; clara, que aliados no tenía, y oscura, cuáles eran en realidad mis enemigos. El único que en medio de aquel desorden proponía algo concreto era el Payanés, que quería que defendiéramos a Emilia, y a mí me pareció bien porque yo también sentía apego por ese armatoste prehistórico. A falta de mejor estrategia nos atrincheramos con una buena provisión de proyectiles para arrojarlos desde la torre; así impedimos que se acercaran a dañarla y de paso nos cubrimos las espaldas. La noche me favorecía porque ocultaba el hecho de que yo era uno de los gringos, cuyas cabezas andaba pidiendo la turba por explotadores e imperialistas. Yo era un gringo renegado y relegado por los demás, desde luego, pero eso no lo sabían los amotinados, así que con la luz del día las cosas se me iban a complicar. Pero para eso faltaba tiempo y pensé, como dicen por tierra colombiana, amanecerá y veremos.

Amaneció y vieron. Del lado externo de la malla, rodeando el Campo como un anillo de fierro, se había apostado la Decimocuarta Brigada del ejército al mando del general Demetrio del Valle con todos sus trescientos veinte hombres armados y en uniforme de camuflaje.

—Esa misma noche llegó a La Catunga la noticia de la insurrección en el 26 y nos sacó de los bares —relata la Machuca—. Nos enteramos de todo, de la pedrea con bolas de arroz, del secuestro de Frank Brasco, de la resurrección del veterano Lino el Titi como dirigente sindical. Entonces nos reunimos nosotras las putas y decidimos emprender camino hacia allá cargadas de alimentos y pertrechos, en ánimo de solidaridad y sabiendo que los huelguistas debían andar famélicos. Cuando fuimos llegando, ya entrada la mañana, nos encontramos con que la tropa tenía rodeadas las instalaciones. Los muchachos estaban tan cercados como los famosos valientes de Masada y resultó verdad que andaban aullando de hambre.

Entonces las mujeres de la vida, alimenticias y dadivosas, se abrieron camino hasta la malla a codazos y a empellones por entre el cerco militar y tiraron hacia el otro lado una lluvia de panes, naranjas, panelas, plátanos, tocino y conservas, que los trabajadores recibieron como maná del cielo por no tener en el estómago nada más que el desayuno consumido el día anterior, antes de que estallara la revuelta.

—Cuéntale, Machuca —pide la Fideo—. Cuéntale a ella lo del Payanés y los fríjoles.

—Los trabajadores hicieron hogueras, calentaron en latas y comieron abundante —me cuenta entonces la Machuca—, mientras del lado de afuera los de la tropa, en ayunas, los miraban comer poniendo cara de perros apaleados. Y sucedió que el Payanés preguntó: ¿Quiere?, ofreciéndole parte de sus fríjoles a un soldado adolescente que vaciló si aceptarle o no, entre hambriento y receloso.

—¡No toque eso! —le ordenó el cabo al soldadito, dejándolo tieso del grito—. Debe estar envenenado...

—Cómo se le ocurre, hermano, ¿acaso somos monstruos inhumanos? —se indignó el Payanés—. ¿Me va a decir asesino por compadecer a este muchacho que no ha comido? Reflexione, hermano, los trabajadores somos pueblo y los soldados también; no tenemos por qué destrozarnos a tarascadas...

—Ustedes son subversivos de la guerrilla... —trató de justificarse el cabo mientras el soldado devoraba los fríjoles con la avidez de un niño hambriento, porque en el fondo lo era.

—Están buenos, los frijolitos —reconoció—. Si están envenenados, pues les sienta bien el veneno. ¡A su salud! —les gritó el niño a los de adentro y ellos, siguiendo el ejemplo del Payanés, compartieron su pan con los uniformados sólo un par de horas antes de que los acontecimientos los llevaran al enfrentamiento cruel.

Los del Batallón amenazaban con entrar a saco, tomarse el Campo y aplastar a los rebeldes, pero lo dudaban, retrasaban la decisión como dándose tiempo a sabiendas de que una vez adentro no podrían disparar porque cualquier bala perdida podía echar a arder los pozos y desatar el infierno. Mientras tanto los trabajadores se afianzaban en lo suyo. El comité de huelga estaba reunido en algún lugar secreto, Lino el Titi retomaba el control y decretaba la huelga indefinida hasta la victoria o la muerte, y esta noticia, que se regaba como pólvora, hacía que el temor, el desconcierto y el caos iniciales le cedieran el lugar al gran fervor, a la cohesión obrera y a la afiebrada decisión de lucha.

—¿Victoria o muerte? —comentaba Brasco—. Ustedes son un pueblo hiperbólico. Yo propondría victoria, o una alternativa razonable.

—Fue historia grande, la nuestra —me dice don Honorio Laguna, antiguo soldador especializado, y unos lagrimones de orgullo antiguo le brotan del ojo izquierdo, porque el otro lo tiene disecado.

—Fue entonces cuando los vio, y en ese instante sintió llegar redonda su desgracia —me dice Machuca.

—¿Quién vio? ¿A quiénes vio?

—Pues Sacramento. A ellos dos.

Sacramento, que en medio de ese amanecer de resonancias históricas flotaba en un aire imantado por Sayonara, como encuevado en su obnubilación solitaria, volteó a mirar hacia el lugar donde un grupo de mujeres metía bulla y pasaba comida por encima de la malla, y entre ellas reconoció a la niña aunque ya había crecido e iba en traje de combate, con blusa oriental cerrada hasta arriba sobre el corazón con una hilera apretada de botones de raso, los mismos ademanes de animal no domesticable que le notó desde el primer día y el pelo templado y agarrado sobre la coronilla en una cola de caballo que caía salvaje sobre la espalda.

—Primero la vi, luego la reconocí y enseguida caí en cuenta de lo que estaba haciendo...

Sayonara extendía sus finos dedos de uñas almendradas por entre los huecos de la alambrada para alcanzar la mano gruesa de un trabajador que no era otro que el Payanés: separados por la malla y por la presión de la fuerza pública pero entrelazados en la mirada, diluidos en la dulzura del encuentro, hipnotizados y adormecidos en el instante sin tiempo del contacto. Sus índices se buscaban gozosos y confiados sin saber que el mero roce daría recomienzo y nuevo impulso a la historia; sin sospechar siquiera que habría salvación si se producía el empalme —los dedos que se tocan— o hecatombe en caso contrario.

—Chispas, mi reina —complementa Olguita—. Del índice de él al de ella saltaban chispas y centellas que iluminaban el cielo.

—Me bastó ver cómo se miraban para darme cuenta de todo —me dice Sacramento—. Sentí un mordisco en las entrañas y unas ganas grandes de caerme muerto, y me vino con náuseas, como bocanada agria, el sabor quieto de la muerte, y lo que para ellos era vida para mí fue muerte, y cada vez que lo cuento vuelve a matarme como si volviera a vivirlo. El mundo se paralizó para mí y se hizo noche en plena mañana, como si las imágenes hubieran huido y sólo quedara a mi alrededor una nada congelada en blanco y negro, mientras yo ardía en ascuas. ¿Celos? No, antes habían sido celos los que me abrasaban pero ahora era peor, porque como le digo era pura muerte, pero de la retorcida, no de la temperada. Con el paso de las horas se me amortiguó el pánico y me apagué en cenizas, y lo único que quedó vivo en mí fue el recuerdo de un dolor insoportable. Yo andaba por ahí pero ya no tenía huesos, ni carne, ni ojos, ni pelo: yo fui un bulto de dolor pasmado que caminaba sin saber para dónde.

Sacramento no se dio cuenta de cuándo la tropa apartó con violencia a las prostitutas de la malla pese a que ellas intentaban aferrarse al alambre con manos que eran garfios. Tampoco recuerda las muchas horas de bloqueo que los incomunicó con el exterior impidiendo el ingreso de alimentos y obligándolos a comerse hasta las iguanas, los chigüiros, los gatos y otras mascotas cariñosas con el hombre, ni supo tampoco cuándo Lino el Titi, ya en pleno despliegue de carisma y de liderazgo recuperado, dijo que pagaría con la vida el trabajador que llegara a dañar una máquina.

—Frente a esa última medida, el Caranchas y los de mantenimiento le enrostraron su error, advirtiéndole que ya tendría que rendir cuentas cuando la empresa metiera esquiroles, reactivara la producción y quebrara así la huelga —me relata don Honorio—, pero Lino el Titi siendo petrolero, hijo de petrolero y padre ya de tres muchachos petroleros, no toleraba la idea de perjudicar unos medios de producción que, según creía, el día de mañana les darían sustento también a las familias de sus nietos y bisnietos. Era un hombre recto, Lino el Titi, incapaz de calcular que otros jugaran torcido.

Acosados por el hambre y por la guerra psicológica del general del Valle, que mantenía aviones volando a ras sobre el Campo, y resueltos a seguir la huelga desde la clandestinidad en Tora, los trabajadores, a través de su comité de huelga, accedieron a abandonar las instalaciones sin practicar el sabotaje industrial a cambio de que la tropa les permitiera salir pacíficamente, sin agresiones, despidos ni represalias. Pese a su gran congoja Sacramento recuerda, sí, las filas del éxodo por entre un doble cordón de tropa envalentonada, la tirantez insoportable, la sensación de un tiro en la nuca en cualquier momento, la certeza de que alguno de los soldados que los apuntaban dispararía dando la largada para la masacre.

Fue entonces cuando Lino el Titi, rodeado por el comité de huelga y por un grupo de guardaespaldas, salió no supieron de dónde y se acercó a Sacramento con aires de distinguirlo como a alguien de su entera confianza.

—¿Conoces a la Machuca, cierto? —le preguntó—. Cuando llegues a Tora la buscas y le dices que desentierre el mimeógrafo, que lo engrase y lo entinte porque vuelve a correr el boletín de huelga. Tú te vas a encargar. Los del comité te haremos llegar el contenido, ya veremos cómo, y tú te encargas de que se impriman mil ejemplares diarios. La Machuca sabe escribir a máquina, sabe usar el mimeógrafo y sabe hacer las cosas en secreto. ¿Éste es tu amigo? —le preguntó por el Payanés.

—Es el Payanés —respondió Sacramento escupiendo la palabra Payanés como si dijera Judas, pero Lino el Titi no captó el matiz.

—Pues tú, Payanés, quedas encargado de la distribución, que ha de ser clandestina —le ordenó—. Lo entregas a las jefas de barrio y ellas a su vez a las encargadas de cuadra, para que lo hagan circular entre la población. Que al menos ocho o diez personas lean cada hoja, ¿queda entendido?

—Sí, señor —dijo el Payanés inflado de orgullo, sin poder creer que había sido honrado con semejante responsabilidad—. Sí, señor, pierda cuidado, todo lo vamos a hacer como usted dice, pero absuélvame una duda, ¿cuáles son las jefas de barrio y las encargadas de cuadra?

—Ellas lo saben, ellas mismas lo saben desde la huelga pasada, y ya aparecerán dispuestas a cumplir con lo suyo tan pronto como vean el primer boletín volar de mano en mano. El boletín es el corazón de la huelga —le advirtió Lino el Titi antes de desaparecer, majestuoso, rodeado por su cuerpo de guardia—. Mientras salga el boletín, estará viva la huelga.

—El Payanés me empujaba para que fuera a identificarme ante la tropa como funcionario norteamericano, para que me dejaran salir por derecho propio y me evitara así la zozobra —me cuenta Frank Brasco—, pero a mí no me nacía hacerlo. Primero por rencor hacia los míos, que me habían tirado al muere, y después por instinto de solidaridad con los colombianos, porque me sentía más cercano a ellos y porque les reconocía razón y derecho en sus reivindicaciones. Así que me cubrí la cabeza con un sombrero de paja y me oculté nariz y boca tras un pañuelo, como vi hacer a muchos, y salí del Campo apretado y escondido entre la masa obrera.

Enseguida vino lo que cabía esperarse: las ráfagas a traición por parte de la tropa y la respuesta obrera con frascos de ácido sulfúrico y fenol, con el saldo trágico

—que sólo habría de calcularse tres días después— de once trabajadores muertos y tres soldados quemados. Menos mal don Honorio Laguna me lo cuenta porque Sacramento, que se perdía en la inconsciencia de su inmensa pena, no lo recuerda con claridad; ni siquiera escuchó los disparos, me dice, porque le gritaban por dentro más fuerte las voces del desespero.

—Fue historia grande, la nuestra —me asegura don Honorio, y deja correr lágrimas zurdas por los surcos de su cara.

Tengo en mis manos un ejemplar del sexto boletín de huelga, impreso en ya borrosos caracteres color violeta y crispado por ese *rigor mortis* que acomete al papel con los años. Esta misma hoja debió pasar por las manos del Payanés cuando estaba recién salida del mimeógrafo, con la tinta aún fresca, y él debió entregársela a Sayonara, su cómplice, su amada, su ayudante eficaz e incondicional en la riesgosa tarea de impresión y distribución clandestina, en un momento que debió hacerlos sentirse protagonistas tanto de sus propias vidas como de la historia patria, que por un instante los sentaba sobre sus rodillas.

—Era tan explosivo el coctel de entusiasmo colectivo, de solidaridad y de temor —me dijo Frank Brasco en Vermont—, que se diría que todos andábamos enamorados de todos, que para emborracharse no hacía falta tomar y que para hacer el amor no había necesidad de hacerlo.

Entiendo sus palabras: aluden a un erotismo comunitario que en ciertos momentos excepcionales electriza el aire, invitando a creer que la felicidad es posible, que la vida es generosa, que se pueden domeñar la soledad y el aislamiento, que está en manos propias el lograr por fin que al día de hoy le siga un mañana, y a ese mañana un pasado mañana, en una rutilante sucesión de futuro que no conocemos los colombianos. Por eso, aunque apenas les quedara tiempo para besarse entre sobresalto y sobresalto y para abrazarse entre tarea y tarea, durante aquellos días fragorosos al Payanés y a la Sayonara les fue dado el privilegio de vivir el amor en ese punto espléndido y fructífero en que se sale de sí, se vuelca sobre las cosas del mundo y se multiplica en ellas, y nunca como entonces fueron tan jóvenes, tan bellos ni tan felices, ni estuvieron tan convencidos de que se amarían por siempre y de que jamás habrían de morir.

La Machuca, destacada chupatintas, maestra del oficio gráfico, lugarteniente de Lino el Titi y supervisora de operaciones soterradas, ha mantenido este ejemplar del boletín de huelga número seis guardado durante años entre fotografías, cartas de amor, moneda extranjera, recortes de revista y otros recuerdos entrañables.

—Esta hoja de papel —me dice— tal vez sea lo más importante que hayamos hecho en nuestras vidas.

La crónica del boletín número seis empezó con la llegada de los huelguistas del 26 a Tora y su sumergirse en la clandestinidad, porque la huelga había sido declarada ilegal y por tanto punible. Para camuflarse entre la muchedumbre, dado que lo perseguía la ley con orden de captura, Lino el Titi, ya en ese momento consagrado y en pos de volverse leyenda, se tiñó el pelo de amarillo y se afeitó el bigote con el resultado de que la gente que lo veía pasar decía: Ahí va Lino el Titi de pelo amarillo y sin bigote, ante lo cual optó más bien por un disfraz de cachucha y gafas negras. Ahí va Lino el Titi de cachucha y gafas negras, dijeron entonces.

Contagiadas por la pasión insurreccional y dirigidas por la Machuca, las prostitutas de La Catunga entraron en huelga de piernas caídas en adhesión a los petroleros y abandonaron los bares: cambiaron candongas y diademas por trapos rojos que se ataron a la cabeza y se lanzaron a las calles, junto con la población en general, a participar de los foros que se armaban en cada esquina y a protagonizar manifestaciones y multitudinarios desórdenes en apoyo al pliego de peticiones y, por añadidura cívica, para exigir acueducto y alcantarillado en los barrios de Tora, que ardían de sed y de resequedad. La represión afilaba las uñas y seleccionaba a sus víctimas; a los detenidos, que iban sumando la centena, los mantenían a rayo de sol y relente de luna en la cancha de béisbol, convertida en prisión provisional, y durante un allanamiento desmedido en brutalidad, los hombres del general del Valle dieron muerte a golpes a la Chaparrita y dejaron hemipléjica a la Caracoles, por el solo delito de mantener sendos huelguistas escondidos bajo sus catres.

Para evitar la solidaridad con Lino el Titi y demás miembros del comité, el ejército dictó, a nombre de la empresa, la orden textual de que la población «no aloje dentro de la casa a personas que no sean las que componen la familia, o personas de dudosa o mala conducta que comprometan el buen nombre de la familia». Pese a tal mandato, la Machuca, amiga del alma y mantenida de vieja data de Lino el Titi, lo escondió durante una semana entre su gran armario de roble, entre batas de velludo y boas de plumas, de frente a una ventana que permanecía las 24 horas abierta a la calle para que quien pasara pudiera mirar y no sospechara. Haciéndose la que sacaba ropa del armario para vestirse, una vez al día le entregaba al Titi un plato con comida y le recibía la bacinilla llena y los textos garrapateados a la luz de una linterna que habrían de orientar la actividad huelguística con instrucciones precisas y política general. En la oscuridad de la noche, la Machuca lo rescataba del armario y lo escondía entre la cama bajo su cuerpo envolvente de matrona grande, lo ponía al tanto en susurros de las novedades y le trasmitía los mensajes de los demás integrantes del comité, y con una delicadeza de movimientos que apenas alteraba las sábanas, lo exprimía sexualmente hasta dejarlo exhausto. Al canto de las mirlas lo encaletaba de nuevo en el gran mueble de roble, donde Lino el Titi, en compañía de sostenes y baby-dolls talla extra large, y apretado entre inexplicables abrigos de invierno impregnados de alcanfor, pasaba el día meditando, dormitando y escribiendo instrucciones, recomendaciones y arengas tan acaloradas como debía estar él mismo en medio de ese encierro sin ventilación.

—En esas condiciones redactó el boletín de huelga número seis —me cuenta la Machuca—. Lo hizo según su estilo acostumbrado, tan acoplado por instinto al sentir general que empezaba diciendo, «la gente y yo creemos que...» o «la gente y yo sentimos que...». Seguramente hablaba de «una voz que vibra y que no tiembla», de una «vida de humanos y no de bestias» o de otras fogosidades de ese tenor; ya no recuerdo con exactitud. Luego deslizó la hoja por la ranura del armario y yo me la escondí entre el seno para llevársela al Payanés, como ya había hecho con los cinco boletines anteriores, pero esta vez sucedió que en el camino de mi casa a la casa de Adela la Pies Ligeros, donde permanecía encaletado el mimeógrafo, me detuvieron y aunque de carambola no me encontraron el papel, sí me impidieron entregarlo.

Ya estaban listas las líderes de barrio que lo repartirían entre las coordinadoras de cuadra, y las vecinas que lo transportarían bajo los plátanos y los repollos en canastos de mercado, y los niños que se apostarían en las esquinas para campanear al enemigo; ya estaba engrasado y entintado el mimeógrafo que debía moler las resmas de papel, y volaba de impaciencia el Payanés por darse a la labor, y la Sayonara se asomaba a la puerta por ver si la Machuca se acercaba, y ya estaba presente la banda de chupacobres y timbaleros que se ofrecían de voluntarios para tapar con el estruendo de su música el traqueteo de la impresión: Tora entera en tensión, esperando su boletín para comprobar que la huelga seguía viva, que pese a la represión los líderes no se rajaban, que pese a las dificultades la victoria estaba al alcance de la mano. Pero la Machuca, detenida en la cancha de béisbol, no llegó nunca.

—Dame un lápiz, hermosa —le pidió entonces el Payanés a la Sayonara—, que yo mismo voy a redactar este dichoso boletín.

—¡Cómo se te ocurre! ¿Qué sabes tú cuáles instrucciones hay que dar?

—Ya verás.

Unas horas más tarde, las hojas volaban de mano en mano encaramando la huelga a su pico más alto y redoblando los bríos de la población, que todavía recuerda con emoción que su contenido se reducía a tres palabras, o mejor dicho a una sola repetida tres veces: ¡Rebeldía! ¡Rebeldía! ¡Rebeldía!

Pero si los obreros contaban con el descontento para unir a la masa, la empresa sabía utilizar el contentillo para dividirla, y empezó a prometer ascensos, bonificaciones y privilegios para aquellos que retornaran a sus puestos de trabajo desconociendo la autoridad sindical. «Casa gratuita para el trabajador que forme una familia», prometía uno de los volantes que hizo circular la Troco para promover la modernización, la moralización y el regreso a la normalidad, y que fue a parar a manos de Sacramento, del bueno y atormentado de Sacramento, quien desde que vio con otro a la mujer amada agonizaba de celos y se retorcía en rencoroso padecer, manteniéndose al margen de la excitación colectiva. No me atrevo a preguntarle cuándo ni cómo tomó la decisión de presentarse a la oficina de personal para anotarse en la lista de candidatos a vivienda subsidiada, porque sé que es un tema que no cicatriza y que aún supura en su conciencia, en la memoria de Tora y en el disgusto de Todos los Santos, que todavía lo recrimina cada vez que recuerda el insuceso.

—A raíz de la virulencia de la huelga —me explica don Honorio Laguna—, la empresa entró a reconsiderar su concepción. Cayó en cuenta de que tener hombres desarraigados y hacinados en barracas, con una hamaca y una muda de ropa por toda pertenencia y con una puta por único amor, o sea con mucho por ganar y nada por perder, era echarse encima enemigos encarnizados e imposibles de manejar. En cambio un hombre con casa, esposa e hijos, al que la empresa le ayudara a sostener esa desmedida carga, se la piensa dos veces antes de arriesgar su trabajo para lanzarse a luchar. Al menos eso pensó la Tropical Oil Company: que ya era hora de modernizar su estructura para mejor controlar al personal indómito que mantenía enjaulado en los campos petroleros.

—Sacramento sabía que sólo poniéndole casa lejos de La Catunga, podía apartar a Sayonara de la prostitución —me dice la Machuca—. Por eso corrió a anotarse en esa lista. Y además para saltarle largo al Payanés: ojo por ojo y diente por diente, como tú me traicionaste en materia de amor, yo te traiciono en materia laboral. Claro está que lo hizo por ella y únicamente por ella, pero eso no era excusa válida ante los demás.

Porque sucedió que a punta de esquiroles y aprovechando la debilidad sentimental de los trabajadores para dañar la maquinaria y dejarla inservible, la empresa logró poner a funcionar parcialmente el Campo 26, dándole así el golpe de gracia a un movimiento obrero ya de por sí debilitado a punta de violencia.

—Los obreros no contábamos con los ochenta sobrevivientes de la matanza de Orito, que habían llegado a Tora dos semanas antes de la huelga buscando salario petrolero —me dice don Honorio—, ni con las cuarenta y pico de familias damnificadas por los desbordamientos del río Samaná; ni con el grupo de recién llegados de Urumita, Guajira, que se ofrecían como mano de obra; o los 160 indios pipatones recientemente expulsados de sus tierras ancestrales por la propia Troco en su proyecto de ensanchar fronteras; los desplazados de no sé dónde, los 127 de tal otro lado, los miles de desempleados que se mostraron más que dispuestos a aceptar cualquier oficio sin imponer condiciones.

—Para no hablar de los Sacramentos que traicionaban por rencor... —suelta el veneno Todos los Santos.

—No juzgues, Todos los Santos —le responde la Olga, y por primera vez desde que la conozco percibo severidad en su voz—. Nadie sabe con cuánta sed bebe el otro.

—Una cosa hay que aclarar —advierte la Machuca—, y es que Sacramento nunca fue un chivato. No acudió a trabajar a espaldas de los huelguistas para ayudar a quebrarlos y sacar provecho de la situación. Eso ni se le ocurrió. Su único error fue anotarse en esa lista para recibir casa, pero dadas las circunstancias, ése fue un error que la gente consideró criminal.

El boletín de huelga, que lloviera o tronara veía la luz todos los días, se había convertido en el testimonio visible de que los huelguistas no se rendían y de que la lucha aguantaba en la clandestinidad. Sorteando amenazas, palizas y detenciones, logró circular hasta el número catorce, pero cuando el quince estaba en plena elaboración, el general del Valle y los suyos allanaron la vivienda de la Pies Ligeros, deteniéndola a ella y a la banda de músicos, decomisando el mimeógrafo y destruyendo peroles, cachivaches y papeles, o sea «material guerrillero» que dijeron encontrar en su interior. A Sayonara y al Payanés no les echaron mano porque alcanzaron a volarse por los tejados y a esconderse luego, cada cual por su lado. Ese día, por primera vez desde que había sido declarada la huelga, la gente se quedó esperando el boletín, e interpretó el hecho como señal manifiesta de que las cosas iban mal.

—Es cierto que la huelga del arroz no logró casi ninguno de sus cometidos y que terminó en derrota —reconoce don Honorio Laguna, mientras se toma el último sorbo de café—, pero una derrota valiente y digna, y eso se parece bastante a una victoria. Bueno, algo concreto sí se logró, y fue que en el 26 no volvieron a darnos bolas de arroz al almuerzo —añade para terminar, y se ríe de su propia broma.

Durante los días de la huelga, Frank Brasco, olvidado se diría que por completo de su identidad de ingeniero norteamericano y alto empleado de la empresa en conflicto, se instaló a vivir entre las gentes de Tora, les declaró tácitamente sus afectos a los huelguistas y los apoyó en términos prácticos brindando a decenas de heridos sus servicios como enfermero, oficio que había aprendido en su juventud con la Cruz Roja Internacional, y que en términos legales y formales no podía ser imputado como nada distinto a ayuda humanitaria. Además, en sus escasos momentos libres llevaba a la Sayonara a comer granizados al bar de Isaías, como única forma de proporcionarle una explicación tangible y comparativa sobre la naturaleza de la nieve.

La empresa, desde luego, lo sancionó exigiéndole la renuncia, que él pasó enseguida junto con una larga carta pública, de la cual desafortunadamente no he podido encontrar copia porque no la conserva ni él mismo. En ella, según me han dicho, hacía un sesudo análisis del enclave imperialista y sus efectos sobre la población local.

Pero si sus compatriotas no lo perdonaron, tampoco pudo él librarse de la sensación de pertenecer a una nacionalidad que maltrataba a las demás y abusaba de ellas. Ni obrero ni patrón, ni norteamericano ni colombiano, ni calentano ni hombre del frío, entró de manera crónica en las desazones del desarraigo y en la manía irreparable de no querer alinearse con su propio bando, y tal vez fue ese no poder hallarse ni en una parte ni en otra lo que lo impulsó a refugiarse durante los inviernos en su Vermont natal, y a tomar, tras su jubilación, la decisión definitiva de no abandonarlo más, para ver pasar allí los días de su vejez.

—A lo mejor porque estar entre estas nieves se parece bastante a no estar en ningún lado —me dice—. En el verde colombiano encontré la pasión y la dificultad de vivir, mientras que el blanco del Vermont invernal me ofrece las bondades del reposo. Me cubre como una sábana y me permite recordar en paz.

Tras la huelga, Tora, tan desprovista de agua como siempre y acusando tufo a cloaca según era su costumbre, quedó sumida en la nostalgia de lo que pudo ser y no fue. Ahogada en la adolorida inmovilidad de su derrota y en la renovada constatación de su impotencia, se vio además dividida en dos mitades resentidas y recelosas entre sí: los familiares y amigos de los huelguistas que aguantaron hasta el final, por un lado, y por otro, los allegados a quienes flaquearon dejándose tentar por los alicientes y las ofertas de la patronal. Los obreros que no fueron despedidos, entre ellos Sacramento y el Payanés, regresaron al trabajo en condiciones iguales o peores que antes; los caídos fueron honrados con discursos y ofrendas florales; las tres cuartas partes de los detenidos de la cancha de béisbol quedaron en libertad y la otra cuarta parte fue juzgada en consejo verbal de guerra y condenada a largas penas en la isla-prisión de Gorgona.

Al escapar de la casa de la Pies Ligeros, el día del allanamiento, Sayonara se refundió entre un grupo de mujeres que trajinaban con ropa en los lavaderos y así logró pasar inadvertida, pero le perdió el rastro al Payanés. Al regresar a casa de Todos los Santos recibió la información de que también él se encontraba a salvo, y pasada una semana se enteró de que lo habían reintegrado al trabajo en el 26.

—Aquí lo aguardo, pues —me dicen que anunció, y que se dispuso a darle tiempo al tiempo y a atemperar la agonía de la incertidumbre—. Atrás van quedando los días de mi dicha cierta —decía—. ¿Recordarlos dolerá cada día menos, o cada día más?

Hasta que por fin, tras el alargarse de lunes anónimos y el desvanecerse de jueves extraviados, como nacido de la intensidad de la espera, llegó a La Catunga el último viernes del mes y la niña Sayonara lo reconoció, aún antes de despertar, en lo risueño del viento que entró por su ventana arrastrando gorjeos y pequeños estremecimientos, como si soplara desde un país de pájaros. Se parapetó entre la cueva liviana de las sábanas para soñar con el hombre que había prometido volver, y lo atrajo hacia sí con la obstinación de su pensamiento y también con el latir de sus partes de mujer, alargando los minutos de la duermevela para que el cosquilleo que había empezado a inquietarle los párpados bajara por su cuello y burbujeara en sus pechos, clandestinos cuando se exhibían y de suyo apretados y escasos como una nuez, pero ahora, ante la proximidad del amado, esponjados y ofrecidos y venidos a más.

Ya del todo despierta comprobó, contenta, que en el justo centro de sus concavidades, en medio del platón de la cadera, allí donde tantos escarbaban sin dejar huella, un espacio sin estrenar se humedecía y se entibiaba, urgido de acoger, reclamando inquilino con el afán del imán al metal.

Se levantó sin que nadie se lo tuviera que suplicar, contraria a su costumbre de remolonear entre la cama hasta la quinta o sexta vez que la madrina la llamaba a desayunar, y ya había cruzado el patio espantando aves de corral y se había bañado a totumadas en el agua saludable de la alberca cuando escuchó el primer grito: ¡Está servido el cacao!, que en un día del montón la hubiera sorprendido perdida en las neblinas del sueño matinal.

—¡Sayonara! ¡Se enfría el desayuno!

—No, gracias, madrina, hoy no.

—¡Ven! Que se queman las arepas...

—Deje las arepas, madrina, que hoy no.

—¿Le pusiste nabo a los canarios?

—Ya voy.

—¿Acaso no te pedí que le echaras baldes de agua hirviente al retrete, que anda pestilente y atascado?

—Ya voy, madrina —decía pero no iba. Se quedaba cepillando su pelo largo con movimientos lelos, dejando que el cepillo se le durmiera en la mano y que la mente volara en el recuerdo de la dicha que habría de venir, mientras se ocupaba, sin darse cuenta, de la tarea imposible de acompasar los diferentes ritmos de su propio ser.

—Hay misterios en esta vida —escucho reflexionar a Todos los Santos— tan cerrados que el cerebro humano no logra meterles uña. Uno es la magia de la electricidad, otro la sustancia del arco iris y otro, más impenetrable aún, el de la Concepción Inmaculada. Pero ninguno tan asombroso como el de la felicidad. Usted —me señala a mí—, usted que ha estudiado en la universidad, haga el favor de explicarme ese vicio del humano de colocar su dicha entera en manos de un semejante. Así hizo mi niña Sayonara con ese trabajador petrolero del que sabíamos tan poco y al que llamaban Payanés. Se encaramó en el embeleco y se prendió al amor de ese hombre como un nene al pecho de su madre o un náufrago a la tabla de su salvación, como si de verdad lo necesitara para sobrevivir, y sin averiguar ni consultar le entregó la ramita florecida de su esperanza. Mi niña que todo lo tenía, a la que no le faltaban ni cuidados de madre, ni atenciones de enamorados, ni belleza en la apariencia, ni salud, ni pan en la mesa, nada. Nada de nada. ¿Para qué tenía que ir a buscar lo que no se le había perdido? ¿Quién me explica ese misterio? ¿Quizás usted, que según dicen estudió en la universidad?

—Bien enferma de amores debo estar, porque me duele el cuerpo de tanto desearlo. Si no lo toco, me voy a morir —le confesó esa mañana la Sayonara a la Olguita, diciéndoselo así, sin más, porque la rara alquimia que hace que tu felicidad quede en las manos de otro había operado en ella con una simplicidad irreversible.

Hacia las tres, Todos los Santos sorprendió a su ahijada desmanchándose los dientes con ceniza, según ella misma le había enseñado. Luego la vio apretujar ropa y objetos entre unas cajas y ponerse el vestido amarillo de organdí soplado, trenzarse el pelo con cintas de seda y arreglar de fiesta a sus hermanas también, de rosado crisantemo a Ana, a Susana de celeste, a Juana de verde apio y a la nena Chuza de azucena inmaculado. Durante el resto de la tarde la observó volar al soplo de su anhelo, mirándolo todo con los ojos ya ausentes de quien no va a volver y recorriendo la casa de arriba abajo mientras llevaba, sin ton ni son, enseres varios de aquí para allá y de allá para acá. No le preguntó nada cuando la vio arrastrar una pesada caneca de un extremo al otro del corredor, ni cuando le dio por rescatar un biombo chino de un rimero de objetos desechados, ni siquiera cuando a los pastores del pesebre, olvidados desde diciembre, los liberó de su envoltorio para colocarlos, vistosos y extemporáneos, sobre la repisa de las porcelanas.

—Ya pasó la Navidad, ¡a la mierda los pastores! —exclamó fastidiada Todos los Santos, devolviéndolos a su lugar—. No te acostumbres a mascar ansiedad —le advirtió a su ahijada—, que es un vicio pertinaz, como el de los caballos que en el establo tascan aire y después no quieren comer ninguna otra cosa. Estás así de flaca porque te alimentas de puros nervios.

—Por Dios, niña, ¿qué es lo que haces? —averiguaba la Olguita, viéndole el trajín tan loco.

—Es que no sé, tía Olga, si vendrá por mí. Tal vez no se acuerde... —era lo que respondía, y seguía con aquellos acarreos sin finalidad, puro despropósito que le apaciguara la desazón y le mitigara el vaivén de esa incertidumbre que en las idas le decía que sí y en las venidas que no, ¿tendrá presente la fecha?, ¿podrá venir?, ¿querrá?, y el columpio inclemente en el pecho, golpeteando las costillas, iba y venía contestando sí, no, sí.

—¡Sayonara! Hay un cliente en la puerta y quiere saber si tú...

—Hoy no, madrina, dígale que hoy no.

—Pero si es don Alselmo...

—Que no.

—No Anselmo Navas, ése no, ¡sino don Anselmo Fuentes, el generoso!

—Dígale que mañana.

—Dice que ha de ser hoy, porque mañana parte hacia Valledupar...

—Pues entonces que tenga buen viaje, y que por mí que se vaya desde hoy —y ella mientras tanto entregada al trasiego inútil sin poder controlar ese temblor de manos que le impedía asir la realidad.

—Ya le digo, madrina, hoy no estoy para nadie. Otro día con mucho gusto; hoy no.

Pasó el trapero por las baldosas del patio, luego la escoba por la cocina y de nuevo el trapero por lo ya limpio del patio, puliendo lo impoluto con el solo afán de barrer el día de una buena vez, de ir echando afuera las horas que se atravesaban en su camino como vacas muertas y que la apartaban de la única que tenía interés y razón de ser: la hora esperada, la definitiva, la hora del reencuentro.

¿Vendrá? ¿No vendrá? A nadie vio Sayonara al llegar a la orilla del río; sólo garzas que cruzaban el aire sin perturbarlo. El agua respiraba mansa como un animal de establo y en el cielo la tarde fenecía de muerte natural, sin rojos sangrientos ni arrebatos en naranja; sólo un malva luminoso que se iba apagando en grises cada vez más cansados. Nadie se veía venir.

Sin percatarse de la zozobra de su hermana mayor, las otras niñas se entretenían batiendo palmas cruzadas al ritmo de unos versitos zoofílicos: Buscaba papel y lápiz tibi-dí, para escribirle una carta al lobo tobo-dó, y el lobo me respondía tibi-dí, con un aullido de amor, primero Juana con Ana y Susana con Chuza y enseguida intercambiando parejas, en una muy graciosa sincronización de manos, brazos y voces.

Aquel hombre que acercaba paso a paso su silueta vestida de blanco, ¿sería él? ¿No sería? Era.

Pero no era ésa su manera de mirar, como si estuviera esperando abrazar a una sola mujer y no estrellarse contra esta imagen que se desdoblaba en cinco, ella y sus hermanas, ella y su cuádruple reflejo, de grande a pequeño, para colmo con equipaje y parafernalia en torno al grupo familiar.

—¿Para dónde es el trasteo? —preguntó el Payanés desde todavía lejos, y Sayonara sólo supo responder con un estertor discreto que visto desde fuera semejó un hipo pero que por dentro tuvo magnitud de cataclismo, con infarto momentáneo de los principales órganos y afluencia brusca de toda la sangre hacia la mitad superior del cuerpo, volviendo de trapo la mitad inferior.

—Te he esperado, hora tras hora, durante treinta días con sus treinta noches —le dijo el Payanés cuando se hallaron cara a cara, pero más que afirmación, su frase era un reproche.

—Yo a ti también.

—¿Y tus hermanas? —preguntó él.

—Las traje conmigo —titubeó ella, contestando lo que era obvio.

—¿Pero por qué? —insistió el obrero petrolero que esperaba delicias de su cita de amor.

Sayonara se asombró ante esa pregunta que no había sospechado y cuya respuesta parecía tan clara, tan anterior a las palabras, que no encontraba cómo contestarla. ¿Por qué las había traído? Al único encuentro ansiado de toda su vida, ¿por qué no presentarse sola, como debía ser? Ella, la bella ramera, la seductora, la discípula favorita, ¿por qué se comportaba con atolondramiento de principiante? Vio a su lado a sus hermanas, tan solas como ella misma e igualmente ignorantes de su propia soledad, y se le encogió el alma ante la timidez de armadillo de esos cuatro pares de ojos que casi no se atrevían a posarse sobre lo que miraban y que a todo renunciaban de antemano, porque sabían que nada había en este mundo que les perteneciera. Y que sin embargo esperaban aquello, quién sabe qué, tan amable y extraordinario, que en esta fecha única habría de regalarles el porvenir.

—Las traje conmigo porque yo soy yo y mis hermanas —dijo por fin, como queriendo llorar sin lograrlo, como queriendo evitar el llanto pero fracasando.

Pero el Payanés no era quién para andar adquiriendo responsabilidades familiares en nombre del amor. El último viernes de cada mes, eso había acordado desde el principio y eso estaba dispuesto a cumplir hasta el final. Pero no más. Que no le pidieran rancho fijo ni corazón quieto porque no podía darlos; sólo un brazo para trabajar, el otro para abrazar y un camino por delante, como solía decirse por estas tierras de desarraigos.

—¿Pero no me dijo usted misma, Todos los Santos —le pregunto—, o acaso fueron suposiciones de la Olguita, que el Payanés añoró su propia casa al entrar al patio de la casa de usted? ¿Acaso no vio en usted a una madre y en las hermanas de Sayonara a sus propias hermanas?

—Es posible. Y que en Sayonara haya encontrado la remembranza de un primer amor, eso también puede ser. Pero para alguien como él, una cosa es cargar con la añoranza de una familia y otra muy distinta es cargar con una familia —me aclara—. Al llegar a Tora, todo hombre huye del compromiso y se aficiona a la especulación, que lo amarra mucho menos.

—¿Qué te pasa? —le preguntó Sayonara a su amor.

—Desde que fracasamos en la huelga ando de un genio de todos los diablos, pensando y repensando en qué nos equivocamos. No puedo concentrarme en nada más.

—Creí que esta noche tú y yo podríamos jurarnos un compromiso de amor para siempre... —se atrevió a sugerir Sayonara, convencida de que nunca antes había pronunciado algo tan serio, y desafiando tanto los peligros de la cursilería como el sentido de la oportunidad.

El Payanés, que la miró con ojos cuadrados como si le estuviera hablando en alemán, debió pensar que el vestido amarillo de organza festiva que llevaba puesto aquella niña era disfraz más que apropiado para semejante discurso de ocasión. Las palabras compromiso y siempre tenían sentido para él si las asociaba con algo eterno, como por ejemplo la solidez metálica de la flaca Emilia, pero no con el candor desprotegido con que esta muchacha venía a entregarle su vida y a encimarle de paso la de sus hermanas.

—Pues si no ha de ser siempre, entonces que no sea nunca —ante el silencio del Payanés, Sayonara reviró de mala manera y en plan de capricho, porque no sabía aceptar que la contrariaran.

—Hay que reconocer que, para ser puta, Sayonara tenía ideas raras —opina la Machuca—. Y temperamento indeseable, desde luego, porque escasea el cliente dispuesto a aguantar berrinches y exigencias.

—Eso es cierto —reconoce la Olga—, para puta, Sayonara se las trae. Además no es justo imaginar en el Payanés una dureza de pensamiento que no le corresponde. Es un hombre bueno, eso hay que decirlo, y estaba debidamente enamorado. También debe ser verdad que la derrota de la huelga le había malogrado el genio y debilitado las convicciones, porque a todos nos pasó lo mismo. Después de ese fiasco, hasta el aire quedó envenenado.

—Los compromisos para siempre están buenos en boleros y radionovelas —interrumpe Todos los Santos—, pero no cabían en La Catunga. A mi niña insensata le gustaba andar repitiendo ideas foráneas y trabalenguas aprendidos en otros lados. Habráse visto —se escandaliza—, hablar de siempres en estas tierras estremecidas donde no sabemos qué va a pasar dentro de un par de horas...

—Precisamente por eso —dice la Olga—. Por eso, precisamente.

—Sólo los huevos de las polillas son para siempre —aporta la Fideo, que según parece hoy amaneció en la fase delirante de su enfermedad.

—Debes saber que en Popayán... —empezó el Payanés, pero Sayonara se apresuró a interrumpirlo para hablar de otra cosa, de cualquier otra cosa que la aturdiera de ruido, porque supo que lo que iban a decirle le rompería el corazón.

—En Popayán... —insistía el Payanés resuelto a confesar pero impedido por la dificultad, como si cada sílaba fuera una gran roca que tuviera que traer cargada al hombro, y Sayonara vio que se le venía encima una descarga de la cual no tendría cómo resguardarse, y en ese instante de revelación dañina, antes de que a sus oídos llegaran las palabras, entendió también por qué el Payanés nunca hablaba de su ayer, como si acabara de ser parido por una nube rosada. Supo además lo que todos habían sospechado, salvo ella misma; lo que su madrina adivinaba desde hacía tiempo y por lo cual le machacaba: No le hagas preguntas. Ve a los encuentros de los viernes y cóbrale tu amor en contante y sonante, pero no te encapriches con él ni le preguntes nada. La esperanza se mantiene viva mientras no pregunta, porque las respuestas la aplastan.

—En Popayán dejé hijos, y también esposa. No es la esposa que quisiera tener, pero es la que tengo... —el Payanés se acuclilló a la orilla, contrariado y como adormecido por el esfuerzo de soltar su verdad, y se puso a arrojar piedras planas al agua para hacerlas rebotar sobre la superficie quieta. El río Magdalena, que un día había incendiado sus aguas para recibirlos, convertido en hoguera que consumía y no quemaba, ahora les pasaba por enfrente menso y aburrido, testigo apático de su desencuentro, sin sacar a relucir lavanderas, ni tortugas, ni ocho cuartos, ni músicos viejos, ni nada parecido a piaras de cerdos que bajaran a calmar la sed.

—Sayonara quedó aturdida por la rudeza del golpe —me cuenta la Olguita—, y no hallaba cómo digerir ese pastel de amargosidades. Además, se sentía ridícula en sus trenzas con cintas, sus palabras altisonantes, su traje de muñeca y sus pertenencias empacadas. Claro que al rato, y en vista de que el otro seguía en lo de las piedras y no daba señales de comunicación, empezó a rondarlo, amagando con acercarse pero sin atreverse.

El hilo fino que los unía se había reventado y ella no encontraba cómo remendarlo, aunque ahora estuviera dispuesta a perdonar a cambio de poca cosa, y si eso no era posible, entonces a cambio de casi nada, lo que fuera con tal de que la dejara acercarse al olor limpio de su camisa blanca, o recostar la cabeza contra su pecho grande, o pasar el índice por los pétalos abiertos de su rosa tatuada, o adivinar la seguridad de sus muslos bajo el dril del pantalón.

—¿Qué haces? —se atrevió a preguntar por fin, pero el Payanés ni la volteó a mirar.

—Pan y quesito.

—¿Qué cosa?

—Nada; así llamamos en mi tierra esta manera de poner a bailar las piedras sobre lo liso del agua, hacer pan y quesito —fue diciendo con la voz insípida del desencanto, viendo cómo rodaban por el suelo, como duendes decapitados, tantos deseos atesorados durante las noches desamparadas del campo petrolero.

Ay, amor mío, déjame cerrar los ojos y descansar en ti aunque sea un instante, porque la vida me pesa y no puedo más con ella, quiso implorar Sayonara, pero supo que no obtendría respuesta y que todo ruego se refundiría en un mar de extrañeza.

—¿Vamos? —musitó sin esperanza, sabiendo que el cuarto de hora de su felicidad había pasado ya.

—¿Vamos adónde?

—Pues a cualquier lado...

—¿Y adónde vamos a ir, con tanta niña y tanto coroto? Mira, Sayonara, o como te llames, tú no me puedes exigir...

—Si no te exijo nada —quiso retractarse y borrar los rastros de su ilusión infundada, pero sucedía que ella misma, y las cuatro niñas, todas cinco vestidas de organdí de colores como si estuvieran envueltas en papel de regalo, con sus haberes embutidos en tres mochilas y dos cajas, eran no una exigencia pero sí una súplica, una entrega incondicional y muda a quien las quisiera amar y amparar.

Mientras tanto en el patio de su casa, Todos los Santos, que alimentaba con auyama a un tapir cautivo, intuía el descalabro que acababa de acontecer: lo olfateaba en una vaharada malsana que subía del río.

—¡Ay!, mi niña ingenua —se lamentaba en voz alta aunque sólo la escucharan una guacamaya, unos pericos y el tapir—, cuántas veces te habré dicho que el amor de puta no es amor por vida sino por hora. Cuántas veces tendré que decirte que la que se da a deseo huele a poleo y la que se da a porfía hiede a porquería. Agárrate de atrás y aguanta el rebencazo, a ver si para la próxima vez aprendes.

Lo que vino a continuación fue el torpe coletazo de una escena desatinada que buscó a palos de ciego llegar a algún desenlace. Caminando sin rumbo ni convicción, con aquellas cajas a cuestas, fueron a parar a un remedo de feria desempacada de una carreta y anclada al pie de la estación del ferrocarril, alumbrada por bombillas anémicas y animada sin éxito por el sonsonete de tres músicos propensos al bostezo. Se trataba de un efímero monumento a la alegría postiza: el mausoleo idóneo para darle entierro de tercera a una historia de amor que terminaba de esa calamitosa manera.

Las niñas ganaron baratijas atinándole con dardos a un payaso de cartón, compraron caramelos pegotudos que se untaron en el pelo, se quitaron los zapatos y se sonaron la ñatas con las arandelas de organdí, y el Payanés, que no sabía si considerarlas primores o monstruos, como ocurre siempre con los hijos ajenos, hizo un esfuerzo por comportarse y las invitó a doble ronda de paleta tutifruti y mazorca asada con manteca y sal. Le regaló a cada una un animal de peluche y al rato se despedía con un lacónico, me voy, pronunciando de perfil y abriendo apenas la boca, y la Sayonara, que comprendió que se trataba de un adiós sin atenuantes, lo miró alejarse por entre unos matorrales que se cerraban en sombras, sintiendo que el vahído de una leve muerte le mareaba el corazón. Pero no perdió, pese a todo, la ilusión de que en el último instante él volteara la cabeza y le dijera, por lo menos, nos vemos. De hoy en un mes, junto al río, nos vemos.

—¿Y lo dijo?

—No, no lo dijo. Se alejó así no más, sin añadir palabra.

Ya las nenas se dejaban llevar por el sueño, abrazadas a sus peluches y convencidas de que en esa noche de feria habían conocido la felicidad, pero Sayonara no quería volver a casa a rumiar en la oscuridad de su habitación las resonancias huecas de ese me voy que la dejó sangrando por dentro.

Seguía allí parada, incapaz de desprenderse de la luz ya apagada de las bombillas, como hipnotizada por el sonsonete perseverante de los músicos desde hace rato idos y con la misma expresión de desconcierto de un niño que invita a otro a jugar con sus juguetes nuevos y los encuentra de repente descoloridos y rotos. Como si sostuviera entre los vuelos de su falda trompos sin cuerda, muñecas sin brazos y cometas que no vuelan, no salía de su asombro al ver sus encantos y encantamientos inexplicablemente inútiles y desdeñados.

¿Rabieta de bella contrariada o auténtica gana de caerse muerta? Ambas, juntas y revueltas. Herida en el orgullo y quebrantada en su raíz, con un dolor en el pecho como de costillas rotas, Sayonara obedeció al primer arranque de sus pies, que querían llevarla a rematar a tontas y a ciegas la noche de su despecho en el Dancing Miramar, donde no le faltarían enamorados que la mantuvieran ocupada mientras dejaba atrás esta fecha torcida y de sabor amargo. Cuando ya estaba en camino la asaltó una duda que la hizo frenar en seco, ¿y si se encontraba en plena Calle Caliente con el Payanés, que debía andar conjurando el mal trago en brazos de la Molly?

—El solo pensamiento la puso a arder en rabia —me cuenta Olguita—. Peligrosa cosa. Cuando una prostituta se enciende en celos y se deja arrastrar por el temperamento, sella su destino. Créame lo que le digo; mil veces hemos visto el caso.

El Payanés desfogándose con la Molly: razón de más para ir a matarla, la muy puta de la Molly Flan. La venganza no tenía por qué ser privilegio de la Fideo, y qué dulce sería matar a la Molly pero al fin de cuentas para qué, si ni cortaba ni pinchaba y el verdadero desquite sería irse hasta Popayán y sacarle los ojos a la señora esa, aunque pensándolo bien qué tenía que ver la pobre, allá al otro lado del mundo quebrándose el espinazo para criar unos hijos mientras aquí su marido andaba de farra con un par de perdidas y un trío vallenato. Lo único valedero era tirársele a la yugular al muy cabrón, desbaratarlo a mordiscos, arañarle la cara hasta dejársela marcada, descerrajarle un patadón en los huevos y gritarle de frente los cuatro insultos cardinales, malparido, mentiroso, traicionero, asesino de mis ilusiones.

Era un bolero soez pero bien acompasado, fácil de cantar, en realidad tantas veces cantado que ya hacía parte del folclor de La Catunga y demás zonas de tolerancia del planeta. De ahí en adelante todo sería previsible: poética del fango, anécdota pura y dura, un guión de desdicha que otras habían escrito ya. Sayonara borracha amenazaría con lanzarse debajo de las ruedas del ferrocarril, luego descartaría esa salida en exceso dramática y optaría por cantar rancheras a grito herido colgada al cuello de algún otro borracho.

A la noche siguiente no se presentaría siquiera en el Dancing Miramar porque ya todos sabrían que ese escenario había dejado de corresponderle, que la puta más codiciada de Tora había bajado de nivel y ya no estaba a la altura de la clientela selecta, de las noches de champán ni del decorado de cristales y terciopelos, y que haciendo de tripas corazón tendría que conformarse con integrar el elenco de un bar más barato.

—Toda chica de la vida sabe que siempre habrá un bar más barato —me dice la Machuca—, y otro más y otro más a medida que te alejas del centro, la cuesta apenas inclinada para que la caída no sea aparatosa, y se consuela pensando que son varios los años y los peldaños por los que puede ir rodando antes de llegar al fondo, a lo que propiamente se dice el fondo del fondo.

—Esa noche Sayonara se jugó su destino —me dice, mosqueada por el recuerdo, Todos los Santos—. Caminó un buen rato por el filo de las decisiones y estuvo a un paso de tomar la nefasta, la sin remedio, la que esperaba con la puerta abierta. Esa puerta de sobra conocida que aguarda a toda mujer de la vida al final del callejón. Pero no. Ella no. No había nacido para ser letra de tango. Lo supe desde el primer día que la vi, cuando era apenas una mocosa pulguienta: A ésta la salva el orgullo. ¿Se acuerda que se lo dije, la propia mañana en que nos conocimos, cuando usted se asomó por aquí haciendo preguntas?

—Nunca más vestido amarillo —sentenció Sayonara, como cancelando de un plumazo los rezagos de su infancia—. Al carajo cintas en el pelo.

Se arrancó a tirones las mangas bombachas y el cuello bordado, rasgó la arandela que remataba la amplia falda con vuelos de tul y se soltó ambas trenzas, entrecerrados los ojos para recibir la caricia de la melena puesta en libertad, que le resbaló por la espalda como un agua lenta.

Absurda cantidad de pelo para tan pequeña mujer, y tan acongojada. Igual al de su madre y única herencia que le quedó de ella. Con brillos de astracán y colas de zorro azul, la mata de pelo invadió la noche, flotando, y cuando arreciaron las brisas se dejó llevar —larga, libre, lejos— echándose a ondear sedosa y magnífica, como un río en el viento.

Como llevada de la mano del ángel guardián, ese bicho alado que a punta de aspavientos y revoloteos disuade a sus protegidos del llamado del abismo, Sayonara desistió de ir a la Calle Caliente y se enrumbó de vuelta hacia el Magdalena, y al llegar a la orilla se permitió el lujo de hacer lo que en sus circunstancias hubiera hecho cualquier mujer que no tuviera el temple ni la exigencia dramática de una prostituta: se largó a llorar.

Sucedió a la hora en que reverbera la fosforescencia plateada de los yarumos, esos bellos árboles de la luna, pero ella no estaba de ánimo para fijarse en paisajes. Mientras Ana, Juana, Susana y Chuza se iban quedando dormidas, mínimos bultos de sueño agazapados en tul y resguardados del cielo bajo algún arbusto, Sayonara se entregó, sin reparar en hipos ni medirse en estremecimientos, a una lloradera incontrolable, inconsolable, magdalénica, como la que no se había permitido antes ni se permitiría después, sorprendida ante el sabor a suero de sus lágrimas y extrañada de su naturaleza quemante, como la del agua bendita, que al rodar enrojecía las mejillas. Las dejó correr, gota a gota, sin pensar en nada más preciso ni más específico que la propia pena. En todas las penas de ayer y de hoy fundidas en una, sin nombre ni cara; una pena grande y blanda como un seno que alimenta y que consuela, vieja pena familiar, tan amarga pero al fin de cuentas tan propia.

—Lloró toda la noche, ella, la inconsolable, hasta que el llanto la serenó. Por algo dice la gente —me explica Todos los Santos— que es bueno llorar la pena. Quiere decir que te la sacas de adentro por el camino de los ojos, en su verdadera consistencia que es el agua. ¿Por qué cree que son saladas las lágrimas? Porque son agua apenada. Por eso.

Lágrimas de muchacha que iban a parar al río, que también hacía lo suyo, perdonando, bautizando. Para comprenderlo bien: el Magdalena se chupaba el sufrimiento y se erizaba de lástima. Por eso, contra el fondo de luna que espejeaba en los yarumos, la silueta de la niña se iba haciendo más limpia y más leve mientras las aguas se recargaban, se entristecían, corrían más demoradas. Hasta que al final, justo sobre el filo de la deshidratación, Sayonara decidió que ya era suficiente. Yo soy yo y mis lágrimas, pudo reconocer por primera vez desde que nació, y paró de llorar.

Por la pradera nocturna vagaban bestias grandes e imprecisas que exhalaban tibios vahos, y las aguas del río se volvieron charoladas y compactas: una masa de oscuridad que invitaba a caminar sobre ella. ¿De dónde venía tan enorme caudal de aguas vivas? ¿De dónde tanto líquido corriendo por el cauce? Lluvia, savia, leche, sangre, nieve, sudor y lágrimas, al Magdalena lo alimentan los efluvios de la naturaleza y los humores de los hombres.

Aunque la noche le impedía ver a los muertos que arrastraba la corriente, Sayonara los sintió pasar, inofensivos en su tránsito lento y blanco. Bajaban de uno en uno, abrazados en pareja o a veces en ronda, tomados de la mano, transformados en esponja, materia porosa que flotaba apacible, pálida, por fin impregnada de luna después de haber derramado en la orilla, hace ya tanto tiempo, todo el desasosiego y el dolor de la sangre. Sayonara, la niña de los adioses, metió los pies entre el agua para estar cerca de ellos y contuvo el pánico cuando a su paso le rozaron los tobillos, se le enredaron en las piernas con viscosidad de algas y le enviaron mensajes en su peculiar lenguaje, que era gorgoteo de sustancia orgánica deshaciéndose en sombras. Más tarde, cuando se ocultó la luna y el cielo se nació de estrellas, no quiso apartarse del río ni sacar los pies del agua porque tuvo la seguridad de que la romería silenciosa arrastraba también a sus seres amados, su madre ardida, la dulce Claire, su idolatrado hermano, que corrían Magdalena abajo purificados por fin y convertidos en recuerdos mansos, después de tantos años de sufrir y hacerla sufrir, acechándola como espantos.

—Por eso no se dejan enterrar —comprendió por fin Sayonara—. Por eso buscan el río, porque bajo tierra, solos y quietos, se mueren, mientras que en la corriente viajan, pueden mirar a sus anchas el cielo y visitar a los vivos...

Supo también: Yo soy yo y mis muertos, y se sintió menos sola, como si se hubieran acortado los millones de pasos de su distancia.

Todos los Santos me cuenta que sólo a la madrugada del día siguiente, sábado y fiesta de San Onofre, regresó Sayonara a casa con las cuatro niñas y el equipaje, y que tan pronto la vio entrar, con el vestido hecho trizas, el pelo revuelto y los ojos asolados por el mucho llorar, se dio cuenta de que era cierto: le había sucedido algo grave. Algo definitivo y grave.

—No me atrevía a preguntarle —me dice la vieja— porque ya había perdido la costumbre de que me respondiera, si hasta una docena de veces había que decirle las cosas sin obtener respuesta, como si ella fuera sorda por vocación o como si contestar le fatigara la lengua.

Se llevó aparte a Juana y a Ana y las interrogó en tono severo, conminándolas a responder si alguien, o algo, le había hecho daño, pero las dos niñas le juraron que no, que ellas no habían presenciado ningún atraco ni atropello.

—Le serví el desayuno esperando que las palabras le vinieran solas, pero no vinieron. La vi mordida por el desamor y marcada por la soledad, todo en ella cansancio y lastimadura como en una mula de carga. Entonces me decidí a preguntarle, poniendo todo mi entendimiento en la interpretación, y me sorprendió que su voz salió fácil, sin hacerse de rogar y otra vez dulce, como había sonado alguna vez, cuando era niña:

—La vida me hiere, madre, suavecito.

Todos los Santos la sintió serena; dolida y maltrecha pero serena, y como Moisés, salvada de las aguas: vencedora de sus propios fantasmas. Así supo la madrina que durante la noche la ahijada había estado haciendo lo mismo que las culebras, que cada tanto se frotan contra la aspereza de las piedras para zafarse de la vieja piel y estrenar piel nueva.

—Por fin —me dice Todos los Santos, y un minúsculo fulgor enciende sus ojos muertos—, cuando ya yo creía que nunca cambiaría, Sayonara dejó atrás la piel escurridiza y abismada de la adolescencia.

—Yo la metí en esa vida, y es ley que yo la aparte —era el credo que Sacramento se imponía como mandato, y como fiel cruzado que era estaba dispuesto a hacer cualquier cosa con tal de ver triunfar su causa. Ahora, además, contaba con un aliado poderoso en el empeño por salvar a la mujer adorada, porque la Tropical Oil Company había tomado la decisión empresarial y rentable de redimir a todas las prostitutas de la comarca.

El intercambio de salario por amores les abría las puertas a la desmesura y a la irracionalidad: el deseo, que quemaba, consumía la riqueza y no dejaba nada a cambio, salvo deseos renovados, y ni la empresa, ni el progreso, ni el orden encontraban cómo sacar provecho de ese círculo vicioso, o al menos ésa es la explicación del problema según el silogismo envolvente de don Horacio Laguna, con quien converso en el tradicional café El Diamante.

—Así no hay capitalismo que crezca sano —me dice—, y por eso los gringos que manejaban la empresa se declararon enemigos de la promiscuidad, al menos la de nosotros, los colombianos.

Aunque ofrecieron casa, educación para los hijos, subsidio de salud y hasta acceso a un comisariato donde se vendía carne por debajo del precio de la plaza, la mayoría de los trabajadores se negó a entrar por ese aro, por cuestión de principios y además por ancestral apego a los vicios del dulce amor. Pero no así Sacramento, quien vio en la nueva política la clave de su futuro.

Mientras brigadas de franciscanos de impreciso acento mediterráneo, enfundados en burdos hábitos color marrón, parecían escaparse del Medioevo y caer en Tora para impartir cursillos de preparación prematrimonial, otras brigadas, también de capucha pero sobre el rostro, recorrían las calles humillando a la población y cobrándole *a posteriori* su «amistad con los bandidos de la huelga». Cierta tarde en que Sayonara regresaba del puerto de Madre de Dios, donde había acudido en viaje de tres días para atender clientela foránea, tuvo una mala corazonada que la obligó a acelerar el paso y llegó acezante a casa para encontrarse con una opacidad de rabia estéril en la mirada de Todos los Santos y de la niña Susana, que permanecían inmóviles, sentadas en la acera junto a la puerta de entrada, exhibiendo la desolación sin orgullo de su cabeza recién rapada. Junto con otras siete mujeres de La Catunga, habían sido motiladas a la fuerza y de manera cruel, dejando feos rasguños en el cráneo y ralos mechones escapados aquí y allá de la inclemencia de la tijera.

—Dijeron que nos dejaban pelonas para que aprendiéramos. A Juana y a Chuza no les hicieron nada, porque no estaban aquí cuando allanaron los encapuchados —le contó Susana, y Sayonara no pudo pronunciar palabra porque el nudo de la indignación le apretaba la garganta.

—¿Y Ana? —preguntó al no verla.

—Ella sí tiene su pelo entero, pero ya no está aquí. Se fue ayer con unos soldados que querían verla bailar.

—¡Pobre de mi hermana! ¡Esta vida de putas ya la echó a la perdición! —clamó Sayonara fuera de sí, arrojándosele encima a Todos los Santos para ponerle la mano, y como las otras la atajaron, recordándole que a la madre no se la toca ni con el pétalo de una rosa, se dedicó a romperse los nudillos a puños contra las paredes y los pies a patadas contra las puertas—. ¡Mi pobre hermana reventada, puteada, todo por culpa mía y de esta vida de putas donde la vine a meter! ¡Se la llevaron los malparidos!

—No se la llevaron; ella se fue por propia voluntad.

—¡Calumnia! ¡Cómo me dice eso, madrina, encima de todo y como si fuera poco!

—Ayer mismo fuimos a buscarla al campamento provisional que del Valle montó en Loma de Tigres, porque nos informaron que la mantenían allá. Nos juntamos más de veinte para ir a exigir que la devolvieran, a ella y a otras cuatro muchachas del barrio, pero cuando Ana salió, ella misma, con frases que todas escuchamos, nos dijo que se quería quedar. De nada sirvió rogarle, ni amenazarla, ni razonar. Dijo que no quería volver, y no volvió.

De boca de Sayonara escapó un sonido lastimero y prolongado, más aullido de animal que llanto humano. La pérdida del Payanés la había arrastrado hacia una pena alta, severa, se diría que casi elegante si se tiene en cuenta que la ausencia del amor registra una intensidad sólo comparable a la de su presencia. La tristeza que la invadió ahora tenía, por el contrario, una naturaleza turbia y rastrera, y en nada se parecía a la excelsa penitencia de agujas doradas de la anterior. Pero sumadas la una a la otra, una sublime y la otra ruin, la fueron empujando hasta el límite de su propia esperanza, donde descubrió algo que moría en ella y que le hacía pensar vagamente en castigos de Dios que debían ser aceptados. Fue entonces cuando se le apareció Sacramento con los planos del futuro barrio obrero en la mano y la promesa firmada de vivienda popular entre el bolsillo, le propuso matrimonio por la iglesia, le ofreció sacarla junto con sus hermanas de La Catunga hacia una vida más digna y segura, y Sayonara, sin pensárselo dos veces, le contestó que sí.

—Yo diría que no lo pensó ni una vez siquiera —medita la Olga—, pero era de esperarse, porque según se sabe el destino de Sayonara está regido por un astro veloz, de traslación caprichosa.

—¿Te vas a ir a vivir a una casa que proviene de los mismos que te envilecen? —le preguntó Todos los Santos, indignada e incrédula, mientras su mano, obrando por cuenta propia, repasaba el cráneo desguarecido como tomando nota del estropicio.

—Así viniera del mismo diablo, con tal de irme de aquí —respondió Sayonara, y en ese momento el cielo se abrió en una lluvia chirle y esponjosa que no tapó del todo al sol y que tendió un desteñido arco iris sobre el río, a manera de puente sumamente endeble.

—San Isidro labrador, patrón de los fenómenos celestes —me cuenta la Olguita que rogó en ese momento—, protege a esta niña del embate de sus caprichos, que la tironean de punta a punta sin que ella pueda domeñarlos...

—Mi niña estaba enferma de esperanza en demasía —me explica Todos los Santos, haciendo hoy gala de una tolerancia que según parece no demostró entonces—. Mucho le dije que no se puede esperar tanta cosa porque la vida no es Rey Mago para que venga cargada de regalos.

—¿Cómo te llamabas antes de llegar a Tora? —le preguntaba más tarde Sacramento a su prometida—. Así te quiero decir, por tu verdadero nombre, el de pila, y ése es el que debo darle al cura que va a casarnos.

—No creo que te guste...

—¿Tomasa? ¿Herminia? ¿Eduviges? Vamos, dímelo sin miedo, cualquier cosa nos sirve, no importa que sea feo.

—Me llamaba Amanda, pues.

—¡Amanda! —se espantó Sacramento—. Pero si ése también es nombre de puta...

—Nombre de puta te habría parecido aunque me llamara santa Teresa de Jesús, hermanito.

—Calla, ya no me cuentes más. Cada cosa tuya que descubro es un nuevo puñal que debo llevar clavado.

—Como sigamos así, vas a salir más herido que la Virgen Dolorosa, que debió soportar siete dagas, todas en el corazón.

—Ella se llama Sayonara, ¿entiendes? —estalló Todos los Santos saliendo de su pieza, donde se había encerrado—, y tú no eres quién para venir a despojarla de su nombre.

—No, madrina, no me llamo Sayonara, yo tengo un nombre como la gente, el que me dieron mi padre y mi madre en la pila bautismal, y hoy mismo me salgo de puta para bien de mis hermanas y porque quiero volver a llamarme por mi nombre de verdad. Aunque le duela, madrina, yo me llamo Amanda Monteverde.

—Amanda Monteverde —repitió Todos los Santos como dándose por vencida, y en el momento en que pronunció esas dos palabras se abrió un abismo entre ella y su ahijada.

—No es mala leche, Olga. O al menos no es sólo mala leche. Aquí hay algo que está en desorden, fuera de legalidad, y que va a tener un feo rimbombo —dijo cuando la Olguita le señaló que hacía falta honda amargura para no felicitar a una hija en el día de su boda—. Si ya de por sí son malos los matrimonios por amor, ¿qué podemos esperar de uno que se contrae por desencanto? Me las va a pagar este Sacramento, grandísimo mequetrefe, badulaque...

—¿No puedes perdonar las ganas de felicidad de un muchacho que no ha tenido nada en la vida, ni una madre, ni un techo, ni un cariño, ni siquiera un nombre que no sea una ofensa?

—El propio Sacramento es el que más va a sufrir por cuenta de este mal invento, ya vas a ver. Y nos va a hacer sufrir a todos, porque con su matrimonio está abriendo una puerta que no sabemos dónde va a llevarnos.

—Deja la soberbia, Todos los Santos. Lo que sucede es que a Sayonara la educaste para puta y no soportas que ella decida ser otra cosa.

—Hay algo que está mal, Olga, yo lo sé aunque no sepa nombrarlo.

¿Con cuál traje se iba a presentar la novia a la improvisada ceremonia? Con el amarillo de organdí, opinaban las que tomaban cartas en el asunto, pero no sabían que ella lo había desgarrado y que sobre sus jirones había jurado dejar de ser niña. ¿Entonces?

—Pues con su traje de combate, con cuál más —me cuenta la Olga—. Zarcillos dorados, falda negra de tubo estrecho y blusa de seda pura: como una princesa china. O mejor japonesa.

Como era de esperarse, el cura no estuvo de acuerdo con ese atuendo, porque siendo la primera vez en años que dejaba entrar a una perdida a la iglesia quería que la ceremonia resultara aleccionadora, así que mandó traer una mantilla de encaje, larga y alba, y le pidió que se entapujara con ella. Así que, según todavía cuentan en Tora, se casó muy hermosa la Sayonara, desde ese día mejor conocida como Amanda: vestida de puta por dentro y de blanco por fuera.

Muy hermosa, sí, pero con una belleza un tanto literaria e irreal, como de heroína clásica. Sus hermanas, amigas y comadres prefirieron no entrar al Ecce Homo, de tiempo atrás declarado en La Catunga lugar no grato, y esperaron en la puerta la salida de los novios con el corazón anegado por un sentimiento ambivalente, atravesado entre la ilusión y el desengaño. Todos los Santos, con los ojos hundidos entre unas ojeras de negro-duelo, llevaba puesta cachucha beisbolera para ocultar la calva recién infligida; la Tana se mostró conmovida hasta el tuétano y relumbrante de bisutería; las niñas de organdí, por supuesto, como en todas las ocasiones magnas; la Olguita de gafa negra para ocultar la hinchazón y las emociones del llanto, y la Machuca ausente porque a la iglesia no se dejaba arrastrar ni amarrada.

—Esta vida es un fracaso —suspiró la Tana, que era muy tanguera.

—Sólo se vive —la puso en su lugar Todos los Santos—. No hay éxitos ni fracasos; sólo se vive.

—Se nos va Sayonara —volvió a lloriquear, al rato, la Tana, que no escarmentaba.

—Nunca ha estado aquí del todo.

Por fin salieron los novios, unidos ya por la bendición, pero nadie les arrojó arroz, no sonaron las campanas a rebato ni tronaron los voladores, y en cambio, en medio de la tarde intonsa e incolora apareció de repente el Piruetas, de gorrito maricón, pañuelo rabo de gallo al cuello y camisa caribeña de palmeras azules sobre fondo naranja, y mientras Sayonara se quitaba la mantilla para devolvérsela al cura, la acarició desde los pies hasta la coronilla con una mirada lúbrica y pegajosa de viejo verde.

—¡Aunque la puta se vista de blanco, puta se queda! —le gritó y siguió camino, dejando en todos la desazón y el espeluzno de su paso frío de sombra.

—Nos vamos ya de Tora —un Sacramento empalidecido y temblando de ira santa por el agravio rompió la promesa de vivienda subsidiada y arrojó los pedazos al aire, y ahí mismo, en la propia puerta de la iglesia, tomó en caliente la decisión de partir y la comunicó a su esposa y a la escasa concurrencia.

—¿Para dónde? —le preguntó Sayonara.

—Donde nadie te conozca ni venga a echarnos tu pasado en cara.

—¿Y la casa, Sacramento? ¿La casa que iban a darte?

—La única casa que nos espera aquí es la vergüenza.

—A las señoras, que exigen mucho, los hombres les dan poco. En cambio a las putas, que nada pedimos, no nos dan nada —farfulla la Fideo desde su hamaca de enferma, despertándose, y enseguida vuelve a quedarse dormida.

Desde hace unos días a Todos los Santos, que ha iniciado la mudanza hacia los grandes territorios deslumbrados con todo y cigarro humeante, colas de zorro al cuello y pantuflas de pelo rosado, le ha dado por decirle Felipe ya no sólo a sus muchos y variopintos animales sino también a su gente cercana.

—Ven acá, tú, Felipe —me ordena—, entiende también esto que voy a decirte sobre las andanzas de mi niña Sayonara: al hacer el balance de las cosas vividas, la medición de los días que honestamente han sido, los demás siempre optamos por quedarnos, apegados a nuestras migajas de sobrevivencia, y la única que de verdad sabe partir es ella, sin temor, sin garantía de regreso, en pleno fulgor de vida florecida y vigorosa. Y en horrendo despliegue de egoísmo y de dureza con el prójimo, también.

Le pregunto a Todos los Santos cuántas veces, haciéndole honor a su nombre, se despidió Sayonara.

—No hay que contar sólo las veces que se fue —me responde—, sino también las veces que quiso irse, y que son incontables.

—Ay, Payanés, a qué horas te me volviste pesadumbre... —todo en Sayonara se iba volviendo dolor; dolor por el Payanés, a quien quería y no tenía; dolor por Sacramento, a quien quería y no quería, y dolor por ella misma.

—¿Recuerda el juego de los hermanitos viajeros, el que alegró las horas de infancia de Sacramento y de Sayonara? —me pregunta la Olguita—. Pues se les convirtió en realidad. Después de la boda no les quedó más remedio que empacar sus pertenencias y emprender la travesía, esta vez en aras de verdad pero también escapando, como hacían de niños, hacia ese país sin recuerdos que es tierra de nunca jamás.

El continuo alejarse de las aves de paso fue su única guía durante esos meses de vuelo remontado en un aplazamiento tras otro de la llegada, dirigidos hacia el sur por entre durezas cada día más apartadas, siguiendo a la garza morena y al pato cucharo, al paco-paco, a la garza blanca y al golillón, y a tantas otras criaturas que huían por el aire y de las que nunca supieron ni el nombre. Se volvieron habitantes del camino y siguieron los caprichos de sus vueltas y revueltas sin permitirse descanso, el uno detrás del otro y el otro detrás del uno como si todavía se persiguieran en caballos de mentira alrededor del patio de Todos los Santos, alimentados por el afán de partir y sin alcanzar la decisión de quedarse en ningún lugar. Y así, montado en ese tren de fuga, se fue dando el desgranarse de sus días.

¿Rescatada por el amor de Sacramento a través del vínculo del matrimonio, Sayonara, la joven ramera de Tora, se convirtió en Amanda, la que ha de ser amada, estrella de radionovela, y se cumplió en ella el milagro de la bandida que se hace buena a punta de cariño, flor rescatada del fango, protagonista de la pesadilla vuelta sueño y del sueño vuelto verdad?

—¡Palabras ociosas! —se indigna Todos los Santos—. ¿Alguien llama días felices a los que fueron de aturdimiento? Días que empujaron a mi niña Sayonara, la siempre perdida en amores, a buscar la dicha detrás de un hombre, y como si ése no fuera de por sí un error, detrás de un hombre al que no amaba. Habría que decir también: días de desabrigo, enrutados por una aridez de adioses y por el una-por-una de muchas horas de angustia.

La vida sí es proclive a alentar con promesas y a encandilar con trucos de mago, pero no, no propició milagro ni radionovela, porque desde el mismo día de la boda se quitó la máscara de espejos para destapar algo parecido a una cara, forzando a Sayonara a iniciarse en una trayectoria incierta, hecha de amor confundido y sueños trastocados, que no le dejó otro remedio que atontarse de cansancio durante las largas marchas para no reconocer que no se reconocía, y que sólo hallaba la mitad de su ser en la piel de esa nueva mujer que quería llamarse Amanda, mientras que su otro medio perdía el lado y el acomodo. Y no era que Amanda no hiciera lo posible, que no se esforzara por sacar a Sayonara del entrevero que había confundido sus pasos. El mismo porfiado empeño que Sayonara había puesto en volverse prostituta, lo dedicaba ahora Amanda a la tarea de convertirse en señora, porque lo suyo era, hoy como ayer, un corajudo buscarle salidas a la existencia, y si una puerta se le cerraba, encontraba la fuerza necesaria para atravesar otra, aunque se abriera en el extremo opuesto del corredor.

—En nombre de mi niña nadie puede invocar el tan cacareado estaba-escrito, ese santo y seña de fatalistas de toda laya —dice Todos los Santos—, porque ella gustaba de hacer lo que le venía en gana.

Para Amanda no había escrituras que marcaran el destino: ni sagradas ni profanas. Pero rebasar su propia estrella y lograr transfigurarse era una tarea difícil en la que Sayonara no la ayudaba porque se negaba a hacerse a un lado, obstinada en la persistencia y alimentada por ese torrente feroz de ganas de vivir y ansias de muerte que había despertado en ella aquella tarde de amor en el río. Nada lograba disuadirla, ni el Payanés al mezquinar la entrega de sus afectos, ni tampoco Sacramento al exigir devoción con tan excesiva vehemencia, ni siquiera la propia Amanda en su afán por encontrar caminos menos escarpados.

—¿Adónde va a parar el alma de una mujer que ama a un hombre y se casa con otro? —se pregunta la Olga—. En mi opinión se divide en dos, y ambas se extravían en aguas de desconcierto.

—No hubo dos, sino tres mujeres en ella —contradice Todos los Santos—, Sayonara, Amanda y ella misma. Sayonara amó al Payanés, Amanda se casó con Sacramento, y ella sólo se quiso a sí misma.

—Sayonara se quejaba de que ningún hombre la quería bien —me dijo en alguna ocasión el doctor Antonio María Flórez—, pero la cosa se daba más bien a la inversa, según yo la veo; ella no se animaba a querer del todo a ninguno. Esa niña me recuerda un poema paradójico del maestro Pedro Salinas: «¿Por qué ese afán de hacerte la posible, si sabes que eres la que no será nunca?».

Todos los Santos me pide que le lea lo que estoy escribiendo y yo le doy gusto.

—Demasiadas palabras —protesta—. La vida de una puta siempre será idéntica a la vida de otra puta, aunque se trate de una mujer de plumaje vistoso, como la Sayonara. Sucede que en materia de hombres, las de café sólo podemos escoger tres categorías; tres solamente porque más no se han inventado. El que llamamos castigo, el lotería y el cliente, que es el más aconsejable y el único que recomiendo, porque te paga y se aleja y deja que tú, que sigues adelante con el hilo de tu historia, puedas jugar al si-te-he-visto-no-me-acuerdo. Los otros dos pintas, el lotería y el castigo, son ambos puro engorro y quebranto.

—El lotería es el príncipe azul que por fin se te aparece —dice la Olguita—. Es el enamorado que toda mujer espera, convencida de que algún día vendrá a llevársela para casarse con ella y endulzarle la vida con facilitaciones, amor eterno, lisonjas y regalitos. Con Sacramento a Sayonara le cayó su lotería, o al menos eso creyó ella.

—Lotería, premio mayor o jaula-de-oro, que también así se apoda —habla Todos los Santos—, porque ahorca con la soga más fina, que está hecha de cariño y que aprieta el cuello como collar de perlas, o como ese amuleto de cabello en trenza que Sacramento se empeñaba y aún se empeña en mantener amarrado. ¿Que Amanda optó por comprometerse con él en matrimonio? Cosas de ella. Mucho le advertimos que no lo hiciera pero ella misma, por su propia mano, se encerró con candado en esa torre y tiró la llave al agua.

—Y el castigo —sigue la Olga— es el hombre que te hace sufrir porque te enamora y no se compromete, o se compromete a medias, como el Payanés, que era igual a la rosa con espinas que se había tatuado sobre el corazón: rosa dolorosa y rosa de los vientos. El Payanés, como todo petrolero que se respete, te regalaba dos cosas, un camino abierto y un dolor de libertad. Y una mujer de café, que si de algo sabe es de libertades, también sabe cuánto desgarran. Un enamorado que te promete cariño los últimos viernes de cada mes y que cumple religiosamente con su promesa, ciertamente es cosa digna de celebrar. Siempre y cuando no te dé por resentir que además de ese viernes de consuelo, Dios haya creado otros tres, más cuatro lunes, cuatro martes, cuatro miércoles y mucho etcétera para un gran total de 365 días al año en los que tienes que lidiar con los altibajos de tu corazón solitario.

Tensionada entre Sacramento y el Payanés, su premio mayor y su mayor castigo, ¿dónde fue a parar, como pregunta la Olga, el alma partida de Amanda? ¿Descuartizada por incapacidad de inclinar su decisión? Lo muy posible, lo tal vez seguro, es que albergara la sospecha de que el bienestar, si es que existía, debía andar refundido en algún punto entre esos dos extremos.

Sacramento, Sayonara y las tres hermanas que quedaban conformaron una raquítica caravana que echó adelante por las rutas del destierro, y Sacramento, que siempre había depositado sus amores en lo que más desconfianza le inspiraba, ahora le daba la vuelta a su viejo tormento y aprendía a desconfiar hasta la agonía de aquello que amaba. Y al mismo tiempo, para acabar de enmarañar la madeja, se empeñaba en alejar a Amanda de Tora para salvarla del asedio de la memoria, sin sospechar que los recuerdos, que tienen pies ligeros, habrían de llegar antes que ellos donde quiera que fueran.

Detrás de la pareja, como cola colorida y liviana de una cometa, corrían las tres niñas, Susana, Juana y la nena Chuza, ora pasando ratos de hambre y ora hartándose de piñas o mangos recogidos por los plantíos que se les atravesaban; ora añorando hasta el desconsuelo a su hermana Ana, a la madre Todos los Santos y a sus muchas tías para olvidarse por completo de ellas un momento después; tan hechas a la idea de perseguir la suerte bajo el cielo inmenso, como ayer lo habían estado de guarecerse bajo un techo seguro y cercano.

A los nueve días de emprendida aquella travesía «sin naufragio y sin estrella» se internaron en los bosques de niebla de la serranía de Amansagatos, célebres porque nadie ha podido descifrar si en ellos la lluvia se vuelve perpetua a medida que baja o que sube, porque no alcanza a caer a tierra cuando ya está ascendiendo, evaporada. Una vez allí arrimaron a un aserrío de cedro, guayacán, amargoso y otros árboles de los humedales, donde Sacramento, por recomendación de un compadre, consiguió trabajo temporal como maderano. El primer día de labores, Amanda, movida por ese afán de cumplir a cabalidad con sus obligaciones de recién desposada, tras desplumar con asco una gallina y guisarla sin pericia, corrió ladera abajo por entre cortinas de lluvia y cerrazones de la verdura para llevarle el almuerzo a su marido, según había oído decir que es menester que la mujer honesta se ocupe sin falta de alimentarlo bien, ya que es él quien provee protección y sustento. Cuando asomó, como en el escenario de un teatro, a la intensa claridad que caía desde lo alto sobre el descampado abierto por la tala, Sacramento, al verla tan bella y saberla suya, sintió que un golpe de alegría lo inundaba por dentro y que una como espuma crecida de cerveza encopetaba su orgullo de varón.

—Pero no fui yo el único que volteó a mirarla —recuerda con malestar, porque para sentirse humillado no necesitaba que su mujer pusiera los ojos en otro; le bastaba con que otro pusiera los ojos en ella.

Lo que precipitó el trago amargo fue que Amanda llegó allí con toda su radiante juventud envuelta en luz blanca, la olla del almuerzo sostenida en una mano, el vestido empapado lamiéndole el cuerpo y las crenchas bravas chorreando goterones, y la totalidad de la mano de obra que se hallaba reunida dejó de blandir el hacha y suspendió la faena para clavarle los ojos, como alfileres en almohadilla de sastre.

—Siempre pasaba lo mismo —me dice Sacramento y me apremia con tono anheloso, como rogando que lo comprenda—. Apenas aparecía ella, fuera donde fuera y aunque no la conocieran, los hombres empezaban a actuar raro. Enderezaban el espinazo, se limpiaban el sudor de las manos en la camisa, tosían para hacerse notar, no sé decirle qué era, pero era raro. Como si se transmitieran en clave, o en algún lenguaje secreto de machos, el dato de que ahí estaba. De que ahí estaba ella, la bella, convocando aunque no hiciera nada, preocupando, dejando marcas ardientes en el deseo y en el recuerdo.

Sacramento la agarró fuerte del brazo causándole casi dolor y la llevó aparte, zarandeada.

—¿Cómo te atreves a venir así, con la ropa mojada, no ves que te andas insinuando, medio desnuda?

—Pero si llueve a cántaros, Sacramento, qué querías; tú también estás todo mojado. Hermanito, qué te pasa...

—No me digas más hermano que soy tu marido legítimo, ¿y quieres saber qué pasa? Lo que pasa es que ya saben... —le dijo con voz ahogada, como si le comunicara la noticia infausta.

—¿Ya saben qué?

—De tu pasado.

—Pero si no saben nada, qué estás diciendo, si nadie ha dicho nada, no les hemos contado ni cómo nos llamamos, serás tú mismo el que se delata, porque piensas tanto en eso que hasta se escucharán tus pensamientos...

—Pues si no lo saben, lo van a adivinar por tus maneras desfachatadas. Vete ya para la casa —le ordenó y la hizo jurar que nunca volvería a presentarse a la tala, ni siquiera para llevarle comida.

—Está bien —se resignó ella—, pero te vas a morir de hambre aquí abajo, y yo allá de aburrimiento.

—Prefiero morir de hambre a dejar que miren así a mi mujer. Es una cuestión de honra —le dijo, y fue la primera vez que Sayonara escuchó esa palabra, honra, que habría de arrancarle lágrimas.

A la mañana siguiente, Amanda y las niñas se quedaron arriba, en un tajo de montaña que se adjudicaron para arañar la capa vegetal por ver si algún día lograban cosechar el pancoger, y mientras tanto Sacramento bajó por el jornal al aserrío. Después del atardecer, escocido por una picazón de malas pulgas y de resquemores, regresó a la habitación alquilada, cuatro paredes de tablas sin desbastar que rezumaban humedad y desarraigo.

—¿Qué te quedaste haciendo el día entero? —le preguntó a su mujer.

—Cacé un zaíno y una lagartija y los puse a asar, para tenerte comida caliente.

—¿Y qué sucedió, que no me llevaste almuerzo?

—Pero si me dijiste...

—A todos los demás sus esposas les llevaron almuerzo, a todos menos a mí, que me quedé pasando hambres. Qué habrán pensado mis compañeros, que tengo una esposa que se divierte mientras su marido trabaja y pasa hambres...

Era tan impertinente el diálogo que Amanda soltó la risa, porque aún se reía, inocente del tamaño de su melodrama, y Sacramento, pese a su indignación, no pudo evitar reírse también de su propio desafuero.

Después ella, acostada ya, se dejó envolver en cariño y gratitud hacia él, al verlo taponar con greda las rendijas entre las tablas para que a las niñas, que dormían, no las inquietara el espeluzno que quería colarse en forma de jirones de niebla y llanto de aves nocturnas. Por un momento Sayonara sintió que el miedo quedaba afuera, que la lámpara Coleman zumbaba acogedora y que los sueños de las niñas flotaban apacibles, y aquietando el recuerdo abrasador y siempre-ahí del Payanés, se dejó arrullar por la idea de que así, como ahora, se estaba bien, y que era cosa agradable y bienhechora tener un esposo.

—Hermanito —susurró, y se durmió contenta.

Sacramento se tendió a su lado y se quedó mirándola durante largo rato. Es tan linda, tu carita, le decía, pero hacia la media noche aún no lograba conciliar la calma y no pudo contenerse para no despertarla.

—No te estabas divirtiendo, ¿verdad? —le preguntó.

—¿Cuándo?

—Hoy a la hora del almuerzo...

—¿En este moridero? Cómo quieres que me divierta en este moridero.

—Con otros hombres...

—No, Sacramento, pasé el día con las niñas echando azadón, y no nos divertimos.

—¿Y te acordaste de él muchas veces? ¿Lo echaste de menos?

—¿Al Payanés? Yo trato de olvidarlo, Sacramento, pero tú te encargas de recordármelo —Sayonara se dio media vuelta, se cubrió la cabeza con los brazos y remedó un lloriqueo por ver si lograba zafarse de los embates renovados del desvarío, y Sacramento, al ver desnuda esa espalda morena que reflejaba con destellos tibios la luz de la Coleman, empezó a besarle los hombros mientras le pedía perdón: Estaba muy bueno ese lagarto asado que preparaste para mí que soy un malagradecido, le decía ensartando altisonancias; Perdóname, mi vida, cómo pude desconfiar de ti, destemplando cada vez más el tono hasta caer de nuevo en el reproche; Ni celos ni agravios porque te perdono el paso que diste; Qué negro destino qué ingrato camino; Falsedad de un juramento; Heridas de amor ingrato, hilvanando los lugares comunes del despecho hasta llegar al insulto; Vas de mano en mano, vas de boca en boca; Tus labios me engañan, traicionera, mentirosa...

—¡Basta, Sacramento! Cállate ya, que asustas a mis hermanas. Déjate de tanta estupidez, que me quiero volver a dormir.

Entonces él la estrechaba temblando de amores y de rencores y ella se dejaba abrazar, pero le volvía muy fuerte la ensoñación de aquel otro abrazo y no podía impedir que le doliera recostar la cabeza contra ese pecho que no era el del amado.

—Como las bestias, que quieren desbocarse para volver al establo —me dice la Olguita—, así es la pensadera de la mujer que ama: siempre bregando a zafarse de lo demás para poder regresar al recuerdo de su enamorado, único sitio donde encuentra reposo y cobijo.

Quiero precisar cuáles eran, por esos días, los sentimientos de Sacramento frente al Payanés, y le pregunto si lo recordaba con demasiada frecuencia.

—No podía perdonarle su traición —me confiesa—. Pero al mismo tiempo, a ella no le perdonaba haberme dejado sin mi amigo, y le echaba la culpa de nuestra desgracia. Hoy me arrepiento de haberla herido con la acusación, pero en ese entonces me dejaba arrastrar por la pregunta sin respuesta, ¿de quién era la culpa, de ella?, ¿de él?, ¿o acaso mía, o de la misma vida?

A Sacramento, que se debatía entre los celos y el duelo de amistad perdida, el Payanés no sólo lo perseguía en el pensamiento, sino que además le tendía celadas en el mundo de lo físico.

—Me parecía ver al Payanés en todas partes —me dice—. Acechaba detrás de cada árbol hasta que yo me descuidaba, para acercarse a ella. Y esos ojos que tenía, amarillos veteados en verde como los que no se ven por estas tierras, a mí sin embargo me parecía verlos en la cara de todos los hombres que la miraban. Y al mismo tiempo, cómo echaba de menos su presencia de hermano en los días de compartir el pan, el pico, la pala y hasta los zapatos, sabiendo que la suerte mía sería la misma suya, y suyas y mías las piedras del camino o las monedas del jornal. Pero no lo perdonaba por haber tratado de quitármela y me preguntaba si a pesar del matrimonio no me la había quitado de todas maneras.

Aquella noche erizada de gritos de pájaros, después de horas de llenarse los pulmones con el aliento de ella y de sentirlo dulce al aspirarlo y venenoso cuando lo exhalaba, Sacramento se levantó, se preparó en la hornilla un café cargado y lloró de abatimiento sobre la taza humeante. Al romper la madrugada, Amanda y las niñas se sorprendieron al encontrar los trastos recogidos y el par de maletas empacadas y anudadas con cabuya.

—Nos vamos de aquí —anunció Sacramento—. Debemos apuntar más lejos, a donde no llegue la sombra de tu mala fama. Y te advierto desde ya, para que no volvamos a empantanarnos en los mismos barrizales: no quiero que andes por ahí como potranca chúcara. Nada de pies descalzos ni de greñas al viento.

Sayonara lo escuchaba como entre algodones mientras canturreaba las rimas profanas con que las misioneras descalzas le enseñaban a su madre las primeras palabras en lengua de blancos:

No sé qué pendencia es ésta
del aire con mis cabellos,
o si enamorado de ellos
les hace regalo y fiesta.

¿Coplas que su madre le cantaba de pequeña? O que no le cantó nunca siendo lo que era, india y guahiba, tímida para el canto y floja para pronunciar el castellano.

—No cantes más eso —la reprendía Sacramento celoso de todo, y ahora hasta del aire—. Se trata de que no se den cuenta; de que no peles el cobre para que no se den cuenta.

—Está bien —aceptaba ella, que todavía no sospechaba cuán hondo se podía descender por ese camino de las renuncias—. Me voy a comprar una hebilla bien linda, o mejor un pompón de cinta, y si quieres me ato el pelo para que nadie lo vea.

—Mejor sería que te lo cortaras... —insinuaba él y ella, desentendiéndose, se echaba a tararear coplas.

—Sacramento siempre ha sido, por inclinación natural, un ser dado al comportamiento extravagante —me dice Todos los Santos a modo de confidencia, como si yo no lo supiera—. Pero las inseguridades de ese amor trastornado lo llevaron más lejos y lo montaron en una machaconería recostada en la crueldad, y entre más sufría, más torturaba.

Todo lo que adoraba en Amanda, todo lo que proviniendo de ella lo hechizaba, era también y al mismo tiempo el blanco de su desafecto.

Quería arrancar esa partícula de materia lunar que Amanda llevaba incrustada en la frente; que por accidente había aterrizado en medio de sus cejas y desde allí irradiaba como un talismán, como una señal convenida o una suave revelación sin palabras y que la convertía en el objeto de la pasión de los hombres. Sacramento necesitaba extirpar aquello, fuera lo que fuera, tumor maligno, piedra filosofal o pepita de oro, porque el poder de convocatoria de esa mujer, que antes era pública pero que ahora, según palabras juradas ante el altar, se había convertido en suya propia, estaba concentrado en ese mínimo meteorito y no tanto en el encanto o en la belleza, en la inteligencia o en los atributos carnales, ni qué hablar del don de seducir, que a la hora de la verdad Amanda, o Sayonara, no tenía ninguno como no fuera esa manera muy suya de no proponérselo.

No vuelvas a lucir zarcillos, que provocan, ordenaba Sacramento y ella obedecía por no lastimarlo, pero en los zarcillos no estaba el secreto. No camines así que perturbas, pero la verdad era que ella caminaba con el mismo vaivén acompasado de cualquier mujer de tierra caliente. No seas altiva al responder que tu rebeldía enardece el deseo, y ella procuraba darle gusto pero enardecía aunque permaneciera muda. No te rías que tu risa invita, pero ella invitaba tanto risueña como circunspecta. No mires fijo a los hombres que los desafías con la mirada, pero aunque clavara los ojos en el suelo nadie dejaba de notar la piedra, o la pátina, o el don, o como quiera llamársele: ese resplandor de luna y silencio, de sombra y asombro con el que embrujaba.

—No pretendas quitarle ese brillo, que no es culpa de ella porque nació así, lustrosa —le había advertido inútilmente Todos los Santos a Sacramento.

Siete meses después de la boda, la Machuca se encontró a los desposados, por cabriola del azar, en la Villa de la Virgen del Amparo, una población señorial de arquitectura rigurosa y gentes de alta moral que desde el siglo XVIII gozaba de escudo de armas, real cédula de Su Majestad Carlos III y catedral con leprosos auténticos en el atrio.

Machuca la herética, que nació —quién lo hubiera dicho— en semejante altar patrio, había regresado por un par de días a sus pagos a renovar el documento de identidad para poder votar en las elecciones que se avecinaban, y me habla de su sorpresa al reconocer de lejos a Sacramento, quien había vuelto a su oficio inicial de zorrero y trabajaba en acarreos por la plaza de mercado. Machuca se le lanzó a los abrazos y las efusividades y le preguntó por Sayonara, y él, que la saludó con distancia protocolaria, le confesó que con el fin de completar la manutención familiar, Amanda se había metido seminterna, como empleada del servicio doméstico, en casa de una de las familias más tradicionales de la Virgen del Amparo.

—No se ayudaban con el dinero que Sayonara había acumulado en Tora trabajando sobre la espalda, porque cómo iba Sacramento a soportar semejante golpe para su orgullo —me cuenta Olguita—. Le decía que ése era dinero sucio, mal habido, que él no era ningún alcahuete ni ningún mantenido y que prefería la muerte por inanición a tener que tocarlo.

—Menos mal —comenta la Machuca—. Al menos la chiquita no sacrificó sus ahorros bregando a sostener ese engendro de matrimonio, que nació torcido.

—Pero le voy a pedir un gran favor, señora Machuca —me cuenta ella que con circunloquios le dijo Sacramento—, y es que no se le acerque mucho a Amanda, y no se ofenda con estas palabras porque yo por usted no siento sino respeto, pero como usted bien sabe las costumbres no son iguales en todas partes y sucede que esa gente que contrató a Amanda es muy empingorotada y escrupulosa, y si llega a sospechar, claro que esto se lo comento sin ánimo de herirla, como le venía explicando, si esas personas llegan a sospechar cuál era la anterior actividad económica de Amanda es seguro que la echan, y nuevamente le ruego que me perdone la impertinencia y el abuso de confianza; usted sabrá comprender.

Pese a las advertencias de Sacramento, la Machuca hizo por su lado averiguaciones sobre el paradero preciso de Sayonara, y envolviéndose en un pañolón raído para disimular la pinta indeleble de zorra vieja, golpeó al portón de la casa haciéndose pasar por mendiga que suplica un mendrugo de pan. Le abrió una muchacha delgadísima y taciturna, enfundada en un austero traje azul como de novicia y con el pelo oculto bajo un pañuelo atado a la cabeza, en quien de primer golpe no supo ver a Sayonara.

—Vuelva al mediodía, que repartimos sopa entre los necesitados —le dijo esa sombra azul de lo que había sido Sayonara, la espléndida, brincando hacia atrás en sobresalto cuando la indigente del pañolón raído le agarró las dos manos.

—¿Eres tú, Machuca? —preguntó, reconociendo.

—Cada viernes baja al río, a buscar a una cierta muchacha... Vine sólo a decirte eso.

—¿... el Payanés? —se atrevió a preguntar Amanda, bajando la voz como si pronunciara sacrilegio.

—Hay quienes aseguran haberlo visto hasta en miércoles, o en sábado. Solitario, tirando piedras al río, perfumado y vestido de blanco, con la paga intacta entre el bolsillo y esperando, siempre.

—¿Eso dicen?

—Eso dicen.

—Dime a quién espera...

—Tú lo sabes bien.

—Dímelo...

—A una, que antes de dejarlo por otro se llamaba Sayonara. Es sabido que el que espera desespera pero ése no es su caso. Lo suyo parece ser esperanza acicateada de semana en semana y paciencia sin límite. Cuando le advierten que te casaste con velo blanco y en la iglesia, dice que el compromiso que tienes con él es anterior y está por encima.

Temiendo el disgusto de la dueña de casa, que recelaba de los extraños y sospechaba de cualquier frase a media voz que se pronunciara a sus espaldas, Amanda se despidió en volandas de Machuca, actuando como si no la hubiera escuchado. Pero sí que había escuchado. Recogió la confidencia, la dobló en cuatro con suma delicadeza como si fuera pañuelo de fina holanda, la guardó bien escondida contra su pecho y se aferró a ella para mantenerse viva durante esos tiempos de tránsito por territorios de la nada.

—Dónde estás, Payanés, quién te besa... Si no yo, quién te abraza... —se montaba en una suspiradera que medio la amortecía, medio la reavivaba—. No me obligues a cargar con tanto deseo que no se cumple y que muele los huesos...

Tengo en la mano un pequeño testimonio de lo que ocurría por aquellos días de lenta tristeza. Se trata de una notita escrita a lápiz y a la carrera por la Machuca a Todos los Santos, tres o cuatro días después de su encuentro con Sayonara. Meses más tarde habrían de hacer las paces y todo volvería a ser como antes, pero debido a cualquier sí-es-no-es la amistad entre las dos mujeres se había debilitado durante esa etapa posterior a la huelga, marcada en toda La Catunga por el repliegue, las discrepancias y las susceptibilidades. Sin embargo, y aunque hubieran dejado de dirigirse la palabra, la Machuca quiso alertar a su antigua amiga sobre Sayonara, a quien había visto entregada a una resignación malsana. Después de un saludo formal, le relataba por escrito: «Hace algunos días me topé por casualidad con su ahijada, quien como usted tal vez ya sepa por noticias de otras fuentes, reside con su marido en la Villa de la Virgen del Amparo, en este mismo departamento de Santander. La encontré bien de salud y a salvo de contingencias materiales, pero lamento informarle, comadre, que urge hacer algo, porque de la alegría de nuestra niña no va quedando nada». Debajo, en tinta negra y caligrafía de Todos los Santos, aparece una última frase, una especie de respuesta garrapateada tras la lectura y dirigida a nadie: «No se puede hacer nada. Sólo queda esperar que la vida, que una vez la trajo, vuelva a acercarla».

Estamos pasando por días extraños, de poco hablar y de menos entender, marcados por el mal sabor que en Sacramento y en las viejas señoras produce la permanente rememoración de los acontecimientos posteriores a la boda. Mis preguntas han convocado los recuerdos amargos y ahora no hallo cómo romper esos parapetos de silencio tras los cuales Sacramento se ahoga en culpas, la Olguita en lágrimas y Todos los Santos en recriminaciones. Por si fuera poco, el invierno —o tiempo de vidrio, como lo llaman los pescadores del Magdalena— ha hecho descender unos cuantos grados la temperatura en Tora y la llegada del frío —en realidad una leve disminución del calor— ha traído consigo una mala novedad, el descontrol de vejiga de Todos los Santos, que cada tanto se empantana en la tibia humedad de sus propios orines. Demasiado orgullosa para anunciar lo sucedido, sigue meciéndose como si tal en la silla del patio, dándoles de comer a sus animales o dormitando en el catre.

—Vamos, madre. Vamos a cambiarnos de ropa, porque nos accidentamos otra vez —le dice entonces Sacramento, conjugando los verbos en plural por delicadeza, y ayudándole a levantarse.

—¿Usted también, hijo? —le pregunta ella—. ¿Este tiempo grosero le afloja los riñones a usted también?

No logramos espantarle los fríos ni con la bolsa de agua caliente, ni con las colas de zorro que nos hace enrollarle a la garganta, ni con las famosas pantuflas rosadas de piel de conejo que día y noche mantiene en los pies.

—Estense quietos, que no hay nada que hacer —nos dice, rechazando a manotazos los cuidados—. Esperemos a que se aleje el invierno y con él la destemplanza, y mientras tanto nademos en orines. Nada más se puede hacer.

Sin embargo, creo que hemos descubierto una manera más o menos efectiva, si no de curar esta pequeña gran catástrofe, sí al menos de anticiparnos a ella. Todos los Santos, taciturna y ensimismada, ha empezado a romper cada tanto los largos mutismos que abruman nuestras conversaciones con una explosiva catarata de palabras que a veces resulta ser regaño, otras, consejo o advertencia y las más de las veces, divagación nostálgica. El contenido varía pero la forma, siempre torrencial, nos da la señal de alerta, porque la incontinencia urinaria, por curiosa simbiosis anatómica, suele venir precedida de incontinencia verbal. En estas circunstancias ha mencionado por primera vez el episodio al cual se refiere como del elefante. Cuando sucedió lo del elefante..., empieza y se larga a despotricar.

—Vista por encima, toda vida humana parece un entrevero de caprichos, porque-síes y sin razones, y sólo escudriñándole el fondo y apuntando a sus finales, según las leyes del largo plazo, le vas encontrando el molde. Hasta los más llevados del disparate tienen claros sus motivos para hacer lo que hacen, y no hay azar que no sea, ya de por sí, un resultado —comenzó diciendo hace un rato, y los demás volamos a colocarle la bacinica bajo las naguas—. Deje esa bacinica y agarre su cuaderno para que anote —me ordenó—, porque hoy siento necesidad de conversar.

—Siga hablando —le pedí—, siga hablando, que yo grabo en la memoria. ¿Qué decía de los motivos?

—De noche, los viejos no nos acostamos a dormir sino a empollar cavilaciones, y esta madrugada, casi sobre el timbre del despertador, me llegó la claridad de que si Sayonara se casó, fue buscando recuperar el nombre.

—¿Qué me quiere decir?

—El nombre que uno lleva es el rótulo de la vida que ha vivido, y si quiere cambiar de vida debe empezar por cambiar de nombre. Sayonara tenía que volver a ser Amanda para poder cumplir con la visita...

—¿Cuál visita? ¿A quién?

—Pues a su padre, que aún no había muerto, y todavía hasta hoy no ha sonado por aquí información de su deceso. Uno no puede llegar ante su señor padre diciendo que refundió el apellido que él le ha conferido y que además se cambió el nombre de pila por otro que le sonó más bonito. Eso no tiene presentación. Amanda debía imaginar, haciendo cábalas sobre la eventualidad, que cuando volviera a ver a su padre y él le preguntara: ¿Qué ha sido de tu vida, hija mía?, ella podría mirarlo a los ojos y decirle, sin mucho mentir: Me desposé, señor padre; soy una mujer casada que ha cumplido con su deber de cuidar a sus hermanas y educarlas en el buen ejemplo. En cambio, siendo Sayonara hubiera tenido que clavar los ojos en el suelo, avergonzada y muda, de tal manera que el padre hubiera entrado en sospechas.

—Por estas tierras pocas adversidades son tan temidas como la cólera paterna —interviene Sacramento—, y mucha es la cosa que se hace para evitarla. O para apaciguarla, en caso de que se haya desatado ya.

—¿Y cómo sabía Sayonara dónde ir a buscar al padre? —les pregunto.

—Desde hacía tiempo venía haciendo averiguaciones —responde Sacramento—, y lo tenía bien localizado.

Su fuente de información era un señor llamado Alfredo Molano, andariego de oficio y muy enterado de crónicas de caminos y caminantes, quien le supo pasar la noticia de que Abelardo Monteverde, su padre, ejercía de comerciante de artículos varios en la población de Sasaima; que seguía casado con la misma mujer blanca y que habiendo educado a los hijos de ella, que ya eran gente crecida, ahora criaba la nueva camada de pequeños que tenían entre ambos. Con esa información en mano, a Amanda le entró la ventolera por salir a buscarlo.

—¿Y acaso qué te dio el señor ese, aparte de abandono, para que vayas a agradecerle? —trataba de disuadirla Sacramento.

—Me dio el ser —contestaba ella, así sin más; cuatro palabras secas y fulminantes que tal vez no decían nada pero que tampoco ofrecían flanco para entrar en refutaciones.

—Se va a ir de Sasaima —decía ella, y lo reiteraba—. Tengo el pálpito. Si no salgo ya a buscarlo, no lo voy a encontrar.

—Tanto mejor. No sé cuál es el afán que tienes por ir a desenterrar pesares.

No hubo nada que hacer. A Sayonara la abrasaba una prisa que no permitía aplazamientos; una picazón que la ponía de pie si se sentaba, la tiraba para arriba si se recostaba y le cerraba la tráquea, sofocándole el apetito.

—Lo entendía como un mandato —me dice Olguita—, o una misión que cumplir. Creía que debía ir en busca de su padre, como si se lo estuviera exigiendo el destino.

—¡Chite, Felipe! —Todos los Santos espanta a uno de sus Felipes, en este caso un cuadrúpedo de pelambre negra, semejante a un cerdito, que quiere comerse su pantufla.

—¿Qué esperaba Amanda de su padre? —quiero saber.

—Todos ansiamos la aprobación paterna —responde Todos los Santos—. Hasta a los más pecadores nos causa espanto vivir sin ella. ¿Por qué? Pues porque sí. Porque así es el género humano, y así es también ella, la Sayonara. Necesitaba saber que el padre no la condenaba por lo que había hecho. Si me preguntan a mí, yo digo que fue precisamente por eso que dejó de hacerlo.

—¿Qué esperaba Amanda de su padre? —repite mi pregunta Sacramento—. Exactamente eso mismo quiso saber el propio padre, apenas ella le dijo quién era.

A punto de encaramarse en un camión porque justo en ese momento partía de afán para Venezuela, don Abelardo Monteverde se frotó los ojos, incrédulo, cuando reconoció a su hija Amanda —fantasma que el pasado vomitaba sin pedir permiso ni dar aviso previo— parada en una esquina de la plaza de mercado de Sasaima, empapados el pelo y ese traje azul oscuro, como de novicia, que usaba por entonces, y escondidas detrás de ella, mordiéndose las manos de timidez y de susto, las tres hermanitas vestidas de organdí con crinolinas y también muy mojadas. Limpiándose de la frente el copioso sudor provocado por semejante situación tan imprevista y embarazosa, don Abelardo no les preguntó qué había sido de Ana, no supo cuál niña era cuál, no quiso averiguar de dónde habían salido, cómo habían sobrevivido durante esos años ni adónde se dirigían; no preguntó tampoco si tenían hambre, ni por qué traían la ropa mojada, y no se enteró de que habían viajado dos días en bus soportando retenes y requisas ora del ejército, ora de los guerrilleros, y después siete horas y media a pie, por trochas y bajo la lluvia, para venir a buscarlo.

—Me encuentra en mal momento, mija —le dijo a Amanda, dirigiéndose sólo a ella porque era la mayor—. Ando sin efectivo en el bolsillo y estoy a punto de partir de viaje. ¿Como qué se le ofrecía?

—Sólo quiero su bendición, señor padre, para mí y para mis hermanas.

—¿Eso no más?

—Sí, señor padre, no más eso.

—Pues siendo así no hay problema —dijo don Abelardo Monteverde, camisa abierta sobre el pecho escaso en pelo y florecida la enorme barriga sobre el cinturón apretado, y alzó una diestra regordeta para echarle la bendición.

—Que Dios la proteja —dijo cuatro veces, conmovido y ceremonioso pero apurado por el camionero que se pegaba a la bocina apremiando a los pasajeros, porque se hacía noche.

Don Abelardo, con la bota vaquera puesta en el estribo de la cabina, titubeó un momento y congeló en los labios el hasta lueguito que tenía listo para despachar la sorpresiva visita de esas hijas, tan remotas ya en su memoria y en sus afectos.

—Aguárdeme un instante, que yo le pago por la demora —le indicó al camionero y después les hizo a las niñas señas de que lo esperaran ahí paradas. Atravesó a grandes trancos la plaza de mercado, sacó un manojo de llaves, abrió un portón y penetró en una casa que debía ser su vivienda, o quizá su almacén.

Diez minutos más tarde regresaba con un elefante de porcelana debajo del brazo izquierdo y un corte de paño en la mano derecha.

—Tome, mija —le dijo a Amanda, entregándole el elefante y el género y mirándola por un instante con una expresión bobalicona que forzando las cosas podría interpretarse como ternura—. Recíbame esto, para que no se vayan con las manos vacías.

Después le dio a cada una un beso en la frente: un beso torpe y áspero de hombre que nunca besa. Pero beso al fin; el gesto patético, estremecido y culpable de quien hubiera querido que las cosas fueran de otra manera y pedía perdón.

—Perdóneme, mija —le dijo a Amanda con una voz que temblaba como si corriera peligro de aguarse en llanto—, pero no puedo hacer nada por ustedes. Tengo una mujer que se enoja, tengo otros hijos y muchas obligaciones, ya estoy llevando otra vida... Usted sabrá comprender...

—No se preocupe, señor padre. Yo quiero que usted sepa que a nosotras, gracias al cielo, la vida nos ha tratado bien, y que nos vamos de aquí agradecidas por estos regalos, que son muy bonitos.

Sayonara jamás volvió a buscar a su padre, tal vez porque ya había obtenido de él la bendición que tanto creía necesitar para sacar su vida adelante. El elefante...

—Yo entiendo que alguien quiera que lo bendiga el Santo Papa —me interrumpe la Fideo cuando escribo el párrafo anterior—, pero, ¿para qué coños va a servir la bendición de un tipo como Monteverde, tan patán y tan basto?

—Padre no hay sino uno... —le digo.

—Embuste —me revira—. Madre no hay sino una; padre es cualquier hijueputa.

Retomando: ... para sacar adelante su vida. El elefante aún existe, aunque con los colmillos desportillados. Reposa sobre una rinconera en casa de la Olga, y en este momento lo observo. Mientras tanto, la Fideo me observa a mí.

—No crea que es pieza exclusiva —me comenta—. A mucha gente de por aquí le gusta adornar su casa con elefantes iguales a éste. También se ve mucho payaso. Y bailarina. Bastante bailarina de porcelana. Pero en materia decorativa nada le gana al elefante.

La Fideo tiene razón. A lo largo de los años he visto elefantes como éste en la sala de tantas casas, que me pregunto cómo puede suceder que entre la infinita variedad de objetos sin un uso preciso que existen a lo ancho del territorio nacional, haya uno en particular que logre afianzarse sobre los demás. Hace pensar en cierta sospechosa reiteración, cierta persistencia de un modelo que se impone vaya a saber por qué, y pese a su gratuidad.

En otros países un ejemplo de ese tipo de objetos insistentes, casi fetiches por su recurrencia, pueden ser los enanos de pasta sembrados entre las flores del jardín. Aquí en Colombia, el elefante le gana al enano por amplio margen.

Primero, porque se lo ve en mayor cantidad, y segundo porque los enanos de pasta vienen en distintas versiones —con barba blanca, con barba negra, con gorro rojo, sin gorro, con farol en la mano, sin farol— y en cambio el elefante de porcelana es siempre idéntico a sí mismo en su lisura gris, suave de pechuga como una matrona, con un ojillo negro y diminuto a cada lado de la cara, los colmillos indefectiblemente desportillados, la boca entreabierta que deja a la vista un interior carnoso y rosado, la poderosa pata delantera doblada y apoyada con delicadeza sobre una bola blanca de dudosa interpretación, que puede ser un desteñido globo terráqueo, o un gran balón. ¿O quizás un huevo de elefante?

Sostengo el paquidermo un rato entre las manos y luego lo devuelvo a su repisa. Qué extraño puede llegar a ser el amor paterno, pienso, y qué extraños son los medios que escoge para expresarse.

Un silencio sereno arrulla la casa. Desde hace un par de horas Todos los Santos dormita tranquila en su mecedora, sin orinarse.

—¿Se fue? —me pregunta, abriendo mucho sus ojos ciegos y tratando de mirarme con la yema de los dedos.

—No, Todos los Santos, no me he ido. Estoy aquí, a su lado.

—¡Ah! Como se queda tan callada, me parece que ya se fue. Acérquese más y deme la mano, con eso si se calla no se me pierde.

A cierta distancia de la casa de Todos los Santos baja un caño de aguas negras, apestoso. Cuando el viento sopla en esta dirección, hasta aquí llega su olor. Arrastra materia orgánica descompuesta, juguetes inservibles, toallas higiénicas usadas, jeringas, tapas de recipientes, algodón que tal vez limpió infecciones, restos de un colchón, plásticos azules, periódico de ayer: la vida, en fin, en la intimidad de sus residuos y de sus suciedades. Pero el agua que corre por este caño suena igual, de piedra en piedra, al agua que baja limpia por otras quebradas.

—La lección que de ahí se saca —deduce Todos los Santos— es que no hay mal que no sea bueno ni bien que no sea bueno también.

No me queda claro cuál es la lección que de ahí saca la madrina, pero aprovecho el clima propicio para preguntarles de asuntos afines.

—Explíqueme, si no le aburre, Todos los Santos, cuándo es pecado la prostitución y cuándo no lo es.

—Por ahí corre mucho raciocinio al respecto, pero el que reúne mayor consenso es el que dice que es pecado siempre.

—Pero pecado absuelto cuando la mujer sufre en la cama —aclara la Olguita—, y pecado condenado cuando se la goza, caso en el cual seguramente irá al infierno tras la muerte, porque no ha pagado en vida, como el resto, sus deudas con el más allá.

—Si yo pudiera pedirle un deseo al genio de la botella —delira la Fideo—, sería tener unas tetas enormes para hacerle la paja rusa a un señor.

—Vaya manera tan tonta de desperdiciar un deseo. ¡Cada quien pide cada cosa...! Antes de acostarse, Sayonara se paraba delante del Sagrado Corazón y le pedía una gracia rara —recuerda Todos los Santos—. Se le paraba delante y le repetía en voz alta, todos los días la misma frase: Jesús, haz que esta noche los asesinos no maten, para que la gente del mundo duerma sin sobresalto.

Conversamos en el patio y tomamos limonada, nosotras en las mecedoras, los Felipes entre sus jaulas y la Fideo mecida en penúltimos estertores, todos muy amodorrados por el calor y por ese olor a vinagre que hoy zumba, sonámbulo, impregnando las mansas horas de la tarde.

—Volvamos ahora sí a la parábola de las aguas negras y las aguas claras —le pido a Todos los Santos.

—Pamplinas —me responde—. Lo único que interesa al respecto es que en este pueblo chapoteamos entre nuestra propia mierda porque ni las autoridades ni la empresa petrolera han sido capaces de construir alcantarillado.

Una de las obligaciones que debía cumplir Amanda en Villa de la Virgen del Amparo, según había quedado estipulado desde el principio con la patrona, señora Leonor de Andrade, era acompañarla todos los días a misa de seis de la tarde. Si el interior de la catedral era el reino de transidos santos coloniales que flotaban en humo de incienso y tufo de azucenas mustias, afuera, en el atrio, se afincaba una corte bullanguera y pagana de mercaderes que en tiempos bíblicos hubieran sido ahuyentados a latigazos; de leprosos que se arrimaban al templo esperando la eventualidad de su sanación, y que mientras el milagro ocurría extorsionaban la conciencia de la feligresía exhibiendo el horror de sus llagas y mutilaciones; de vendedores de lotería que se abalanzaban con su racimo de billetes ganadores sobre la multitud devota, a sabiendas de que quienes más rezan son también quienes más apuestan.

Fue allí, en medio de esa humanidad agobiada y doliente que se agolpaba a la salida de misa al caer la tarde, que Amanda distinguió un día a la Fideo en medio de un grupo desastrado de prostitutas de ínfima categoría que esperaba su traslado a una colonia penal masculina en la zona selvática del Guaviare, donde prestarían sus servicios sexuales, según la práctica generalizada de que toda puta que por vieja o enferma quedara inhabilitada en los centros urbanos, era enganchada por chulos para atender presidiarios, guardias de frontera, brigadas de caucheros, guerrilleros liberales, avanzadillas de tagüeros y demás exponentes de las máximas desolaciones y aislamientos a los que puede llegar el hombre.

—¿Me das para un trago, niña? —le pidió la Fideo a Sayonara, deteniéndola por el brazo cuando la reconoció al pasar.

—¿Qué haces tú por aquí?

—Sigo la vida. Dame para un trago, te digo.

—¡Qué trago ni qué trago! Medicina deberías pedir, Fideo. Se nota al rompe que estás enferma.

—Yo estaré enferma, pero tú estás medio muerta. Mira no más, ese disfraz de postulanta que te obligan a chantarte.

Amanda la convenció de que acudiera a casa de su patrona al mediodía siguiente, a recibir la caridad de un buen plato de sopa, y la Fideo aceptó la invitación durante toda esa semana y la siguiente también, porque el chulo que coordinaba el viaje de las putas al Guaviare se rebuscaba motivos para aplazarlo y seguir exprimiéndolas: que las interesadas debían darle dinero adicional para pagar los pasajes terrestres, que una cuota extraordinaria para los tramos fluviales, que un aporte para el dentista que iba a extraerles desde ya las piezas podridas, para que no les diera por quejarse de dolor de muela cuando ya fuera tarde.

Así, en compañía de zarrapastrosos, niños de la calle y monjes mendicantes, y entre cucharada y cucharada de mazamorra o de caldo de papa, la Fideo y Sayonara intercambiaron información sobre sus respectivos pesares.

—Cuéntame de don Enrique —le pedía Sayonara—. ¿De verdad era enano?

—Un enano con el pipí grande y el alma todavía más.

—Tienes que volver a Tora, Fideo, a que te trate el doctor Antonio María, antes de que te maten las dolencias de la sangre.

—No me compadezcas a mí, más bien mírate a ti misma. Lo mío es sólo sífilis maligna, mientras que el mal tuyo es mental, que es más hiriente y más imperdonable.

Regresa donde tu madrina, que allá tienes acogida, ¿o andas jugando a la esposa sospechosa que merece el castigo de una muerte a plazos?

—Cada quien tiene que ponerse al día con su calvario —respondía la Sayonara, para justificar su inapelable decisión de quedarse.

Lo cierto era que tenía motivos adicionales que no confesaba: en el doloroso proceso de renunciar a existir, Amanda iba poco a poco allanando un terreno de paz para entenderse con Sacramento. Ser decente resultaba un propósito más arduo e inclemente que ser puta, pero ella se esmeraba en conquistarlo, y Sacramento respondía a los avances con un trato mejor y menos inopinado, y, como siempre, con su delicada dedicación a las niñas, Susana, Juana y Chuza, a quienes les deparaba estudio, cariño familiar y una vida amable.

Escondido en el traje azul de novicia extraviada, el cuerpo de Sayonara se dejaba domesticar y encerrar en la jaula, su nombre se agazapaba bajo el nombre de Amanda y sus ojos invernaban refugiados en las cuencas, mientras todo su ser y todo su desear navegaban a kilómetros de allí, buscando la huella del Payanés por las aguas del Magdalena.

Amanda recibía, quisiera o no quisiera, lecciones diarias y gratuitas de buen comportamiento y decencia por parte de su patrona, maestra benemérita en esas materias, y si como discípula de Todos los Santos había aprendido a ser persona, como empleada de doña Leonor tuvo la oportunidad de aprender a ser nadie. Si antes la invitaron a ser bella, amable y confiada, ahora le revelaban los secretos de la invisibilidad, la humildad, la presencia insustancial y la levedad de la sombra.

Con doña Leonor vivían sus dos hijas solteras, Nena y Márgara, y Amanda no tardó en comprender que ante los ojos de su señora madre las dos no gozaban de la misma aprobación moral. Nena daba la talla y en cambio Márgara fallaba: por recibir llamadas telefónicas a deshoras; por mantener tratos con hombres de clase inferior a la propia; por no comprender a cabalidad que «la honra es más frágil que el cristal» y que «no basta ser, sino parecer»; por usar trajes de ajuste y color indebidos y, lo que más parecía enervar a su madre, por no controlar su risa escandalosa mientras que su hermana Nena, desde pequeña, sabía de sobra que lo aconsejable era sonreír apenas.

Amanda se aprendía el decálogo para ponerlo en práctica y Sacramento suspiraba aliviado, fortaleciendo poco a poco su honra vapuleada y permitiéndose volver a mirar a los demás de frente, y el pasado innombrable se hacía más liviano, e incluso, por momentos, olvidable.

La misma Amanda empezaba a mirar hacia atrás a través de nuevos ojos. De sus compañeras y amigas de La Catunga, a quienes siempre oyó llamar mujeres, o a lo sumo putas pero sin ofensa, ahora sabía que eran también sinvergüenzas, adúlteras, meretrices, busconas, mujerzuelas, pelanduscas, fufurufas, pelafustanas. Si de puta comprendió que el sexo podía ser aburrido, ahora, de decente, oyó decir que además era asqueroso. Y pudo verse a sí misma reflejada en el espejo ajeno, cierta vez que escuchó que doña Leonor comentaba:

—Conseguí a una indiecita para los quehaceres de adentro; pueda ser que no me resulte ladrona...

Todo andaba bien siempre y cuando Sacramento no se enojara, lo cual le ocurría a intervalos más y más espaciados, pero de tanto en tanto el íncubo volvía a gruñirle y a mostrarle las garras, sobre todo en aquellas noches en que fracasaba en el intento de amar a su esposa en el lecho nupcial.

—¿Cómo quieres que me comporte como un hombre, si tú con tu conducta quiebras mi hombría? Para los demás te arreglabas, te perfumabas, gastabas tacones altos, y ahora que vives conmigo ni siquiera te peinas... —la inculpaba y volvía a dejar abierta, como una herida en su memoria, la fascinación por aquella mujer que ella había sido antes de que él la obligara a ser otra.

—Malo si soy, malo también si no soy —protestaba débilmente Amanda—. Lo mejor será morirme, o tal vez lo que pasa es que ya me morí hace rato y no me he dado cuenta.

Sin embargo, la vida era llevadera gracias al tono menor que iba adquiriendo, en el que estar despierto se parecía mucho a un sueño lento y descolorido. Hasta que a casa de Leonor Andrade volvió de vacaciones el benjamín, que tenía pestañas largas, estudiaba derecho en la capital y se llamaba Rodrigo, y Amanda cometió la imprudencia de comentárselo a Sacramento.

—El niño Rodrigo me hace reír —le dijo—. Sabe sacarse monedas de las orejas.

—Cuando los celos se desatan se impone volver a atarlos, con soga, mordaza y camisa de fuerza, para que no se larguen a hacer estragos —pontifica Todos los Santos—. Pero cuando creyó que ese muchacho Rodrigo reparaba en su mujer, Sacramento dio rienda suelta a los suyos y los dejó correr y arrasar, como potros del infierno.

—Devolvámonos para la selva —proponía Sayonara, tratando de apaciguarlo—. Al menos allá no hay sino monos y de ellos no vas a tener celos... Quién quita.

—Pero nada surtía efecto —me comenta la Olguita—. No existía el bálsamo que sedara el furor de Sacramento, y cada día, desde que ella salía al trabajo, se dedicaba a seguirla y a espiarla, a recelar si respiraba, si conversaba, si caminaba, olvidado de sí mismo y de su propio oficio como zorrero.

—Renuncio en esa casa —sugería ella—, y me busco una donde no haya varones que te incomoden...

—En todas alguno habrá.

—Vámonos, entonces, a otro pueblo. En San Vicente Chucurí vive la Melones, hermana de Delia Ramos, que ya abandonó la vida y ahora regenta un salón de belleza donde hacen peinados y manicura. Ella nos querrá recibir.

—No. Hasta allá llegó tu mala fama.

—Entonces a Medellín. Allá tengo una tía que se llama La Calzones...

—La Calzones, la Melones, putas y más putas; todas son putas. ¿Es que no queda en el mundo ni una mujer decente? ¿Sabes qué andan diciendo de mí? Que me casé con Sayonara, la puta del Miramar —le gritaba Sacramento desde la angustia sin fondo de su universo en blanco o negro: el cielo con Sayonara y el infierno sin ella, o más bien el tormento con o sin ella, que sólo podía ser una de dos, o diosa o basura, o las dos cosas alternativamente y sin posibilidad intermedia.

—Mejor te mato y me mato —le declamaba, adoptando un lenguaje amatorio que semejaba parte médico de la sección de urgencias de un hospital, porque no hilvanaba dos frases sin incluir las palabras sangre, veneno, heridas, puñal, sacrificio.

—Ya calla, Sacramento, que me das miedo —le decía ella—. Te ha dado por hablar como los héroes y los mártires...

—Nadie, nunca, te amará tanto como yo.

—Será un alivio —murmuraba ella, y aguantaba, aguantaba, aguantaba, hasta que un día se cansó, fieramente cayó en un cansancio sin límites, vientos huracanados volvieron a soplar en su corazón arrancándola de cuajo de su circunstancia y se entregó, de un solo golpe de razón, a esa vieja y conocida certeza de que la vida está en otra parte y corre por otros cauces. La fuerza incontenible del capricho y del porque-sí, que es el principal motor de los que tienen la voluntad indómita, obró de nuevo en ella con la contundencia de un mandato, y sin medirse en la rabia le arrojó a Sacramento una olleta de leche hirviente por la cabeza, quemándole el pecho con el líquido y abriéndole una chaguala en la frente.

—Si esto es un matrimonio, entonces el matrimonio no es buen invento —dijo, limpia ya de cualquier barniz de mansedumbre—. Yo me voy, Sacramento, hermanito. Me voy para siempre.

—Entonces él —me cuenta la Olga—, reconociendo el regreso de la verdadera Sayonara y sin atreverse a pedirle que se quedara, le advirtió, si te vas, me muero, pero de todas formas ella se fue, aunque supo que por esta vez Sacramento no exageraba tanto.

—En ese mismo momento empezó para mi ahijada el tiempo del regreso —me cuenta Todos los Santos—. Mi niña salió corriendo a buscar a la Fideo, y le dijo: Nos vamos, pero ya mismo.

—¿Y tus hermanas? —quiso saber la Fideo.

—Sacramento me prometió cuidar de ellas.

—¿Y yo cómo voy a caminar? ¿No ves que estoy impedida?

—Dame ese anillo que llevas.

—No puedo. Es lo último que me queda de Enrique, ¿acaso crees que es cualquier baratija? Tiene grabado un escudo de armas y es de oro puro, de muchos quilates...

—Dámelo —se lo quitó Sayonara, y al rato volvió diciendo que lo había cambiado por un burro viejo pero recio.

—Por esos tiempos de Virgen del Amparo —me cuenta la Fideo—, Sayonara vivía encaramada en la añoranza del Payanés. Aterriza, niña, le recomendaba yo al verla tan volandera; bájate de esa nube.

El recuerdo, entre más insistente y arraigado en ella, más se le iba desdibujando. Lo primero que se le perdió fue la cabeza: ¿Cómo me miraba, de reojo o de frente? No lograba precisar. Tiene orejotas de media paila, la puyaba la Fideo, pero ella las evocaba del tamaño apenas justo, y sonrosadas. ¿Qué salía de su boca, palabras de amor o silencios? Al cabo de la distancia unas y otros sonaban idéntico. ¿Fueron tan hondos sus besos? O fueron un invento. Su piel un regalo hasta con la ropa puesta, de eso sí estaba segura.

—Donde quiera que le pongas la mano encuentras un montón de hombre —suspiraba.

¿Muy oscuros sus cabellos? Oscuros y claros, bicolores en negro y en blanco. ¿Qué era aquello que latía en su frente, la promesa de una bienaventuranza, o desde el inicio un adiós consabido? Ella no lo descifró, ni siquiera cuando fue presente aquel tiempo que ahora se le esfumaba en la ristra larga de días simétricos.

Después de la cabeza, se le olvidaron sus brazos y se le volvió nebulosa la huella del abrazo, y perdió la noción de su nuca pese a aquella vez en que le volteó la espalda; también se le evaporaron sus piernas, que no alcanzó a distinguir de las piernas de otros hombres, ni qué hablar de sus pies, tan ausentes que Sayonara llegó a convencerse de que para hacerle el amor, el Payanés no se había quitado las medias. Hasta sus manos se le refundieron y se le hizo humo el rastro de las caricias. Pero se le fue quedando el pecho, el pecho del Payanés, que se volvió inmenso como el universo.

—En el recuerdo de ese pecho —me asegura Fideo—, Sayonara construyó su casa.

Un pecho extendido en abrazo, protector como el costado de Dios o de cualquier otro padre, antiguo como un elefante y muelle como una cama, y cálido: sin resquicios por donde se colara el viento. No el pecho estrecho de un muchacho, no pecho de pelo en pecho, ni herido por una lanza a la altura del miocardio; no uno de esos pechos filudos y magros como costillar de navío, ni tórax musculoso de atleta, nada de eso, ni pecho de general, recargado de medallas. Sino pecho espacioso, suficiente, recorrido y sabio, amplio como un hangar; abundante en leche y miel como senos de mujer; pecho con penumbra de iglesia y bienestar de estufa, con gruesos muros de piedra, altos techos bajo un firmamento amigo y un portón de madera que se abría de par en par para ella. Ese pecho.

—Yo digo —dice Fideo— que ella confundía el recuerdo de lo que fue con lo que quería que fuera.

Pecho que te da sin que le pidas y que no te hace esperar, que no teme, que no asusta, que no aplaza; pecho que no se reserva, ni se mide, ni se frena, ni desconfía, ni calcula; casa de nosotros, pecho generoso como un banquete servido; cripta y castillo, cueva de mamíferos dormidos mientras afuera el invierno ruge y se desgreña: lecho florido.

—Demasiado anhelar cosas que no existen en este mundo de acá. Tú lo que buscas no es un hombre, niña —sospechaba la Fideo—, sino morirte y subir al cielo.

—Tal vez.

—Un día me habló de Lucía —me cuenta la Fideo—. Me dijo que anduvo muy enredada con esa mujer por un buen tiempo.

Fueron meses enajenados durante los cuales Amanda convivió las 24 horas del día con una señora que en su vida había visto ni vería jamás, pero a quien llegó a conocer mejor que a una hermana. Se trataba de Lucía, la esposa que el Payanés mantenía en Popayán y que había sido, según él, el motivo de la distancia, de la ruptura, de la pataleta aquella noche en el río y de todas las vueltas que después dio el destino en consecuencia. Sayonara, que ignoraba su nombre, dio en llamarla Lucía, un apelativo que le sonó frío, cortopunzante, sonoro y altivo. Bien hubiera podido ganar puntos fáciles y tomarle ventaja desde el inicio bautizándola Ramona, o Chofa, o Filomena, pero sospechaba que sería táctica equivocada y estilo imprudente el ridiculizar o minimizar al adversario.

—Así que Lucía, pues —la Fideo repite palabras de Amanda.

Cuando se vino a dar cuenta desayunaba, almorzaba y cenaba con esta Lucía; hasta gárgaras hacía con ella, pero gárgaras de cianuro porque la estaban envenenando, y si no la abandonaba ni a sol ni a sombra aunque la odiara, era porque al fin de cuentas sólo con ella podía desfogarse y porque no hubiera encontrado otra interesada en mantener ese diálogo ininterrumpido, circular e inútil sobre el hombre doblemente ausente: para la una y para la otra, por culpa de la una o de la otra.

—Nosotras aquí, agarradas de las mechas por su amor —le decía Sayonara a Lucía—, y aquél debe andar por allá, con la Molly muy acomodada en las rodillas.

Entre más fuerza empeñaba en borrarla del mapa, más pesada se le volvía, y más presente, hasta que llegó el día en que Amanda sintió que aquella mujer sin cara ni edad se había instalado a vivir de planta en la cocina de su casa, siempre ahí, convocada por ella y sentada en un butaco, como un inquilino más aunque invisible para Sacramento y las niñas, con su mensaje desalentador a flor de labios, ora resentida y llorosa y ora reclamando lo suyo enfurecida, pero siempre invencible en la tenacidad con que había decidido no ausentarse aunque su anfitriona la llamara bruja, pesadilla, estorbo, ésa, ella, la mujer esa.

—Sólo me faltaba servirle su tazón de café cada mañana —le dijo Amanda a la Fideo, y le dijo también que por fin comprendió que pensaba más en ella que en el propio Payanés, y más de lo que debía pensar en ella el propio Payanés, quien ante sus ojos iba dejando de ser su antiguo enamorado para volverse cada vez más el actual marido de aquella Lucía fantasmagórica.

—Yo misma se lo estoy regalando, pues —se alarmó Sayonara y decidió pactar las paces con ella, devolverle su carácter humano y su derecho a no ser un engendro ni un íncubo, y dejó de desearle que fuera agria de carácter y que tuviera tetas caídas y mal aliento.

Simultáneamente le dio la orden perentoria de marcharse de su mente y también licencia para existir allá, en su propio ámbito, de tal manera que no tuvieran que seguir pisándose los talones ni aporreándose como un par de luchadoras que se disputan el reducido espacio del ring, la medalla de oro y la única porción de aire. De ahí en adelante prescindió de su compañía pese a que se le había vuelto tan necesaria y le dijo adiós, ojalá para siempre, y aunque al principio le quedó un vacío, después se sintió fuerte sin la tal Lucía y satisfecha de haberse desembarazado de esa alianza dual e insostenible, de complicidad y rivalidad, con una extraña.

—Claro que de vez en cuando Lucía regresaba —me aclara la Fideo—, pero ya muy borrosa y sólo en visitas de cortesía. Se sentaba en su butaco en silencio, se tomaba un café tinto, daba las gracias, pedía permiso de retirarse y se devolvía para Popayán, su tierra natal.

Desde el primer momento, cuando vi la fotografía de Sayonara, tuve la intuición de que esa muchacha había muerto en circunstancias violentas. Así como adiviné que era prostituta por sus cejas toscamente depiladas y por su mirada suave y fría como el roce de la seda; así como sospeché —falsamente— que debía llamarse Clara por contraste con la oscura luz que despedía, así también recuerdo haber pensado que poseía ese tipo de belleza que le abre la puerta a la muerte.

He seguido los episodios de su vida tratando de registrar su huella leve y su rastro de incertidumbre. La Niña, la Sayonara y Amanda: he sido testigo de tres personas distintas y no he logrado conciliarlas del todo en una identidad definitiva y verdadera. Pero mal podría lograrlo yo, convencida como estoy de que ni ella misma podría.

—Estoy repartida por dentro, doc —me cuenta el doctor Antonio María que la oyó lamentarse alguna vez—, y cada una de las que viven en mí tira para su propio lado. Me fatigo, doc, de tanto tironeo que casi me descuartiza, y quisiera descansar siendo una sola.

—Todos andamos como tú, divididos —me dice el doc que le dijo—, pero cuando seamos uno y logremos descansar, es porque estaremos muertos.

He querido entender la pasión de esa mujer que no en vano llamaban Sayonara, y acompañarla por las rutas de su recurrente despedida. He querido saber cuál era el problema, pero parece ser una constante que el problema siempre es otro, y que detrás de los motivos que mueven a alguien suele ocultarse otro motivo. La vida se debate en aguas profundas mientras las palabras y las explicaciones resbalan sobre la lisura de la superficie.

Así está bien, pienso. Así debe ser. Que la memoria de la Sayonara quede donde debe estar, en las entretelas de la suposición y de la expectativa, medio velada y medio revelada por el recuerdo que otros tienen de ella. O de ellas. De las tres: Amanda, la Niña y Sayonara. Y en cuanto a mí, que me baste con llegar al final de su historia con delicadeza. Con coherencia apenas y sin forcejeos, sin excesivos ajustes literarios y sin pretender aclarar el misterio de su trinidad. Debo dejar que su estela se extienda por entre las sombras, plural y liviana, evitando calcinarla al exponerla a la luz del día.

Quiero ahora desandar los pasos que dio entre su gente a partir de ese día decisivo y barrido por aguavientos, el del regreso a Tora, cuando la vieron llegar tal como había partido, con la falda negra de tajo lateral, la melena chorreando agua, la blusa china con su ristra apretada de botones y su dragón doméstico.

—Tal como había partido, sí, con la diferencia de que ahora respiraba más profundo el aire —me aclara Todos los Santos—, pero de eso no nos percatamos sino quienes la amábamos. Quiero decir que traía encima algo nuevo, un don ganado durante la ausencia, y era el de la madurez. Una madurez espléndida, sin afanes ni estridencias, dulce y serena como el lucero del alba.

—¡Dulce y serena! —ríe la Olga—. ¡Decirle lucero del alba a semejante tigre malayo!

Me cuentan que el camino de regreso fue duro y lento, y lleno de asombros.

—Duro y lento y lleno de asombros, sí, señor, igual que la vida de la gente —filosofa la Olguita, y se echa a reír de nuevo.

—Ya calla, Olga —la reprende Todos los Santos—, deja de andar repitiendo, que pareces eco.

Sayonara llevaba del cabestro al burro, con la Fideo terciada como fardo sobre las angarillas. La enferma, fastidiada a rabiar dentro de su propio pellejo ulcerado y ardido, venía trinando del mal genio y reviraba con tal hosquedad ante cualquier intento de socorrerla, que en más de una ocasión la otra tuvo que amenazarla con dejarla abandonada para que algún viandante samaritano lidiara con sus demasías. Pero no había advertencia que valiera. La Fideo sólo daba tregua cuando se adormecía derrotada por la languidez y la hinchazón de sus miembros, pero volvía en sí a cada sacudida de la marcha para dar grandes voces al cielo, con un patetismo que a Sayonara le parecía fuera de tono:

—¡Ay, don Enrique, llévame contigo! —aullaba—. ¡Apiádate de mí y llévame donde tú estás, que aquí abajo todos son una parranda de cabrones!

—Malagradecida —protestaba Sayonara.

—Que vayan a joder a su madre los que crean que encima de todo tengo que dar las gracias. ¿Gracias, Dios mío, por estas bubas tan grandes como huevos de gallina? ¿Gracias a la Virgen por estas pústulas hediondas? ¿A quién carajos quieres que le dé las gracias?

—Al menos a ese señor que se acercó a ofrecerte agua. No tenías por qué maldecirlo; sólo quería ayudar.

—¡Ayudar! El malparido... Hermano será, o primo, o por lo menos compadre del cafre que me pegó esta peste.

Desde lejos, antes de que aparecieran los primeros tejados, Sayonara divisó las once llamaradas azules de las chimeneas de la refinería, que se elevaban contra la llovizna por encima de las copas de los árboles más altos, y sus ojos, reconociendo la querencia, se humedecieron al seguir el lento elevarse de las columnas de humo espeso. Aunque enseguida miró mejor.

—Qué humitos más raros —comentó.

—¿Qué tienen de raro? —gruñó la Fideo.

—Que suben muy raro.

Le pareció que se detenían a mitad de camino para expandirse hacia los lados, hinchándose en nubes gordas, esponjándose de manera inesperada para encapotar aun más los cielos recargados de electricidad, con lo cual lograban rarificar el aire y alterar en algo el aspecto de lo familiar, volviéndolo un simulacro.

—Las cosas han cambiado allá abajo, Fideo —le advirtió Sayonara—. No estamos regresando al mismo lugar que dejamos.

—Las cosas siempre cambian, o qué te crees, no te hagas la avispada.

En realidad las señales de la extrañeza habían empezado a dejarse ver, esporádicas, desde hacía un par de horas, cuando las viajeras se toparon con la primera enramada. A la vera del camino, así sin más, cubierta con chamizos y plásticos, con tres latones por paredes y hacia la parte del frente un costal por cortina; de un metro escaso de altura de tal manera que una persona cabía sólo acostada. Al lado de la enramada, sentada sobre una piedra, esperando, había una mujer muy pobre con los senos al aire y los labios pintarrajeados. La Fideo venía con fiebre y para protegerla de la llovizna, que la calaba y la estremecía, a Sayonara se le ocurrió la peregrina idea de pedirle permiso a la mujer de guarecerla bajo su choza mientras escampaba.

—¡Largo de aquí! —la boquipintada amenazó con arrojarles una piedra—. ¡Encima de que los clientes están tan escasos! ¡Largo de aquí, apestadas, antes de que me espanten a la clientela!

Algo más adelante el camino desembocaba en la carretera, ahora asfaltada, y la Sayonara, la Fideo y el burro echaron a andar por la orilla, apretándose contra los riscos para que en una curva no los arrollaran los vehículos que casi los rozaban al pasar zumbando, y para no morir bajo las ruedas de los camiones repletos de soldados y de armamento.

—Bonito, el asfalto —dijo la Fideo, en un repentino apaciguamiento del ánimo—. Brilla muy bonito.

—Refleja las luces de los automóviles, porque está mojado —le dijo Sayonara, y más le hubiera valido quedarse callada porque la Fideo, de nuevo irascible, le contestó con una pedantería.

Y entonces, otra vez, los lugares conocidos espejearon con visos de irrealidad, cuando al lado de la carretera fueron apareciendo, una tras otra y a cada tanto, enormes vallas publicitarias en las cuales la empresa, mediante slogans, pretendía motivar a los trabajadores, o a la población masculina en general, a dejar atrás los riesgos de la vida errante y de los amores ilícitos para formar una familia con todas las de la ley. Hombre sin hogar, aseguraba la sabiduría en forma de letrero, es como santo sin manto, como ave sin nido, como nido sin ave, como casa sin techo, como techo sin casa, como testa sin sombrero o viceversa: todas cosas desamparadas, indeseables e incompletas.

—Oigan no más, la Troco insiste en oficiar de casamentera al por mayor —dijo Sayonara, y no acababa de decirlo cuando distinguieron entre los matorrales, justo debajo de una de las vallas, otra enramada semejante a la anterior pero un tanto más sólida y adornada en redondo con un colorido festón sintético. Esta vez la dueña era una joven gorda y embutida entre unos slacks apretados, y aunque ellas se alejaron para no importunar, vieron descender a un chofer y a su ayudante de un Pegaso de 16 llantas que se detuvo al frente, vieron al chofer y a la gorda penetrar en la enramada y pudieron atisbar, por entre las rendijas que dejaban las ramas, lo que hacían allá adentro mientras afuera el ayudante esperaba su turno, cortándose las uñas con un alicate.

—La de antes trabaja para los de a pie y ésta para los motorizados —anotó la Fideo.

Entreveradas en una sola melancolía, llegaron flotando por entre la lluvia diversas músicas de vitrola que hicieron que Sayonara apretara el paso y no se detuviera hasta alcanzar ese mirador desde el cual se abarca el rubio serpenteo del Magdalena, que en ese instante ahogaba en sus aguas los rayos de la última luz. Pudo contemplar en su entera extensión a la ciudad de Tora, detenida contra la gran corriente y desbordada en las otras tres direcciones como si se hubiera empeñado en crecer en contra de la razón humana y de la voluntad de Dios. Al otro lado del río arreciaba el aguacero y la lejanía se fundía en grises lavados, como si hacia allá se extendiera otro país.

Atravesó el puente de Lavanderas en el justo momento en que empezaban a encenderse, una aquí y otra allá, las bombillas de colores del barrio de La Catunga, lamidas por la lluvia y muy disminuidas en cantidad, pero aún azules, rojas, verdes y amables como una Nochebuena.

—Ya no hay tantas luces —le dijo Sayonara a la Fideo.

—Qué va a haber, si ahora las putas se enmontaron y despachan en covachas. ¡Despacio, niña, que me majas! ¡Ay, don Enrique! ¡Dile a esta despiadada que amaine el trote, que acaba conmigo! —gritó la Fideo, zarandeándose como un bulto de mazorca porque la Sayonara no podía más con los latidos de su corazón, que ya corría desbocado hacia el encuentro, y había echado a correr ella también, loma abajo.

Antes de llegar a las primeras calles ya había parado de llover y Sayonara, ocultándose tras una tapia, se quitó la ropa empapada y se puso su traje de combate con todo y zarcillos y zapatos de tacón altísimo, y a la Fideo quiso organizarla entre una bata limpia y fresca de algodón floreado.

—Para que llegues buenamoza —le dijo, pero la Fideo, más ofendida que si le hubieran cruzado un par de cachetadas, reviró que qué tan bello creía que podía ser un saco de pus. Con todo y todo se dejó peinar, secar la cara y enchufar la bata, y pese a los tormentos de la entrepierna se encaramó a horcajadas en el burro, muy erguida y compuesta por cuestión de dignidad.

Fueron entonces a buscar, antes que nada, al doctor Antonio María en su consultorio. Lo encontraron parado en la puerta, avejentado y con los dientes de castor aún más notorios que antes porque las mejillas se le habían chupado.

—A este pueblo se lo ganó la moralina y su hermano siamés, el pavor —les advirtió el doctor después de darles apenas la bienvenida, contento de verlas pero demasiado atribulado para expresarlo, y siguió adelante, enardecido e incontenible, con su discurso—. A la sífilis la consideran una enfermedad obscena y a su propagación y la de otras venéreas la llaman la peste, sin diferenciar. Todo mal mayor del cuerpo es peste y es inmundo y censurable, se trate de viruela, carate, mal de pinto, pian, lepra de monte, mal azul y hasta llagas comunes o heridas de mal ver. La filosofía generalizada es que cualquier varón enfermo es una víctima, que toda puta está enferma y que toda enferma es puta. Las prostitutas, y en ningún caso los hombres que se acuestan con ellas, son la fuente del contagio, el origen del mal. El credo vigente es que a las enfermas hay que exterminarlas y a las putas hay que erradicarlas, y según andan diciendo, a medio centenar de prostitutas, o sospechosas de serlo, las han encerrado en Altos del Obispo, en un campo de detención con alambre de púas y vigilancia militar. Otras se han trasladado a vivir en el cementerio para trabajar por partida doble, brindando su amor en las noches sobre las tumbas y ganándose unos centavos complementarios durante el día, como plañideras. Mientras tanto la comunidad de los sanos sigue firme con su cruzada y se vanagloria de su conducta inflexible porque da por hecho los vínculos entre la peste y la degradación moral. Nadie, y menos que nadie las propias prostitutas, quiere saber nada de explicaciones científicas ni de formas de prevención, porque les resulta más dramática y más seductora, más útil para la autocompasión que siempre han practicado, la creencia de que la enfermedad es la expresión de la cólera divina porque Dios es partidario de la monogamia.

—¿Nos regala un vasito de agua, doc? —le interrumpió la monserga Sayonara con suma timidez, y sólo entonces el doctor Antonio María cayó en cuenta del cansancio absoluto que traían encima las viajeras y del deplorable estado de salud en que venía la Fideo.

—¡Discúlpenme, por favor! —suplicó, de verdad avergonzado—. Sigan, sigan, que adentro hay cama y comida para las dos.

—¿Cómo están la Preciosa y los niños? —le preguntó, sonriendo, Sayonara, y el doctor, que en un primer momento no supo quién era la Preciosa, recordó enseguida la ocurrencia de su mujer, se rió también y contestó que estaban alentados y que se habían trasladado a vivir a la parte trasera del consultorio por temor a que los agredieran en casa mientras el doctor estaba afuera, trabajando.

—Y entonces, doc —le preguntó Sayonara—, ¿se están acabando las putas en Tora?

—Hay más que antes, sólo que más desgraciadas. Los hombres que se casan no por eso...

—La Copa Rota era un palacio comparado con lo que vimos hoy —lo interrumpió la Fideo.

—... los que se casan no por eso dejan de visitarlas, y también las buscan los que van llegando con el trasiego, ahora multitudinario por los desplazamientos que ocasiona la violencia en el campo.

—Bueno, doc, yo me voy yendo antes de que se haga más tarde, porque le traigo a la madrina un arequipe en totumo y ella no come dulce después de las nueve, porque según dice le alborota el insomnio —se despidió Sayonara—. Dejo a mi enferma en buenas manos. Hacia las once vuelvo y lo reemplazo en el horario nocturno.

—Esta noche por ningún motivo. Hoy descansa y mañana también y te espero el miércoles, si quieres. De la Fideo nos encargamos la Preciosa y yo. Queda con otras dos compañeras, Niña de Cádiz y la Dientes de Oro, que están aquí internadas mientras se alientan...

—Mientras se alientan o se mueren —volvió a interrumpir la Fideo.

—... que están aquí mientras se alientan, así que no se va a sentir sola. ¿Y el burro, te llevas al burro?

—El burro es de la Fideo.

—Entonces déjalo, que nos viene bien para traer agua. Espera, niña —le pidió en el último instante el doctor, deteniéndola por el brazo—, deja que te revise. No me toma más de cinco minutos. No seas irresponsable ni obstinada; mira que, moralismos aparte, el contagio se está extendiendo y si la enfermedad se controla a tiempo es mejor que si...

—Ni loca, doc —lo cortó en seco la Sayonara—, ninguna falta me hace que usted me examine las partes físicas, ni que me meta por allá adentro sus espejos y sus palancas. Yo me sé mirar a mi propia persona y le aseguro que tengo el chocho más lozano que una rosa.

«Picha dura no cree en Dios», había escrito la subversión en grandes letras irregulares sobre la fachada del Ecce Homo, y Sayonara atravesaba la plaza central con recelo, olfateando ese y otros desconocimientos como quien regresa a un lugar donde nunca ha estado. Veía más policía dando vueltas; más muchachos de gafa negra; menos parejas bailando en los cafés; más basura regada por las calles; la gente más silenciosa, más elegante, mejor vestida; otros más zarrapastrosos y hambrientos; muchos sin techo ni trabajo que se arrimaban con todos sus hijos a cualquier esquina sin nada que hacer, salvo esperar.

Al pasar frente a la estatua del Descabezado, Sayonara sintió en el alma el mordisco de un mal recuerdo, o de una premonición, ¿o era más bien el olor dulzarrón y pervertido que emanaba del matadero municipal? Unos instantes después se topaba cara a cara con quien menos hubiera deseado, el malandrín del Piruetas, que avanzaba por entre el gentío a saltos nerviosos de sus zapatitos blancos, con un escaparate portátil colgado al cuello sobre el cual exhibía variedad de potingues y hierbas del buen querer, y la afamada Pomada de la Condesa para remendar la doncellez, don muy solicitado en aquellos tiempos de contrarreforma.

—Entre más prohibiciones, mayor el retorcimiento del negocio pornográfico, y quién mejor que el Piruetas para exprimirle el jugo a esa fruta. Cuando se le agotó la veta de la falsificación de cuadros —me cuenta Sacramento—, se dedicó a la venta de un estimulante que hizo época en Tora, inventado, fabricado y promovido por él mismo: los supositorios de pimienta.

—¡Así brincotea el Piruetas por la vida! —ríe Todos los Santos—. Muy así, con resabios de polichinela culiapretado, como si estrenara supositorio de pimienta entre las nalgas.

—Además vendía preservativos de tripa animal —me sigue informando Sacramento—, también patentados por él y promovidos como la moderna solución contra los embarazos y los contagios, pero de mala fama entre los usuarios por incómodos, por resbalosos y por sus resultados inciertos.

—¡A penar, hombres de corazón tierno, que la Hermosa está de vuelta! —pregonó en falsete el Piruetas al ver pasar a Sayonara, y rostros para ella extraños voltearon a mirarla.

—Andá a comer mierda, bicho agorero —reviró ella, espantándolo con la mano—. La última vez que me soltaste un requiebro me cagaste la vida, y aún no me repongo.

Aunque ella no se percatara, muchos ojos la habían visto, le habían seguido uno a uno los pasos, le habían olfateado el rastro desde el mismo momento en que había vuelto a pisar el pueblo, y ahora la voz de alerta del Piruetas se regaba de casa en casa: había regresado.

Por segunda vez se tomaba el pueblo la niña puta; Sayonara, la puta-esposa; Amanda, la novia vestida de blanco; la esposa ya sin su marido y otra vez vestida de noche; la bella desafiando al mundo como hacía en aquellos otros tiempos, los que a sangre y fuego quería olvidar la gente.

—Tal vez si hubiera regresado con el pelo recatado y el cuerpo escondido entre ese traje sombrío de novicia triste que llevaba en Villa del Amparo —especula la Machuca—, tal vez...

Por si fuera poco había entrado portando sobre un burro la imagen ejemplarizante y rediviva del pecado con todas sus consecuencias, es decir a la Fideo, toda ella florecida en chancros, varios ocultos y uno exhibido en aquel lugar donde más aterra y ofende al prójimo, es decir en plena cara. No acababa Sayonara de mandar a comer mierda al Piruetas cuando percibió en la multitud que la rodeaba los reflejos súbitos y espasmódicos y al mismo tiempo pavorosamente sincronizados del ganado en el instante previo a la estampida. En medio de una imprevista parálisis del aire se produjo una repentina y oscura coreografía colectiva a la cual ella misma trató de integrarse sin saber por qué, tal vez por mero instinto de sobrevivencia.

—Para esto volví al pueblo, para encontrarme con mi destino —me dice Todos los Santos que alcanzó a discernir Sayonara en un destello de lucidez final.

Segundos después quedaba aprisionada por la barrera humana en una forzosa primera fila justo frente al lugar donde un grupo espontáneo de iracundos sacrificaba a un hombre enjuto, bajo de estatura, con una camisa clara y desabrochada cuyas faldas flotaban fuera del pantalón.

—¿Entonces no le cayeron a ella?

—Calle esa boca y toquemos madera —Todos los Santos golpea la mesa con los nudillos—. Le cayeron a otro cristiano y no a ella, porque como le aclaró el otro día la Fideo, Sayonara cargaba en el hombro al pajarraco negro, pero lo mantenía apaciguado y le daba de comer con la mano. Pero no perdió detalle de aquel episodio y la pasión y muerte de ese individuo quedaron tan grabadas en ella, que varios días después seguía repitiendo como una autómata que era pequeñajo y reseco, que llevaba la camisa por fuera del pantalón y que antes de expirar quiso decir algo que nadie entendió. Era zapatero, ¿sabe? Lo que se llama un zapatero remendón. Un artesano humilde con un nombre estrafalario, Elkin Alexis Alpamato, oriundo de Ramiriquí, en Boyacá, con tres años y medio de permanencia en Tora. Todas lo conocíamos porque le llevábamos el calzado para reparación. Cuando un tacón puntilla se gastaba, se torcía o se floreaba, nadie como él para remozarlo con cuero nuevo y tapa reforzada en metal. Alegaba que los zapatos de tacón alto eran uno de los siete inventos mayores de la civilización y que junto con la media de seda habían sido el verdadero pecado de Eva en el paraíso, la auténtica manzana de la perdición. Alpamato, le decíamos, para esta noche me dejas estos tacones listos para arrancarle estrellas al pavimento, y él cumplía porque le gustaba cumplir.

Matarlo les tomó sesenta segundos y lo hicieron a físicas patadas, en un solo ramalazo fulminante de ciempiés descontrolado; asalto veloz y voraz de gorriones famélicos sobre una miga de pan. Después de la golpiza, él se puso en pie en un último intento de decencia, se recostó contra un muro, trató de pronunciar su voz postrera y volvió a caer, difunto ya, pobre guiñapo sanguinolento sin culpa ni redención. Sayonara contempló la matanza sin despegar los ojos de la víctima como si volviera a mirar lo ya visto, lo desde siempre presentido, como si fuera testigo de algo que iba a suceder y no sucedió, como si no fuera aquel hombre, sino ella misma, quien hubiera debido morir esa noche, a esa hora señalada y en la desolación de aquella esquina.

—Debió presenciar tamaño horror precisamente el día de su regreso a casa —me dice Machuca—, como si la propia ciudad se encargara de ponerla al tanto de los nuevos tiempos que campeaban por acá.

—¿Qué había hecho el zapatero? —pregunto—. ¿Por qué lo mataron? ¿Quiénes?

—Gente común y corriente; no crea que eran asesinos ni maldadosos de oficio. Pequeños comerciantes de Calle Caliente, enardecidos por los desalojos.

Nunca antes y nunca después se pusieron tan de acuerdo las cuatro instancias del poder, ni actuaron tan sincronizadamente. Las medidas de salud pública se dictaban desde el púlpito, la Tropical Oil hacía de consejera matrimonial, la Cuarta Brigada decidía cuáles debían ser los pilares de la moral y el señor alcalde, representante en Tora del Directorio Nacional Conservador y copartidario del senador Mariano Azcárraga Caballero, el ingrato que llevó a la tumba a la bella Claire, era quien señalaba con el dedo a los que merecían escarmiento y castigo por infringir las leyes éticas, higiénicas, laborales y de orden público.

Uno de los ejes de esa estrategia a cuatro bandas fue la manguala para limpiar la zona roja hasta dejarla llana, porque querían construirle encima barrios de vivienda multifamiliar a imagen y semejanza del Barrio Staff, pero en versión apretujada, criolla y proletaria. Afirmaban que querían acabar con el puterío y con las zonas rojas pero a la hora de la verdad todo lo pobre les parecía rojo, como si barrio humilde y zona de tolerancia fueran la misma cosa. Después de uno de esos desalojos, el día del regreso de Sayonara, los damnificados bajaban a la plaza arrasando con lo que se les pusiera por delante, mueble o inmueble.

—¿Y por qué el zapatero? ¿Qué había hecho?

—Nada. No había hecho nada.

Sólo pretendía invocar la calma para que no vandalizaran, pero refulgía tan agudo el descontento que le cupo en despiadada suerte hacer de chivo expiatorio y recibir la descarga.

—Claro está que Sayonara le hubiera dado una explicación distinta al insuceso —me advierte la Olga—. Si le hubiera preguntado a Sayonara, le hubiera dicho que el zapatero, sin saberlo, cambalacheó su destino por el de ella.

Después del crimen, durante unos cuantos, eternos minutos la ciudad quedó sumida en un raro letargo de silencio y de ausencia, como si todos hubieran corrido a refugiarse del espanto en el interior de sus casas o de sus propios corazones, y fue durante ese lapso de quietud ultramundana que Sayonara bajó por Calle Caliente y penetró en territorio de La Catunga sintiéndose ajena dentro de su propio cuerpo, mirando este planeta con ojos de extranjera y temblando de sobrecogimiento tanto o más que la primera vez, tantos años atrás. Entonces volvió a ver a Sacramento niño sentado sobre la zorra con sus pestañas crespas y su pelo de estopa, advirtiéndole que quien entrara a ese lugar no podría salir nunca.

Buscó la casa de Todos los Santos y no encontró sino los escombros. Volvió atrás, buscó de nuevo y nada, no encontró nada, y entonces se preguntó, me asegura la Olga, si no habría muerto después de todo, y si la historia del zapatero sería sólo una de esas mentiras piadosas que se dicen a sí mismos los muertos para paliar lo irreversible de su situación.

Montada en la dificultad de sus tacones altos y su falda entubada, sin luz de farol ni de luna, Sayonara se fue haciendo equilibrio entre las colinas de despojos creyendo adivinar aquí y allá rastros de lo vivido: este poco de polvo fueron naranjas al desayuno, aquel ladrillo quedó de la tarde en que me dijiste, estos terrones fueron monedas en mis bolsillos, esta pila de greda...

—¡El collar de Aspirina! —gritó de pronto, porque allí estaba el collar de Aspirina con todos y cada uno de sus falsos diamantes, refulgente y real entre ese montón de nada e invitando a Sayonara a recuperar la fe en su propia existencia.

No encontró mucho más que celebrar, ni patio, ni ventana, ni cielo al otro lado de la ventana, ni espejo junto a la alberca ni tampoco alberca, ni canarios en las jaulas, ni marranera ni platanal, ni tienda de grano en la esquina, ni Dancing Miramar con sus concursos de baile y sus decorados en peluche rojo. A qué creerle, ¿al collar, que estaba ahí, o a todo lo demás, que no estaba?

—¿Y mi madre Matildita Monteverde? ¿Y mi madrina Todos los Santos? —le preguntó en voz alta a la oscuridad.

—De tu madre no sé nada —le contestó un ser humano que salió no supo de dónde—. De tu madrina sí te puedo dar razón. Después del desahucio vino la demolición y Todos los Santos se mudó a vivir a casa de la Olga.

—Y la casa de la Olga, ¿no la tumbaron?

—No. Hasta allá no han llegado las mejoras. Esto de por acá ya no se llama La Catunga sino La Constancia, y dicen que dentro de poco va a ser un barrio respetable.

Sayonara agradeció la información y se alejó de este segundo escenario de su pasado, al que pronto le pasarían por encima los buldózeres así como al primero, el de su niñez, lo habían devorado las llamas, y así como al tercero, el de su matrimonio, ya empezaba a pasmarlo el lado quieto de la memoria.

El patio de la Olguita olía a de todo, a lo bueno y a lo malo, a hierbas aromáticas verdeando en las materas, a comida apetitosa dorándose en el horno, a orines de animal doméstico, a tufos del caño que corría cerca con sus aguas negras dando tumbos por entre peñascos. Todos los Santos sopeaba en benzoato de bencilo a un cuadrúpedo afectado por la sarna cuando vio aparecer a Sayonara, y habían sido tantos y tan largos los días de la espera que no supo si era realmente ella o sólo su recuerdo encarnado. Tampoco pudo saludar, manifestarle su mucha complacencia ni preguntar nada porque comprendió que la ahijada, que venía descompuesta y empalidecida, no estaba para agasajos ni para respuestas y que lo único que quería era relatar el horror del linchamiento una vez y otra vez y otra más, como si congelando la escena en palabras lograra evitar que aconteciera.

—¿Será verdad que a veces otro muere por ti? —fue la primerísima frase que dijo al entrar—. Tengo el pálpito, madrina, de que le acaba de caer a un zapatero una muerte que venía dirigida a mí.

—Por mucho que la Olga y yo le argumentábamos, no lográbamos sacarle ese fanatismo de la mente —me cuenta Todos los Santos—. Ella juraba que había visto el rayo de la muerte descender del cielo derecho hacia su persona y desviarse en el último instante para fulminar a Alpamato.

Sin escuchar razones, Sayonara entró al dormitorio y se dirigió al amo, ese joven Jesucristo atormentado y con el corazón expuesto que sabía, como ella, ofrecerle al prójimo sus entrañas; el mismo que se había convertido en pavor y también en consuelo de sus días de infancia, el que durante tantas horas de trabajo sobre el catre en decúbito supino había alumbrado con lámparas ardientes su mínima verdad de niña solitaria y desnuda, haciéndola invulnerable al bañarla en su fulgor rojinegro.

—Señor mío Jesucristo —imploró arrodillándose ante el cuadro—, santo patrono de los desbaratados, cuida del alma de tu siervo Alpamato, ya que su cuerpo se lo tiraste a las fieras. Si es cierto que él murió en vez de mí, siguiendo tu santo ejemplo, dale las gracias de mi parte. Dile que ya llegará el día en que yo también deba cargar con una muerte ajena y que espero cumplir entonces con tanta generosidad como él acaba de hacerlo conmigo.

—¿Qué está sucediendo en este pueblo, madrina? —preguntó al salir al patio.

—Cosas raras. Los muchachos matan gatos y los despellejan, algunas personas salen de su casa y nadie vuelve a saber de su paradero. Ya te digo, pasan cosas. El otro día en plena Calle Caliente amaneció acuchillado el pavo real de doña Magola.

—¿Acuchillado un pavo real? ¿Y quién querría acuchillar un pavo real?

—Qué sé yo, tal vez el mismo que despelleja gatos. ¿Y las niñas? —fue lo único que a su turno atinó a indagar Todos los Santos. Por Sacramento no quiso ni averiguar, porque le echaba la culpa del descalabro de la familia y de toda Tora.

—Las niñas están bien allá, en Virgen del Amparo. Sacramento las cuida más que si fuera su padre. Yo me vine sola, madrina— anunció Sayonara—, y no pienso volver con él.

—Todo lo haces al revés —le reprochó la madrina—. Dejas de ser casada precisamente ahora, cuando las esposas circulan orondas mientras las putas pasan agachadas para esquivar la animosidad. Deme esa papaya, ¿qué vale aquella guanábana?, así dicen las señoras cuando van al mercado, así, señalando las frutas con dedos tiesos para que les noten los brillos de la alianza de oro en el anular —le contó—. Y compran carne barata en el comisariato con un carné que las acredita como familia legítima de obrero de la empresa. Las vieras, le regalan la tarde entera a un ocio extranjero que llaman el té canasta y que consiste en jugar a los naipes y atragantarse de bizcochitos y golosinas.

—Eres dura con ellas —le quiso hacer notar la Olga, que estaba de plácemes por el regreso de Sayonara y le ofrecía mantecadas y pandeyucas, porque para ellas no hay mejor forma de expresar cariño que agasajar con alimentación en abundancia—. También las casadas friegan el piso y le echan sal a la sopa y sufren desengaños, igual que nosotras...

—¡Chitón, Olguita! —la calló Todos los Santos—, que al enemigo no hay que darle ni la hora. Como dije, las esposas a jalarle al bizcocho y al vinillo, ¿y las putas? Las putas, que se sienten pasadas de moda y arrinconadas, para sobrevivir han tenido que inventarse todo un repertorio de monerías en la cama.

Para ser solicitadas, a las mujeres de la vida se les volvía indispensable conocer malabares, floreteos y exquisiteces antes difíciles de imaginar, y ya no era nadie la niña que no se desempeñara con soltura y sin remilgos en el doble plato, la lluvia de oro, el *more canino,* el salto del ángel, la chupandinga, la arepería, la entrada por el garaje, la gotita de leche y cuanto exotismo ha inventado el género humano, llegando hasta el extremo de afeitarse el vello del pubis para garantizarle a los clientes, cada vez más exigentes y rudos, que estaban limpias de ladillas.

—¿La Machuca? Aquí donde no nos oiga, a la Machuca le dio por pintarse de púrpura los pezones...

—Era telegrafista y mexicano, y le decía a Sayonara mi guadalupana porque la comparaba con la Virgen de Guadalupe, también mexicana y tan mechuda como la Virgen del Carmen y como la propia Sayonara —me cuenta Todos los Santos acerca de un hombre llamado Renato Leduc, a quien las vueltas de la vida trajeron a trabajar a Tora—. Así le decía, mi guadalupana, y como además escribía versos, el día que por culpa de la indiferencia de ella decidió regresar a su país, le dejó uno de despedida que aún tengo guardado. Se lo muestro siempre y cuando logre encontrarlo, porque de eso hace ya tanto tiempo... Fue antes de la huelga del arroz, por la época de oro del Dancing Miramar.

Después de rebuscar entre cajas, talegos y cajones, Todos los Santos se me presenta con el siguiente poema, escrito a máquina y firmado por el telegrafista Renato Leduc:

Dolor jovial de perder
las cosas idolatradas.
Dolor que cuesta la vida
a veces,
y a veces no cuesta nada.

Le dije una vez: te quiero,
como nunca le había dicho
ni le volveré a decir.

Le dije desesperado
porque sabía que muy pronto
otro se lo iba a decir.

Le dije desesperado,
mas no me he de arrepentir.

La quise tanto, la quise
porque llevaba en los ojos
una brizna de infinito;
por sus cabellos castaños,
por su boca
bárbaramente desnuda
la quise, la quise tanto...

Mas la quería tanta gente
a la vez,
que me dije: no es plausible
el ofrecer
—si la quiere tanta gente—
cosas que no ha menester.

Pensé matarme myself
entonces,
mas no lo hice, porque
me pregunté ¿y para qué?
Abismado en el dolor
me dejé crecer las barbas
porque ese límpido amor
gustaba reírse de ellas,
que las barbas fueron siempre
—dicen— solaz de doncellas.

Dolor jovial de perder...

Aparte de que era un buen poeta, como se deduce de la muestra, es poco lo que he podido averiguar en Tora sobre su autor, quien se definía a sí mismo como un burócrata de ínfima categoría. Sé que al llegar acá se alojó en la Casa de Huéspedes de Conchita la Tapatía, paisana suya, y que durante las muchas veladas en que regaron reminiscencias de su madre patria con Vat 69, le contó que se había entrenado en el oficio en la Escuela Nacional de Telégrafos de Ciudad de México, que ocupaba un viejo edificio de la calle Donceles, junto al manicomio de mujeres, y que había empezado a trabajar antes de los trece años —cuando aún no tenía pelos en las verijas, decía— para ayudar a mantener a su madre viuda. Que antes de llegar a Tora había pasado por París, donde las puticas del Barrio Latino le enseñaron a hablar el francés; que era fieramente anticlerical y aluciferado, según el término que él mismo se endilgaba —un hombre que ha vivido mucho, según interpreta Todos los Santos—; que quedó prendado de Sayonara desde que la vio por vez primera a través de la ventanilla de la oficina de telégrafos de Tora; que se convirtió en su cliente asiduo y encandilado y que semanalmente dejaba en sus manos la casi totalidad de su escaso salario.

—A una mujer así no se le puede ofrecer el corazón —lo amonestaba su mejor amigo colombiano, un gigantón llamado Valentín.

—Para una mujer así, yo no tengo sino corazón —le contestaba Renato.

—Quiéreme —le rogaba Leduc a Sayonara.

—No te puedo querer. Te miro y no te veo.

—Tienes un perol donde otras guardan los sentimientos —le decía el telegrafista poeta y ella reconocía que tenía razón, en parte.

Entonces él, enamorado y adolorido, renunció a su cargo, empacó en un baúl todos sus libros y sus dos mudas de ropa, escribió el poema anterior, lo tituló *Romance del perdidoso,* se lo dejó a la destinataria entre un sobre y regresó a su tierra mexicana, donde lo oyeron decir que había abandonado Colombia por huir del desamor de una lejana novia emputecida.

En el primer día de su regreso a Tora, Sayonara se sacó el cansancio de encima durmiendo hasta la media mañana y al levantarse encontró a su madrina, a la Machuca y a la Olga cuchicheando de manera sospechosa en la cocina.

—¿Me van a decir qué es lo que se traen entre manos? —les preguntó—. Desde anoche traman algo a mis espaldas y es hora de que me digan qué es.

—Te lo vamos a decir, ya lo decidimos. Es una mala noticia. Sobre tu hermana Ana.

—¿Murió?

—No, pero tal vez hubiera sido preferible —seguían escapándose por las ramas, sin atreverse a concretar.

Desde el momento de su llegada Sayonara había preguntado por ella y le habían contestado con evasivas. Que no sabemos, que parece que vive en una finquita por la vereda Los Mangos, que dejó un número telefónico pero allá nunca contestan y cuando contestan dicen que se mudó a otro lado. Entonces, en vista del engaño y de la dilación, Sayonara montó en cólera, una de esas cóleras demoníacas con ocho patas y dos cabezas, de las que echan veneno por las bocas y fuego por el rabo; una de esas viarazas desmesuradas que no la poseían desde la adolescencia y que todavía daban de qué hablar en Tora.

—O me dicen de una buena vez, o desbarato esta casa y todo lo que hay adentro.

Se lo dijeron. Ana era la amante de planta del general Demetrio del Valle, comandante en jefe de la campaña pro-erradicación de tugurios y moralización de Tora, quien, por ser casado por la iglesia y por lo civil con una señora rica de Anolaima y para no ponerse en evidencia, mantenía a Ana encerrada en una casa contigua al cuartel y había echado a correr la voz de que se trataba de una sobrina suya venida del campo a la que le hacía la caridad de educarla.

—Me voy a sacarla de allá, así nos cueste la vida a ambas —anunció la Sayonara, y sin más dilaciones se fue poniendo en marcha.

—Espera —le sugirió Todos los Santos en tono menor, para no desatar de nuevo la tormenta—. Deja que ella decida su propia vida como tú has decidido la propia tuya. Además, hoy por hoy y como están las cosas, más vale moza de gorilón que esposa de algún muerto de hambre.

Pero Sayonara ya no estaba por allí para escucharla, y pocas horas después cabalgaba sobre el lomo de los tejados que circundan el cuartel, rompía un vidrio y se colaba por la ventana.

—Del Valle me paga lecciones particulares de inglés y de modistería —le contó Ana—. Me regaló televisor, radiola y colección de long-plays, me trae frutas de mazapán hechas por las monjas y botellas de vino dulce de Oporto, y por si no fuera bastante, en el catre gusta más de dormir que de menearse. ¿Te parece que sufro, hermana?

—¿Y las maldades que los militares le han hecho a la familia nuestra? ¿Se te olvida de qué manera atroz llevaron a la muerte a mi madre y a mi hermano? ¿Y las maldades que le hacen a nuestra gente, allá en Tora? ¿Se te olvidan?

—No, hermana, no se me olvida nada, y a veces la rabia me hace hervir la sangre y ver todo rojo, y esas veces odio a del Valle y quisiera estrangularlo con mis propias manos. Pero después me trae los mazapanes, prende el televisor, se queda dormido como un huérfano y yo lo perdono. Si lo vieras sin cachucha, con sus cuatro pelos aplastados contra el cráneo, ya no te parecería tan fiero. Pero te prometo una cosa: si algún día la rabia persevera más allá del perdón, empiezo a echarle estricnina entre el café con leche. O si algún día me harto de mazapanes y me canso de tanto estudiar inglés, me vuelo por esa ventana, hermana, la misma por la que entraste, y le caigo a la casa a Todos los Santos.

Varias veces he anotado en mi cuaderno de apuntes que debo averiguar un enigma, y es de qué viven actualmente la Olga y Todos los Santos. Por fin me animo a preguntar y Olguita me dice que cuando se agotaron los ahorros que Sayonara dejó enteros para sus hermanas, Sacramento se hizo cargo de la situación. Perseverando en un negocio de maderas, logró costearles estudios a las niñas y también un tratamiento especial para la nena Chuza, a quien todavía lleva una vez al mes a Bucaramanga, para que la trate una terapeuta del lenguaje, porque aunque ya es señora, aún no ha soltado la lengua.

—Además —me dice la Olguita—, el bueno de Sacramento le pasa una pensión mensual y voluntaria a Todos los Santos, a pesar de que ella, vieja retrechera, no acaba de perdonarlo. Y pensar que para lo único que le sirvió casarse fue para contraer la obligación de mantener a perpetuidad a la familia de la novia. ¡Con creces salió pagando esas siete monedas que recibió aquel día en que se la entregó en madrinazgo a Todos los Santos!

—La Olguita también aporta ingresos —me cuenta a su vez Sacramento—. Ahí donde la ve, chuchumeca, patienteca y chimuela, la muy bandida sigue siendo una profesional activa, que no ha perdido a su antigua clientela. Sólo los que se mueren la van desertando, y ni ésos, porque ella los visita en el cementerio.

Ayer, que fue sábado, la Olga y Todos los Santos se ocupaban de preparar el almuerzo porque estaban de visita Sacramento, Susana, Juana, Chuza, la Machuca y la Tana.

—¡Allá voy, don Enrique! Recíbame, que allá voy —gritó de repente la Fideo cuando no le prestábamos atención por andar enredados en el asunto del pollo relleno y la ensalada de cebolla, y cuando corrimos a su lado la vimos hacer un esfuerzo final por incorporarse en la hamaca, llamar otra vez a don Enrique, y morir.

Ayer mismo las mujeres decidieron que yo tendría que pronunciar las palabras de despedida durante el entierro, y en la tarde del día de hoy, un domingo que se ahoga en pleno tiempo de vidrio, cavamos el agujero bajo el mismo guayacán y el mismo cielo que amparan a Claire. Vi muchas otras tumbas en medio de aquel pastizal con vista al río, señaladas apenas con una cruz de palo y si acaso un epitafio, «Aquí yace Molly Flan», «Descansa por fin, Delia Ramos», «N.N. nueva víctima de la peste», «La Costeña, hasta siempre, tus amigas», «María del Carmen Blanco alias la Fandango», «Gloria eterna para la Chaparrita, heroína de la huelga del arroz», «Teresa Batista, cansada de guerra», «Ésta es la Melones, hermana de Delia Ramos».

Cuando me llegó el momento de hablar todas voltearon a mirarme como a primadona en función de teatro municipal. Entonces coloqué sobre la tumba una corona de rosas blancas en nombre de don Enrique y dije unas palabras que hicieron llorar a algunas de las asistentes pero que decepcionaron a las más, porque cuando recién empezaban a entusiasmarse yo había terminado ya. En materia de amores, dije, todo son expectativas y apuestas, unas que ya naufragaron, otras que a lo mejor logren sobreaguar, y en medio de tanto sueño y tanto disparate hay una cosa cierta: la Fideo se acercó como nadie a lo que tal vez sea el verdadero querer. Supo darlo, lo recibió a manos llenas y lo conservó vivo hasta el día de su muerte, y ojalá también de aquí en adelante, amén.

El desastre que cundía en la calle se detenía ante las puertas de las casas y adentro se respiraba algo que se parecía al sosiego de lo cotidiano, a la quietud continuada de las cosas. Vale decir que pese a todo el agua se traía en los mismos baldes, con la misma leña se encendía la estufa, los canarios repetían su canto y la vida se aferraba a las mínimas cosas de siempre para tratar de alegrarse.

—Es que los hechos de La Catunga suenan muy estruendosos ahora que se los contamos a usted —me dice Todos los Santos—, pero en ese momento, lo mismo que ahora, eran pan de cada día y poco nos dábamos por enteradas. ¡Ah! Que a Fulana se la llevó el virus. ¡Ah! Que encontraron una fosa común con tantos cuerpos. ¡Ah! Que al hijo de Lino el Titi lo torturaron para que pagara los pecados sindicales del padre. Así decíamos y así seguimos diciendo, ¡ah!, todo el santo día, pero como quien dice ¡ah!, me olvidé de sacar de la tintorería el vestido celeste. La guerra es así, más escandalosa cuando la cuentas que cuando la vives.

—Porque la cuentas toda al mismo tiempo y en cambio la vives cosa por cosa —especifica la Olga.

Una guerrita ciega y sin nombre, como todas las nuestras, bajaba por el río y rondaba por las calles; en los patios de las casas se refugiaba la calma y la gran tribulación la llevaba cada quien por dentro. El recuerdo pasado y venidero del Payanés era la lámpara que rescaldaba la extensa soledad de Sayonara. Era el mojón en el círculo de sus pensamientos, que a cada vuelta tropezaban con él en alzas y bajas de esperanza y abatimiento, en destellos de dicha e instantes de duelo. Olguita y Todos los Santos la veían dedicarle los días al ceremonial de la espera, atareada en los mínimos rituales de todos los que en el mundo aguardan tiritando de impaciencia: cavilar, rezar y cultivar una hernia de tanto hacer fuerza.

—¿Y qué esperaba? ¿Exactamente qué era lo que esperaba?

—Ay, mi reina, lo mismo que había esperado siempre, que corriera el mes y llegara el último viernes...

—Iba a diario al consultorio a cuidar de la Fideo, que se reponía poco a poco con las inyecciones de penicilina benzatínica que le aplicaba el doctor Antonio María —dice la Olga—, y por lo demás, Sayonara esperaba. Y deshojaba margaritas, que es lo clásico en estos casos, según se comprende que la margarita es la flor más cómplice porque sólo sabe contestar sí o no, me quiere o no me quiere y punto, o sea que si no ha de ser sí pues que sea de una buena vez no, así yo me muero y sanseacabó, sin más dilaciones, porque un enamorado no soporta las posibilidades medianeras.

—Y me secaba a preguntas —añade la Machuca—. Yo me había vuelto su informante y su consejera y ella me interrogaba como si su dicha dependiera de palabras que yo tuviera el don de pronunciar. Va a venir, le aseguraba yo. Va a venir por ti, vas a ver.

—¿Cómo sabe, doña Machuca? ¿Por qué está tan segura?

—Ya te lo he dicho, porque mucho lo han visto en este tiempo pasado bajar a buscarte. ¿Y si tanto te acucia, por qué no vas tú misma a buscarlo? Sabes dónde encontrarlo...

—Ni diga, doña Machuca. Eso nunca. Más bien cuénteme otra vez lo de la Emilia.

—¡Ay, niña! ¿No te cansas?, le preguntaba yo —me dice la Machuca—, y le repetía las noticias que bajaban del 26, que a los obreros antiguos y a los luchadores de la huelga los andaban discriminando con el sambenito de que la experiencia ya no valía porque ahora la empresa privilegiaba al personal capacitado en instituto técnico, y que como parte del proceso de modernización, se estaban deshaciendo de la maquinaria obsoleta. Que para chatarra habían vendido a la flaca Emilia y que varios habían escuchado al Payanés decir que lo que era con la Emilia era con él, que si no estaba Emilia, él ya no tenía compromiso con la Tropical Oil Company, ni razón para quedarse en el Campo.

Le oyeron decir también que se iba a buscar regiones más petroleras por la zona del Catatumbo, o por Tibú, donde habían empezado a reclutar, o si no por Cusiana, donde tendían tubería, o por Yopal y Orocué, en las lejanías del Llano; que tal vez se fuera a esperar enganche por Saldaña, donde estaban taladrando, o por Tauramena, en el Casanare, donde una empresa contratista andaba en busca de soldadores y de cuñeros.

—Dicen que el Payanés anda diciendo que está dispuesto a ir donde quiera que la voz del tubo lo llame, y que si es necesario le sigue la huella hasta Arabia Saudita. Dicen que dice que antes de irse viene a buscarte.

—Yo me voy con él, entonces —le juraba la Sayonara a la Machuca.

—¿Y qué vas a hacer cuando apriete el hambre? —quería saber Todos los Santos.

—Puedo montar un número de bailes exóticos y que él cobre las boletas a la entrada, o puedo vender a la salida de los cines las empanadas de pipián que usted me enseñó a freír. Puedo desempeñar oficios según aprendí en Villa del Amparo, desde planchar camisas almidonadas hasta espejear el parquet a punta de viruta, o también desenvolverme como peluquera. Tal vez vuelva a ser puta, quién quita...

—¿Y otra vez te vas así, con una mano adelante y otra atrás, sin saber si esta noche encontrarás techo que te ampare?

—Así me voy, madrina, porque usted sabe que en este pueblo la vida ya no es lecho de rosas, y además porque no necesito más protección que su pecho enamorado.

—¡Ay, Virgen santa! Protege más un paraguas en un huracán que su pecho enamorado. Y el asunto pendiente de la esposa que tiene en Popayán, ¿acaso ya lo solucionó?

—Eso ya se irá viendo, madrina, por el camino.

—¡Por el camino, por el camino! Camino de cuitas por el que vas a emprenderla de nuevo...

—¡Qué le dices, Todos los Santos! —se indignaba la Olga—. Como si hubiera en este mundo caminos que no fueran de cuitas. Y sin embargo bien vale la pena caminarlos; no, muchacha, no te dejes invitar al desaliento.

Una a una se iban desgranando las horas más lentas del siglo y Sayonara a duras penas sobrevivía a su propia expectativa, siempre acosada por la certeza de que algo —o todo— estaba en juego; de que algo —o todo— se podía ganar o perder. Hasta que asomó en el cielo el último viernes de ese último mes del año y rozó primero las chimeneas de la refinería, luego las copas de los árboles más altos, enseguida los techos de las casas y por último las espaldas desnudas de las mujeres dormidas, para encontrar a Sayonara ya bañada y vestida y desayunada, de rodillas ante el Cristo de las barbas rubias.

—Hoy es el día, Señor Jesús —le rezaba—, y vengo a pedirte una cosa. Una cosa razonable para que puedas concedérmela: o tú haces que ese hombre me quiera, o me das valor para olvidarlo. Una de las dos. Todopoderoso Señor, tú que todo lo quitas y todo lo das, permite que nos amemos hasta el fin de nuestros días, que no es mucho pedir porque los días de los humanos cortos son. Compromiso no voy a exigirle, ni matrimonio ni ninguna otra palabra; sólo hechos verdaderos y claros. Mándame una señal: si el Payanés no puede brindarme amor del grande, que no aparezca hoy por el río. De otra manera dale pies ligeros, Señor, para que llegue pronto.

—Cuidado, niña —le dijo Todos los Santos, que espiaba su oración desde el umbral—, no pidas anuncios sobrenaturales, que casi siempre engañan. Entiéndelo de una vez, tú naciste para monja o para puta, porque no existe el hombre que pueda apagarte ese incendio de anhelos ni colmar tal tropel de esperanzas.

—No me enseñe a resignarme, madrina, que no quiero aprender. A estas horas de la vida ya es tarde para aceptar esa derrota. Quiero morir tranquila sabiendo que quise y me quisieron, y le aseguro que no va a ser falta de fe lo que malogre mi empeño. Señor Jesús —volvió a rezar—, ayúdame a no darles la razón a quienes creen que éste es un valle de lágrimas, amén.

Sacaron butacos, sombrillas y refrescos y se sentaron a esperar a orillas del Magdalena, en respetuoso silencio, como corresponde a los grandes advenimientos. La Sayonara llevaba puesta su falda y su blusa de marras pero había cambiado los tacones aguja por unas chanclas de siete leguas, por si se daba el caso y tenía que emprender la larga caminata.

—¿Hasta Arabia Saudita crees que vas a llegar con este resol y este reverbero? —intentaba bromear alguna y las otras se reían, pero de los puros nervios.

Hacia las diez de la mañana vieron acercarse un grupo de caminantes y a Sayonara se le detuvo el corazón, pero resultaron promeseros del santuario de Las Lajas.

—¿Se han topado con alguno? —les preguntó Todos los Santos.

—Hoy, por la sofoquina, todo está muy solitario —respondieron.

Entre esa hora y las once y media las mujeres no registraron nada digno de mención y luego vieron bajar por el agua, a intervalos más o menos regulares y durante un lapso que se alargó hasta el medio día, a un par de hombres en una chalupa pescando con currican, unos comerciantes de pieles y un champán que traía de urgencia a una señora accidentada. Nada más. Salvo Sayonara, todas se retiraron a almorzar y le bajaron luego un plato de comida que no quiso probar. El sopor de la tarde las adormeció en sus puestos de vigilancia, a todas menos a Sayonara, que permanecía dolorosamente alerta. Dieron las cinco de la tarde sin parte de novedad y empezó a invadirlas el desaliento, a todas menos a Sayonara, que corrió a peinarse y a enjuagarse la cara con agua fresca.

Hacia las seis y media empezó a descender suavemente, en un sereno apocalipsis de fuegos, uno de esos atardeceres de Tora que, como dice la Olga, de tan bellos duelen; uno igual a aquél con rosicleres que envió Sacramento en alguna de sus postales de amor sin esperanza, o copiado de aquel otro con cielo sangriento que convenció a la hermosa Claire de las dulzuras de la muerte, o como los que pintaba don Enrique para complacer a su clientela, adornados con perderse de aves y de resplandores en el horizonte, y que son también iguales a los que logra contemplar Todos los Santos pese a que no puede abrir esos párpados tan pesados que le han nacido debajo de los párpados.

—¡Allá viene! —gritó de golpe la Olguita y todas se pusieron al unísono de pie, como si hubieran escuchado el himno patrio—. ¡Allá viene! ¡Se ve fuerte y guapo el hombre, todo vestido de blanco!

Pero no acababa de anunciarlo cuando se desvaneció su imagen, como una nube inoportuna en medio de las refulgencias del crepúsculo.

—De blanco, sí, como un fantasma —refunfuñó Todos los Santos, queriendo bajarle volumen a la escena—. No adornes ni exageres, Olga, que sólo vimos su espectro. Para mí que el Payanés es un escurridizo, uno de esos que van por el mundo sin calzoncillos bajo el pantalón. Date cuenta de que ni nombre tiene, el Payanés, porque su presencia no viene siendo más que un ventarrón de libertad. Que es en el fondo lo que siempre ha perseguido esta niña —dijo, pero Sayonara, en agonía, no la escuchaba—, aunque disfrace su impulso de lo contrario y quiera ponerle cara de refugio, de pecho amante, de protección, de amor paterno, de cuanto invento: esta niña sólo ama su propio vuelo.

—¡Pero si eso es amar! —la defendió Olguita, la renga, bamboleando desde la altura del butaco sus piernas enfierradas y entecas—. ¡Echar a correr con los pies de otro!

—Es él —dijo Sayonara ya sin sombra de inquietud, revestida de una dignidad antigua y de una seguridad nueva, como si acabara de descifrar algún acertijo muy grave o la clave de alguna cosa profunda, y entonces casi todas las demás también lo vieron, y supieron que el tiempo del mito era cumplido: la puta y el petrolero.

Cierto es que en sentido estricto ella ya no era ramera y él ya no era petrolero, pero a lo mejor algún día volverían a serlo —él ramero y ella petrolera, como habría dicho un poeta favorito de la Machuca llamado Rafael Pombo— y si eso no sucedía pues tampoco iba en desmedro porque el hecho constatado era que con los propios ojos que Dios les puso en la cara los estaban viendo partir, juntos Magdalena arriba, el uno en pos del otro y el otro en pos del uno y ambos siguiéndole el rastro a la vida, o mejor a esa fuerza que remonta a la vida de arrebato en arrebato sin dejarnos saber para dónde la arrastra, él vestido de blanco, con su rosa encarnada en el ojal del pecho y el perfil despejando hacia-adelantes, y ella con el pelo al viento, con la mirada vuelta hacia atrás y prendida de lo que se deja y con esa aureola de dilecta de la muerte que ahora le reverberaba más pero que la rodeaba desde que la conocieron. Unidos por fin, la puta y el petrolero, vueltos uno en el tibio arrobo de un abrazo y abriéndose camino hacia un futuro incierto, como todo futuro que valga la pena.

—Así vino a suceder que los vimos partir en olor de leyenda y por la orilla del río, mientras nosotras llorábamos muy agridulcemente y les deseábamos el vaya-con-

Dios con agitar de pañuelos —vuelve a repetir la Olga, dejando escapar un suspirito redondo y translúcido.

—Espejismos —replica Todos los Santos—. Ustedes sólo vieron espejismos, que no son más que reverberaciones del deseo, mientras yo, que aunque ciega me doy mañas, vi que mi ahijada partía solitaria, con el único séquito de su desacompañamiento, en busca de ese no se qué que tanto la asedia.

—Yo me sé mis cosas, por zorra y por vieja —persevera la Olga—, y le aseguro que Sayonara partió con el Payanés y que con él ha sido dichosa. Y desdichada también, por supuesto, pero eso no le resta, que penas de amor no son penas. Ha sido feliz por todas nosotras porque nos lo merecemos, después de tanto ajetreo y tanta brega.

—¿Yo? Yo le sigo escribiendo postales, porque tuve constancia de que ella apreciaba recibirlas —me dice Sacramento—. Con todo lo demás, incluyendo el matrimonio, no logré sino importunarla, pero mis postales le alegraban el genio según ella misma me dijo. Como no conozco adónde enviárselas las voy guardando aquí, entre esta caja de zapatos, así se las doy todas juntas el día que vuelva.

—Porque va a volver —asegura Todos los Santos, envuelta en zorro plateado, mientras palmotea a un Felipe de pelusa amable que duerme ovillado en su regazo—. Ya volverá mi niña tarde o temprano, porque las vueltas que da su rumbo siempre pasan por mi casa.